A PROMESSA DE UM AMIGO

A PROMESSA DE UM AMIGO

W. Bruce Cameron

Tradução
Alda Lima

Rio de Janeiro, 2022

Copyright © 2019 by W. Bruce Cameron. All rights reserved.
Título original: A Dog's Promise

Todos os direitos desta publicação são reservados à Casa dos Livros Editora LTDA. Nenhuma parte desta obra pode ser apropriada e estocada em sistema de banco de dados ou processo similar, em qualquer forma ou meio, seja eletrônico, de fotocópia, gravação etc., sem a permissão do detentor do copyright.

Diretora editorial: *Raquel Cozer*
Gerente editorial: *Alice Mello*
Editor: *Ulisses Teixeira*
Preparação: *Marcela Isensee*
Revisão: *Thaís Carvas*
Capa: *Guilherme Peres*
Imagem de capa: *M. Miles/ Getty Images*
Diagramação: *Abreu's System*

CIP-Brasil. Catalogação na Publicação
Sindicato Nacional dos Editores de Livros, RJ

C189p

Cameron, W. Bruce
　　A promessa de um amigo / W. Bruce Cameron ; tradução Alda Lima. – 1. ed. – Rio de Janeiro : Harper Collins, 2020.
　　352 p.

　　Tradução de: A dog's promise
　　ISBN 9788595086692

　　1. Ficção americana. I. Lima, Alda. II. Título.

19-61998
CDD: 813
CDU: 82-3(73)

Meri Gleice Rodrigues de Souza – Bibliotecária – CRB-7/6439

Os pontos de vista desta obra são de responsabilidade de seu autor, não refletindo necessariamente a posição da HarperCollins Brasil, da HarperCollins Publishers ou de sua equipe editorial.

HarperCollins Brasil é uma marca licenciada à Casa dos Livros Editora LTDA.
Todos os direitos reservados à Casa dos Livros Editora LTDA.
Rua da Quitanda, 86, sala 218 — Centro
Rio de Janeiro, RJ — CEP 20091-005
Tel.: (21) 3175-1030
www.harpercollins.com.br

Para Gavin Polone, amigo, defensor dos animais, desmentidor de calorias, crítico de laptops e um dos principais responsáveis pelo meu trabalho ter alcançado tanta gente no planeta.

Prólogo

Meu nome é Bailey. Já tive muitos nomes e muitas vidas, mas agora me chamo Bailey. É um bom nome. Eu sou um bom cachorro.

Já morei em uma porção de lugares e, de todos, o mais maravilhoso foi a fazenda — até eu chegar aqui. Esse lugar não tem nome, mas tem praias douradas pelas quais correr, gravetos, bolinhas que se encaixam direitinho na boca e brinquedos que guincham, e todo mundo que já me amou — e ainda me ama — está aqui. Há também, é claro, muitos e muitos cachorros, porque não poderia ser um lugar perfeito sem cachorros.

Sou amado por muitas pessoas porque vivi diversas vidas com vários nomes diferentes. Já fui Toby, Molly, Ellie e Max, já fui Amigão e já fui Bailey. Com cada nome veio uma vida diferente com um propósito diferente. Meu propósito agora é simples — estar com os meus humanos e amá-los. Talvez este fosse o meu maior propósito desde o início.

Aqui não existe dor, só a alegria de estar cercado de amor.

O tempo não era contado e passava serenamente até o meu menino Ethan e a minha menina CJ irem falar comigo. CJ é a filha do Ethan. Fiquei sentado em alerta assim que eles apareceram, porque, de todas as pessoas que já cuidei, esses dois tiveram os papéis mais importantes nas minhas vidas, e estavam se comportando daquele jeito que as pessoas agem quando querem que um cachorro faça alguma coisa.

— Oi, Bailey, meu cachorro bonzinho — cumprimentou-me Ethan. CJ alisou o meu pelo com uma das mãos.

Por um ou dois minutos ficamos apenas compartilhando o nosso amor mútuo.

— Sei que você entende que já viveu antes, Bailey. E sei que teve um propósito muito especial, que me salvou — disse Ethan.

— E me salvou também, Bailey, minha menina Molly, meu Max — falou CJ.

Quando a CJ mencionou aqueles nomes, me lembrei de como acompanhei a jornada da vida dela. Balancei o rabo ao lembrar. Ela me abraçou.

— Não existe nada como o amor de um cão — murmurou ela para Ethan.

— É incondicional — disse ele, concordando e afagando a minha cabeça.

Fechei os olhos com prazer por estar sendo mimado por aqueles dois.

— Mas agora precisamos pedir uma coisa para você, Bailey. Uma coisa tão importante que só você pode fazer — revelou Ethan.

— Mas se não conseguir, tudo bem. Vamos continuar amando você, e você pode voltar para cá e ficar com a gente — disse CJ.

— Ele não vai falhar. Não o nosso Bailey — respondeu Ethan, com um sorriso largo. Ele segurou a minha cabeça entre as mãos, mãos que um dia tiveram cheiro de fazenda, mas que agora só tinham cheiro de Ethan. Olhei para ele com atenção, porque, quando o meu menino fala comigo, posso sentir o amor dele se espalhando como puro calor. — Preciso que você volte, Bailey. Volte para cumprir uma promessa. Eu não pediria isso se não fosse necessário.

O tom de voz era sério, mas ele não estava zangado comigo. Os humanos podem estar felizes, tristes, zangados e muitas outras coisas, e, em geral, basta o tom de voz deles para saber como se sentem. Mas os cachorros são basicamente apenas felizes, o que pode ser o motivo pelo qual não precisamos falar.

— Dessa vez, vai ser diferente, Bailey — alertou CJ. Olhei para ela, que também estava sendo amorosa e gentil. Porém, senti uma ansiedade, uma preocupação, e me inclinei para que ela pudesse me abraçar mais apertado e se sentir melhor.

— Você não vai se lembrar de nada — falou Ethan suavemente.

— De nenhuma das suas vidas. Nem de mim, nem da fazenda, nem deste lugar.

— Bem — contestou CJ, a voz baixinha como a de Ethan. — Talvez não *lembrar*, mas você já passou por tanta coisa que é um cãozinho sábio agora, Bailey. Uma alma antiga.

— A parte difícil, amigão, é que você não vai se lembrar nem de *mim*. CJ e eu vamos sumir da sua memória.

Ethan estava triste. Lambi a mão dele. Cachorros existem por causa da tristeza que as pessoas sentem.

CJ me afagou.

— Mas não para sempre.

Ethan assentiu.

— Isso mesmo, Bailey. Não para sempre. Da próxima vez em que me ver, não vou ter essa aparência, mas você vai me reconhecer, e, quando isso acontecer, vai se lembrar de tudo. De todas as nossas vidas. Tudo vai voltar à sua memória. E talvez aí você também entenda que é um cachorro anjo que ajudou a cumprir uma promessa muito importante.

CJ se remexeu e Ethan olhou para ela.

— Ele não vai falhar — insistiu Ethan. — Não o meu Bailey.

Capítulo 1

No INÍCIO EU SÓ CONHECIA O NUTRITIVO LEITE DA MINHA MÃE E O CALOR ACONchegante das suas tetas enquanto eu mamava. Quando me tornei mais consciente dos meus arredores, percebi que tinha irmãos e irmãs com quem competir pela atenção da Mãe, e que, conforme eles se agitavam e se contorciam, estavam tentando me deixar de lado. Mas a Mãe me amava — eu sentia isso quando ela me cheirava, quando ela me limpava com a língua. E eu amava a Mãe.

Nosso recanto era feito de piso e paredes de metal, mas a Mãe tinha transformado um rolo macio de pano em uma cama quente nos fundos. Quando os meus irmãozinhos e eu já conseguíamos enxergar e nos movimentar bem o suficiente para explorar, descobrimos que a superfície sob as nossas almofadinhas não só era dura e escorregadia como também fria. A vida era bem melhor no cobertor. O teto acima das nossas cabeças era uma lona frágil que batia com o vento e fazia um barulho estaladiço.

Nada disso era tão interessante para a gente quanto o sedutor e vazio buraco retangular na frente do recanto, através do qual a luz e os cheiros entravam em uma mistura intoxicante. O piso da toca ia além do telhado ali. A Mãe frequentemente seguia até essa janela para o desconhecido, suas unhas batendo na prateleira de metal que avançava para o mundo, e depois... sumia.

A Mãe pulava para dentro daquela luz e desaparecia. Nós, filhotinhos, nos aninhávamos para continuarmos aquecidos no frio da ausência dela, guinchando para confortarmos uns aos outros, e então desabávamos de sono. Eu sentia que os meus irmãos e as minhas irmãs ficavam tão desamparados e ansiosos quanto eu por medo de a Mãe não voltar, mas ela sempre voltava, aparecendo no meio do buraco retangular tão rápido quanto havia partido.

Assim que a nossa visão e a nossa coordenação melhoraram, juntamos coragem e seguimos o cheiro dela até a beirada. Mas era apavorante. O mundo, vertiginoso com as suas atraentes possibilidades, estava aberto para nós ali embaixo da prateleira, mas acessá-lo significava uma queda livre de uma distância impossível. O recanto ficava acima do chão. Como a Mãe conseguia pular do alto e depois subir de volta?

Eu tinha um irmão que chamava de Menino Pesado. Meus irmãos e eu passávamos a maior parte do tempo tentando tirá-lo do nosso caminho. Quando ele tentava subir em mim para dormir na pilha, parecia que estava tentando esmagar a minha cabeça, e sair de baixo daquele peso não era nada fácil, especialmente com os meus irmãos e as minhas irmãs empurrando. Ele tinha o mesmo focinho e peito branco, com o mesmo corpo sarapintado de branco, cinza e preto que o restante de nós. Mas os seus ossos e a sua carne, de alguma forma, eram mais pesados. Quando a Mãe precisava de um descanso da amamentação e ficava de pé, o Menino Pesado sempre reclamava por mais, e ele estava sempre tentando mamar, mesmo quando os outros filhotes já estavam saciados e prontos para brincar. Eu não conseguia deixar de ficar irritado com ele — a Mãe estava tão magra que dava para ver os ossos dela por baixo da pele, e o seu hálito tinha um cheiro rançoso e doentio, enquanto o Menino Pesado era gorducho e redondo, mas, mesmo assim, exigia mais.

Foi o Menino Pesado que chegou perto demais da borda, o focinho cheirando alguma coisa no ar, talvez ansioso para a nossa mamãe voltar e ele poder continuar sugando a vida dela. Em um instante, ele estava esticado na beirada e, no outro, não estava mais lá. Um estampido alto chegou aos nossos ouvidos.

Eu não sabia se aquilo seria algo ruim.

O Menino Pesado começou a chorar em pânico. O terror dele provocou todo mundo no recanto, de modo que também começamos a guinchar e chorar, cheirando uns aos outros ansiosamente em busca de conforto.

Naquele exato momento, aprendi que jamais deveria ir até a borda. Aquela direção significava perigo.

E então o Menino Pesado ficou quieto.

O silêncio no recanto foi imediato. Todos sentimos que, se alguma coisa havia pegado o Menino Pesado, poderia muito bem estar vindo atrás da gente. Ficamos aninhados em um pavor mudo.

Com um barulho alto de arranhão, a Mãe apareceu na borda, com o Menino Pesado pendurado, cheio de vergonha, nos dentes dela. Ela o deixou no meio do nosso montinho, e é claro que, na mesma hora, ele guinchou exigindo leite, desconsiderando o fato de que tinha assustado todos nós. Tenho certeza de que eu não era o único filhote que achava que não seria um problema se mamãe tivesse deixado o Menino Pesado lá fora para lidar com as consequências da sua empreitada.

Naquela noite, dormi em cima de uma das minhas irmãs, pensando no que eu havia aprendido. A borda na frente da toca era um lugar perigoso, e uma transgressão não valia a pena, não importa quais aromas suculentos oferecidos pelo mundo surgissem além dali. Ficando perto da cama, pensei, eu estaria seguro.

Mas, conforme descobri alguns dias depois, eu estava errado.

A Mãe cochilava de costas para a gente. Isso chateou os outros filhotes, especialmente o Menino Pesado, porque o cheiro do leite nos atraía, e ele queria mamar. Só que nenhum de nós era forte ou tinha coordenação suficiente para passar por cima dela, e ela estava enfiada no cantinho de trás do nosso refúgio, negando acesso às tetas tanto com a cabeça quanto com o rabo.

Ela levantava a cabeça com um barulho que surgia de vez em quando, um zumbido forte. Antes, o barulho aumentava e diminuía logo, mas, dessa vez, ele se aproximou e, seja lá o que estivesse causando o ruído, a coisa ficou parada por um tempo. Escutamos uma batida, e foi aí que a Mãe se levantou, a cabeça erguendo o teto flexível, as orelhas para trás em alarme.

Alguma coisa estava vindo — baques pesados se aproximavam. A Mãe se imprensou contra o fundo da toca, e fizemos o mesmo. Nenhum de nós se preocupou em mamar naquela hora, nem mesmo o Menino Pesado.

Uma sombra bloqueou a luz de fora do buraco retangular e, com um estrondo alto, a borda para o mundo foi levantada, tornando o recanto um cercado fechado, sem saída. A Mãe ficou ofegante, os olhos arregalados, e a gente sabia que alguma coisa estava prestes a acontecer, uma coisa *terrível*. Ela tentou forçar uma saída pela lateral da toca, mas o teto estava baixo e apertado demais; ela só conseguiu esticar a pontinha do focinho para fora.

O piso da toca balançou e ouvimos outra pancada. Então, com um rugido excruciante, a superfície embaixo das nossas patas começou a tremer. O recanto foi inclinado, e todos nós fomos jogados para um dos lados. Escorregamos pela superfície lisa de metal. Olhei para a Mãe e ela estava com as garras para fora, tentando manter-se de pé. Ela não conseguia ajudar a gente. Os meus irmãos choravam e tentavam ir até ela, mas eu fiquei para trás, me concentrando em não ser atirado para os lados. Não entendia aquelas forças que puxavam o meu corpo; apenas sabia que, se a Mãe estava com medo, então era para eu estar *apavorado*.

O balanço, o estrondo e o tremor duraram tanto tempo que comecei a acreditar que essa seria a minha vida, que a Mãe ficaria alarmada para sempre, que eu seria jogado para a frente e para trás sem parar — mas, de repente, fomos todos arremessados contra a parede traseira da toca, onde ficamos empilhados e depois caímos assim que o barulho e as pressões revoltantes nos nossos corpos acabaram de uma hora para a outra. Até as vibrações pararam.

A Mãe ainda estava com medo. Eu vi ela ficar alerta com uma batida metálica, e virar a cabeça de um lado para o outro ao avaliar um som se aproximando do lugar no qual a borda sempre a havia lançado para o mundo.

E então senti medo de verdade ao vê-la arreganhar os dentes. A minha mãe, sempre calma e gentil, estava se comportando de forma selvagem e raivosa, os pelos eriçados, os olhos frios.

Com um tinido, a borda caiu de volta no lugar e, por incrível que pareça, havia um homem parado lá. O reconhecimento instintivo veio até mim em um segundo — era como se eu pudesse sentir as mãos dele em mim ou me lembrar de como era a sensação, mesmo sem ter visto aquela criatura antes. Notei os pelos abundantes embaixo do nariz dele, uma barriga redonda e olhos se arregalando de susto.

A Mãe avançou e mostrou os dentes, seu latido repleto de um alerta zangado.

— Aaah! — O homem foi para trás de susto, sumindo de vista. A Mãe continuou latindo.

Meus irmãos estavam congelados de medo. A Mãe voltava para onde nos agrupávamos, babando, os pelos eriçados, as orelhas para trás. Uma fúria maternal emanava dela — eu senti, os meus irmãos sentiram, e, dada a reação do homem, ele com certeza sentiu também.

E então, com uma brusquidão que fez todos nós recuarmos, a borda se fechou, cobrindo o sol, de modo que a única iluminação era o brilho fraco passando pela cobertura do alto da toca.

O silêncio parecia tão alto quanto os rosnados da Mãe. No escuro, vi os meus irmãos começarem a relaxar, apesar de subirem na minha mãe com uma necessidade frenética por causa do que acontecera, e ela consentiu, deitando-se com um suspiro para dar de mamar.

O que tinha acabado de acontecer? A Mãe havia ficado com medo, mas canalizara aquela emoção em algo feroz. O homem tinha ficado assustado também, mas não transformara aquilo em nada além de um grito de surpresa. E eu sentira uma estranha compostura, como se compreendesse algo que a minha mãe não compreendia.

Só que não era verdade. Eu não tinha entendido nada.

Depois de um tempo, a Mãe foi até onde a borda havia sido levantada, farejando o topo. Ela encostou a cabeça na lona, erguendo-a um pouquinho, e um feixe de luz invadiu a toca. Ela emitiu um som ligeiro, um gemido, me deixando arrepiado.

Escutamos novos sons de passos que associei ao homem, e em seguida vozes.

— Quer dar uma olhada?

— Não se ela for feroz como você disse. Quantos filhotes você acha?

— Uns seis, talvez? Eu estava tentando entender o que via quando ela avançou em mim. Achei que ia arrancar o meu braço.

Eram, decidi, homens conversando sobre alguma coisa. Eu sentia o cheiro deles, e eram dois.

— Bem, em primeiro lugar, por que você deixou a caçamba aberta?

— Sei lá.

— Precisamos dessa picape. Você tem que ir buscar o equipamento.

— Tá, mas e os filhotes?

— Basta levá-los até o rio. Você tem alguma arma?

— O quê? Não, eu não tenho uma *arma* nenhuma, pelo amor de Deus.

— Eu tenho uma pistola no caminhão.

— Eu não quero atirar em um monte de filhotinhos, Larry.

— A pistola é para a mãe. Sem ela na jogada, a natureza se encarrega do resto.

— Larry...

— Vai fazer o que mandei?

— Sim, senhor.

— Ótimo.

Capítulo 2

EM POUCOS INSTANTES, LÁ ESTÁVAMOS NÓS DE NOVO ESCORREGANDO PARA TOdos os lados, mais uma vez sujeitos a barulhos e forças nauseantes que não entendíamos. No entanto, em meio aos mistérios daquele dia, de alguma maneira esse evento em particular parecia menos ameaçador pela repetição. Era improvável demais acreditar que o barulho acabaria logo, que os nossos corpinhos descansariam, que a borda reapareceria, que a Mãe rosnaria e latiria, que um homem gritaria, e que a borda seria fechada? Agora, eu estava mais interessado nos cheiros vindo pelo buraco entre o teto ondulante e as paredes de metal do nosso refúgio: uma rajada de odores exóticos e maravilhosos que traziam consigo o chamado de um mundo promissor.

Quando fomos atirados em uma pilha e o recanto parou de vibrar, a Mãe ficou tensa, e provavelmente todos nós entendemos que um homem caminhava do lado de fora da toca, mas então mais nada aconteceu por um tempo, a não ser a nossa mãe andando para cá e para lá, arfando. Notei que o Menino Pesado a seguia, focado no que, para ele, era o assunto do momento, mas eu sabia que a Mãe não tinha intenção alguma de nos amamentar em uma hora como aquela.

Então ouvimos vozes. Também já havíamos passado por aquilo, assim, bocejei.

— Certo, não sei bem como isso vai acontecer.

Era uma voz que eu não tinha escutado ainda. Imaginei outro homem.

— Talvez, em vez de abrir a caçamba, eu devesse só rolar a lona para trás?

Já essa voz era do homem que havia gritado.

— Acho que só vamos ter uma chance com a mãe. Quando ela perceber o que estamos fazendo, vai pular e fugir pelas laterais.

— Ok.

— Esqueci de perguntar: você está com a arma? — perguntou a voz nova.

— Estou — respondeu a voz conhecida.

— Se importa de fazer?

— Ah, nem pensar, toma isso aqui. Nunca usei uma pistola na vida.

Olhei para a Mãe. Ela parecia menos nervosa. Talvez todos os cachorros ficassem mais calmos quando alguma coisa parecia acontecer de novo e de novo.

Aí, seguiu-se um som de clique irreconhecível.

— Está pronto?

— Estou.

Com um estalo alto, mãos surgiram nas laterais do recanto, e a luz do dia começou a invadir o nosso abrigo. O teto estava sendo puxado pelos homens, que nos olhavam de cima. A Mãe rosnava sinistramente. Havia dois humanos — o de rosto peludo de antes, e um outro mais alto e de rosto liso, com mais pelos na cabeça.

O homem de rosto liso sorriu e os dentes dele eram brancos.

— Certo, garota. Fique quietinha. Vai ser melhor se você ficar quietinha.

— Ela quase arrancou o meu braço antes — disse o homem de rosto peludo.

O Rosto Liso olhou para cima de repente.

— Ela mordeu você?

— Hã, não.

— Bom saber.

— Mas ela não é amigável.

— Ela está com a ninhada. Eles ficam assim mesmo.

Mãe grunhia mais alto. Os dentes estavam à mostra.

— Ei, você. Fique quietinha — falou Rosto Liso.

— Cuidado!

Com as unhas raspando, a Mãe virou para a lateral exposta do recanto e, em um segundo, saltou e sumiu. Meus irmãos reagiram na mesma hora, correndo naquela direção.

— Bom, acho que eu devia ter previsto isso — comentou Rosto Liso com uma risadinha. — Viu como ela estava magra? Parece não ter um lar há um bom tempo. Não vai confiar em pessoas, não importa o quanto a gente seja gentil.

— Mas é grandona.

— Malamute-do-alasca na maior parte, pelo que notei. Esses filhotes têm mais alguma mistura neles. Dogue alemão?

— Ei, obrigado por tirar a bala da arma, eu não sabia fazer isso — disse o Cara Peluda.

— Também tirei o clip. Não acredito que ele entregou a arma para você com uma bala no tambor. Isso é um perigo.

— É, bem, é o chefe, então acho que não vou reclamar. Você, hã, vai contar para alguém que não obedeci às ordens? Eu não ia querer que isso chegasse aos ouvidos dele.

— Diga a ele que você seguiu as ordens. Isso vai explicar por que não sobrou bala nenhuma.

Meus irmãos reagiram de diversas maneiras quando os homens enfiaram as mãos no recanto. Alguns se esconderam, mas outros, como o Menino Pesado, balançaram o rabo e pareceram submissos.

— Posso ver os filhotes?

Olhei para cima ao ouvir aquilo, vindo de uma terceira voz, mais aguda.

— Claro, Ava, tome aqui. — O Rosto Liso levantou uma humana pequena do chão. Era uma garotinha, percebi. Ela bateu palmas.

— Filhotinhos! — guinchou a menina com a voz aguda e encantada.

O Rosto Liso devolveu ela ao chão.

— Hora de colocá-los na caixa.

Ele me pegou com destreza. Fui colocado em uma cesta com os meus irmãos, que apoiavam as patas da frente nas laterais, com os focinhos erguidos, tentando ver.

O rostinho risonho da menininha apareceu acima da beira do cesto, olhando-nos de cima. Encarei, curioso a respeito daqueles cheiros diferentes vindo dela — doces, apimentados e florais.

— Certo, Ava, vamos levar esse pessoalzinho para dentro, onde está mais quente.

O cesto balançou e o mundo mais uma vez se tornou instável, piorado pela ausência da Mãe. Vários dos meus irmãos guinchavam de medo, enquanto eu me concentrava em tentar ficar fora do caminho do Menino Pesado, quando ele vinha rolando na minha direção.

De repente, o ar ficou mais quente. O novo recanto parou de se mexer. A menininha esticou os braços e me vi gostando do seu toque quando ela me pegou e me levou até o seu rostinho. Seus olhos claros me encararam bem de perto, e senti um impulso de lamber a pele dela, apesar de não entender por quê.

— Temos um problema, Ava — disse o Rosto Liso. — Podemos alimentá-los com uma mamadeira, mas, sem a mãe, não sei se vão sobreviver.

— Eu faço isso! — exclamou a menina na mesma hora.

— Bem, disso eu sei. Mas vamos chegar tarde em casa hoje, e a sua mãe não vai ficar nada feliz.

A menininha ainda me admirava, e eu a admirava de volta, extasiado.

— Quero ficar com esse.

O homem riu.

— Provavelmente não vamos poder, Ava. Venha, vamos começar com as mamadeiras.

Cada experiência era completamente nova. Quando a menininha se sentou me segurando pelas costas, encaixando-me entre as suas pernas, me remexi desconfortável, mas, então, ela baixou um pequeno objeto até a minha boquinha e, quando senti o cheiro forte da gotinha de leite que saía dali, o abocanhei como se fosse uma teta e suguei com força, sendo recompensado com uma refeição rica e doce.

No recanto com a Mãe, a noite caía aos poucos, mas, nesse lugar novo, acontecia de um instante para o outro, com uma brusquidão tão rápida que eu sentia vários dos meus irmãos se contraírem de medo. Ansiosos sem a nossa mamãe, estávamos inquietos, e demorou um bom tempo para adormecermos. Dormi em cima do Menino Pesado, e foi bem melhor do que quando acontecia o oposto.

A menininha e o homem voltaram na manhã seguinte, e, uma vez mais, ganhamos alimento deitados de costas. Eu sabia que os meus irmãos também haviam sido alimentados por causa do cheiro forte de leite nas suas bocas.

— Precisamos dar um jeito de fazer a mãe deles voltar, Ava — disse o Rosto Liso. — Não vamos conseguir amamentar esses carinhas tanto quanto eles precisam.

— Vou ficar em casa em vez de ir para a escola na segunda-feira — ofereceu a menina.

— Não, você não pode fazer isso.

— Pai...

— Ava, lembra-se de quando expliquei que algumas vezes pegamos um animal e não podemos salvá-lo por ele estar doente ou por ter sido maltratado demais? É como se esses filhotinhos estivessem assim. Tenho outros animais dos quais cuidar e ninguém para me ajudar agora.

— Por favor.

— Talvez a mãe deles volte. Está bem, Ava? Vamos torcer para ela sentir falta dos bebês.

A menininha, percebi, se chamava Ava. Ela me pegou um tempinho depois, e as suas mãos faziam eu me sentir seguro e quentinho. Ela me levou até o ar fresco, me aninhando junto ao peito.

Farejei a Mãe antes de vê-la. De repente, Ava arfou alto.

— Você é a mãe? — perguntou ela baixinho.

A Mãe havia saído do meio de árvores espessas e caminhava até a gente pela grama, um pouco assustada. Ela baixou a cabeça quando a menina falou, sua desconfiança evidente a cada passo incerto.

Ava me colocou no chão, deixando-me sozinho na grama. Vi a minha mãe observar com cautela a menina se afastar até estar na porta do edifício.

— Pai! A mãe deles voltou! — gritou Ava. — Tudo bem, garota — incitou ela em um tom de voz gentil. — Pode ver o seu bebê.

Eu me perguntei o que estávamos fazendo.

Capítulo 3

AVA DEU TAPINHAS NAS PRÓPRIAS COXAS COM AS PALMAS DAS MÃOS.
— Vem, Mamãe! *Por favor*. Se não vier salvar os seus bebês, eles vão morrer.

Apesar de eu não estar entendendo nada, pude ouvir a angústia nas suas palavras. Essa situação tensa, decidi, precisava de um filhotinho. Virei as costas para a minha Mãe, fazendo uma escolha consciente. Eu amava a minha Mãe cadela, mas, no fundo do meu coração, sabia que o meu lugar era com humanos.

— Mamãe, vem pegar o seu menininho! — chamou Ava. Ela me pegou e passou pela porta do prédio, andando de costas por um corredor. A Mãe se arrastou até a soleira, mas parou, desconfiada, sem ceder.

Ava me pôs no chão.

— Não quer o seu bebê?

Eu não sabia o que fazer. Tanto a minha mãe quanto Ava estavam aflitas de ansiedade. Sentia aquilo crepitando delas, estava no hálito azedo da Mãe e em um cheiro que exalava da pele da garotinha. Reclamei, balançando o rabo, confuso. Comecei a me aventurar na direção da Mãe e aquilo pareceu resolver a questão. A Mãe deu alguns passos para dentro, o olhar fixo em mim. De repente, me lembrei dela pulando dentro da nossa toca, segurando o Menino Pesado pela nuca com os dentes, e soube que ela estava vindo. A Mãe disparou na minha direção.

Então a porta atrás dela bateu. O som pareceu apavorá-la. Com as orelhas para trás, ela correu em pânico de um lado para o outro pelo corredor, e então saiu por uma porta lateral. Vi o homem de

Rosto Liso olhando pela janela, e, por algum motivo, balancei o meu rabinho para ele.

Quando ele saiu dali, segui o cheiro da Mãe até um cômodo pequeno. Havia um banco no fundo e a Mãe estava embaixo dele, ofegante, o rosto tenso de medo.

Senti a menininha e o homem atrás de mim na porta.

— Não se aproxime mais, Ava — disse o homem. — Eu já volto.

Eu estava prestes a correr até a Mãe, mas a menininha me pegou do chão. Ela me aninhou, e eu me agitei de prazer.

A Mãe não se mexeu, continuou agachada, se escondendo. Então o homem retornou, trazendo um cheiro forte dos meus irmãos e das minhas irmãs, e pôs a nossa gaiola no chão, abrindo a portinha. O Menino Pesado e os meus outros companheiros de ninhada saíram, atropelando uns aos outros. Quando notaram a Mãe, foram até ela em uma correria descoordenada. Ela saiu de debaixo do banco, orelhas em pé, encarando Ava. Então, a onda de filhotinhos a alcançou, uivando e guinchando, e a Mãe deitou ao lado do banco, deixando os filhinhos mamarem.

A menina me pôs no chão e corri para junto da minha família.

— Isso foi muito bom, Ava! Você fez certinho — elogiou o homem.

O homem, descobri, era chamado de Pai por Ava, e de Sam pelas outras pessoas do prédio. Era um conceito complexo demais para mim, e acabei pensando nele apenas como Sam Pai.

Ava não ficava no prédio o tempo inteiro e nem todo dia. Ainda assim, eu pensava nela como a minha menina, que pertencia a mim e a mais ninguém. Havia outros cães dividindo o nosso quarto grande, cães para ver, cheirar e ouvir nas gaiolas próximas da nossa. Um desses cachorros era uma mãe cadela como a nossa; o cheiro do leite dela viajava pelo ar, e eu ouvia os pios e guinchos da outra ninhada, que não conseguíamos ver por estar no outro canto da sala. Também detectei uma espécie diferente de animal, com um cheiro forte e desconhecido que vinha até mim da outra parte do prédio, e me perguntei o que aquilo poderia ser.

A vida no recanto de metal com o telhado chacoalhante parecia longínqua e distante. O leite da Mãe parecia mais espesso e abundante, e seu hálito não era mais fétido.

— Ela está ganhando peso mesmo amamentando; isso é bom — disse Sam Pai a Ava. — Quando tiver terminado de amamentar, vamos castrá-la e encontrar um lar definitivo para ela.

A Mãe sempre se escondia de Sam Pai, mas, depois de um tempo, começou a ir por vontade própria até Ava, que chamava a Mãe de "Kiki".

Ava me chamava de Bailey, e, com o tempo, aprendi que aquele era eu, eu era Bailey. O Menino Pesado era Buda. Todos os meus irmãos e as minhas irmãs ganharam nomes, e eu passava os dias brincando com eles na nossa gaiola e no jardim cheio de grama com paredes altas de madeira.

Nenhum dos meus irmãos entendia que Ava e eu tínhamos um relacionamento especial, e a cercavam quando ela abria a portinha da nossa gaiola. Então, resolvi que ia correr até a portinha assim que a menininha entrasse na sala, para estar pronto se ela tivesse vindo para nos soltar.

E deu certo! Ela me pegava no colo, enquanto os outros todos ficavam fervilhando aos pés dela, provavelmente morrendo de ciúme.

— Ah, Bailey, você está tão impaciente, sabe o que está acontecendo?

Ela me levava no colo porque eu era especial. Os meus irmãos seguiam a gente pelo corredor. Ela abriu a porta e me pôs no chão e pulei no Menino Pesado Buda.

— Eu já volto! — cantarolou Ava.

Tínhamos idade suficiente agora para não tropeçarmos nas nossas próprias patas quando corríamos. O Menino Pesado Buda saltou sobre uma bola dura de borracha, então todos nós pulamos em cima dele. Era uma satisfação perceber que eu não era o único filhote que se ressentia de ter sido esmagado pelo nosso irmão grandalhão.

A porta foi aberta de novo e Ava me surpreendeu ao pôr no chão mais três filhotinhos! Corremos até eles, cheirando, balançando o rabo e escalando para mastigar as orelhas uns dos outros.

Uma filhotinha tinha um focinho preto achatado e um corpo marrom com um respingo branco no peito — seus dois irmãos tinham marcas brancas no rosto. O pelo dela era curto e, quando ficamos focinho com focinho, pareceu que todos os outros filhotes no jardim tinham desaparecido, até mesmo quando um deles se aproximava de nós. Quando a cadela de cara preta correu em volta do jardim, eu corri junto.

A mistura das duas famílias de cachorro virou rotina, e Ava chamava a filhotinha de Lacey. Lacey era mais ou menos da mesma idade que eu e tinha um corpo musculoso, mas compacto, e seus olhos pretos eram brilhantes. Procurávamos um ao outro e brincávamos juntos no jardim com devoção exclusiva. De um jeito que eu não entendia, senti que pertencia mais a Lacey que a Ava. Quando eu dormia, Lacey e eu brincávamos de lutinha nos meus sonhos. Quando eu estava acordado, erguia o meu focinho em uma caça obsessiva para isolar o cheiro dela do cheiro de todos os outros animais. A minha única frustração com aquela vida maravilhosa era ninguém pensar em colocar Lacey e eu na mesma gaiola.

Quando a Mãe começou a evitar as nossas investidas implorando por leite, Sam Pai começou a nos dar pequenas tigelinhas de comida pastosa, que o Menino Pesado parecia achar que só conseguiria comer se estivesse dentro delas. Essa nova circunstância, essa comida, foi um acontecimento tão maravilhoso que eu sonhava com aquilo tanto quanto sonhava com Lacey.

Fiquei louco de alegria quando Lacey e eu enfim fomos colocados na mesma gaiola, dentro de algo que Sam Pai chamou de "a van". Era uma sala de metal alta com gaiolas de cachorro empilhadas umas sobre as outras, apesar de o interior estar com o cheiro daquele mesmo misterioso e ausente animal. Mas não me importei: Ava tinha notado como eu e Lacey amávamos um ao outro e espertamente concluíra que precisávamos estar sempre juntos. Lacey rolou de costas e mordi a garganta e queixo dela. A barriga de Lacey era quase toda branca e o pelo nela era tão denso e curto quanto o das costas, diferente dos meus irmãos, que tinham pelos cinza abundantes e um rosto quase todo branco com traços de cinza entre os olhos e em volta do focinho. Quando eu parava para pensar naquilo, supunha que eu devia ter a mesma aparência. As orelhas de Lacey eram tão macias e quentinhas que eu adorava mordiscá-las de leve, o meu queixo estremecendo de afeto.

— Também vão ter gatos no evento de adoção, papai? — perguntou Ava.

— Não. Só cachorros. Teremos gatos em dois meses. Maio é o começo do que chamamos de temporada dos gatinhos.

Na van, fomos sujeitos aos mesmos impulsos dos quais me lembrava do dia em que conhecemos Sam Pai e Ava. Aquilo durou tanto tempo que Lacey e eu caímos no sono, a minha pata encaixada entre as mandíbulas dela.

Acordamos quando, com uma guinada, as sacudidas pararam. A lateral da van se abriu e isso permitiu que uma enxurrada de cheiros de cachorros entrasse!

Estávamos todos choramingando, loucos para correr livres e cheirar tudo que esse lugar novo tinha a oferecer, mas aquilo não ia acontecer. Em vez disso, Sam Pai tirou as gaiolas da van, uma a uma. Quando chegou a nossa vez, Lacey e eu nos esparramamos no chão, tontos com o jeito com que Sam Pai nos carregava. Fomos colocados em um chão um pouco arenoso, ainda dentro das gaiolas. Do outro lado, pude ver o Menino Pesado Buda e dois dos meus irmãos, e percebi que todos os cães da van estavam aqui agora, suas gaiolas dispostas em um círculo meio irregular. Os odores caninos estavam ainda mais exacerbados e presentes agora. Lacey e eu farejamos, e ela subiu em mim e aquilo virou uma lutinha. Percebi humanos jovens e velhos andando em volta, mas Lacey ganhava a maior parte da minha atenção.

Então, ela me largou e notei o que a minha amiga estava vendo: uma garota não muito mais velha que Ava, com traços muito diferentes — os olhos e os cabelos de Ava eram claros, sua pele era pálida, mas essa garota tinha cabelos negros, olhos escuros e um tom de pele mais escuro também. No entanto, ela tinha um cheiro parecido com o de Ava — doce e frutado.

— Ah, você é a bebezinha mais linda. Você é tão linda — sussurrou a garota. Senti a adoração vindo dela conforme a menina enfiava os dedinhos pelas barras de metal e Lacey os lambia. Abri caminho até aqueles dedos para oferecer a minha cota de carinho, mas a garota só queria saber da Lacey.

Sam Pai se agachou.

— Esta é Lacey. Dá para ver que ela é predominantemente boxer.

— Eu quero ela — declarou a menina nova.

— Peça para os seus pais virem até aqui e solto ela para brincar com você — disse Sam Pai. A menininha saiu saltitando. Lacey e eu olhamos um para o outro, surpresos.

Logo um homem mais ou menos da idade de Sam Pai apareceu, seguido por um menino mais velho e maior que Ava. Balancei o rabo, pois nunca tinha visto um menino antes: era como a versão masculina de uma menina!

— Esses dois são da mesma ninhada? A fêmea parece menor — falou o Homem Novo. O menino permaneceu de pé com as mãos nos bolsos, mais trás. Em toda a minha vida, jamais havia conhecido alguém que não quisesse brincar com filhotinhos.

— Não. Achamos que o pai do macho pode ser algum tipo de grande porte, talvez dogue alemão. O filhote tem umas dez semanas e já é bem grande — respondeu Sam Pai. — A mãe é basicamente malamute-do-alasca. A cadelinha é de outra ninhada, uma mistura de boxer. O nome dela é Lacey.

— É de um cachorro grande que estamos precisando.

— Bem, a não ser que você esteja se referindo à estatura, como um lébrel irlandês, não tem como ficar maior que um malamute-do-alasca com dogue alemão no meio. Não mais encorpado, pelo menos. Olha as patas dele — observou Sam Pai com uma risadinha.

— O seu resgate fica em Grand Rapids? É meio longe.

— Sim, viemos de lá com alguns dos nossos maiores cachorros. Aqui em cima, o pessoal gosta de cachorro grande; na cidade, preferem os pequenos. Antes de eu voltar, vou encher a van de chihuahuas, yorkshires e outras raças de pequeno porte dos abrigos daqui.

Eu me deitei de costas para Lacey atacar o meu pescoço. Uma mulher mais velha se juntou ao Homem Novo e sorriu para a gaiola, mas eu estava ocupado demais sendo maltratado por Lacey para dar bola para ela.

— Como eu disse — falou o Homem Novo —, estamos interessados nos grandes. É para o meu outro filho, Burke. Ele nasceu com um problema na coluna. Os médicos querem esperar ele ficar mais velho para operar, então está em uma cadeira de rodas. Precisamos de um cachorro para ajudá-lo por aí, puxar a cadeira dele, essas coisas.

— Ah. — Sam Pai sacudiu a cabeça. — Existem organizações que treinam animais de assistência. É um trabalho difícil. Você deveria entrar em contato com uma delas.

— Meu filho diz que cachorros que foram treinados devem ir para pessoas que não têm mais esperanças de voltar a andar. Ele se recusa a buscar um cão de assistência. — O Homem Novo deu de ombros. — Burke pode ser meio... teimoso com certas coisas.

O menino com as mãos enfiadas nos bolsos resfolegou e revirou os olhos.

— Chega, Grant — disse o Homem Novo. O menino chutou a terra.

— Você não quer trazer o seu filho para conhecer o macho? O nome dele é Bailey.

O Homem Novo, a mulher mais velha e o garoto levantaram a cabeça de repente. Lacey e eu percebemos aqueles movimentos súbitos e congelamos, imaginando o que poderia estar acontecendo.

— Falei alguma coisa errada? — perguntou Sam Pai.

— É só que a minha família tem uma história com cães chamados Bailey — explicou Homem Novo. — Você, hã, se importa se mudarmos o nome dele?

— O cachorro seria seu, então tudo bem. Quer trazer o seu outro filho até aqui? Burke?

Ninguém disse nada por um tempo. A mulher mais velha pousou a mão no ombro do Homem Novo, e disse:

— Ele... tem dificuldade em deixar que o vejam na cadeira. Ele não costumava se importar, mas o último ano foi difícil. Ele vai fazer 13 anos em junho.

— Ah, final da pré-adolescência — disse Sam Pai. — Já ouvi falar disso. Ainda tenho alguns anos para me preparar. Ava só tem 10.

— Acho que já podemos tomar a decisão — declarou o Homem Novo. — Imagino que tenha uma taxa.

— Taxas e formulários — respondeu Sam Pai, feliz.

As pessoas novas se afastaram, conversando entre si. De repente, a menininha de cabelos escuros voltou correndo, seguida por dois humanos adultos.

— É essa aqui, papai! — gritou ela.

Ela se ajoelhou, abriu a gaiola e tirou Lacey. Quando fiz menção de ir atrás, ela bateu a porta bem na minha cara.

Fiquei observando com preocupação enquanto a menina se afastava. Para onde estava levando Lacey?

Capítulo 4

A MENININHA DE CABELO PRETO LEVOU LACEY ATÉ DOIS ADULTOS — OS PAIS dela, uma parte da minha mente concluiu. Eu só queria manter Lacey, que ainda estava nos braços da garotinha, no meu campo de visão. Por algum motivo, essa sensação era diferente e mais ameaçadora do que quando Ava levava um de nós no colo. Lacey estava tão afoita quanto eu: quando a colocaram de volta ao chão, ela ignorou a menina de cabelos escuros e correu direto para a minha gaiola e enfiou o focinho entre as grades para me cheirar.

— Lacey! — gritou a menininha, trazendo os pais atrás de si e pegando a minha Lacey no colo de novo.

O Homem Novo e a família dele estavam voltando, e o vi ficar com o corpo mais duro ao ver a família da garota. O menino olhou para o Homem Novo com curiosidade.

— Olá — disse o homem de cabelos escuros.

O Homem Novo reagiu de modo estranho, ignorando o Homem de Cabelos Escuros e se ajoelhando para me tirar da gaiola para eu poder ficar logo com a Lacey.

— Oi — respondeu a mulher mais velha para o Homem de Cabelo Escuro. — Também está adotando um filhotinho?

— Eu vou adotar a Lacey — cantarolou a menina de cabelo preto.

Concluí que eram duas famílias diferentes — a Garota de Cabelo Escuro, o pai e a mãe; e o Homem Novo, um garoto e uma mulher mais velha, que não parecia ser a mãe do garoto. Apesar de as duas famílias serem humanas, elas tinham cheiros diferentes.

O Homem Novo me pegou e deu as costas para o Homem de Cabelo Escuro.

— Você vem, mãe? — perguntou ele após dar alguns passos. Senti uma tensão esquisita vinda das mãos do Homem Novo.

— Foi bom falar com vocês — disse a mulher mais velha (a que o Homem Novo tinha chamado de "Mãe") para a família Cabelo Escuro, antes de se apressar na nossa direção. Ela estava franzindo o cenho para o Homem Novo. Ele esperou que ela nos alcançasse.

— O que foi isso? — perguntou Mãe baixinho. — Nunca vi você ser tão mal-educado.

Preso junto ao peito do Homem Novo, não conseguia ver Lacey e mal podia sentir o cheiro dela. Me contorci, e ele me afagou.

— Você não sabe? — respondeu o Homem Novo. — Ele é um dos robôs fazendeiros que estão tentando acabar com o nosso negócio.

O garoto correu até a lateral de um carro. Dentro do veículo, havia outro menino, mais novo, sorrindo para mim.

— Espera!

A pequena Ava estava nos alcançando, e o Homem Novo virou.

— Quero me despedir do Bailey!

O Homem Novo me abaixou até o meu focinho estar na altura do nariz de Ava.

— Eu te amo, Bailey. Você é um cachorro muito bonzinho. Não podemos ficar com todos os cães que resgatamos, porque seria um lar temporário fracassado, então precisamos dar adeus, mas vou me lembrar de você para sempre. Espero ver você de novo! — Balancei o meu rabo ao ouvir o meu nome, Bailey, e ao sentir o beijinho que Ava deu no meu focinho.

De repente, eu já estava no carro. Por quê? O que estávamos fazendo? O que aconteceu com a Lacey? O menino mais novo me pegou. Ele era uma cópia menor do primeiro menino — os mesmos cabelos escuros e olhos claros, o mesmo cheiro de pão com manteiga. Eu estava tão ansioso que choramingei.

— Não se preocupe, garoto, está tudo bem — sussurrou o menino mais novo.

Fiquei intimidado, mas ele esfregou o rostinho no meu de um jeito tão carinhoso que fui seduzido a dar uma boa lambida na sua bochecha.

Todos estavam entrando no carro agora.

— Posso dirigir? — perguntou o menino mais velho.

— Talvez seja melhor a gente sobreviver à viagem — retrucou o mais novo.

— Você pode dirigir quando a família não estiver no carro, Grant — disse o Homem Novo.

— Não sei por que chamam de licença de aprendiz se não me dão *licença* para aprender — reclamou o garoto.

O carro começou a andar.

— Qual era o negócio com aquele japa? — perguntou o garoto mais velho.

O Homem Novo balançou a cabeça.

— Não é assim que se pergunta. Ele ter ascendência asiática não tem nada a ver com isso.

— O que aconteceu? — indagou o menino que me segurava no colo.

— O pai ficou estranho — explicou o Menino Mais Velho.

— Ele foi mal-educado — interveio a Mãe.

O Homem Novo suspirou.

— Em primeiro lugar, eles não são japoneses, são *chineses*. E não temos nada contra os sino-americanos. O problema é onde ele trabalha. Estão comprando as fazendas e substituindo os funcionários por drones. Enquanto isso, empregados que antes levavam um salário decente para casa não conseguem mais alimentar as suas famílias.

— Ok, entendi, desculpe — balbuciou o Menino Mais Velho, virando o rosto.

— O seu pai não ficou chateado com você, Grant. É só essa situação — explicou a Mãe. — Não é mesmo, Chase?

O Homem Novo grunhiu. O menino mais novo tinha me deitado de costas e estava fazendo cócegas e me deixando morder os seus dedos.

— O nome dele vai ser Cooper! — anunciou ele.

— Que nome idiota — falou o Menino Mais Velho.

— Chega, Grant — disse o Homem Novo.

O nome do Menino Mais Velho era Grant. Foi uma das coisas que aprendi ao longo dos dias seguintes. O nome dele era Grant, e o do menino mais novo era Burke. Na maioria das vezes, a mulher era só Vó, então parei de pensar nela como Mãe. O Homem Novo, no entanto, era um desafio, porque ele parecia não acertar os nomes nunca. Chamava a Vó de "Mãe", e ela o chamava de "Chase", mas aí, para tudo ficar ainda mais complicado, os meninos o chamavam de "Pai", que era o nome que Ava usava para chamar Sam Pai. Era demais para um cachorro só entender, então comecei a pensar no Homem Novo como "Chase Pai". Será que todo homem era "Pai"?

E todo mundo se dirigia a mim como "Cooper". Eu havia sido Bailey quando estava com Lacey, e agora eu era Cooper e estava sem Lacey. Eu estava feliz, cercado por gente que me amava, mas uma parte minha estava sempre na expectativa de Lacey aparecer. Pensar nela me dava uma fome estranha, mesmo depois de ter enchido a barriga com o jantar. Eu me sentia sobrecarregado com uma dor persistente e vazia.

Quando Burke não estava deitado na cama, estava em uma cadeira que se movia rápido de um lugar para o outro com a ajuda das mãos dele nas duas rodas. Às vezes, um dos outros integrantes da família ficava atrás de Burke e o empurrava. Burke me queria no colo, e descobri que, se não fosse daquele jeito, ele não conseguia tocar em mim, apesar de se dobrar e tentar, os dedos se agitando no ar. Ele me ensinou a subir em um banquinho macio e baixo, e, dali, pular para o colo dele.

— Sobe, Cooper! — dizia ele, dando tapinhas nas coxas e rindo ao me ver obedecendo a ele.

Quando eu o alcançava, Burke me abraçava e eu conseguia morder o rostinho dele, com o mesmo tipo de carinho fluindo da boca que eu sentia quando abocanhava a pata de Lacey.

— Se o Cooper é o cachorro de Burke, por que eu tenho que treinar ele? — perguntou Grant um dia.

— Por que você acha? — respondeu o Pai.

Grant me levava para fora várias vezes por dia, às vezes, com pressa se eu ameaçasse me agachar dentro de casa. Ele me dava petiscos.

— Sou o garoto legal da família. Você vai ver. Burke diz que você não é um cão de assistência, mas, quando estiver mais velho, vou levar você para fazer trilhas e jogar a bola para você pegar. Vai ver só — cochichava Grant para mim quando me dava petiscos. Eu amava o Grant.

Ele não estava sempre em casa, nem Chase Pai, mas a Vó e Burke, sim.

— Escola — dizia Grant, saindo de casa correndo em seguida. Eu tinha aprendido a esperar aquilo, pois também ouvia "hora de ir para o trabalho" do Chase Pai ou algo parecido com o mesmo tom de voz, e então só restavam a Vó e o Burke para ficar comigo.

— Vamos começar com as aulas de francês — dizia a Vó de vez em quando, e Burke gemia alto.

Eu rolava de costas, pulava em um brinquedo ou corria pela sala para deixar bem claro que existiam alternativas de sobra para o que eles costumavam fazer: ficar sentados observando um objeto sem cheiro que piscava, fazendo barulhinhos de clique, batendo com os dedos em um retângulo e basicamente ignorando o fato de que havia um cachorro em casa. Eles nem levantavam para ir atrás de mim quando eu passava pela portinha de cachorro e trotava rampa abaixo para cheirar cada canto e marcar o meu território lá fora.

Eu me perguntei onde estaria Lacey. Não entendia como eu podia ter tanta certeza de que sempre estaríamos juntos para depois vê-la ser tirada de mim por uma menininha de cabelo escuro tão de repente.

Aos poucos, comecei a entender que, por mais que eu vivesse como todos da família, eu tinha uma responsabilidade especial com Burke. Era Burke que me alimentava, apoiando a minha tigela de comida em uma prateleira que ele alcançava e eu podia acessar subindo em um caixote de madeira. Eu dormia na cama de Burke em um quartinho no térreo — a Vó tinha um quarto maior lá embaixo, e Grant e Chase Pai tinham quartos no andar de cima.

Foi Burke que me ensinou a obedecer comandos.

— Vem. Senta. Fica. Deita.

Ficar era o mais difícil.

Tudo mundo da família me amava e brincava comigo, claro, mas eu tinha a sensação de que Burke *precisava* de mim. Ele se importava o bastante para me ensinar coisas. E ser necessário parecia mais importante do que qualquer outra coisa, o que gerava um laço entre nós tão forte quanto o apego que eu sentia por Lacey. Às vezes, eu olhava abismado para ele por eu ter o meu próprio menino. Eu amava todo mundo da família, mas, em pouco tempo, Burke se tornou o centro do meu mundo. Burke era o meu propósito.

O lugar no qual morávamos chamava-se "fazenda". Havia um celeiro e uma área cercada onde uma velha cabra de nome Judy mastigava grama distraída, mas nunca vomitava. Às vezes, eu me aproximava da cerca e Judy e eu nos encarávamos. Marquei a cerca, mas a cabra nem mostrou a cortesia de cheirar o local depois. Eu não sabia bem para que aquela cabra velha servia. A Vó passava um bom tempo conversando com ela, mas as cabras falam tanto quanto os cachorros. Judy nunca era convidada a entrar em casa, então decidi que eu era o preferido. Eu podia correr pela fazenda, mas o meu senso de obrigação com o meu menino me impedia de ir além de um grande lago com patos inúteis nadando na superfície. Eu precisava sempre saber onde ele estava.

Vem. Senta. Fica. Deita. Eu tinha um trabalho e aquilo me fazia feliz.

Eu também tinha uma caixa de brinquedos. Sempre que achava que as coisas estavam chatas, enfiava a cara na caixa aberta e tirava dela uma bola ou outro objeto qualquer — a maioria deles de borracha, porque os de pano eu tinha destruído e comido. O único item na caixa de brinquedo para o qual eu não ligava era uma coisa que Grant tinha me dado: "É um osso de nylon para ele roer; é bom para os dentes", explicou o menino a Burke. Ele estendia aquele "osso de nylon" sem cheiro, sem gosto e duro para mim. "Pega o osso! Quer o osso?" Grant o sacudia e eu fingia estar interessado, mas só porque tinha pena dele.

Depois de um tempo, não precisei mais do caixote de madeira para alcançar a tigela de comida.

— Você é um cachorro grande agora, Cooper — disse Burke. Decidi que "cachorro grande" era a mesma coisa que "cachorro bonzinho".

Ou talvez não, porque, mais ou menos na mesma época em que o meu menino começou a dizer "cachorro grande", ele começou a falar comigo com a clara intenção de que eu devia fazer algo de volta — algo mais difícil do que "Sentar" ou até "Ficar".

— Vamos treinar, Cooper — anunciava Burke todo dia, e eu já sabia que estava na hora de prestar atenção em um confuso conjunto de comandos falados.

Havia uma corda na porta do que aprendi se chamar "geladeira". Burke a sacudiu.

— Abre — disse ele.

Ele ficou balançando a corda até eu ser obrigado a abocanhá-la. Grunhindo de um jeito divertido, caminhei para trás, a porta balançando nos parafusos e, então, maravilhosos odores de comida fluíram dela em correntes de ar gelado. Burke me deu um petisco! Pelo visto, "Abre" significava "puxe a corda e ganhe um petisco".

"Deixa aí" era mais confuso, porque *começava* com um petisco, dessa vez, debaixo de uma luva pesada no sofá. Eu reconhecia aquela luva de quando Grant e Burke atiravam uma bola entre eles no jardim — um jogo que eu adorava porque quando um dos meninos errava, eu saltava sobre a bola, que então virava a *minha* bola.

Burke colocava um petisco de frango embaixo da luva e o petisco ficava ali, apesar de nós dois sabermos onde ele estava! Enfim, decidindo que eu teria que tomar a iniciativa, ia tirar a luva de cima dele.

— Deixa aí! — gritava ele comigo.

Eu ficava surpreso. O que aquilo significava? Eu encarava a luva, babando, e ia para cima dela de novo.

— Deixa aí! Não! Deixa aí!

Não? Para que ele achava que servia um petisco de frango?

— Deixa aí! — repetia ele, mas, dessa vez, me deu um petisco *diferente*, sabor fígado. Eu preferia o de frango, mas, com aquela loucura toda acontecendo, resolvi que fígado seria o máximo que conseguiria.

Depois de diversas repetições do "Deixa aí!" resolvi esperar, e ele me deu mais um de fígado. Não fazia sentido, mas, contanto que terminasse com um petisco, eu estava de acordo. Aprendi a trapacear dando as costas para a luva assim que ele dizia "Deixa aí". Petisco! Então, o pedaço estava debaixo da luva no chão e Burke não estava mais segurando. Calculei que eu poderia mover a luva e engolir o petisco de frango com facilidade, mas, quando ele dizia "Deixa aí", eu quase não conseguia me conter, desistindo na hora da luva.

Petisco!

Por fim, decidi que, sempre que o meu menino dizia "Deixa aí", eu devia ignorar seja lá o que estivesse cativando a minha atenção e optar pela mão dele, que era uma fonte de petiscos mais confiável.

Mas aqueles nacos deliciosos não eram a melhor parte, e, sim, o carinho que jorrava de Burke quando ele declarava: "Cachorro bonzinho, Cooper." Eu faria qualquer coisa por ele. Burke me amava, e eu amava Burke.

"Puxe" era fácil — eu marchava com uma corda no meu peitoral, que estava amarrada na cadeira. Mas "Puxe" tinha variações que levaram muitos dias e muitos petiscos para aprender.

— Olha isso — disse Burke para Grant. — Certo, Cooper, puxe para a direita!

Aquilo significava puxar em uma certa direção.

— Para a esquerda!

Isso significava puxar na direção contrária. Era um trabalho complicado para um cachorro, mas os elogios de Burke, aliados aos petiscos, faziam tudo valer a pena.

— E para que serve isso? — perguntou Grant.

— É para tipo se eu estiver tendo problemas na neve. Cooper pode me puxar.

— Você não vai tentar sair sozinho na neve. É burrice.

— Não com muita neve, mas, você sabe, mesmo se a neve tiver sido retirada, às vezes é difícil ganhar tração.

— O que mais ensinou para ele?

— Certo, essa é a melhor.

Grunhindo, Burke se levantou da cadeira, deslizando para o sofá e então, de braços estendidos, rolou até o chão. Tenso, observei enquanto ele engatinhava com os braços até o meio da sala.

— Ok! Cooper? Junto!

Na mesma hora corri até o meu menino. Ele levantou os braços e segurou o meu peitoral com as mãos.

— Ajudar!

Ele me agarrou com uma das suas mãos e usou a outra para pegar impulso enquanto eu o arrastava devagar pelo chão até a cadeira.

— Junto — mandou Burke novamente. Fiquei completamente imóvel, aguentando o peso dele enquanto ele se esforçava para sentar. — Viu? Cooper sabe me colocar de volta na cadeira de rodas.

— Legal! Faz de novo! — exclamou Grant.

Apesar de eu ter acabado de colocá-lo de volta na cadeira, Burke caiu pela segunda vez. Não entendia o que estava acontecendo com ele nos últimos tempos, porque ele mal parecia conseguir ficar na cadeira desde que aprendemos o "Ajudar".

Agora, quando Burke me chamou, Grant foi até a cadeira e a empurrou até a cozinha, que ficava do outro lado do cômodo.

— Por que você fez isso? — perguntou Burke.

Grant riu.

— Anda, Grant. Traz a cadeira de volta.

— Vamos ver se o Cooper consegue entender. Como o pai sempre diz, um desafio fácil não é um desafio.

— Então está dizendo que, de alguma maneira, isso é bom para mim?

— Ou bom para o cachorro.

Burke ficou quieto por um instante.

— Certo, Cooper. Ajudar.

Eu não sabia o que fazer. Como poderia "Ajudar" se a cadeira não estava ali?

Burke puxou a faixa peitoral que eu usava até estarmos de frente para a cozinha.

— Ajudar, Cooper.

Dei um passo hesitante para a frente.

— Isso! — elogiou Burke. — Cachorro bonzinho!

Ele queria que eu o arrastasse até a cozinha? Esse "Ajudar" era diferente do que fazíamos. Parecia mais um "Puxar para a esquerda". Mas me lembrei de quando "Deixa aí" foi de "nem tente comer o que está debaixo dessa luva" para "ignore o que está no chão mesmo que o cheiro seja delicioso". Talvez aquele treino significasse que tudo na minha vida estaria sempre mudando.

Comecei a arrastá-lo até a cozinha.

— Isso! Viu? Ele entendeu!

Grant esperou na cozinha de braços cruzados. Burke estava ofegando um pouco quando chegamos.

— Cachorro bonzinho, Cooper!

Petisco!

Grant pegou a cadeira de Burke.

— E agora?

Ele levou a cadeira até a sala e subiu as escadas.

— Ele consegue subir até aqui? — gritou Grant lá do alto, com uma risada zombeteira.

Burke ficou deitado no chão. Ele parecia triste. Dei um cutucão nele com o focinho, sem entender o que estava acontecendo.

— Tudo bem, Cooper — disse ele, suspirando. Uma coisa parecida com raiva parecia estar expulsando toda a tristeza dele. — Nós vamos conseguir.

Capítulo 5

BURKE PEGOU A MINHA FAIXA PEITORAL E ME GIROU DE MODO QUE EU FICASSE de frente para a sala de estar. Pensei saber o que estava por vir: quando ele disse "Ajudar", fui na direção do sofá, achando que era para lá que ele queria que eu fosse. Mas o meu menino me surpreendeu, me girando de novo.

— Ajudar!

Para as escadas? Eu o arrastei até elas e parei, espantado. Grant estava sorrindo lá do alto. Burke apoiou uma das mãos no primeiro degrau e a outra mão segurou a minha faixa peitoral.

— Ajudar!

Subi um degrau com hesitação. Burke pegou impulso com a mão que estava livre, grunhindo.

— Ajudar! — comandou ele quando parei.

Aquilo não parecia certo; o peso de Burke estava me puxando para trás. Por que Grant não descia para ajudar?

— Vamos, Cooper.

Subi mais um degrau e depois outro. Chegamos a um ritmo, avançando com mais fluidez. Burke precisava respirar fundo.

— Isso! — sussurrou ele. — Estamos conseguindo, Cooper!

Grant tinha parado de sorrir e estava de braços cruzados de novo.

Senti o cheiro do Pai, mas estava concentrado em alcançar o topo. Eu não sabia o que aconteceria quando chegássemos lá, mas esperava que envolvesse o petisco de frango.

— O que está acontecendo aqui? — perguntou o Pai atrás de nós.

Burke e Grant ficaram mudos e parados ao ouvirem a voz dele. Não balancei o rabo para que os meninos soubessem que, mesmo sem entender o que estava acontecendo, eu estava levando seja lá o que fosse aquilo bastante a sério.

— Quer contar a ele, Grant? — perguntou Burke satisfeito.

Grant engoliu em seco.

— Eu fiz uma pergunta — disse Chase Pai. — O que os dois estão fazendo?

Burke sorria para o irmão.

— Estou mostrando para o Grant como o Cooper consegue me ajudar a subir as escadas.

Ouvi o meu nome, então imaginei que tudo bem balançar o rabo agora.

— Ah. — Chase Pai esfregou o rosto. — Certo. E ele consegue ajudar você a *descer*?

— Provavelmente. Ainda não praticamos essa parte — respondeu Burke.

— Me avisem se precisarem que eu vá pegar você — disse Chase Pai. — Estamos com um início de verão úmido e precisamos aproveitar a chuva. — Ele se virou e foi para a cozinha.

Grant soltou a respiração.

Burke sacudiu a cabeça.

— Nem com um revólver na mão você teria parecido mais culpado. Por quê? Acha que o pai ia ficar zangado se soubesse que você está torturando o seu irmão?

— Torturando! — zombou Grant. — Qualquer um pode engatinhar por uma escada. Além disso, você tem um *cachorro*.

— Tenta, então.

— Acha que eu não consigo?

— Acho — declarou Burke.

— Ok. Então fica olhando.

Grant dobrou a cadeira de Burke e desceu os degraus, abrindo-a de volta e deixando-a no chão. Então, se apoiou nos joelhos e nas mãos. Fiquei em alerta. Ele precisava de "Ajudar"?

— Não, você está usando os joelhos — falou Burke.

— Não estou, não.

— Arraste as pernas.

— Eu sei!

— Ok, você só deu um passo e já usou as pernas.

— Isso é ridículo.

— Então admite que não consegue.

— Ah, quer saber?

Grant se levantou, pulou o último degrau, e chutou a cadeira com violência. Ela caiu, fazendo um barulhão.

— Ei! — gritou Chase Pai da cozinha. Ele saiu, os sapatos fazendo um som zangado no piso. — O que acha que está fazendo?

Grant encarou o chão sem fazer nada.

— Grant? Tem alguma coisa a dizer?

— Eu *odeio* essa cadeira de rodas idiota! — berrou ele.

O Pai ficou olhando para ele.

— É mesmo? — respondeu Burke com sarcasmo ao meu lado. — Porque eu *adoro* essa coisa.

— Não quebramos equipamentos nesta casa, Grant. Entendido?

O garoto secou os olhos. Consegui farejar as suas lágrimas salgadas. Sem mais uma palavra, ele disparou até a porta da frente.

Chase Pai abriu a boca.

— Grant!

Burke pigarreou.

— Pai?

Chase Pai já tinha dado dois passos para ir atrás de Grant, mas parou, olhando para nós.

— Pode me levar aí para baixo, por favor?

Chase Pai olhou de volta na direção para a qual Grant havia corrido.

— Deixa para lá, pai — pediu Burke baixinho.

Chase Pai pegou Burke no colo e o sentou na cadeira de rodas, mesmo eu estando ali, podendo muito bem ter feito "Ajudar".

Vários dias depois, estávamos lá fora brincando de "Pegar". Burke espalhara alguns itens — um sapato, uma bola, um pedaço de pau, uma meia — e então me dizia "Pega!". Eu nunca tinha ouvido aquela palavra antes e, apesar de sentir que provavelmente estavam me pedindo para fazer uma coisa em nome do "treino", não estava com muita vontade de tentar entender as coisas naquele dia. Em vez disso, saltei sobre o pedaço de pau e dei uma bela sacudida nele.

— Deixa aí — comandou Burke.

Olhei sem acreditar para ele. Deixar um *graveto*?
— Deixa aí — repetiu ele.
Larguei o graveto. Ele apontou para a bola.
— Pega!
Peguei o graveto.
— Deixa aí!
Resolvi fazer xixi em uma flor e esperei Burke parar com essa brincadeira nova.
— Pega a bola! Pega!
Estava quente naquele dia, e a grama tinha um cheiro tão bom que eu queria rolar nela e tirar uma soneca, mas Burke parecia não querer brincar com o graveto legal. Fui até ele e lambi os seus dedos para mostrar que ainda o amava, apesar do comportamento doido dele.
Chase Pai chegou.
— Como está se saindo?
Chase Pai tinha cheiro de lama — pelo visto, *ele* sabia aproveitar um dia como aquele!
Burke suspirou, um som triste, então fui até ele e fiz "Sentar" para alegrá-lo.
— Mal. Acho que talvez eu precise começar atirando coisas e apontando para elas para ele entender que deve seguir a direção do meu dedo.
— Nada que é importante vem fácil, Burke. Você está se saindo muito bem com esse animal. Tem talento. Só que mesmo uma pessoa talentosa precisa praticar.
— Como você com o seu violão? — perguntou Burke.
Chase Pai gargalhou.
— As pessoas diziam que eu tinha talento. Depois de 25 anos de prática, ainda toco tão bem quanto da primeira vez que peguei aquela coisa.
— Mas você nunca pratica.
— Está enganado. Pratico quando você e Grant não estão em casa. Vou para o celeiro para não deixar a sua avó surda.
— Por que nunca toca quando estamos aqui para ouvir, pai? Por que nunca podemos ir quando você toca com a sua banda?
— Só adultos acima de 21 anos podem entrar no bar, filho.

Todos nós levantamos a cabeça quando, na rua, uma comprida fileira de carros se aproximava, quase uns em cima dos outros, máquinas enormes e lustrosas.

Eu já tinha aprendido algumas coisas. Carros tinham mais bancos para pessoas. Caminhonetes, em geral, tinham menos bancos, só que mais espaço para outras coisas, como o monte de plantas com o qual Chase Pai frequentemente dirigia. Vans levavam pilhas de gaiolas e tinham cheiros de animais. E havia também o caminhão lento — um veículo alto e estridente com um único banco bem acima dos pneus. Mas aquelas coisas na rua eram estranhas, enormes e quase silenciosas, seguindo umas às outras em uma fila única.

Lati para deixá-las cientes de que, seja lá o que fossem, eu estava de olho nelas e era um cachorro.

— Isso mesmo, Coop. — Chase Pai se abaixou e afagou a minha cabeça. — São os inimigos.

— Vovó chama eles de futuro — respondeu Burke.

— É, bom... — Chase Pai se levantou e limpou a calça. — Espero que não o *nosso* futuro. Drones sementeiros. Robôs fazendeiros. Antigamente, em um dia como hoje, você via vinte, trinta empregados para cada campo de aspargos; agora, não há um único ser humano presente, apenas essas coisas. Assim como com batatas, assim como com todo o resto.

— Mas não a gente.

— Isso. Grant está lá agora mesmo, colhendo aspargos para a feira de sábado.

Burke me acariciou de um jeito que eu havia aprendido que significava que ele estava triste.

— Eu queria poder ajudar, pai.

— Um dia você vai poder, Burke.

Vi aquelas mesmas máquinas passarem todos os dias em que Burke e eu estávamos no jardim trabalhando no "Pegar". Aprendi a seguir a direção que o dedo dele apontava e a fazer o "Pegar" com a luva, a bola e, às vezes, até com o graveto. Depois, fiz com outras coisas da casa, como travesseiros, uma camisa, um garfo caído no chão. "Pegar" significava apenas que eu devia ficar apanhando coisas e fazendo "Deixa aí" até eu conseguir selecionar algo que me rendesse um petisco.

Não era a minha brincadeira preferida.

Ninguém brincava de "Pegar" com Judy, a cabra velha — nem de qualquer outra coisa, pelo visto. Todo mundo afagava Judy, mesmo ela não sendo um cão e provavelmente nem gostando disso, mas só a Vó entrava no cercado, se sentava e conversava com ela. Judy não balançava o rabo nem parecia reagir, apesar de ficar do lado da Vó.

— Ah, Judy, você é tão doce. Me lembro de quando chegou aqui ainda bebê — dizia Vó. — Miguel mal podia esperar para me mostrar; ele sabia que eu amaria você. Ele era um homem bom, Judy.

Balancei o rabo com o carinho que senti dela, que parecia acompanhado por uma melancolia.

Quando a Vó não estava sentada na cadeira dentro da cerca da cabra, Judy subia nela. Eu me perguntava se a Vó sabia daquilo.

Burke gostava de passar tempo sentado a uma mesa no quarto, pegando pedacinhos de plástico em silêncio e pingando um líquido pungente neles. A coisa era tão forte que me fazia espirrar.

— No que está trabalhando?

Burke e eu levantamos a cabeça ao mesmo tempo. Grant estava apoiado na soleira da porta.

— É uma planta de energia solar. Vou usá-la para fornecer energia para a cidade toda.

Grant desencostou do batente da porta.

— Me mostra.

Burke olhou o irmão de cima a baixo.

— Ok — concordou ele. — Essas são as casas que construí. E este é o hotel, a prefeitura...

— Como eles estavam com energia esse tempo todo se não tinham energia solar?

— Isso não é uma história, Grant. Não estou construindo uma cidade em ordem cronológica. Só gosto de arrumar para fazer sentido quando eu tiver terminado.

— Se quer fazer assim, tudo bem. Só acho que seria mais divertido ter uma fazenda, um abrigo para os funcionários e as lojas na rua principal. Tipo, com querosene, carvão, cavalos e carros. Do seu jeito está chato. Pelo menos do meu jeito haveria uma aventura, um propósito. Qual o sentido disso tudo se essa coisa nunca vai evoluir?

— Então, se você quisesse colocar um sistema de transporte, começaria com uma reunião na prefeitura? Faria um estudo de impacto ambiental?

— Você está só brincando. É bobagem — desdenhou Grant.

Quando Grant e Burke conversavam, eu frequentemente sentia uma raiva irritada vindo à tona nos dois. Estava sentindo aquilo agora.

— O que você quer, Grant?

Grant respirou fundo, observando o irmão com cuidado, e então expirou.

— Quero sair com os meus amigos para jogar basquete no fim de semana, e, como sempre, o pai me mandou trabalhar. Então falei que ia ajudar os Millard a colher morangos. Você sabe como o pai adora que a gente ajude os vizinhos e tal.

— O que eu tenho a ver com isso?

— É só para, sabe, quando o pai voltar, você dizer a ele que o sr. Millard veio me buscar. Ele vai acreditar em *você*.

— Não entendo por que eu deveria mentir para o nosso pai.

— Não sou eu que faço o trabalho por aqui? Você tem alguma coisa para fazer na casa? Não, só fica aí sentado construindo uma cidade de mentirinha boba com Barbies.

— Você não acha que eu ajudaria se pudesse?

Burke bateu no braço da cadeira com raiva. Eu me encolhi e depois cutuquei o braço dele com o meu focinho.

— Ok... Desculpe. Estou chateado porque quero jogar basquete e sei que o pai vai dizer não. Posso contar com você?

— Então, ele chega e pergunta: "Quem veio buscar o Grant?", e eu respondo: "Ah, com certeza não foi um bando de garotos para jogar basquete."

— Caramba, Burke.

Mais tarde, quando Grant estava lá fora empilhando lenha com o Pai, ajudei Burke a subir as escadas e a me guiar pela faixa peitoral até o quarto no qual Grant dormia. O meu menino estava rindo, mas também parecia tenso, e congelou ao ouvir a Vó abrindo um armário da cozinha. Ele me guiou até o closet, pegou uns sapatos e pingou umas gotas de um negócio bem fedorento em cada um, o ar se enchendo de um odor forte de lacrimejar. O que ele estava fazendo?

Capítulo 6

Estávamos lá embaixo quando a Vó saiu da cozinha e disse a Burke:
— Acabei de colocar uns biscoitos no forno.
Fiquei muito interessado na palavra "biscoitos".
Escutei passos firmes na entrada da casa.
— Estou atrasado! — exclamou Grant ao entrar.
A Vó levantou uma das mãos.
— Só tire essas botas cheia de lama antes de entrar, por favor.
— Desculpa, vó. — Grant deu meia-volta, se sentou e arrancou as botas. Fui até ele cheirá-las, maravilhado com o cheiro das coisas em que ele havia pisado.
— Acabei de colocar biscoitos no forno. Por que tanta pressa?
Lá vinha aquela palavra de novo!
— Eu, hã, disse aos Millard que ajudaria eles a colher morangos hoje à tarde e eles vão me encontrar na entrada em, tipo, cinco minutos.
Grant passou correndo por mim e subiu as escadas.
Vó encarou o menino e se voltou para Burke.
— Por acaso, os Millard têm uma filha?
— Não que eu saiba. Por quê?
— Nunca vi o Grant tão ansioso para colher morangos.
— Burke! — O grito de Grant pareceu sacudir a casa toda. — O que você fez com os meus tênis? — Ele voltou fazendo um barulhão pelas escadas. — Tem pedras coladas neles ou alguma coisa assim!
Burke estava rindo.
— Burke, o que você fez? — perguntou a Vó.

As pessoas são assim mesmo. Primeiro, elas mencionam biscoitos, mas agora todo mundo já tinha parado de falar neles.

Grant foi até Burke e sacudiu um dos sapatos.

— Eu preciso desses tênis!

Levantei a cabeça ao ouvir um carro chegando. Depois de um instante, Grant também ouviu.

— Eles estão vindo! Preciso ir!

Vó balançava a cabeça, mas sorria também.

— De qualquer forma, você devia usar as botas, Grant.

— As *botas*? — Ele a olhou sem acreditar.

— Andou chovendo. Os campos vão estar cheios de lama.

— *Cheios* de lama — repetiu Burke. — As botas são, de longe, a melhor opção. Você ia acabar sujando os tênis de basquete ao ajudar os Millard com os seus esforços por amor aos vizinhos.

Grant estreitou os olhos para o irmão. Olhamos pelas janelas da frente quando ouvimos uma buzina. Eu sabia que vinha do que estava lá na entrada junto à rua.

— São eles. — Grant atirou os sapatos em Burke. — Conserta! — sibilou ele em um tom de voz que acho que a Vó não ouviu.

Ele foi até as suas botas, calçou-as com dificuldade, e desceu a rampa até a entrada junto à estrada fazendo barulho.

— O que você fez pode ser desfeito? — perguntou a Vó.

— Como assim, Vó? — perguntou Burke, fingindo inocência.

— Nada de biscoitos até consertar os tênis.

Burke riu e fez "Pegar" os sapatos de Grant comigo, apesar de eu preferir fazer "Pegar" nos biscoitos, cujos doces aromas me provocavam a cada fungada.

Mais tarde, Burke comeu vários biscoitos e me deu algumas migalhas, e depois descemos a rampa até o jardim. Ele me fez fazer um pouco de "Puxar", levando-o até a entrada da fazenda. Vi um homem na estrada, ajoelhado ao lado de um caminhão. Burke também o viu e pôs as mãos em volta da boca.

— Pneu furado, sr. Kenner? — gritou ele.

O homem olhou para Burke e assentiu com a cabeça, limpando a boca com a manga da camisa. Percebi que havia algumas ferramentas de metal na estrada. Uma delas era uma barra fina, que estava pendendo frouxa da mão do homem.

— Posso ajudar em alguma coisa? — gritou Burke.

O homem encarou Burke e senti o meu menino se enrijecer, a mão dele se apertando atrás de mim. Finalmente, o homem sacudiu a cabeça.

— Ele acha que não posso fazer nada, Cooper — murmurou Burke. — Porque sou o garoto aleijado.

Lati: aqueles mesmos carros gigantes estavam na estrada e vinham na nossa direção, e era um dever meu chamar atenção para aquele fato. Observei o homem com as ferramentas colocando as mãos na cintura e cuspindo. Ele parou bem no caminho dos carros! Burke inspirou fundo, e senti a tensão nas mãos dele agarrando o meu pelo.

Com um ruído, a fila de carros parou. Um deles fez um som alto de buzina.

O homem com as ferramentas parecia furioso. As luzes dos carros piscavam e faziam aquele som. O homem deu um passo à frente.

— O que você vai fazer, passar por cima de mim? — perguntou ele, erguendo a voz. Eu podia sentir a ira do homem.

— O que ele está fazendo? — sussurrou Burke.

O carro no início do comboio começou a balançar um pouco para a frente e para trás. O homem zangado levantou a haste de metal bem alto e a agitou. A batida forte dele no carro me fez saltar. Uma onda de movimentos viajou pela fileira toda quando ele atingiu a frente de novo e de novo.

De repente, a fileira de carros virou e saiu da estrada, vindo na direção da entrada da nossa casa, bem onde estávamos sentados. Eles iam atingir Burke! Eu precisava protegê-lo. Avancei correndo, mostrando os dentes, latindo.

— Cooper! — gritou Burke.

O grito de Burke ecoou nos meus ouvidos e eu sabia que ele queria que eu voltasse para ele, mas a fileira de carros ainda estava se aproximando e eu estava determinado a não deixá-los machucar o meu menino. Quando eles frearam de repente, fiz o mesmo, o pelo todo eriçado, os dentes à mostra, o latido saindo da forma mais ameaçadora que consegui.

— Cooper! — gritou Burke de novo.

O carro da frente arrancou para um dos lados, o lado que combinava com "Puxar para a direita", tentando passar por mim. Corri naquela direção, avançando nos pneus, bloqueando o seu progresso. *Você não vai machucar o meu menino!* O carro da frente foi para o outro lado e mudei para "Puxar para a esquerda", avançando nele de novo. As máquinas eram enormes e eu tinha medo delas, mas o medo só me deixava mais decidido a proteger o meu menino. Eles frearam, fazendo um zumbido nefasto. As rodas da frente do primeiro giraram na terra de um lado para o outro. Ataquei, mordendo a borracha dura e rosnando. Quando me afastei, as rodas da máquina da frente cuspiram terra e ele fez "Puxar para a direita" e rodou por mim no jardim. Os outros carros não se moveram e lati para eles, avisando para nem tentarem nada — e então virei a minha cabeça com o som de uma colisão. O carro da frente estava esmagando a nossa pilha de lenha! A pilha inteira desabou, a madeira se espalhou por toda parte, e então os outros carros resolveram imitar, ficando em formação para copiar o líder, batendo uns nos outros e parando. O carro dianteiro balançava para a frente e para trás, emitindo um alarme alto e aflito.

— Burke! Volta para cá! — gritou Chase Pai. Olhei e vi ele vindo da casa, o rosto desconfiado, os braços levando um comprido cano de metal com uma parte coberta em madeira. Vó foi até a entrada da casa e cobriu a boca com uma das mãos.

Chase Pai estava furioso, eu sentia a raiva fervilhando nele quando passou por Burke sem nem falar comigo. Ele estava caminhando do jeito que fazia quando estava zangado. Intimidado, parei de latir. Ele se aproximou do carro preso na pilha de lenha, apoiando o cano no ombro esquerdo e apontando-o alto acima da roda da frente. *Bang!* Eu me encolhi, e um cheiro forte e acre tomou conta do ar, ocultando todos os outros. Então mais dois estrondos, e o ar foi tomado por uma fumaça diferente, oleosa e espessa, que saía do carro da frente.

Os outros carros pararam de fazer barulho.

Burke olhou para mim.

— Está tudo bem, Cooper. — Fui até ele e cheirei a sua mão.

A tensão deixou o corpo de Chase Pai. Ele apontou o cano de metal para o chão e olhou para Burke.

— Você está bem?

— Estou. Não acredito que você atirou no drone, Pai! Muito maneiro.

— Bem. — Chase Pai suspirou. — Vamos descobrir o quão maneiro é depois.

— O Cooper me protegeu, pai. Ele não ia deixar os drones se aproximarem mais.

Chase Pai se ajoelhou e passou uma das mãos pelo meu pescoço.

— Cachorro bonzinho, Cooper.

Lambi o rosto de Chase Pai.

A Vó estava se aproximando, sacudindo a cabeça.

— Isso era mesmo necessário, Chase?

— Você viu o que estava acontecendo — respondeu Chase Pai.

— Aquelas coisas estavam loucas.

Olhei para a estrada. O homem que tinha batido no carro estava vindo na direção da entrada da fazenda com um sorriso no rosto. Ele carregava o seu próprio cano.

— Chase!

— Oi, Ed.

O homem foi até as máquinas e bateu em uma delas com um estalo, virando-se para sorrir para nós.

— Isso vai dar uma lição nesses malditos! Vamos protestar agora mesmo!

— Bom, eu não estava tentando provar nada. Meu filho estava em perigo — respondeu Chase Pai.

— Os sistemas de navegação deles devem ter quebrado quando você os atingiu, sr. Kenner — observou Burke.

A Vó encarou o homem.

— Você fez isso, Ed?

Ele deu de ombros.

— Talvez de leve.

Chase Pai e Burke riram, então agitei o rabo.

— Vocês estão se comportando feito crianças — repreendeu ela. — A Trident Mechanical Harvesting é uma corporação multinacional. Se resolverem vir atrás da gente, o que vamos fazer?

O homem inclinou a cabeça.

— Eu só estava consertando o pneu furado — balbuciou ele.

Chase Pai riu de novo. Resolvi sentar e coçar atrás da orelha. Aquele cheiro forte já tinha desaparecido quase todo, exceto do cano de Chase Pai.

A Vó balançou a cabeça.

— Não sei por que acham isso engraçado. Olha o que aconteceu.

As mãos dela tinham um cheiro parecido com o de carne. Eu as examinei com atenção.

— Hã, pai? — disse Burke. — Olha.

Um carro se aproximava rápido, com uma fumaça de poeira no encalço.

— Lá vamos nós — murmurou o homem. Ele olhou para Chase Pai. — Precisa que eu ligue para alguém? Posso chamar cinco caras para nos dar cobertura.

— Não, acho que isso já foi longe demais. Seu pneu está bom?

— Está.

— Deixe comigo, então. Pode ir.

O homem saiu. Abanei o rabo, mas ele nem olhou na minha direção.

Chase Pai observou o carro se aproximando cada vez mais e mordeu o lábio.

— Mãe, por que não volta para dentro da casa?

A Vó pôs as mãos perfumadas de carne na cintura.

— O que está pensando em fazer, Chase?

Capítulo 7

Senti a apreensão em Chase Pai e no meu menino; pude notar pela maneira com que ele ficou rígido na cadeira, as mãos apertando as rodas com força.

— Chase? — disse a Vó. — Perguntei o que está pensando em fazer com os homens dentro daquele veículo.

Chase Pai pigarreou.

— Quero trocar algumas palavras com eles, mãe.

— Por favor, não faça nenhuma bobagem. Isso já foi longe demais.

— Vai ficar tudo bem. Mas eu me sentiria mais à vontade se você levasse o Burke para dentro de casa.

A Vó franziu o cenho.

— Bem...

Burke negou com a cabeça.

— Não! Eu preciso ficar aqui com você, pai.

Senti uma tensão surgir entre os dois. Eu já tinha percebido que as pessoas se comunicavam basicamente com palavras, mas, às vezes, elas não falavam e se comunicavam mais com o corpo, que nem os cachorros.

— Certo — falou Chase Pai por fim. — Pode ficar, Burke. Mas mãe...

— Nem pensar. Se o meu neto fica, eu fico. Você transformou isso em um problema de família, então vamos encarar como uma família, seja lá quem estiver dentro desse carro.

O automóvel virou na via de acesso para a nossa casa. Ao parar, homens saíram por todas as portas. Estavam todos usando chapéu.

— Mas que diabo? — gritou um deles. Ele tinha um pouco de pelo em volta da boca. Eles andavam de um jeito meio parecido com o dos carros: em fileira, um atrás do outro, dirigindo-se ao monte de lenha.

Fiquei sentado ali, observando-os com atenção. Não gostei nada do jeito do Boca Peluda — seu andar zangado era mais visível do que eu jamais notara o de Chase Pai ser. Por instinto, soube que esses homens não eram amigos, e que eu não devia abanar o rabo — a não ser que eles começassem a me oferecer guloseimas.

— Boa tarde — cumprimentou Chase Pai, seco.

Os homens estavam virando o carro na lenha empilhada. Boca Peluda se voltou para Chase Pai.

— Você deu um *tiro* nele?

— Achei que ele ia atropelar o meu filho e o cachorro dele.

— Esse drone vale mais de um milhão de dólares, imbecil!

Chase Pai indicou o objeto com o cano e falou:

— Você entra sem ser convidado na propriedade particular de um homem com uma espingarda carregada, o insulta descaradamente, e *eu* sou o imbecil?

Todos os outros homens pararam de olhar para o carro e agora encaravam o cano de metal de Chase Pai.

— Chase… — falou Vó em um sussurro quase inaudível.

Eu podia sentir o calor exalando do rosto de Boca Peluda. Ele virou a cabeça para os homens atrás dele.

— Jason, por que não leva esses de volta?

Um homem subiu em cima de um dos carros e começou a cutucá-lo com o dedo. Toda vez que ele cutucava, o carro apitava.

Chase Pai sacudiu a cabeça.

— Você e os seus robôs estão destruindo um modo de vida inteiro aqui, e nem se dão conta disso. Homens e mulheres que tinham empregos de verdade, que podiam pagar pelas próprias casas, não têm mais nada.

Boca Peluda fez uma carranca.

— Você é muito apegado a isso, hein? As coisas mudam. É melhor se adaptar.

— Me adaptar — repetiu baixinho Chase Pai. Ele desviou o olhar, os lábios apertados.

Com uma guinada, a fileira de carros deu ré e virou para voltar à estrada e partir em formação organizada. Só o da pilha de lenha ficou.

— Chamei um drone demolidor — disse um homem ao Boca Peluda.

Boca Peluda apontou o dedo para Chase Pai.

— Isso ainda não terminou.

Levantei a cabeça rápido quando ouvi a raiva na voz do homem.

— Tem mais alguma coisa a dizer? — A voz de Chase Pai era calma, mas eu percebia a ira chiando de cada palavra.

— Sua fazenda está no nosso caminho. E agora você nos deu uma maneira de tirá-la de você — respondeu Boca Peluda.

Escutei um leve barulho de torção quando Chase Pai apertou com mais força o cano. Comecei a ofegar de ansiedade, sem conseguir entender nada do que estava acontecendo.

Boca Peluda tinha uma expressão de desdém.

— Por que não baixa a espingarda e vemos do que você é feito, hein?

— Tudo bem. — Chase Pai abaixou e deixou o cano sobre a grama.

A Vó fez um barulho baixinho de aflição e eu não consegui me conter — com aquele barulhinho de nada rosnei do fundo da minha garganta, pronto para avançar em cima do Boca Peluda e de todos os outros homens, que estavam congelados ali, encarando.

Boca peluda deu um passo para trás, mostrando as mãos.

— Está mandando o seu *cachorro* vir para cima de mim?

— Burke — disse Chase Pai.

Burke bateu no braço da cadeira.

— Cooper! Vem cá!

Fui na hora até ele e me sentei, mas os meus olhos não desgrudavam dos estranhos.

— Estamos aqui para recolher a nossa propriedade e você está incitando um cachorro violento para cima de nós — disse Boca Peluda.

— Não fiz nada disso — retrucou Chase Pai.

— Assim que formos embora, vou ligar para a carrocinha — declarou Boca Peluda.

— O Cooper não fez *nada* — gritou Burke.

O homem riu, mas era uma risada com som feio, então não abanei o rabo.

— Não é como vejo essa situação.

Um caminhão bem grande estava vindo pela estrada. Ele virou devagar no acesso à nossa casa. Chase Pai enxugou o rosto com a manga da camisa.

— Para mim, chega. Vocês estão na minha propriedade e não são mais bem-vindos. Peguem aquela coisa maldita e sumam daqui.

Com uma bufada sarcástica, Boca Peluda se virou e andou até os seus amigos.

De repente, levei um susto: um cachorro saiu do meio das árvores e estava descendo a colina na nossa direção, abanando o rabo. Desgrudei os olhos das pessoas e galopei feliz de encontro a ele. Um cachorro!

Quando cheguei perto o bastante para o cheiro tomar conta dos meus sentidos, percebi que não era um simples cachorro, mas Lacey! Parei e levantei, exultante, a patinha apoiada em uma pequena árvore.

Lacey me deu um encontrão e fiquei tão feliz que comecei a chorar. Nós saltitamos, nos atropelamos e pulamos um em cima do outro.

Burke gritou "Cooper!" e aquilo interrompeu a minha euforia. Virei e corri de volta para ele, mas Lacey continuou colada em mim como se estivéssemos fazendo "Junto" enquanto corríamos.

Burke riu quando quase derrubamos a cadeira dele.

— Quem é você? — Ele esticou o braço e pegou a coleira de Lacey. Ela se sentou obedientemente e aproveitei o momento para mordiscar a sua nuca. — Quieto, Cooper!

Não entendi como "Quieto" se aplicava àquela situação.

— Que cachorro é esse? — perguntou Chase Pai.

Burke ainda estava segurando a coleira de Lacey.

— Cachorros! Parem! Estou tentando ler a plaquinha dela. Certo, Lacey. Lacey, não é? É esse o seu nome? Cadela boazinha, Lacey.

Burke largou a coleira de Lacey, que deitou de costas para eu poder mergulhar em cima dela, ciente dos veículos indo embora pelo acesso à casa.

Chase Pai resmungou:

— Parece que o show acabou, Burke. Preciso voltar ao trabalho. Quando o seu irmão aparecer, diga para ir me encontrar no pomar.

— Pai... o que vai acontecer se eles ligarem para a carrocinha por causa do Cooper?

Olhei para os dois ao ouvir o meu nome, e Lacey também ficou imóvel.

— Não sei, filho.

— Você está encrencado porque atirou no drone? Eles podem mesmo tirar a nossa terra?

— As coisas são assim mesmo, Burke. Se eles quiserem causar problemas, vão causar.

Chase Pai pegou o cano fedorento dele e se afastou. Burke suspirou com tristeza e, apesar de eu estar meio ocupado mordendo Lacey, tirei um minuto para ir até ele para que o meu menino soubesse que o seu cachorro estava ali.

Vó me observou brincar com Lacey.

— Lacey — disse ela. — Quem será o dono dela?

— A plaquinha diz que ela é dos Zhang — respondeu Burke. — A família chinesa, lembra?

Vó pareceu pega de surpresa.

— É mesmo? O que será que ela está fazendo aqui? Eles moram do outro lado do vale. É melhor ligar e pedir para virem buscá-la.

Fiquei cheio de orgulho quando mostrei à Lacey o meu "Puxar" ao ajudar Burke a subir de volta pela via de acesso, mas ela não pareceu impressionada. Porém, ela farejou satisfeita as mãos com cheiro de carne da Vó, impressionada com *aquilo*. Quando nos demos conta, já tínhamos rolado da varanda e estávamos brincando de lutinha na grama. Burke ficou assistindo à gente com um sorriso no rosto.

Um carro parou no final da via de entrada da casa e Grant saiu dele. Ele parou e ficou olhando boquiaberto a pilha de lenha caída, então foi até onde eu e Lacey estávamos brincando. Lacey, decidi ali mesmo, provavelmente seria a cadela de Grant, mas nós dois poderíamos dormir juntos na cama do Burke.

— Parece que perdi toda a diversão — observou Grant. — O que aconteceu?

— O pai mandou você ir falar com ele lá no pomar.

Ele franziu as sobrancelhas.

— Não posso nem pegar alguma coisa para comer antes?

— Não foi isso que eu disse, Grant; ele só me pediu para passar o recado.

Grant bufou.

— Então o que aconteceu aqui?

— Um drone subiu pela entrada e o pai atirou nele com a espingarda.

— *O quê?* — Grant ficou de queixo caído. — Está falando sério?

— Estou. E disseram que vão ligar para a carrocinha para virem buscar o Cooper e que vão pegar as nossas terras.

— Hein? Esse cachorro é deles? Do pessoal que usa os robôs nas fazendas?

— Não, esta é a Lacey, ela apareceu no meio da confusão sem mais nem menos. Você ouviu o que falei a respeito do Cooper?

— Sim.

— E sobre a nossa fazenda?

— Sim. Acho que vamos ter que esperar para ver o que acontece.

— Jesus, você é pior que o pai. — Burke ficou em silêncio por um tempo apenas olhando para ele, dando a Lacey uma oportunidade de pular em cima de mim. — Como foi o basquete?

Grant fez um barulho irritado e sentou em uma cadeira, tirando as botas. Lacey se afastou para ir cheirá-las, então fui atrás, apesar de já tê-las cheirado antes.

— Tive que pegar emprestado o tênis de outra pessoa, mas eram grandes demais. Joguei que nem um palhaço. O que você colocou lá, afinal? Cacos de vidro?

— Só umas gotas de cola para montar maquete. Eu já esfreguei bem e elas saíram.

— Quando eu falei que precisava de um par de tênis emprestado, todo mundo no carro ficou mudo. Sabe por quê? Porque eles acham que somos tão pobres que não podemos nem comprar um.

— Bem, nós *somos* pobres.

— Deus. Foi humilhante. Odiei cada segundo. Odeio a minha *vida.*

— Vai lá ajudar o pai?

Grant ficou olhando um bom tempo para Burke. Lacey e eu paramos de brincar, sentindo algo no ar.

— Não, quero comer alguma coisa primeiro.

Burke ficou na varanda enquanto Lacey e eu rolávamos no jardim. Ela estava mais pesada que antes, mas eu estava ainda maior, e conseguia virá-la de barriga para cima. Ela ficou deitada lá arfando, a língua pendurada para fora, enquanto eu mordia de leve o seu pescoço e as suas patinhas. O carinho que sentia por ela jorrava de mim e da minha boca, a minha mandíbula tremendo enquanto eu a mordiscava mais e mais. Fiquei feliz por Lacey ter me encontrado, porque o nosso destino era ficar juntos, assim como eu pertencia a Burke.

Por fim, exausto, me deitei todo esparramado em cima de Lacey, quase inconsciente. Estava tão cansado que nem registrei um carro novo se aproximando da nossa casa, apesar de Lacey e eu termos dado um salto ao escutar a voz de uma menininha.

— Lacey!

Uma menina e um homem saíram do carro, e como Lacey correu direto até eles, fiz o mesmo. Eu já tinha visto aquela garota: ela parecia ter mais ou menos a mesma idade do Burke e tinha cabelos e olhos escuros.

— Lacey, o que está fazendo tão longe assim? — cantarolou ela com uma voz carinhosa.

Lacey pulou para lamber o rosto da menina, então enfiei a minha cabeça debaixo da mão da menina para ganhar alguns afagos também. A Vó apareceu na porta de tela atrás da gente. O homem falou alguma coisa para a garotinha e ela correu até a varanda. Burke virou a cadeira para acompanhá-la passando por ele para alcançar a porta.

— Obrigada por ligar e salvar a Lacey! — disse ela à Vó, mas a garota estava mesmo olhando para Burke, e ele para ela. A Vó abriu a porta de tela e saiu.

— Imagina, meu bem. Qual é o seu nome?

— Wenling Zhang, senhora.

— Pode me chamar de Vovó Rachel. E este é o Burke.

Burke levantou uma das mãos.

— Grant! — gritou Chase Pai do outro lado do campo. Ele estava marchando até a casa de um jeito um pouco parecido com o seu andar zangado. Era mais como um caminhar não muito feliz.

— Em que série você está? — perguntou Burke de repente.

— Vou entrar na oitava — respondeu a menina.

— Eu também!

— Ah. Você estuda na Lincoln Middle School? Acho que nunca vi você lá.

— Não, eu estudo em casa. Mas já deve ter visto o meu irmão, o Grant. Ele estudava na Lincoln, mas agora vai para o ensino médio.

— Ah. Não, acho que não conheço ele. Mas entrar na escola durante a sétima série é meio que como ser um novo detento em um presídio, então eu tentava evitar os mais velhos.

Burke gargalhou, assentindo.

Chase Pai subiu a rampa e foi até a varanda. Ele pareceu meio confuso ao ver a menina.

— Cadê o seu irmão? — perguntou ele a Burke.

— Acabei de servir um pedaço de torta para ele — respondeu a Vó.

— Preciso que Grant me ajude. Ele pode comer torta depois de jantar. — Foi aí que Chase Pai viu o homem parado ao lado do caminhão. — O que *ele* está fazendo aqui?

Chase Pai desceu a rampa de volta. *Agora* ele estava com aquele jeito de caminhar zangado.

— Chase! — advertiu Vó.

— Ei, você! — gritou Chase Pai.

Capítulo 8

SENTI A TENSÃO DE TODO MUNDO AUMENTAR, FORTE COMO UM TAPA, QUANDO Chase Pai continuou andando e a garota foi correndo atrás dele. Lacey estava correndo junto à garota e eu fiquei perto da cadeira de Burke enquanto ele ia atrás também. Fiquei pensando se precisaria rosnar de novo.

Burke era mais lento, então quando enfim chegamos até o homem perto ao caminhão, Chase Pai apontava o dedo para ele.

— Você chegou tarde demais, o seu pessoal já tirou aquela maldita coisa daqui. Mas deixaram tudo uma bagunça. Seu drone podia ter atropelado o meu filho e o cachorro dele, e bateu bem na minha pilha de lenha, mas todo mundo só queria saber da máquina.

O homem ficou parado encarando Chase Pai enquanto levava o sermão.

— Ele só fala chinês — explicou a menina. Ela se virou, falou algo para o pai, e então ele olhou para Chase Pai e respondeu outra coisa.

— Ele disse que sente muito. E que não sabia de nada disso — revelou a menina.

— Não sabia? Como assim?

— Ele falou que ninguém contou nada para ele sobre um drone na sua propriedade. Nem de ter derrubado a sua pilha de lenha.

Chase Pai olhou para ela.

— Ele não veio aqui por causa do drone?

— Não. A gente veio buscar a minha cadela, que tinha fugido. Esta é a Lacey. — Lacey levantou a cabeça ao ouvir o nome. — Meu nome é Wenling e o do meu pai é Zhuyong Zhnag, mas todo mundo no trabalho chama ele de ZZ.

Notei o homem de cabelos escuros assentir ao ouvir aquilo. Ele estendeu uma das suas mãos e, depois de um instante, Chase Pai a apertou, desconfortavelmente. Ele não parecia mais tão zangado.

— Entendi mal a situação — explicou ele à menina.

— Quer ver a cidade que eu construí? — perguntou Burke a ela.

Chase Pai olhou da garota para Burke e coçou a cabeça. A menina falou com o homem de cabelo escuro:

— Bàba, wǒ kěyǐ hé zhège nánhái yīqǐ qù kàn tā de wánjù chéng ma?

O homem assentiu e respondeu.

— Ele disse que posso, mas só por cinco minutos — explicou a garota.

— Certo, então — balbuciou Chase Pai. — Prazer em conhecê-lo, hã, ZZ. — Ele virou e foi em direção à casa. Lacey e eu ficamos correndo em círculos ao redor de Burke e da garota enquanto os seguíamos.

— Quer que eu empurre você? — perguntou ela.

— Não, eu consigo.

— O seu cachorro é bem grande!

— Ele é parte malamute, parte estegossauro.

A menina sorriu.

— Posso perguntar por que você está em uma cadeira de rodas?

— Sou paraplégico. Nasci com uma doença rara.

— Ah.

— Posso fazer uma operação, mas preciso esperar até parar de crescer, e também não tem nenhuma garantia de que vai funcionar. Você é chinesa?

— A minha mãe é americana. Papai e ela se conheceram na China e se apaixonaram, mas eu nasci aqui. Moramos na China até os meus 5 anos, mas agora estamos aqui para ficar.

Eu estava prestando atenção para ver se eles diziam alguma palavra que eu entendesse, mas cheguei à conclusão que não devia me dar ao trabalho. É mais fácil ser um cachorro quando se aceita que existem muitas coisas incompreensíveis e simplesmente se concentra em ser feliz. Então Lacey achou um graveto e resolvi focar no que era importante de verdade na vida: roubar o graveto dela para ela me perseguir.

Logo estávamos todos no quarto de Burke. Mas eu começava a me dar conta de que a menina de cabelos pretos era a pessoa da Lacey, o que significava que a minha Lacey podia estar prestes a me deixar de novo, exceto se a garota quisesse dormir no quarto de Burke com a gente, o que, por mim, estava ótimo.

Enquanto os dois conversavam, Lacey e eu ficamos fazendo cabo de guerra com um brinquedo de corda. Depois saímos correndo para falar com a Vó, que levara biscoitos para Burke e a amiga nova dele, mas nenhum para os cachorros, apesar da Lacey ter seguido o meu exemplo e feito o "Sentar". O fato de alguém ter um biscoito na mão e não dá-lo para cachorros tão impressionantemente bonzinhos é algo que jamais entenderei.

Na sala de estar, saltei em cima de um brinquedo barulhento, mastigando-o alto. Lacey ficou impressionada. Atirei a coisa para o alto, deixando a cadela pegá-lo, porque ela com certeza nunca tinha visto um daqueles antes. Fiquei maravilhado com os guinchos frenéticos da Lacey saltando com o brinquedo.

Chase Pai foi até as janelas da frente.

— O que está acontecendo? Ah, droga. — Ele pôs a xícara na mesa. Quando saiu pela porta da frente, a garota, Burke e Lacey foram atrás, então, com um último olhar para a Vó, uma última chance de ela me dar um biscoito, fiz o mesmo.

Lacey ainda levava o barulhento brinquedo na boca. O homem ao lado do caminhão estava perto da pilha de lenha, empilhando os troncos de volta. Chase Pai estendeu o braço.

— Não... ZZ. Ei, eu não falei que era para você fazer isso.

O homem respondeu:

— Wǒ chàbùduō wánchéngle.

— Ele disse que já está quase terminando — informou a menina.

Chase Pai também começou a empilhar os troncos. Troncos são gravetos grossos demais para brincar, apesar de Lacey aparentemente não saber disso, porque ela logo cuspiu o brinquedo que estava na sua boca, pegou um tronco e tentou correr com ele, a cabeça pendendo para o lado enquanto a coisa se arrastava na terra.

Fiquei triste quando, pouco tempo depois, Lacey, a menina e o homem de cabelos pretos entraram de volta no carro. Por que eles não podiam ficar? Lacey latiu para mim da janela enquanto eles iam embora. Burke afagou a minha cabeça, mas me senti da mesma forma como quando Lacey foi tirada de mim pela primeira vez: triste e quase faminto, de certa forma, com um sentimento de vazio na barriga.

Resolvi ir visitar a cabra velha, que não era um cachorro, mas, mesmo assim, até que era uma boa companhia. Deslizei por baixo da cerca e encontrei ela dormindo junto à sua casinha de madeira.

Mas reparei bem e vi que Judy não estava dormindo. Ela não se mexeu quando me aproximei, e vi umas moscas sobrevoando o seu rosto. Farejei com cuidado. A cabra estava ali, mas o que a fazia ser uma cabra não estava mais, e não era só o cheiro, mas a vitalidade também. Eu nunca tinha me deparado com a morte antes, mas, de alguma forma, entendi o que era. Fiquei parado ali pensando no que Burke gostaria que eu fizesse.

Olhei para a casa. A Vó tinha umas plantas que ela gostava de acariciar e cuidar como se fossem cachorros, e ela estava de joelhos fazendo isso naquele minuto. Eu não via mais ninguém por perto. Então, gani, colocando um tom de perda e alarme na minha voz. A Vó se levantou, cobrindo o sol dos olhos com as mãos. Gani de novo.

Ela veio até mim e viu a velha cabra, e então senti a tristeza tomando conta dela. Eu a cutuquei com o focinho, mostrando que, pelo menos, ela tinha o amor de um cachorro. A Vó secou as lágrimas e sorriu para mim.

— Você sabia que eu adorava aquela cabra velha, não é, Cooper? Você é um cachorro bonzinho. Obrigada por me avisar.

Quando Chase Pai voltou, ele enterrou a cabra no quintal perto da casinha dela. Grant a cobriu de terra e o rosto da Vó estava molhado de lágrimas. Burke ficou sentado com uma das mãos no pescoço, mas todos nós olhamos para trás ao escutarmos um caminhão se aproximando da entrada.

— A carrocinha — murmurou Grant.

Uma onda de medo atravessou Burke, a mão dele apertando o meu pescoço.

— *Pai* — disse ele.

— Burke, mande Cooper levá-lo até lá na sua cadeira. Não o ajude. Deixe ele fazer tudo sozinho. Mãe, falo com você e o Grant dentro de casa em um minuto.

— Cooper. Puxa!

Avancei, feliz por ter algo importante para fazer. Ele me fez levá-lo até onde uma mulher esperava junto ao caminhão que tinha chegado. Ela estava de braços cruzados. O cabelo era bem curtinho e as suas roupas, escuras.

— É este o animal violento? — perguntou ela.

Senti cheiro de petiscos de frango nos bolsos dela!

— Este é o Cooper.

Abanei o meu rabinho por ouvir o meu nome e pelos petiscos.

— Boa tarde — cumprimentou Chase Pai. — Posso ajudá-la?

Ela olhou para ele.

— Chase?

Observei Chase Pai, que de repente parecia estranhamente imóvel.

— Hã... — respondeu ele.

— Rosie. Hernandez? Nós nos conhecemos... você não toca guitarra?

— Ah, claro. Rosie. Oi. — Chase Pai estendeu a mão e os dois sacudiram os braços para cima e para baixo.

— O meu nome é Burke — disse Burke.

Percebi que ele estava olhando a mulher com bastante atenção e me perguntei se ele também teria farejado as iguarias nos seus bolsos.

Os dois ficaram em silêncio por um bom tempo e aí a mulher piscou.

— Bom. Certo, recebemos uma reclamação de que você ameaçou alguém com um cachorro. É este?

Abanei o rabo. Se ela disse "cachorro", talvez isso significasse petiscos a seguir.

— Uns homens entraram na minha propriedade depois de um drone TMH derrubar a minha pilha de lenha. Eles estavam sendo agressivos, e o Cooper rosnou. Mas o que os *ameaçou* foi a minha espingarda, se quer saber a verdade.

Outro silêncio. Com um gemido, me esparramei no chão com as patinhas para o alto: um claro convite para receber carinhos na barriga.

A mulher riu.

— Tudo bem. Acho que entendi a situação. A TMH pensa que é dona da cidade toda, mas eu trabalho para o xerife. Vou arquivar isso como bobagem e encerrar o caso.

O alívio no suspiro de Burke me fez sentar de volta.

— Agradeço muito — disse Chase Pai.

— Chase... posso falar com você por um instante? — Ela olhou para Burke e para mim, então abanei o rabo cheio de esperança.

— Claro. Burke, por que não volta para casa?

Fiz "Puxar". Quando entramos em casa, Grant e Vó assistiam a tudo pelas janelas.

— O que está havendo? — perguntou Grant.

— É tipo uma antiga namorada ou algo assim — respondeu Burke.

Todos endireitaram as costas, ainda olhando pelas janelas. Presumi que Burke tivesse contado sobre os petiscos de frango e que eles ficaram daquele jeito para ver se a mulher jogava alguns no chão para eu achar depois.

Quando Chase Pai entrou em casa, notou todos parados ali.

— Não importa que tipo de conversa estão achando que vamos ter, não vamos — falou Chase Pai, mostrando as mãos para deixar claro que ele não tinha trazido nenhum petisco.

— Quem era ela, Chase? — perguntou a Vó.

Sem dar uma palavra, Chase Pai passou pela sala e subiu as escadas.

— Ela era gostosa — comentou Burke.

— Ainda estou aqui, meninos — respondeu a Vó.

Eles saíram da sala e ninguém me deu nenhum tipo de petisco.

O cheiro de Judy perdurou o verão inteiro, enquanto Grant e Chase Pai saíam para brincar com as plantas e Burke ficava a maior parte do tempo no quarto, pingando as gotas fedorentas em brinquedos nos quais eu não podia tocar.

Às vezes, a Vó colocava a comida sobre uma mesa do lado de fora, e Chase Pai e Grant surgiam das plantações para comer. Estávamos sentados ali desfrutando de um maravilhoso jogo de Atire o Biscoito para o Melhor Cachorro do Mundo (sou muito bom quando se trata de abocanhar biscoitos no ar), quando diversos carros vieram zumbindo pela estrada e pararam na entrada para a fazenda.

Eram menores do que as máquinas que colidiram com a pilha de lenha, e saíram pessoas de todos eles.

Chase Pai se levantou.

— Mas o que é isso?

Havia homens e mulheres, mas nenhum cachorro ou criança, então fiquei concentrado em Grant, que estava cortando pedacinhos de carne e os dando para mim. Chase Pai foi falar com as pessoas, e então se virou para nós e chamou:

— Burke! Venha cá um instante.

— Vem, Cooper — disse o meu menino, girando as rodas da cadeira na direção da fileira de carros.

As pessoas vivem fazendo isso: eu estava sendo um bom cachorro, conforme as delícias de Grant provavam, mas agora me pediam para fazer outra coisa que não parecia envolver nenhum tipo de recompensa. Hesitei, indeciso, e Grant atirou outro naco para mim.

— Cooper! Vem!

Aquele tom de voz significava que eu poderia estar sendo um cachorro malvado. Com um último olhar desolado para Grant, corri para alcançar Burke, que estava sentado no banco de trás de um dos carros enquanto alguém guardava a sua cadeira no porta-malas. Passeio de carro! Pulei para o lugar ao lado do meu menino, agitando o rabo. Chase Pai se sentou na frente.

— Para onde estamos indo? — perguntou Burke.

— É surpresa — disse o motorista.

— Que belo cortejo você tem aí, Dwight — comentou Chase Pai.

— Pois é — respondeu o motorista.

A procissão começou a andar pela estrada. Havia uma frestinha aberta na minha janela, então encaixei o meu focinho ali e inspirei profundamente, sentindo o cheiro de outros animais — cavalos e vacas, na maioria, e então algo pungente e maravilhoso. Agitei o rabo sem parar.

Burke riu.

— Gosta do rancho das cabras, Cooper?

Sim, eu adoraria brincar no rancho das cabras!

— Ah. Estamos indo para a escola — disse Burke depois de algum tempo. Ele se remexeu desconfortavelmente.

— Isso mesmo — disse o homem que dirigia.

Os carros pararam e todos saíram. Acabou o passeio! Farejei, marcando território diligentemente, enquanto Chase Pai ajudava Burke a se acomodar na cadeira.

— E então? Experimenta — pediu o homem que tinha dirigido.

Todos ficaram olhando Burke subir uma rampa igual à da nossa varanda de entrada, e tratei de ir atrás dele.

— Cansamos de esperar o governo instalar a rampa, então nós mesmos fizemos o trabalho — disse uma pessoa.

— Agora o Burke pode entrar pela porta lateral em vez de ir até a porta de entregas e entrar pela cozinha — acrescentou outro humano.

Chegamos ao topo da rampa e Burke virou a cadeira e olhou para as pessoas, que estavam todas sorrindo para ele. Elas levantaram as mãos e as juntaram, fazendo um som parecido com o de uma chuva pesada. Observei o meu menino com curiosidade — a tensão dele era evidente no modo com que apertava as rodas da cadeira.

— O que achou, Burke? — perguntou Chase Pai. Ele também estava sorrindo.

— É bem legal — respondeu Burke, tenso. Abanei o rabo porque não sabia o que estávamos fazendo.

— Isso é incrível. Agradecemos muito a todos vocês — falou Chase Pai.

Descemos a rampa e entramos de volta no carro. Passeio de carro de novo, oba! E com isso voltamos à fazenda. Que dia maravilhoso.

Ficamos no jardim vendo as pessoas irem embora nos seus veículos.

— Eles moveram a rampa para o Burke poder entrar pela porta lateral agora. Do jeito que estava antes, ele precisava atravessar a cozinha. Foi muito gentil da parte deles — contou Chase Pai a Grant.

— Pela porta lateral? — repetiu Grant.

— Sim, do lado da biblioteca — explicou Chase Pai.

— Ninguém entra por aquela porta.

— Bom, Grant, é lá que a rampa está agora.

— Os alunos ficam todos sentados nos degraus da frente antes da aula — explicou Grant. — Ninguém usa a porta lateral, exceto, talvez, os professores.

— Isso não está ajudando, Grant — disse Chase Pai.

— Não importa — disse Burke com firmeza. — Não vou para a escola mesmo. Vou ficar em casa e continuar tendo aulas com a vó.
Chase Pai cruzou os braços.
— Acho que a minha mãe gostaria de ter uma folga.
— Eu não vou.
Burke subiu a rampa da casa e eu o segui até o quarto. Ele deitou na cama, mas não para dormir, ficou só encarando o teto, então pulei na cama também e apoiei a minha cabeça no peito dele. A cada expiração do meu menino, eu sentia uma tristeza turbulenta, e cogitei pegar o brinquedo barulhento para mudar aquilo.
Um tempinho depois, Grant entrou.
— Olha, nem todo mundo fica nos degraus — disse ele.
— Não importa. Não quero ir para a escola até fazer a cirurgia.
Grant fungou, olhando ao redor.
— O pai e a vó foram para a cidade.
Burke não falou nada.
— Está se sentindo mal ou algo assim? — perguntou Grant.
Burke balançou a cabeça.
— Só não estou a fim de fazer nada.
— Quer que eu ensine você a dirigir? Podemos pegar a caminhonete velha.
Burke se sentou de repente.
— O quê?
— É. Eu fico sentado ao seu lado cuidando dos pedais, acelerador e freio e tudo mais. Você fica no volante.
— Mas você não pode. A licença diz que precisa estar acompanhado de um adulto.
— Tá, você que sabe.
— Não. Espera. Sério?
— A gente vai para uma estrada vazia.
— O pai vai matar a gente.
— Está planejando contar a ele?
Outro passeio de carro! Entramos na caminhonete, que cheirava a comida podre e lama velha. Depois de um tempo, Burke deslizou para o lado do motorista e dirigiu com Grant sentado bem pertinho, quase em cima dele. Coloquei a cabeça para fora. Este dia estava se tornando um dos dias mais legais de todos os tempos!

— Ah, que ótimo. Quando eu fizer a prova para a carteira de motorista, você pode ir comigo e sentar no meu colo — zombou Burke.

— Não é culpa minha se você não poder mexer nos pedais.

— Então a culpa é minha? — perguntou Burke. Senti a raiva dele e fiz "Sentar", sendo ainda mais bonzinho.

— Deus! Eu só estava tentando ser legal! — gritou Grant de volta. — Mas você sempre quer fazer tudo se resumir a "coitadinho de mim e da minha cadeira"! É como se, quando alguma coisa se torna normal por um segundo, você precisa lembrar a todo mundo que não pode andar.

— Já estou cansado de dirigir.

— Ótimo!

Senti Grant espumando com uma raiva instável enquanto dirigia. Bocejei de nervoso. Subimos por uma colina comprida e íngreme. A caminhonete parou e eles desceram.

— Ei, tive uma ideia. — Grant pulou da caminhonete e pegou a cadeira de Burke.

— Grant? O que você está fazendo?

— Só senta na cadeira.

— Isso é burrice. — Depois de Burke segurar a minha coleira e sentar, pulei no pavimento, me sacudindo todo. — O que está acontecendo?

— Sabia que chamam isso aqui de colina do Morto? — perguntou Grant. — É tipo a estrada mais íngreme da cidade. — A voz dele estava rouca com um tom esquisito. Não soava nada como Grant.

— Nunca ouvi falar nisso.

Burke se retesou quando Grant começou a empurrá-lo.

— O que você está fazendo?

— Qual foi a maior velocidade que você já alcançou nessa cadeira?

— Maior *velocidade*?

Estávamos descendo a colina, e Grant começou a trotar, e depois correr. Galopei junto aos dois, sem saber bem o que estávamos fazendo, mas gostando.

— Grant! — gritou Burke, a voz aguda de medo.

Grant deu um empurrão e a cadeira disparou. Corri para alcançá-la. A cadeira começou a desviar para o lado de "Puxar para a direita". Quando ela saiu do pavimento e subiu no cascalho, fez um som estaladiço e depois tombou e voou. Burke caiu de cabeça no aterro, rolando em meio aos arbustos. Senti uma onda de horror com o jeito com que as pernas dele balançaram no ar. Corri atabalhoado até ele, choramingando.

Quando ele parou, estava de barriga para baixo, imóvel.

— Burke! — gritou Grant. — Burke!

Corri até o corpo imóvel de Burke, mas o grito apavorado de Grant me fez parar: eu jamais tinha ouvido tanto pânico na voz de um humano antes. Tanto Burke *quanto* Grant precisavam de mim. O que eu deveria fazer?

Grant desceu a colina aos tropeços, a boca escancarada, o rosto tão aflito que quase parecia machucado. Eu não entendia nada, mas o terror em Grant era incomparável, e o meu próprio medo me dava arrepios.

— *Burke! Burke!*

Capítulo 9

Olhei para Burke caído na base da inclinação. O rosto dele estava enfiado na terra, os braços e as pernas esparramados. Quase rolei colina abaixo, pulando pelas pedras e pela grama. Alcancei Burke e cutuquei o seu rosto com o meu focinho. Ele estava quente e vivo; ao contrário de como Judy, a cabra velha, estava.

Grant se ajoelhou, passou os braços por Burke, e o virou de barriga para cima.

Os olhos de Burke estavam fechados e o rosto não tinha expressão. Ele havia respirado fundo e estava prendendo.

— Burke! Meu Deus! Meu Deus!

Burke abriu os olhos de repente e sorriu.

— Peguei você.

— Ah. Seu... — Grant olhou para o lado, cerrando os punhos. O medo dele tinha sumido. Agora ele estava zangado.

— Certo, Cooper. Ajudar! — comandou Burke. Obedeci e fui para o lado dele, balançando o meu rabo, feliz pelas coisas terem voltado ao normal. Ele segurou a minha faixa peitoral com uma das mãos e começou a pegar impulso com a outra, subindo a colina de volta.

Grant passou a mão pelo braço de Burke.

— Me deixa ajudar.

— Me larga. Vai me ajudar da mesma forma que me "ajudou" a descer? Qual é a próxima? Vai me "ajudar" atirando uma pedra na minha cabeça? Se está tão a fim de ajudar, pode tirar a cadeira do barranco.

A subida até a estrada foi bem mais difícil do que qualquer escada. Burke ficou ofegando no alto, esperando Grant subir com dificuldade a encosta íngreme, carregando a cadeira. Grant não me mandou "Ajudar" — naquele momento, me dei conta de que Grant jamais me dava nenhuma ordem a não ser "Sentar". Ele enfim alcançou o topo e abriu a cadeira.

— Cooper. Junto.

Fiquei rígido enquanto Burke se erguia em mim e sentava na cadeira. Grant passou uma das mãos na lateral.

— Arranhou um pouco aqui.

— Talvez você devesse ter pensado nisso antes de me empurrar colina abaixo. Você ia ficar tipo: "Oi, pai, foi mal, mas quebrei a cadeira do Burke. Aliás, ele morreu."

— Tanto faz.

— Quer experimentar? — Burke levou ligeiramente a cadeira para a frente e para trás.

— Vou recusar dessa vez.

— Como planejava tirar o meu cadáver do barranco?

Grant balançou a cabeça, a boca retorcida em uma expressão de repugnância.

— Não sou que nem você, Burke. Não *planejo* tudo. A vida envolve surpresas.

— Ah, como em: "Surpresa! O meu irmão mais novo está morto."

— Vamos sair daqui.

— Não, sério. Agora eu quero saber. Você podia ter me matado, Grant. É isso que estava tentando fazer?

— Não vou ter essa conversa.

— Eu sei que você me odeia! — gritou Burke. Eu me encolhi com a voz alta dele. — E sei que me culpa por tudo. E você tem razão, tá bom?

Grant encarava Burke.

— Eu sei que a culpa foi minha! — disse Burke, a voz engasgando. — Mas não pude evitar! Não pude fazer nada! — Ele cobriu o rosto com as mãos. Ficou chorando por um bom tempo, enquanto Grant o olhava sem se mexer. Eu nunca tinha sentido tanta dor e tristeza no meu menino e não sabia o que fazer. Apoiei a pata na perna dele e uivei o meu próprio desespero, implorando para essa tristeza horrível ir embora. Deitei a minha cabeça no seu colo e senti as lágrimas dele caindo no meu pelo.

— Ei. — Grant pôs a mão no ombro do irmão. — Eu sei. Eu sei que você não pôde evitar. Eu sei.

Os dois ficaram sem falar nada por mais um tempo, e então Burke e eu entramos de volta na caminhonete.

Passeio de carro! Fiz o meu melhor para demonstrar o entusiasmo apropriado, esperando que aquilo alegrasse a todos, mas o clima horrível que havia tomado conta deles estava presente no automóvel como se fosse uma terceira pessoa. Quando chegamos à fazenda, fiquei tão feliz em ter voltado para casa, onde as coisas faziam sentido, que corri até o lago e persegui os patos até eles pularem do deque. Eram uns pássaros idiotas: eles saíam batendo as asas, mas voltavam nadando, como se eu não pudesse simplesmente pular na água e pegá-los se quisesse.

Quando entrei pela portinha de cachorro, circulei a minha esquecida tigela de ração, e me dirigi à sala de estar, onde a Vó e o Burke não tinham nenhum biscoito.

— Não é que eu não queira continuar a dar aulas em casa, apesar de admitir que algumas das aulas de matemática estão se tornando uma dificuldade — disse a Vó. — É só que ir para a escola envolve mais do que aprender o que está nos livros. Especialmente o ensino fundamental, pois é quando você descobre como lidar com outras crianças diante da projeção de se tornar o adulto que um dia vai ser. Entende? Não posso oferecer a você os aspectos sociais de uma escola.

— Eles vão rir de mim, vó! Vou ser o menino da cadeira de rodas.

— Acho que você vai lidar muito bem com isso. Você é bastante resiliente, Burke. Bem como o seu pai nesse aspecto. Mas a resiliência e a teimosia são parecidas, e a teimosia simplesmente significa não querer nem considerar outros pontos de vista. Quero que experimente por algumas semanas, por favor. Por mim.

Burke suspirou e desviou o olhar quando Chase Pai e Grant subiram a rampa da frente e entraram em casa. Fui cumprimentá-los. Não havia nada de comer nos bolsos deles.

— Empadão de frango esta noite — anunciou a Vó. Ao ouvir a palavra frango, olhei para ela cheio de esperança, apesar do meu nome não ter sido mencionado.

— É isso que eu chamo de uma boa notícia — disse Chase Pai. Ele parou e então foi até Burke. — O que aconteceu com a sua cadeira, Burke?

Grant respirou fundo.

— Ah, eu estava vendo o quão rápido conseguia descer a entrada para a casa e meio que caí.

A Vó ficou de queixo caído. Chase Pai fez uma cara feia.

— O quê? Burke, tem noção de como essa cadeira foi cara? Não pode tratá-la como se fosse lixo.

— Desculpa, pai.

— Bom, está de castigo.

Burke levantou as mãos e baixou-as de volta.

— Eu já não estou meio que sempre de castigo?

— Não vem com essa para cima de mim. Nada de internet. Nada de ver televisão ou baixar vídeos. Se sentir tédio, pode ler um livro; temos uma prateleira cheia deles.

Chase Pai e Burke estavam zangados. Eu me senti ansioso, esperando que ter um cachorro bonzinho por perto pudesse amenizar aquela situação.

— Estou tentando ensiná-los a não fazer pouco caso das coisas. Mal conseguimos sobreviver aqui, entenderam? Não podemos jogar dinheiro fora sem motivo.

Grant respirou fundo de novo.

— Fui eu que... mandei ele fazer isso. Ver o quão rápido ele podia ir.

Chase Pai franziu os lábios e balançou a cabeça.

— Estou muito decepcionado com os dois. Está de castigo também, Grant.

Grant e Burke ficaram de cabeça baixa, apesar de não haver nada no chão para comer ou brincar. Mais tarde, no entanto, Grant me passou uns pedacinhos quentes de frango por baixo da mesa.

Percebi que havia algo de diferente na manhã em que Burke me mandou fazer "Junto" para ele poder entrar no chuveiro e se sentar enquanto era encharcado por todos os lados, e depois vestiu roupas com cheiro de novas. Todo mundo ficava repetindo "Escola". Aparentemente, íamos fazer "Escola", seja lá o que aquilo significasse. Aí andamos de carro. Grant dirigiu e Burke se sentou na frente, enquanto fiquei atrás com a Vó. Era uma manhã quente e a Vó ainda estava com o cheiro de bacon que ela tinha dado aos meninos no café da manhã. Lati para um cachorro pela janela. Então passamos pelo rancho das cabras e lati para elas também.

— É só dizer que é meu irmão. Todos os professores me adoravam — aconselhou Grant.

— Se eu contar a eles que sou o seu irmão, vão me mandar direto para a sala do diretor.

Foi quando eu vi um esquilo!

— Cooper! Para de latir, seu bobalhão. — Burke riu. Imaginei se ele estava tentando me dizer que também havia visto o esquilo.

Grant parou o carro. Observei com interesse ele andar em volta da porta de Burke com a cadeira, ajudando o meu menino a se sentar nela em uma versão humana de "Junto". Estávamos estacionados na frente de um prédio grande com uma enorme escadaria de pedra. Eu queria muito pular do carro e subir aqueles degraus, porque tinham crianças da idade de Burke sentadas em cada um deles, mas estava trancado no carro com a Vó e ela não parecia querer ir a lugar algum. Pus a minha pata no vidro e fiquei encarando Grant empurrar Burke para longe. Reclamei alto, me esquecendo das outras crianças. Eu precisava ficar com Burke!

— Está tudo bem, Cooper. — A Vó me acariciou com a sua mão perfumada de bacon.

Então Grant voltou para o carro, mas *sem Burke*.

— Quer que eu vá para a frente?

— A gente troca quando eu deixar você. Cooper! Quieto!

Grant se virou e pôs a mão nas minhas costas.

— Sossega.

Fiquei todo encolhido. Tudo que eu fazia parecia errado, e o meu menino tinha ido embora, e Grant e a Vó pareciam zangados. Onde Burke estava?

Ela afagou a minha cabeça e lambi a sua mão de volta, quase sentindo o gosto de bacon.

— Isso foi bem difícil para o Burke, sabe — comentou ela depois de um tempo. — Ele não gosta nem um pouco que as pessoas o vejam na cadeira de rodas.

— Eu não entendo. Ele *sempre* usou a cadeira de rodas. Ele já foi a festas de aniversário, jogos de futebol, e isso nunca foi um problema. Não sei por que agora é tão grande coisa.

Olhei pela janela, incrédulo. Estávamos indo embora. Sem Burke!

— Acho que é mais difícil para o seu irmão nesse momento.

Grant deu de ombros.

— Claro, mas todo mundo sabe que ele vai fazer a cirurgia e que vai poder andar.

A Vó suspirou.

— Se a cirurgia for bem-sucedida.

Os dois ficaram em silêncio por um tempo. Conforme avançávamos, o cheiro do meu menino ficava cada vez mais longe. Bocejei ansioso, sem entender nada.

Por fim, paramos na frente de outro prédio grande. Garotos e garotas da idade de Grant entravam pouco a pouco. Grant fechou os olhos.

— Vó — disse ele baixinho.

— O que foi, querido?

— Preciso contar uma coisa muito ruim que eu fiz. Muito mesmo.

— O que foi, Grant?

— A cadeira dele está amassada na lateral por minha causa. Eu estava empurrando ele. Quer dizer, eu empurrei Burke colina abaixo.

A Vó levou um susto e ficou olhando para o garoto.

— Por que faria isso?

Cutuquei a mão dela com o meu focinho, preocupado com a inquietação na voz dela.

— Não sei. Não sei mesmo! Só... Às vezes, odeio tanto o Burke que parece que não consigo pensar em mais nada. E acho que queria que ele *sofresse*. — Grant falava rápido. — Assim que larguei a cadeira, me arrependi. — Ele virou de lado, enxugando as lágrimas. — Todos os dias da minha vida são iguais, sabe? Escola, tarefas, dever de casa e depois tudo de novo. A não ser no verão, quando o pai me acorda de madrugada.

A Vó observava Grant com atenção.

— Mas como isso é culpa do Burke?

— Não consigo explicar.

— Você está escondendo alguma coisa, dá para notar.

Grant virou a cabeça e ficou olhando pelo vidro da frente. Segui a direção do olhar dele, mas não vi Burke nem senti o seu cheiro. Ele não estava naquele lugar.

A Vó balançou a cabeça.

— Quando vocês dois eram pequenos, ficava assustada com o jeito com que surravam um ao outro. Mas agora têm idade suficiente para causar estragos sérios, Grant.

— Eu sei.

— Você não pode transformar o Burke no saco de pancadas para as suas frustrações.

— Eu sou uma pessoa ruim, vó?

A Vó riu secamente.

— Acho que nós, velhos, às vezes nos esquecemos de que a infância não é só diversão e brincadeira. Você está lidando com muita coisa agora. Mas machucar outras pessoas porque está machucado por dentro não vai resolver nada. Não acho que você é uma pessoa ruim, Grant. Só que, se sentir o impulso de fazer algo assim de novo, não pode segui-lo. Não importa o quanto você pode ser justo quando se dá a liberdade de fazer essas coisas horríveis.

Grant saiu e a Vó fez o mesmo, mas não me deixou ir atrás dela. Fiquei olhando os dois pela janela.

— Eu te amo, vó — disse Grant, abraçando-a. Balancei o rabo por causa do abraço.

Grant saiu correndo. A Vó dirigiu, então pulei para o banco da frente e fiquei de olho para ver se flagrava mais esquilos e presas. Visitamos várias pessoas legais, mas elas não me deram nenhuma guloseima. Depois que fomos para casa tirar uma soneca, foi hora de outro passeio de carro. Em geral, dois passeios de carro no mesmo dia seria algo maravilhoso, mas eu estava preocupado com Burke. Ele ia voltar para casa? Buscamos Grant e eu estava no banco de trás com a Vó de novo. Passou pela minha cabeça que talvez fôssemos buscar Burke em seguida e foi o que aconteceu! Ele estava na frente do prédio grande. Ainda havia crianças nos degraus de pedra, apesar de em menor quantidade. O jeito com que a Vó me segurou sugeria que eu não devia sair do carro, mas lutei para me soltar e saltei até Burke, pulando no colo dele e lambendo o seu rosto.

— Ok! Ok, Cooper! — exclamou ele.

Enquanto Grant dirigia, a Vó se debruçou para o banco da frente e pôs a mão no ombro de Burke.

— Como foi o seu primeiro dia?

Ele virou a cabeça.

— *Horrível*.

Capítulo 10

Burke parecia chateado. Fiquei olhando atento para ele, querendo lambê-lo, ou fazer "Ajudar", ou qualquer coisa que levasse aquela tristeza embora.

— Puxa vida — disse a Vó. — Eles foram cruéis com você?

Burke balançou a cabeça.

— Não, foi pior. Todo mundo foi tão *legal*. Todo mundo queria sentar comigo no almoço e ficava elogiando a minha cadeira, como se fosse uma Ferrari ou qualquer coisa assim. Fui convidado para, tipo, dez casas diferentes depois da aula, e fizeram tanta questão de me dizer que eu serei mais do que bem-vindo quando houver uma festa. *Mais do que bem-vindo*. Que diabo significa isso, afinal? "Mais do que bem-vindo." Ou você é bem-vindo, ou não é.

Grant riu.

— Acho que só estavam tentando ser simpáticos, meu bem — opinou a Vó.

— E Grant tinha razão. Todo mundo fica sentado nos degraus da entrada. Os populares ficam no alto, mas até os nerds sentam lá, nos degraus mais baixos. E então lá estava eu, na calçada em frente à escada, como uma categoria própria de nerd. Não sou nem um ser humano.

— A gente não faz esse tipo de coisa no ensino médio. Isso é tão coisa de criança — observou Grant.

— É, mas eu estou no *ensino fundamental*— retrucou Burke.

Na manhã seguinte, fizemos o mesmo passeio de carro, com a Vó e eu sentados no banco de trás.

— Tem certeza de que tem permissão para levar Cooper para a escola? — perguntou Grant a Burke.
— Eu não perguntei. Se você não perguntar, ninguém pode dizer não.

Grant bufou.

— A sabedoria de um aluno da oitava série.
— Estou preocupada com isso, Burke — disse a Vó. — Você contou ao seu pai que está levando Cooper para ficar na escola com você?

O meu menino ficou um bom tempo em silêncio.

— É possível que eu tenha me esquecido de mencionar — admitiu Burke por fim.

Grant riu.

Dessa vez, eu saí do carro quando chegamos ao prédio grande, mas mal tive tempo de levantar a pata e Burke já me mandou fazer "Junto". Eu estava parado ao lado dele quando o carro foi embora. Então, fomos até a escadaria. Quando chegamos ao degrau mais baixo, Burke me mandou fazer "Junto" de novo, aí fiquei esperando pacientemente enquanto ele deslizava da cadeira, segurando a minha faixa peitoral.

— Ajudar — comandou ele.

Os outros alunos ficaram mudos. Comecei a subir com cuidado, Burke ao meu lado, todos se esticando um pouco para olhar.

— Que cachorrinho bonzinho — cochichou uma menina.
— Oi, Burke — disse um menino.

Senti um monte de cheiros de maravilhosas carnes e queijos vindo de alguns deles, mas continuei me concentrando em subir. Logo estávamos no degrau mais alto.

— Alguém poderia pegar a minha cadeira, por favor? — perguntou Burke. Vários meninos se levantaram e correram para buscar a cadeira e levá-la lá para cima. Então ficou todo mundo conversando e umas meninas fizeram carinho em mim. Um menino coçou a minha lombar e gemi de satisfação.

— Qual é o nome dele?
— Cooper.
— Bom menino, Cooper!
— Oi, Cooper!

Burke mergulhou o rosto no meu pelo.

— Obrigado, Cooper — sussurrou ele. — Você fez eu me sentir *normal*.

Quando um alarme alto soou, todo mundo levantou na mesma hora. Fiz "Junto" para Burke poder sentar na cadeira. A criançada andava para todos os lados no corredor, muitos esticando o braço para tocar em mim.

— Que cachorro legal!

Senti o cheiro de outros cachorros nas mãos de alguns deles.

— O nome dele é Cooper.

— Cachorro bonzinho, Cooper!

Chegamos a uma sala cheia de mesas e crianças. Burke me mandou fazer "Sentar" e "Ficar" ao lado da cadeira dele. Um homem mais ou menos da idade da Vó veio falar conosco e admirar que cachorro bonzinho eu estava sendo.

— A diretora Hawkins sabe sobre isso? — perguntou ele, acariciando a minha cabeça.

— Hã, não, mas ela disse que faria o possível para ajudar...

O homem deu de ombros e sorriu.

— Por mim, tudo bem. Qual é a raça dele?

— Achamos que ele pode ser malamute-do-alasca com algo mais, dogue alemão, talvez.

— Ah, por isso ele é tão grande.

Era estranho ficar perto de uma mesa por tanto tempo e não receber nenhum tipo de comida. Senti cheiro de presunto na mochila de um garoto, mas quando estou "Junto" não tenho permissão de ir investigar essas coisas.

Notei que Burke estava feliz pelo modo como ele respirava e sorria para mim, o jeito com que acariciava as minhas orelhas. Não importa o que eu estivesse fazendo aqui, se eu o deixasse feliz, estava disposto a fazer aquilo o dia todo.

Por fim, dei um giro completo e me deitei com um bocejo, mas levantei em um salto com aquele alarme tocando de novo e as crianças todas ficando de pé. Passamos pela multidão no corredor e chegamos até outra sala. Nosso dia ia ser todo assim? Se a Escola era isso, parecia meio sem sentido.

Na sala nova não havia mesas, apenas fileiras de cadeiras. Burke foi até o fundo da sala e me mandou "Sentar" e "Ficar". Ele levantou a cabeça quando uma mulher abriu a porta. Ela tinha cheiro de flores. Era mais ou menos da idade do Chase Pai e os longos cabelos claros eram cacheados.

— Burke — disse a mulher.

— Sim, sra. Hawkins?

Ela o chamou com o dedo indicador.

— Pode vir comigo até a minha sala?

Senti um bocado de tensão nas outras crianças enquanto seguia Burke para fora.

As pernas da mulher faziam um barulho de fricção conforme ela caminhava ao nosso lado. Passamos por uma sala grande com pessoas sentadas em frente a umas mesas e entramos em uma sala menor, mais no fundo. Ela fechou a porta. Havia cadeiras, mas nenhuma mesa nem criança, e não senti nenhum cheiro de comida.

Esse negócio de Escola só piorava.

A mulher sentou. Quando tamborilou com os dedos no joelho, senti o cheiro de um animal; não era um cachorro, mas também não era uma cabra — era o animal que eu não tinha visto, mas tinha detectado no prédio de Ava. Esperei que a criatura misteriosa aparecesse para que eu finalmente pudesse conhecê-la.

— Por que está causando um problema, Burke?

Olhei para o meu menino quando ela falou o nome dele. Ele estava franzindo a testa.

— Não estou.

— Você trouxe um *cachorro* para a minha escola.

O jeito com que ela disse a palavra "cachorro" parecia ter a palavra "malvado" logo em seguida. Cheirei a mão de Burke.

— Ele é o meu cão de serviço. Ele me ajuda com a minha cadeira.

— Pelo que me disseram, você consegue se locomover sem ajuda.

— É, bem, *me locomover*, sim, mas...

— Essa escola foi recondicionada para acomodar a sua cadeira. Dei até permissão para mudarem a rampa de lugar para que você não precisasse entrar pela cozinha toda manhã. O seu cachorro está sendo uma distração; só se fala nele. E ele é enorme, ainda por cima. Eu odiaria pensar no que poderia acontecer se mordesse algum aluno.

— Ah, o Cooper nunca morderia ninguém.

Levantei a cabeça ao ouvir o meu nome. Pude sentir Burke ficando zangado.

— É o que você diz. Mas não posso correr o risco.

Burke cruzou os braços.

— Não existe risco.

— Não é você quem decide isso.

— Você não tem o direito de impedir o meu cachorro de entrar.

Ela fez uma cara feia.

— Eu tenho todo o direito, jovenzinho. E não me responda.

Eles ficaram em silêncio por um tempo e bocejei de nervoso.

A mulher pareceu relaxar um pouco os ombros, a postura ficando menos rígida.

— Olha, entendo que você estudou em casa nos últimos anos. E prometo que vou fazer o possível para garantir que consiga alcançar os outros alunos. Mas você precisa seguir as regras. Esse lugar não é como o que você está acostumado, aqui é uma instituição.

— Não preciso "alcançar" ninguém. Fiz as mesmas provas que todo mundo. Sempre tiro notas boas. Mas preciso do meu cachorro comigo.

— A resposta é não.

Burke inspirou profundamente, estremecendo.

— O Cooper fica comigo.

Abanei de leve o rabo ao ouvir o meu nome.

A mulher se levantou.

— Então, vou ligar para os seus pais e pedir para que venham buscar você.

Burke balançou a cabeça, os lábios se abrindo em um sorriso frio e esquisito.

— Não para os meus pais. Meu pai — corrigiu ele, secamente. — Minha mãe foi embora porque não conseguiu lidar com o fato de eu ser aleijado.

Aí seguiu-se mais um silêncio demorado. A mulher abriu a boca, mas mudou de ideia e fechou.

— Pode esperar na secretaria, por favor?

Ela abriu a porta, e Burke e eu saímos. Agora estávamos na sala maior. Balancei o rabo para todas aquelas pessoas sentadas diante das mesas e elas sorriram para mim. Burke foi até umas janelas de onde observamos crianças encherem o corredor quando o alarme tocou de novo. Ele as observou em silêncio. Várias delas colocavam a cabeça para dentro da sala e diziam coisas como "Oi, Cooper!" e "Oi, Burke!". Abanei o rabo para todas.

Então uma menina que reconheci na mesma hora entrou. Era a humana da Lacey!

— Oi, Burke. Lembra-se de mim?
— Wenling?

O nome dela era Wenling.

— Isso!

Ela sorriu, enquanto eu a farejava sem parar. A pele e as roupas dela estavam perfumadas com o cheiro da minha Lacey. Ela se sentou.

— Por que está na secretaria?
— Estou sendo expulso.

Ela tapou a boca com uma das mãos.

— Da escola? Sério?
— Acho que existe uma regra que proíbe cachorros, não importa se ele comeu o meu dever de casa ou não.

Ela me acariciou e lambi a sua mão com gratidão.

— Isso não pode ser legal. Não existe alguma lei ou algo assim? Tenho quase certeza de que um cão de serviço é permitido em qualquer lugar.

— Qualquer lugar menos em uma escola de ensino fundamental, acho.

Um garoto grande pôs a cabeça para dentro da sala.

— Ei, Burke!
— Ah, oi, é...
— Grant.
— Certo. Grant Karr.

Olhei em volta, surpreso. Grant?

O garoto deu um tapinha no batente da porta.

— Eu estava pensando que você poderia ir até o ginásio de educação física depois da aula. Primeiro dia dos treinos de futebol. — O menino fez um movimento como se estivesse atirando uma bola, e olhei rápido, mas não vi nada cair no chão.

— Futebol? — repetiu Burke.

— É.

— E em que posição eu jogaria?

O menino ficou imóvel.

— Eu só quis dizer, sabe, que pode ficar com o time. Não... — Ele olhou para mim e depois para Burke. — Estávamos pensando que talvez pudesse ser o responsável pelos equipamentos ou algo assim?

— Ou líder de torcida? — sugeriu Wenling.

Burke riu.

— Na verdade, estou meio ocupado, mas valeu, Grant.

Olhei para Burke quando ele repetiu o nome de Grant. O outro menino deu mais um tapinha no batente da porta.

— Legal, então! De repente, a gente faz outra coisa depois.

Ele se virou e saiu. Burke suspirou.

— Eu sei — disse Wenling. — Quando cheguei aqui, todo mundo queria ser amigo da menina chinesa. E sabe o que me servem quando vou à casa de um deles? Até hoje? Comida chinesa. Toda. Santa. Vez.

Burke riu. Abanei o rabo com força com aquele som feliz.

— E você gosta de comida chinesa?

— Gosto da comida chinesa da minha *mãe*. — Ela se levantou. — Preciso ir para a aula. Vocês tiveram algum problema por atirar no drone?

— Acho que não. A mulher da carrocinha apareceu, mas ficou mais interessada no meu pai do que no Cooper.

— Primeiro o drone, depois você traz esse animal violento para a escola. Vocês são uma família de delinquentes.

— E o meu irmão Grant vem me buscar depois da aula para irmos roubar um banco.

— Não esquece de levar o Cooper, então! Até mais, delinquente.

Ela saiu e logo depois a Vó entrou! Fiquei muito animado ao vê-la. Ela me disse que eu era um cachorro bonzinho, e depois sentou na cadeira desocupada por Wenling.

— O que aconteceu, Burke?

— A sra. Hawkins me tirou da aula. Ela disse que não posso ficar com o Cooper porque sou capaz de propulsão independente. E que também sou burro porque estudei em casa.

A Vó ficou séria.

— Os seus níveis de leitura e matemática são de faculdade.

— Acho que ela não se importa com isso.

A mulher com os cheiros de animais desconhecidos abriu a porta e a Vó e ela tocaram as mãos, e depois entraram na sala menor e fecharam a porta. Abanei o rabo por não saber muito bem o que mais poderia fazer.

Burke ficou balançando a cadeira para a frente e para trás, pegou papéis de cima de uma mesa para ler, baixou-os, depois pegou-os de novo e os largou, resolvendo fazer carinho em mim em vez disso.

— Cachorro bonzinho, Cooper — murmurou ele.

Às vezes, as pessoas chamam você de cachorro bonzinho, mas esquecem de reforçar aquela opinião com petiscos. Mas no final, apesar de tudo, ouvir "cachorro bonzinho" sempre me deixa feliz.

A Vó saiu da salinha e ela e Burke não conversaram mais até entrarem no carro. Sentei no banco de trás. Quando as portas estavam fechadas, ela segurou o volante, mas depois o largou.

— Vó?

Ela virou a cabeça para Burke.

— Ah, Burke. A diretora Hawkins me contou o que você falou sobre Patty. Sobre a sua mãe.

Ele baixou a cabeça e ficou olhando para o chão.

— Olhe para mim, querido, por favor.

Burke suspirou e levantou a cabeça.

— Ela não foi embora por sua causa. É só... complicado. Ela é uma pessoa diferente de nós. Sentia falta da cidade. Falava sobre como tinha vontade de ir a lojas e restaurantes... Não era essa a vida que ela queria.

Burke emitiu um som baixo e triste.

— Você não estava lá, vó. Você não a viu dizendo que podíamos escolher entre ela e o papai. Quando comecei a falar, a mãe sabia que eu ia escolher ela e ficou, tipo, *apavorada*.

— Você não devia acreditar nisso, Burke.

Ele virou a cabeça e cutuquei a sua mão com o meu focinho para lembrá-lo de que estávamos felizes minutos antes.

A Vó franziu os lábios.

— E então a Patty se mudou para fora do país e se casou, e, até onde sei, o marido dela é um babaca controlador.

Burke arfou, surpreso. Olhei pela janela do carro. Esquilo?

A Vó riu baixinho.

— Eu sei, eu usando essa palavra. Mas é como me sinto. Da última vez que falei com a Patty, ela me disse que *ele* não a deixava entrar em contato com vocês.

Ela balançou a cabeça, olhando pela janela também.

— Você está bem, vó?

— Se eu estou bem? *Eu?* Ah, Burke, você tem o coração mais doce do mundo.

Mais tarde, ficamos no carro comendo coisas que vinham em papéis que cheiravam maravilhosamente. Burke me deu queijo, cujo gosto eu ainda sentia na boca ao chegarmos na fazenda.

Quando Grant apareceu, me perguntei se ele sabia quanta gente tinha falado sobre ele o dia inteiro. Ele se ajoelhou, agitando aquele osso de nylon bobo na frente do meu nariz até eu não ter escolha a não ser pegá-lo. Eu me escondi atrás de uma cadeira e cuspi a coisa no chão.

As botas de Chase Pai cheiravam a terra e insetos. Eu as inspecionei com atenção enquanto ele conversava com a Vó, Grant e Burke na cozinha. Então me dei conta: eles estavam na *cozinha*. Fui correndo até lá para ver se ia aparecer alguma comida ou não.

— Bem, então é isso — disse Chase Pai. — Você precisa ir para a escola, Burke. A sra. Hawkins tem razão. A escola é acessível para a sua cadeira. — A Vó mexia no fogão e senti cheiro de carne no ar, então fui até o lado dela fazer um "Sentar" e ser um cachorro bonzinho.

— Ela *está* errada, pai. Eu pesquisei. Se eu falar que preciso de um animal de serviço, ela não tem o direito de negar — respondeu Burke.

— Ser expulso no segundo dia de aula só pode ser uma espécie de recorde — disse Grant, rindo.

— Grant! — repreendeu a Vó.

— Me mostra o que você descobriu — disse Chase Pai. Ele ficou debruçado sobre o ombro de Burke por um tempo em silêncio, olhando alguma coisa sobre a mesa. Mantive a minha atenção na Vó.

Eu não sabia o que ela estava preparando, mas sentia cheiro de manteiga, e eu nunca recusaria nada que tivesse manteiga.

— Certo, mas uma coisa é ler uma lei, outra é fazer alguém obedecê-la. Tenho certeza de que ela tem algumas regras a favor dela — disse Chase Pai. — Eu me lembro da sra. Hawkins quando ela era a técnica de basquete. Aquela mulher é durona.

— Você sempre diz que devemos defender o que é certo, pai. Isso é o certo. Quando o Cooper está comigo, não sou o garoto na cadeira de rodas. Sou o garoto com o cachorrão. Posso subir os degraus e me sentar com os meus amigos. Faz toda a diferença.

Chase Pai sacudiu a cabeça.

— Você está sendo dramático, filho.

O meu menino se afastou da mesa sem dizer uma palavra, e o segui até o quarto. Mais tarde, me deitei na sua cama enquanto ele permaneceu sentado na cadeira. Levantei a cabeça quando a porta se abriu. Chase Pai estava ali e parecia bem sério.

— Burke, vou levar você para a escola amanhã. Vou entrar e conversar com a sra. Hawkins a respeito de Cooper, ok? Talvez eu possa conseguir convencê-la a me escutar.

— Obrigado, pai.

Chase Pai afagou a minha cabeça e saiu. Eu suspirei, me lembrando do queijo.

Capítulo 11

E LÁ ÍAMOS NÓS, PELO VISTO PARA A ESCOLA DE NOVO, MAS, DESSA VEZ, CHASE Pai dirigiu, nos levando na sua caminhonete. Só que ele fez errado e acabou deixando Grant no outro prédio antes de Burke. Pelo menos, Chase Pai sabia onde o prédio grande ficava. Balancei o rabo animado ao ver todas aquelas crianças nos degraus.

Chase Pai se virou para nós.

— Esperem aqui.

Ele saiu e foi até o prédio. Conforme andava, garotos e garotas saíam do seu caminho.

Depois de um tempo Burke abriu a porta.

— Vem, Cooper.

Fiz "Junto". Rolamos até as escadas e fiz "Ajudar" até, mais ou menos na metade do caminho, o meu menino se sentar ao lado de Wenling.

— Cooper! — cumprimentou ela, com as mãos perfumadas de Lacey. Enterrei o meu focinho nelas, inalando bem fundo. Me perguntei por que Wenling viria a um lugar desses sem trazer Lacey. Todo mundo ficaria tão feliz se Lacey estivesse aqui!

Várias pessoas chamavam Burke pelo nome, e ele acenava e respondia, então deixei Wenling me afagar e apoiei a minha cabeça no seu colo. Eu estava deixando o meu cheiro nela para Lacey sentir quando a menina chegasse em casa e pensar em mim.

— O meu pai foi parar na diretoria — contou Burke a Wenling.

— Ah, por causa do drone?

— Acho que vai levar pelo menos duas horas de castigo.

Wenling riu baixinho.

— Ele vai tentar convencer a sra. *Hawkinsquisita* a me deixar levar o Cooper para a sala de aula — explicou Burke. — Vou escrever uma tese sobre o que acontece quando dois objetos imovíveis colidem.

— Todo mundo diz que eles precisam permitir. Legalmente, quero dizer.

— Todo mundo na oitava série, não é? Bom, não consultamos um advogado nem nada, mas eu pesquisei, e, sim, só podem proibi-lo se ele morder alguém.

Wenling fez mais carinho na minha cabeça e disse:

— Você nunca machucaria ninguém, não é, Cooper?

— Claro que não.

— Está sentindo o cheiro da Lacey em mim? Por isso fica fungando perto de mim, Cooper?

Olhei para ela. Lacey? Lacey estava vindo?

Uma agitação acima de mim chamou a minha atenção. As crianças estavam abrindo caminho, e Chase Pai descia os degraus. Ele estava fazendo o andar zangado. Ao ver Burke, parou.

— Burke. — Ele respirou fundo e soltou o ar. — Estamos indo embora. Venha.

Chase Pai se abaixou como se para pegar Burke e Burke levantou as mãos, recusando.

— Não! Deixa o Cooper fazer, pai.

— Como quiser.

Chase Pai andou nervoso até a caminhonete.

Burke olhou para Wenling e disse:

— Acho que a reunião com a sra. Hawkins não foi muito boa.

— Vou visitar você na prisão.

Burke deu uma risadinha.

— Tchau, Wenling.

— Tchau, Burke.

Fiz "Ajudar" até descermos as escadas e "Junto" para a cadeira. Quando Burke entrou na caminhonete, Chase Pai guardou a cadeira na parte de trás do veículo.

Pisquei de susto com a força com que Chase Pai bateu a porta.

— Eu mandei você esperar no carro.

— Eu queria falar com os meus amigos.

Chase Pai balançou a cabeça.

— Seus... Não quero você se metendo com aquela garota.

— Quem, a Wenling? Como assim?

— A família dela está tentando tirar o nosso ganha-pão. O pai dela é engenheiro dos robôs fazendeiros.

Chase Pai dirigiu um tempo e o meu menino ficou calado.

— Estou falando sério, Burke.

— O que a diretora Hawkins disse?

Chase Pai apertou o volante com mais força.

— Ela disse que o Cooper é uma distração, que os professores não podem dar aula com ele na sala e que as crianças estavam com medo por ele ser tão grande.

A risada de Burke foi rápida e dura.

— O quê? Isso é mentira. Ninguém fez nada a não ser tentar fazer carinho nele antes da aula. O Cooper sabe se comportar.

— Bom, foi isso que ela disse. Então, você vai ter que deixar o cachorro em casa.

Burke ficou olhando pela janela. Senti a mão dele ficando tensa no meu pescoço.

— Saquei tudo, então.

A voz dele estava amargurada e a expressão no rosto, austera e amarrada. Observei-o com ansiedade. Qual era o problema?

Chase Pai olhou para ele.

— Sacou o quê? Do que está falando?

— Só porque tem uma rixa com o pai da Wenling, você quer me envolver nisso, apesar de ela e eu não termos nada a ver com a história. Mas quando eu tenho um problema na escola, não apenas você não me ajuda como também quer que eu simplesmente desista.

Passamos pelo rancho das cabras, com o seu cheiro maravilhoso de sempre, em silêncio.

— Olha, filho, não tem como ganhar essa batalha. As instituições têm o dinheiro e o poder. Se tentarmos lutar, vão acabar com a gente.

— Então por que não vender a fazenda logo para a corporação dos robôs fazendeiros?

Burke secou os olhos e lambi o seu rosto, preocupado com as emoções tristes e zangadas irradiando da sua pele quente.

— Por que lutar por *qualquer coisa*? — Burke virou a cabeça. — Isso significa tudo para mim, pai. Não consegue entender?

— Eu entendo que parece importante, mas acredite em mim, quando você for mais velho...

— Isso está acontecendo *agora*! — gritou ele, alto. Eu me encolhi com o tom duro no grito de Burke e com a enxurrada de emoções vindo dele. — Por que não liga para os meus sentimentos?

— Fique calmo, filho.

Ninguém falou mais nada até chegarmos em casa. Passeios de carro em geral me deixavam feliz, mas esse tinha sido triste e tenso e agradeci por poder sair e correr para assustar os patos.

Ao voltar do lago, vi uma coisa preta escapulindo do celeiro e o meu nariz me disse que era aquele animal misterioso! Ele era pequeno e macio e, quando me viu, dobrou a esquina e desapareceu — até eu farejá-lo em um buraco grande na lateral do celeiro. Enfiei o focinho no buraco e inalei profundamente, decepcionado pela criatura não querer brincar comigo. Depois me perguntei: se eles viviam em celeiros, por que tanta gente tinha aquele odor nas roupas?

Depois daquilo, as coisas pareceram normais. Grant saía quase todas as manhãs, Chase Pai ficava lá fora com as plantas ou dirigia o caminhão lento, e eu, às vezes, assistia, especialmente quando Burke ficava conversando com a Vó ou sentado encarando uma luz sobre a sua mesa, mal se mexendo.

— Estou impressionada por você estar fazendo Cálculo II — comentou ela um dia. — Mas para mim é demais. Acho que não posso mais ajudar você.

— Tudo bem, vó, as aulas on-line são boas. Eu adoro, mas entendo que algumas pessoas achem chato.

— De maneira alguma, querido. Acompanhar o seu cérebro se desenvolvendo tem sido uma das maiores emoções da minha vida. Você me deixa tão orgulhosa.

A Vó se abaixou e Burke a abraçou. Eu me estiquei para enfiar a cabeça entre os dois e tornar aquele momento ainda mais especial.

Quando saímos, trotei direto até o celeiro. A fragrância da criatura misteriosa estava por toda parte, mas não vi sinal dela.

Burke desceu pelo deque com a sua cadeira para mexer em uns papéis barulhentos no colo, e as folhas caíam das árvores em uma chuva constante que fazia um farfalhar parecido. Eu me esparramei satisfeito aos pés dele, e estava quase dormindo quando um cheiro especial me fez ficar de pé.

— Cooper? — perguntou Burke quando saí correndo do deque, as minhas unhas arranhando a madeira.

Lacey! Ela estava correndo na minha direção e era como se nunca tivéssemos nos separado. Claro que Lacey me encontrou! Pertencíamos um ao outro e sabíamos daquilo. Eu não podia ir atrás dela porque precisava cuidar do meu menino, mas Wenling podia andar sozinha sem Lacey.

Que dia maravilhoso! Enquanto Burke assistia à gente, Lacey e eu corríamos atrás dos patos, pulávamos na água e farejávamos toda a margem. Senti o cheiro de Wenling nela e sabia que aquilo significava que Lacey teria que partir de novo. Mas, naquele momento, ela era toda minha.

Toda vez que Burke gritava "Cooper! Lacey!", a gente voltava para ele, mas logo éramos absorvidos um pelo outro de novo. Nada é melhor que ter o seu humano e o seu cachorro favorito com você. Meu instinto me alertou que Grant logo estaria em casa e, então, todos nós estaríamos nos divertindo juntos.

Os patos estavam reunidos em um emaranhado confuso na parte pastosa de terra do outro lado do deque, mas quando Lacey e eu corremos pela lama, eles grasnaram e bateram as asas até o meio do lago, nos repreendendo.

Fui o primeiro a ver a cobra. Congelei por um instante e ela também; enroscando-se em si mesma, pondo a língua para fora, os olhos frios me observando. Lati e ela levantou ainda mais a cabeça. Não sei por que, mas quis atacá-la na mesma hora, mordê-la, até matá-la — uma compulsão que tomou conta de mim com um arrepio. Os meus pelos estavam eriçados e o meu latido tinha um tom furioso. A cobra reagiu agitando a ponta do rabo, não como um cachorro, mas fazendo um tremor, um barulho arranhado.

— Cooper? O que foi? — Burke estava no deque e se aproximava sua cadeira.

Lacey disparou para ver o que eu havia encontrado. A mesma raiva feroz percorreu a espinha dela, deixando o seu rabo rígido. Ela também começou a latir e rosnar. Deu a volta por trás da cobra, e a criatura virava a cabeça de um lado para o outro tentando manter os olhos em nós dois.

— Ei, o que estão vendo?

Avancei e a cobra se ergueu, quase alcançando o meu rosto, me fazendo recuar. Ela era *rápida*. Então, ela se virou para Lacey, e fui para cima dela de novo, aí ela me tocou e Lacey pulou em cima dela e a abocanhou como a um graveto. Mas cobra se enroscou na minha amiga, mordendo o seu rosto.

— Não! Lacey, para! Larga! Larga ela! — gritou Burke.

Lacey sacudiu a cabeça, o olho se contraindo logo acima de onde os dentes estavam cravados. A cobra avançou de novo, Burke continuou a gritar e Lacey enfim largou a cobra, que logo fugiu para os juncos.

— Lacey! Vem! Cooper!

Não havia como não ouvir o tom de medo na voz dele — algo muito sério havia acabado de acontecer. Corremos até Burke. Lacey estava de orelhas baixas e eu sabia que ela sentia que tinha sido uma cachorra má, porque eu me sentia assim também. Mas Burke não parecia zangado quando esticou o braço.

— Lacey. Ah, não, vem cá, garota.

Lacey foi até Burke e se sentou. Ele examinou a mandíbula dela e a girou, fazendo o mesmo com a lateral do rosto dela. O rabo de Lacey bateu, fazendo barulho no deque. Eu me aproximei, porque Burke irradiava um medo terrível e eu sabia que ele precisava de mim, mas foi Lacey que ele abraçou, puxando-a para o seu colo, chorando. Fiz "Sentar", sem entender.

— Ah, meu Deus. Lacey, sinto muito. Ela mordeu você feio. — Ele olhou para a casa. — *Pai!* — O berro desesperado de Burke saiu de um jeito que eu jamais ouvira antes, alto e amedrontado. — Pai! Rápido! Pai!

O vento trazia o grito de Burke de volta para nós. Ele olhou para mim.

— Cooper! Vem!

Obedeci e ele prendeu a guia curta à minha faixa peitoral.

— Puxe, Cooper!

Segurando Lacey no colo, Burke não podia ajudar a girar as rodas, então ficava bem mais difícil puxá-lo. Ainda assim, fincava as minhas garras na terra e ia subindo a colina, avançando devagar.

— Pai! Pai! — gritou Burke. — Pai! Socorro!

Fiquei esperando Chase Pai, mas, em vez dele, foi Grant quem apareceu na porta e veio correndo na nossa direção.

— Rápido! — gritou Burke.

As botas de Grant batiam na terra dura.

— O que foi?

— Lacey foi mordida por uma massasauga!

— Uma o quê?

— Uma cascavel massasauga!

— O quê? Tem certeza?

— Grant, eu vi. É venenosa. O veneno dela é mais tóxico que o de uma cascavel normal e ela mordeu Lacey várias vezes! Você precisa levá-la ao veterinário *agora*.

— Ela pegou o Cooper também?

— Não, graças a Deus.

— Não dá para sugar o veneno dela?

— Não, isso pode matar *a gente*. Vai!

Grant bateu palmas.

— Vem, Lacey!

Lacey pareceu hesitar, avaliando a altura do pulo da cadeira de Burke para o chão. Burke soltou a minha coleira e corri até Grant, achando que ele queria os dois cachorros. Lacey enfim pulou, as patas da frente dobrando quando ela caiu no chão. Ela se levantou, sacudindo-se. Grant se virou e começou a subir a colina às pressas.

Mas Lacey não correu atrás dele. Em vez disso, deu um passo lento, como se estivesse com medo do chão morder ela.

— Grant!

Grant olhou para trás. Lacey estava andando de lado. Suas patas traseiras tremiam, e ela caiu. Cutuquei-a com o focinho e ela me lambeu.

Havia alguma coisa errada, muito errada com ela.

— Precisa levá-la no colo!

Grant pegou Lacey e correu na direção da casa, vacilando com o peso. O jeito com que a cabeça de Lacey balançava me deixou assustado. Tentei seguir os dois, mas Burke precisava de mim para "Puxar" e nós dois fomos bem mais lentamente. Quando chegamos à fazenda, Grant e a caminhonete não estavam mais lá, e o cheiro de Lacey estava no vento, sumindo devagar na direção da estrada.

Dentro de casa, Burke conversou com a Vó e eles se abraçaram. Chase Pai chegou logo em seguida no caminhão lento.

— Alguma notícia? — perguntou ele ao entrar.

— Grant não levou o telefone — respondeu a Vó. — Ele o largou aqui quando ouviu o Burke. Eu estava tirando um cochilo no quarto.

— Acho que nessas circunstâncias não tem problema Grant dirigir, mas, se ele for parado, vão tirar a permissão dele.

— Você disse que ele dirige bem.

— Para um garoto de 15 anos, sim.

Burke me afagou e fiz "Sentar".

— Liguei para a Wenling. É a cadela dela. Eles estão vindo para cá, ela e o pai. Os Zhang.

Burke e o pai se entreolharam.

— É justo — disse Chase Pai. Ele foi até Burke e pôs a mão no seu ombro. — Tem certeza de que era uma massasauga? Uma cascavel?

— Sim, senhor. Estudei sobre elas nas seções de biologia ano passado. A única cobra venenosa do nosso estado. Elas deviam estar quase extintas.

— Eu nunca vi uma. Sinto muito por ter tido que passar por isso, Burke.

Burke virou a cabeça e ondas de tristeza emanaram dele. Choraminguei. Eu não entendia. O que tinha acontecido? Onde estava Lacey?

— Você não poderia evitar, Burke — disse a Vó.

Ele apertou os lábios.

— Se eu tivesse conseguido sair do deque. Se eu estivesse ali no junco com os cachorros, teria visto a cobra. Podia ter feito eles saírem de lá.

Remexi na minha caixa de bolinhas de borracha e tirei o brinquedo barulhento. Então levei-o até a minha caminha de cachorro.

Mais tarde, todos reagimos ao ouvir o ruído inconfundível da caminhonete de Grant. Ficamos esperando na varanda e o vimos sair do carro. Ele balançou a cabeça e a Vó levou a mão à boca.

— Ah, não — disse ela baixinho.

Quando ele subiu a rampa até nós, senti o cheiro de Lacey, mas a tristeza transbordava dele e tomou conta de todos nós. De alguma maneira, entendi: Lacey não voltaria mais. Ela estava que nem Judy, a cabra velha — o que a fazia ser Lacey, o que a fazia ser a minha cachorra, havia partido. A cobra a machucara feio demais.

Choraminguei e o meu menino esticou o braço e me fez carinho.

A Vó se agachou para segurar o meu rostinho nas mãos e olhar nos meus olhos.

— Você entendeu, não foi, Cooper? Entendeu o que aconteceu com Lacey. Você é um cachorro jovem, mas tem uma alma velha.

Lambi o rosto dela.

— Graças a Deus o Cooper não foi mordido — disse Chase Pai.

Outra caminhonete dobrou na entrada da casa. Era Wenling e o homem que sempre a levava para os lugares. Ele estava com um cano de metal comprido na mão. Chase Pai olhou para a Vó.

— Ele está com um rifle. Leve os garotos para dentro de casa.

Capítulo 12

Havia medo e raiva no modo com que Chase Pai caminhava até o carro. Permaneci ao lado dele, como se fazendo "Ajudar". A menina, Wenling, chorava, esfregando as lágrimas salgadas do rosto. O pai dela segurava o cano apontado para o chão.

Chase Pai pôs as mãos na cintura.

— Que diabo você pensa que está fazendo?

— Ele veio atirar na cobra que matou a Lacey — explicou Wenling.

Trotei até ela, e a garota se abaixou para me abraçar, o cheiro de Lacey na sua pele. Eu conseguia sentir a tristeza no jeito desesperado com que Wenling me apertava. Eu não era Lacey, mas era um cachorro para ela abraçar.

— Você não entra com uma arma na propriedade de outro homem sem pedir permissão — disse Chase Pai friamente.

Wenling falou com o pai, que respondeu e baixou a cabeça.

— Ele pediu desculpas. Não quis desrespeitar você. Está pedindo permissão agora.

— Permissão... Peça para ele deixar a arma no carro, por favor.

O pai de Wenling abriu a porta do veículo e guardou a arma.

— Ele ainda não fala inglês muito bem, mas já aprendeu e entende mais coisas — disse Wenling.

Senti um pouco da tensão em Chase Pai diminuir.

— Olha, ZZ. Eu entendo como se sente. Deus sabe que eu provavelmente me sentiria da mesma forma. Mas aquela cobra é uma espécie em extinção. Não podemos matá-la. É contra a lei. Você pode até ser preso por isso.

O homem olhou para a filha e ela falou com ele. Ele respondeu:

— Zhè shì yītiáo dúshé. Rúguǒ tā shā sǐ lìng yī zhǐ gǒu huò yīgè háizi ní?

— Meu pai perguntou: "Mas e se ela morder uma criança ou outro cachorro?"

Ouvi um barulho e olhei: Burke e Grant tinham saído da casa e estavam avançando devagar na nossa direção, Grant empurrando a cadeira.

Chase Pai balançou a cabeça.

— Elas não são agressivas. Só atacam quando estão com medo. Eu mesmo nunca nem vi uma, e morei aqui a vida inteira.

Wenling traduziu para o pai e agachou de volta para me afagar mais um pouco.

— Como aconteceu? — perguntou ela com a voz baixa, secando os olhos.

— Eu não estava lá. O Burke que viu — respondeu Chase Pai, indicando os filhos.

Burke se aproximou.

— Oi, Wenling. Sinto muito. — Grant ficou um pouco para trás. — Os cachorros encontraram uma cobra e, antes que eu pudesse reagir, Lacey a pegou e a cobra picou o rosto dela. — Ele fez uma expressão triste. — Ela não pareceu sofrer.

— Obrigada pelo que fez por Lacey — respondeu Wenling, a voz embargada.

— Não fui eu. Foi o meu irmão, o Grant. Foi ele que levou Lacey para o veterinário.

Grant se aproximou.

— Oi. Sinto muito por não ter conseguido chegar com ela a tempo.

— Oi, Grant. Meu nome é Wenling. Obrigada por tentar salvar a Lacey. Este é meu pai, ZZ.

— Eu só... caramba, sinto muito mesmo — responde Grant.

Todo mundo ficou parado ali em silêncio por um tempo. O pai de Wenling falou alguma coisa, e ela assentiu.

— Ele disse que vai ligar para o veterinário e pedir para mandarem a conta para a gente.

Todos pareciam tristes demais para continuar aquela conversa, então Wenling foi embora com o pai, levando consigo o cheiro da minha Lacey.

Eu sabia que jamais sentiria o cheiro da Lacey de novo.

Naquela noite, Burke me acordou, passando as mãos no meu pelo.

— Por que está chorando, Cooper? Está tendo um pesadelo?

Inquieto, resolvi ir até a sala. A Vó estava sentada em uma cadeira com a janela aberta. Levantei o focinho para sentir o cheiro cada vez mais fraco de Lacey. Naquele momento, ainda parecia possível ela entrar de repente na casa pela portinha de cachorro, e pular na cama de Burke para dormir com a gente.

— Ouviu isso, Cooper? — sussurrou a Vó. — Escute. — Ela acariciou as minhas costas. — Vamos lá ver.

Fiquei surpreso quando ela me levou para fora. Fiz xixi em cima de uns arbustos a caminho do celeiro. Havia um feixe de luz no chão da porta parcialmente aberta. Senti o cheiro da criatura misteriosa e de Chase Pai no celeiro por aquela abertura, e pude ouvir a voz dele e sentir uma vibração estranha no ar. A Vó abriu a porta e trotei para cumprimentar Chase Pai, cheirando, curioso, a caixa com cordas que ele tinha no colo.

— Continue tocando, por favor — pediu a Vó.

Chase Pai sorriu.

— Me pegou no flagra.

— Que música era essa? Era bonita.

— Era só...

Chase Pai deu de ombros. Cheirei as paredes com cuidado, captando o odor daquela criatura misteriosa, mas ainda sem conseguir vê-la.

— Acho que não estou lidando com os meus meninos muito bem no momento. Especialmente o Burke. Não entendo por que ele não pode ir para a escola sem o Cooper.

Eu tinha fechado os olhos, mas agora os abri de volta.

— Você se lembra da oitava série?

— Para dizer a verdade, eu meio que bloqueei essa época.

— Não se lembra de levar o violão com você?

— O quê? Bom, claro, quando eu tinha ensaio com a banda.

Eles não pareciam estar falando de mim, então suspirei, sonolento.

— Não, Chase. Todas as aulas, quase todo dia. Você dizia que era grande demais para caber no seu armário. O diretor me contou que era a forma como você sentia que se encaixava. Ele não ligava. Alguns garotos, ele me dissera, usavam a mesma camisa do Detroit Lions todo dia, e aquilo era pior. — A Vó torceu o nariz.

Chase Pai riu.

— Ah, eu me lembro do cheiro de glândulas sudoríparas toda manhã. Entendo o que quer dizer, mãe, mas é diferente. Contratar um advogado... Não acho que tenho esse dinheiro.

A Vó saiu. Resolvi ficar sentado aos pés de Chase Pai enquanto ele fazia os barulhos dele, mas abanei o rabo quando a Vó voltou. Ela estendeu um pedaço de papel para Chase Pai, que o pegou.

— O que é isso?

— A minha contribuição para o fundo de defesa legal.

Chase Pai a olhou.

— É muito dinheiro, mãe.

— Eu estava economizando para se alguma coisa importante acontecesse. Acho que isso se qualifica. Só... não conte para o Burke. Vamos entrar nessa luta como uma família.

Na manhã seguinte, depois de Grant sair e os cheiros deliciosos do café da manhã não estarem mais perfumando o ar, Chase Pai veio nos ver no quarto de Burke.

— Está planejando ficar na cama o dia inteiro? Já são 10h30 — disse ele, parado na porta.

Burke gemeu.

— O Cooper ficou se mexendo e choramingando a noite toda.

— Preciso contar uma coisa, filho. A sua avó e eu conversamos ontem à noite depois que você foi dormir. E você tem razão. *Existe sentido em defender aquilo em que se acredita.*

Burke o olhou com surpresa.

Chase Pai assentiu com tristeza.

— Liguei para o meu advogado hoje bem cedo. Ele concorda com você: disse que, se o cachorro fosse inconveniente ou perigoso, talvez pudesse ser banido, mas a sra. Hawkins precisa provar isso antes. No tribunal. Então, vamos levar isso à justiça.

Burke ficou boquiaberto. Chase Pai levantou uma das mãos.

— Não tenho dinheiro se o distrito quiser transformar isso em uma briga grande, mas Paul, o nosso advogado Paul Pender, acha que vão ceder após uma audiência informal. Ele acha que negar seria ruim para a imagem deles.

A neve chegou, os dias ficaram frios, e a água do lago virou um gelo escorregadio. Burke gostava de atirar uma bola para mim e ria quando eu corria mais que ela e não conseguia parar, as minhas unhas arranhando o gelo. Mas quando eu ia até o lago, não conseguia deixar de pensar em estar lá brincando com Lacey. Burke era o meu humano, mas Lacey havia sido a minha parceira.

Estávamos voltando para casa certa noite, eu fazendo "Puxar" pela neve abundante, e Burke grunhindo de leve pela força que precisava fazer nas rodas da cadeira. Eu tinha ouvido um carro mais cedo e ele ainda estava na entrada do terreno, um carro que eu nunca tinha farejado antes, quando subimos a rampa e entramos.

— Burke, você se lembra do sr. Pender? — perguntou Chase Pai.

Burke levantou a mão.

— Oi, sr. Pender.

— Olá! Este é o Cooper?

Trotei para cheirar a mão de um homem que parecia ter a idade de Chase Pai. Seus dedos tinham um aroma doce, diferente dos homens que moravam comigo.

— Pode me chamar de Paul. — Ele afagou a minha cabeça. — Que bom que está aqui. Eu estava dizendo ao seu pai agora mesmo que o juiz deferiu a nossa moção. Cooper poderá ir ao tribunal conosco na audiência. — O homem sorriu.

— Que boa notícia — observou Burke com cuidado.

— O que isso significa? — perguntou a Vó.

— Que vamos à guerra — respondeu o homem.

Vi aquele homem de novo porque ele nos levou para passear de carro. Não para a Escola, mas para um prédio com degraus sem crianças. Burke foi na frente e eu fiquei atrás com Chase Pai e a Vó. Paramos bem na frente dos degraus de pedra e ficamos ali sem fazer nada. As pessoas são engraçadas: tudo que alguém precisa fazer era abrir uma porta para podermos sair, correr, brincar e talvez encontrar um graveto ou um esquilo, mas elas gostam de ficar sentadas sem fazer nada, nem mesmo comendo ou dando petiscos a um cachorro tão bonzinho.

Que estranho é pensar que alguém pode comer na hora que quiser, mas não come.

— A funcionária da carrocinha não está na lista de testemunhas deles — disse o motorista de mãos com cheiro doce.

— Isso é bom? — indagou Chase Pai.

— Eu diria que sim. O fato de ela ter sido chamada por causa de uma reclamação poderia favorecê-los. Mas, pelo que você disse, o depoimento dela provavelmente não ajudaria o caso deles. Não sei se tomaram essa decisão de propósito ou se só ficaram com preguiça. Gosto quando eles têm preguiça. — Ele se inclinou para mais perto do vidro. — Certo, aquele é o carro da juíza. Vai lá, Burke, nós seguimos você com a cadeira.

— Vem, Cooper!

Ao sairmos do carro, achei que talvez eu ia poder correr um pouco, mas Burke queria que eu fizesse "Ajudar" até o final da escada. Então fiquei ainda mais chocado quando ele me pediu para "Ficar". Ele estava esperando alguma coisa, concluí, e imaginei um alarme tocando e crianças jorrando porta afora no topo dos degraus. Levantei a minha pata traseira discretamente em um ponto em que outro macho havia marcado território.

Quando uma mulher dobrou a esquina da calçada, Burke me mandou "Ajudar", e subimos as escadas juntos. Notei que ela parou para olhar, então me esforcei para mostrar como eu podia ser um cachorro bonzinho. Nunca se sabe quem pode estar com um petisco guardado no bolso.

Chase Pai nos seguiu com a Vó e a cadeira. O homem que nos deu carona se afastou do meio-fio e desceu a rua com o carro. Fiz "Junto" e Burke puxou o corpo para cima, e entramos em um edifício que ecoava com os estalos altos dos sapatos da Vó. Segui todos até uma sala pequena que me lembrou um pouco da Escola por ter cadeiras e uma mesa na frente.

Nosso motorista entrou pouco depois e se sentou.

— Vamos nessa — disse ele, parecendo animado, como se estivesse prestes a mostrar um brinquedo barulhento.

Entraram mais algumas pessoas, mas elas não se sentaram com a gente, apesar de sermos o único grupo com um cachorro. Eles se sentaram na outra mesa. Reconheci uma das mulheres da época em que fiz Escola. O cheiro dos animais misteriosos estava tão impregnado nela que era quase a única coisa que eu conseguia farejar na sala — mas ainda era um cheiro diferente das criaturas ímpares que eu captava no nosso celeiro. Ela não foi falar com a gente.

Todos se levantaram, então achei que estávamos indo embora, mas a única coisa que aconteceu foi a mulher que antes estava nos degraus do prédio entrar e se sentar atrás de uma mesa mais alta, e então todo mundo se acomodou de volta no assento. Bocejei, mas, àquela altura, eu não fazia nem ideia de como aquilo tudo ia ser chato. Pessoas estavam sentadas diante de mesas, mas não havia comida.

Eu me esparramei para tirar uma soneca, mas acordei quando a mulher com cheiro dos animais misteriosos disse a palavra "cachorro". Notei que ela saíra de perto da mesa dela e estava sentada ao lado da mesa mais alta.

— A minha maior preocupação é a segurança dos alunos. De *todos* eles. Pelo que entendi, Cooper sequer foi formalmente treinado como animal de serviço — disse ela.

O nosso motorista assentiu, se inclinando em cima da mesa.

— Então o que está dizendo é que, se o Cooper for avaliado por um profissional e considerado um animal de serviço capaz e treinado, Burke poderá levá-lo ao colégio, sra. Hawkins?

Todo mundo estava falando o meu nome! Agitei o rabo, curioso com o que estava acontecendo.

A mulher da Escola fez uma careta.

— Não — respondeu ela, devagar. — Só estava dizendo que preciso cuidar dos meus alunos. O cachorro estava sendo uma distração. Tenho completa autoridade para tomar as medidas que considero apropriadas para manter um ambiente de aprendizado seguro e produtivo.

— Bom, sra. Hawkins — respondeu o nosso motorista, com calma —, é por isso que estamos aqui, para determinar se você tem essa "completa autoridade". Quando diz que o cachorro estava sendo uma distração, pode nos dar alguns exemplos?

A mulher da Escola ficou em silêncio por um tempo.

— Todo mundo só estava falando nele.
— E todo mundo seria...
— A minha equipe.
— A senhora quer dizer os funcionários da secretaria?
— Sim.
— E os professores? O que disseram?
— Eu mesma fui professora por anos. Sei como é difícil fazer as crianças prestarem atenção. Um cachorro tornaria isso impossível.
— Ela não respondeu à pergunta, meritíssima.

A mulher atrás da mesa alta se mexeu na cadeira.
— Sra. Hawkins, o sr. Pender perguntou o que os professores disseram a respeito do cachorro, se é que disseram alguma coisa.

Todo mundo ficava repetindo "cachorro". Fiquei triste por não ter levado nenhum brinquedo comigo.
— Ninguém me disse nada. Mas também não precisaram. Não deixei ir tão longe assim, pois tirei Burke da aula no momento em que soube.
— Da primeira aula dele? — perguntou o nosso motorista.
— Não, da segunda.
— A primeira aula de Burke foi com o sr. Kindler, correto?
— Sim. História.
— O cachorro ficou na aula do sr. Kindler?

Um homem sentado com a mulher da escola pigarreou.
— Protesto, meritíssima. Como ela poderia saber?
— Sra. Hawkins, tenho um depoimento assinado e juramentado do sr. Kindler a respeito da aula em questão. Ele confirmou que o cachorro ficou na sala durante toda a aula. Meritíssima? — disse o nosso motorista.
— Prossiga — falou a mulher na mesa alta.

O nosso motorista se levantou e entregou um pedaço de papel ao homem na outra mesa e depois se aproximou da mulher da Escola e deu uma folha a ela também. De todos os objetos com que humanos gostam de brincar, papéis eram os que eu menos gostava. Eles têm um cheiro seco e grudam na língua. A mulher da Escola pôs os seus óculos e havia cordinhas penduradas atrás de seu pescoço.
— Por favor, sra. Hawkins, se importa de ler o terceiro parágrafo?

Ela franziu o cenho.

— Sra. Hawkins? — repetiu o motorista.
— "Em nenhum momento, o cachorro de serviço atrapalhou a mim, a aula ou os outros alunos. Ele ficou deitado e quieto ao lado de Burke. Quando o sinal tocou, Cooper se sentou, mas, fora isso, não se mexeu até Burke dar um comando a ele. Honestamente, quem me dera os meus alunos fossem tão educados quanto Cooper."
A Vó, Burke e Chase Pai riram, então o nosso motorista riu também. A mera menção do meu nome parecia deixar todo mundo mais feliz.
A mulher da Escola tirou os óculos, aquele movimento enviando sopros do cheiro do animal estranho pelo ar.
— Sou diretora da Lincoln Middle School há oito anos. O nosso desempenho melhorou sob a minha administração em todos os aspectos. Isso requer tomar decisões difíceis. Sinto muito pelos desafios de Burke, mas a escola obedece a todas as exigências para o acesso dele. Quando o cachorro precisou... *arrastá-lo* degraus acima, deixando a sua paralisia evidente diante de quase todo o corpo estudantil, foi além de uma distração. Foi perturbador.
A mulher sentada atrás da mesa alta balançou a cabeça.
— Discordo. Vi Cooper ajudando Burke mais cedo e achei lindo.
A Vó apertou a mão de Burke.
Depois de mais conversa, a mulher da Escola se sentou de volta ao lado do homem na outra mesa — talvez ele fosse o motorista *dela*. Então todo mundo falou mais, e eu tirei um cochilo, mas senti todos ficando nervosos e acordei para olhar para Burke. Ele afagou aquele pedacinho que sempre coça debaixo do meu queixo.
— Muito bem, obrigada — disse a mulher na mesa alta. — Devido à natureza urgente da questão, que é este jovem merecer ter acesso à educação, darei a minha decisão aqui amanhã, às nove horas.
Todos se levantaram, então abanei o rabo.

Capítulo 13

Será que a Escola agora era assim? Estávamos de novo naquele lugar com as mesmas pessoas na manhã seguinte. Todo mundo parecia tenso, então tentei pensar em maneiras de deixar o clima mais leve — deitar de costas para um carinho na barriga, talvez? Quando os humanos na sala se levantaram, a mulher da mesa alta entrou, e todos se sentaram novamente.

Era tudo muito peculiar.

— Não preciso de mais tempo para tomar a minha decisão. Os fatos falam por si. Isso já foi longe demais sem necessidade. O importante aqui é levar este jovem de volta à escola.

A Vó prendeu a respiração. A mão de Chase Pai estava sobre o ombro de Burke e notei quando ele o apertou.

— O sr. Pender está certo: se a administração não tem provas de que Cooper representa um impedimento significativo e contínuo para a habilidade dos professores de darem aula e a habilidade de os alunos aprenderem, não existe justificativa para tirar nem o cachorro, nem o seu dono da escola.

Deitei de volta com um bocejo, pronto para mais uma soneca.

— E, sim — disse ela —, se o cachorro for agressivo, a escola tem o direito de proteger os outros alunos. Porém, por mais que eu concorde que ele seja um animal de grande porte, não o vejo representando ameaça imediata alguma. Isto é, olhem só para ele, Cooper é a personificação de passivo. Burke, você e o seu cachorro poderão voltar à escola a partir de amanhã.

Logo me levantei, pois todo mundo começou a se abraçar. E, é claro, também abraçaram a mim. A nossa mesa estava muito feliz.

Olhei para as pessoas da outra mesa quando estavam indo embora e eles não pareciam nem um pouco alegres, mas não fui até lá tentar mudar o humor delas. Às vezes, as pessoas não ficam felizes, não importa quanta atenção recebam de um cachorro.

No caminho de volta para casa, fui no banco de trás ao lado da Vó, de Burke e de Grant, abanando o rabo e procurando esquilos. Na manhã seguinte, a Vó levou Burke e eu para a Escola com os degraus de pedra. Fiz "Ajudar", e paramos no meio do caminho.

— Oi, Wenling — disse Burke.

Wenling não tinha mais o cheiro de Lacey — nem de nenhum outro cachorro, o que achei intrigante. Como uma garota podia não ter um cachorro?

Dessa vez, Burke gostou tanto de ir para a Escola que voltamos lá quase todos os dias. A neve derreteu e o ar se encheu do cheiro fértil de grama nova e de folhas. Eu ficava ao lado do meu menino quando ele precisava de mim, e, quando não precisava, tirava um cochilo. Muitas vezes, eu não via a moça infeliz da Escola, mas sentia o cheiro dela, com os seus odores do animal estranho flutuando pelo prédio.

— Que começo de verão seco — observou Chase Pai durante o jantar. — Tomara que chova em breve.

Quando o verão trouxe os insetos e a grama ficou mais alta, de repente paramos de ver os nossos amigos nos degraus, mas pelo menos pude passar mais tempo com Burke. Fiz "Puxar" e "Ajudar", mas também pude me enroscar no meu menino à noite, apenas sendo o cachorro dele.

Não fomos mais para a Escola, mas, naquele outono, começamos a ir para o mesmo prédio de Grant, aquele que não tinha crianças nos degraus. Grant e Wenling estavam lá também, e eu podia sentir o cheiro deles até quando não os via. Reconheci muitos dos meus amigos e fiz vários novos. Não senti falta da Escola nem da mulher infeliz com os cheiros do animal estranho de celeiro — esse lugar novo era tão divertido quanto o antigo!

A neve chegou pesada e espessa, e Burke precisou que eu fizesse "Puxar" muitas e muitas vezes. Eu amava ser um cachorro bonzinho. Às vezes, Grant empurrava enquanto eu fazia "Puxar", de tão bonzinho que eu era.

Quando a neve voltou a derreter e o ar esquentou e ficou pesado com o cheiro de grama e flores, eu sabia que logo ficaria em casa e que eu sentiria falta das pessoas do prédio de Grant. Mas eu já entendia que este era o padrão da minha vida.

Eu gostava de me sentar na varanda e desfrutar dos cheiros da fazenda conforme o sol ia baixando. Às vezes, o rancho das cabras permeava o ar e, às vezes, eu sentia o odor de um cavalo ou de umas vacas — de todos, eu só havia brincado com uma cabra e estava feliz em deixar os outros para lá. Eu podia sentir o cheiro da minha família humana, do animal do celeiro, dos patos...

Cachorro. Eu me levantei na hora, inalando o cheiro de outro canino nas correntes noturnas, ficando mais forte conforme ele se aproximava. O meu nariz sinalizou que era uma fêmea, na estrada, que vinha na minha direção. Animado, saltei da varanda e corri para cumprimentá-la.

Uma fêmea jovem e magra apareceu no meio da escuridão, o rabo balançando conforme caminhava. Corremos um para o outro, virando no último minuto, aproximando focinhos e rabos. O comprido pelo amarelo dela estava cheio de pedaços de plantas e ela não tinha coleira. Levantei a minha pata traseira para marcar território, e ela educadamente foi inspecionar a minha marca. Então, ela começou a me saudar e a pular de forma tão entusiasmada que não consegui farejá-la com a profundidade com que queria. O hálito dela era rançoso de uma maneira um pouco familiar. Fiquei intrigado com o sangue seco em volta de uma orelha e como podia sentir os seus ossos quando pulei em cima dela — aquela cadela era magricela demais! E o jeito com que ela brincava, o modo como corria ao meu lado, mordendo o meu queixo gentilmente, me fez lembrar da minha Lacey. Tudo nela me lembrava Lacey!

Parei de correr. A fêmea trotou e se jogou de costas no chão, me deixando enfim dar uma boa olhada nela. Ela me lambeu quando cheirei as suas orelhas, cobertas de um pelo desgrenhado.

Tão certo quanto eu sabia "Sentar" e "Ficar", eu sabia quem era aquela cachorra. Era uma cachorra diferente, mas era a mesma cachorra. Aquela cachorra era a *Lacey*.

Lacey! Corremos lado a lado, bagunçando o jardim, refazendo a trilha que havíamos deixado gasta na grama muito tempo atrás.

Pulei na varanda e desci com o brinquedo barulhento, mastigando-o e largando-a aos pés dela para ela entender que eu a tinha reconhecido.

Eu não sabia que uma cachorra podia ser levada embora em um súbito e triste passeio de carro, que ela poderia partir e as pessoas ficarem tristes, mas que, de repente, ela me encontraria de novo na fazenda como uma cachorra nova, diferente. Mas agora fazia total sentido. É claro que Lacey voltaria para mim! O nosso destino era ficar juntos.

Seja lá qual jornada a trouxera de volta, Lacey também havia mudado, porque quando Grant abriu a porta e saiu, Lacey deu meia-volta e fugiu na escuridão. Corri até ela, mas, quando Grant assobiou, vacilei, observando-a sumir em meio às sombras. Ela tinha medo de Grant agora, algo que não entendi. Até onde eu sabia, tirando o fato de tentar me convencer a brincar com o osso de nylon, Grant jamais tinha feito nada de errado.

Naquela noite, deitei na cama de Burke com o meu focinho apontado para a janela aberta. Lacey não havia ido muito longe; eu ainda farejava o cheiro dela lá na mata.

Na noite seguinte, a Vó me deu um osso envolto por uma suculenta carne e gordura pendurada. Escapuli pela portinha de cachorro, a boca salivando. Preparei-me para o meu banquete posicionando o osso entre as minhas patas, me deitando para comer, mas, antes da primeira mordida, me lembrei de uma imagem: a Lacey magricela, o cheiro doentio e ácido no hálito dela — parecido com o dos suspiros da minha mãe na caixa de metal. Depois que fomos morar com Sam Pai e Ava, o corpo da mamãe ficou mais forte e ela parou de emitir aquele odor de um animal bastante faminto.

Lacey precisava de comida. Fui até um cantinho da varanda e deixei aquele petisco fabuloso lá. Depois, naquela noite, farejei Lacey e escutei os seus passos sorrateiros. Ela comeu o osso ali mesmo no quintal, esfomeada demais para levá-lo mais longe.

Eu tinha chegado à conclusão de que Lacey devia estar vivendo com a sua humana, mas, quando Wenling veio nos visitar, ela não tinha cheiro de cachorro nas pernas e nas mãos. Quem seria a humana de Lacey agora?

O que senti nas mãos de Wenling, entretanto, foi o cheiro do meu menino, Burke. Os dois agora estavam sempre próximos um do outro, sussurrando. Era como se tivessem se esquecido de que havia um cachorro sentado bem ao lado deles. Eu acabava tendo que enfiar o meu focinho no espaço apertado entre eles para corrigir o foco dos dois.

— Que horas você e o Grant vêm me buscar para a festa? — perguntou Wenling.

— Olha, como é um evento formal, acho que talvez eu pegue carona com outra pessoa mais sensata ao volante — respondeu Burke. — Talvez o meu pai.

Naquela noite, Chase Pai e Burke saíram de carro, mas não me levaram. Lacey não estava por perto. Fiquei sentado no chão, ansiando por atenção, mas a Vó não reagiu nem quando rolei de costas com as patas para o alto em um convite claro para uma boa coçada na minha barriga. Chase Pai voltou cedo, mas sem Burke. Eu o examinei com cuidado em busca de pistas pelo que havia acontecido com o meu menino.

— Parece que finalmente vai chover — comentou Chase Pai. — Disseram que vai ter chuva a semana toda.

— Como ela estava? — perguntou a Vó.

— Quem?

— Ai, Chase. A Wenling, quem você acha?

— Hum... bem, ela estava de vestido e cabelos cacheados.

— Nossa, você é tão observador. Deu a ela a mesma falta de atenção que dá ao que Natalie usa?

Chase Pai ficou mudo por um instante. Eu o observei em busca de sinais de que talvez ele estivesse se preparando para fazer um pouco de bacon, mas ele parecia distraído pela Vó.

— Como ouviu falar da Natalie?

— Você já viu o tamanho dessa cidade?

— Eu dei instruções específicas para ninguém comentar nada disso.

— O meu filho arranja uma namorada nova e acha que o meu telefone não vai começar a tocar na mesma hora?

— Namorada *nova*. Que escolha interessante de palavras, mãe. Então a namorada velha surge na sua cabeça toda vez que vou a um encontro?

— Eu já conheci ela, sabia? Achei ela legal. Levou as sobrinhas à feira do livro e fez questão de me cumprimentar.
— Não é nada sério, mãe.
— Talvez *devesse* ser.
— Já tenho problema suficiente para lidar aqui.
— Falou como um autêntico solteirão. Então era isso que estava fazendo no sábado à noite? Ou o seu show durou até às cinco da manhã?
— Mãe. Está me envergonhando.
— O meu filho sempre parece tão sério, mas um dia vai para a cidade tocar guitarra e fico sabendo que ele está lá, dançando e rindo. Dizem que você parecia uma pessoa completamente diferente naquele palco. Por que aquele homem animado nunca dá as caras por aqui?

Chase Pai bufou.
— Preciso dar o exemplo para os meninos. Agricultura é um jeito difícil de ganhar a vida.

Resolvi desistir daqueles dois. Suspirando, baixei a cabeça. Por um instante, fiquei tão fixado na ideia de bacon que quase podia sentir o cheiro dele.
— Acho que parte desse exemplo devia ser dar a eles a imagem de um pai com mais de uma faceta.
— Eles precisam de estabilidade. Precisam saber que podem contar comigo e que eu não vou mudar.

A Vó falou em um tom de voz mais suave:
— Eles sabem que podem contar com você, Chase. Sabem que você jamais os abandonaria.
— Não estou gostando nem um pouco dessa conversa.
— Fique à vontade, então.

Eu estava enroscado na cama de Burke quando ouvi um veículo na entrada. Saí pela portinha de cachorro e trotei até onde o pai de Wenling estava apoiando a cadeira de Burke no chão. Wenling abraçou Burke e beijou o rosto dele, perto da orelha. Fui até o meu menino para ver se ele precisava que eu fizesse "Puxar", mas ele apenas sentou e acenou para o carro, dando vários giros com a cadeira em seguida.

Eu não tinha a mínima ideia do que ele estava fazendo.

Quando subiu a rampa e entrou em casa, a Vó era a única pessoa na sala.

— Você se divertiu no baile, querido?

— Foi a melhor noite da minha vida!

— Ah, Burke, que ótimo. Fico feliz por você.

Pude sentir Grant parado em um canto, mas seja lá o que estava acontecendo, não pareceu interessá-lo o bastante para se juntar a nós.

A Vó e Burke conversaram mais um pouco, então ela disse:

— Vou me deitar.

Burke me acompanhou até o seu quarto. Colei o focinho na janela para ver se Lacey aparecia, mas ela não estava por perto.

Escutei um barulho e notei Grant na porta, apoiado na parede.

— Como foi o "baile de primavera dos calouros"? — perguntou ele em um tom de voz seco.

— Não muito primaveril, mas foi legal.

— Deu uns pegas na Wenling?

— Qual é o seu problema?

Pude sentir Burke ficando zangado.

— Você vai fazer 15 anos em junho. Eu era bem mais novo quando beijei pela primeira vez.

— É? E estava em uma cadeira de rodas?

— Meu Deus! Essa é a sua resposta para tudo.

— Ou talvez seja apenas o fato de que, quando se está em uma cadeira de rodas, não se tem muita chance de *namorar*.

— Eu mal posso esperar para você fazer a cirurgia. Aí *você* vai ficar com todas as tarefas da casa.

— *Você* mal pode esperar?

Grant deu as costas e saiu. O jeito zangado de caminhar dele era igualzinho ao de Chase Pai.

Quando Lacey voltou, estava com um corte cicatrizado no ombro. Mas o que chamou a minha atenção foi outra coisa: um cheiro tão envolvente e forte que não consegui me controlar. Fui tomado por uma compulsão que eu jamais tinha experimentado e que não entendi, e, na minha brincadeira, eu só queria subir nas costas dela, agarrando-a com as patas da frente. Naquele momento parecia mais importante estar com a minha companheira do que com os meus humanos, e se Burke tivesse me chamado, eu não teria conseguido atender.

Depois, Lacey deitou na terra e eu deitei com a minha cabeça encostada no corpo dela, subindo e descendo a cada respiração. Ela continuava sem o cheiro de Wenling.

Eu me aproximei da varanda, mas Lacey se esquivou, ficando nas sombras, e, quando passei pela portinha de cachorro, eu sabia que ela tinha ido embora. Onde estariam os humanos dela? Por que Wenling e o pai dela não vinham buscar Lacey para dar *comida* para ela? E para onde Lacey ia quando me deixava tantos dias seguidos, se não era para junto da sua humana?

Quando o ar ficava quente, a rotina da família mudava. Conforme eu tinha previsto, deixamos de ver os meus amigos, e Grant e Chase Pai saíam juntos todas as manhãs para irem brincar com terra nos campos. Burke ficava no telefone, dizendo "Wenling" várias vezes.

Um dia, quando a chuva caía no telhado e batia no para-brisa do carro com tanta força que o som era arrebatador, a Vó levou Burke e eu para longe, parando de vez em quando para entrar correndo em um prédio e voltar com uma caixa ou sacola, mas nenhum petisco. Toda vez que parávamos, Burke baixava a janela, e era assim que rastreei a chuva, até ela diminuir e enfim parar. Fiquei sentado com o meu menino e inspirei fundo o cheiro da lama, das folhas e da água.

— Então, vó — disse Burke assim que a Vó voltou para o carro depois de sair mais uma vez —, por que precisava que eu viesse com você?

— Eu tinha que resolver algumas coisas na rua.

— Tudo bem, mas dá para notar que tem alguma coisa acontecendo.

A Vó piscou, sorrindo.

— Ora, não tenho a menor ideia do que está falando.

— Parece que, por algum motivo, você queria que eu ficasse fora de casa por algumas horas — falou ele. — O fato de eu fazer 15 anos na quarta-feira por acaso tem alguma coisa a ver com isso?

— Que bom que parou de chover.

Burke riu, então tratei de abanar o rabo. O carro andou e as janelas subiram, mas eu ainda podia me intoxicar com o glorioso ar úmido da natureza molhada. Inspirei fundo ao passarmos pelo rancho das cabras; estávamos voltando para casa.

Quando paramos o carro na entrada e pulei para fora, fiquei feliz em ver que todos os objetos do celeiro haviam sido retirados e empilhados na área externa! Deliciado, deixei a minha marca nos itens, algo que eu sentia que não devia fazer quando eles estavam dentro do celeiro. Muitas coisas estavam com o cheiro do animal furtivo do celeiro, então me certifiquei de molhá-los bem.

Também havia dois carros por perto, e diligentemente levantei a pata traseira neles.

A Vó entrou na casa e Grant saiu do celeiro, sorrindo.

— Feliz aniversário, irmão.

— Obrigado. Está alguns dias adiantado, mas agradeço por ter esvaziado o celeiro para mim. Foi mesmo o melhor presente de todos os tempos.

— Vem aqui dentro rapidinho — pediu Grant.

O meu menino não me mandou "Puxar", mas subimos a rampa até o celeiro. Levei um susto ao ver o que nos esperava lá dentro: vários garotos de pé, sorrindo no espação vazio. Burke hesitou na entrada, mas então deslizou devagar para o interior.

— Você colocou uma cesta de basquete no celeiro — disse ele. — É o meu presente de aniversário? Se for, realmente conseguiu me surpreender com essa. Estava esperando uma pista de corrida.

Alguns meninos riram, e se aproximaram para cumprimentar Burke apertando a mão dele ou batendo nela, e abaixando para afagarem a minha cabeça.

Grant pegou uma bola grande que fazia um barulho alto quando quicava no chão. Fiquei tenso por saber que jamais conseguiria morder aquela coisa, apesar de obviamente estar disposto a tentar.

— Achamos que seria divertido tentar fazer umas cestas — falou ele, colocando a bola no colo de Burke. — Valendo?

— Hum — murmurou Burke.

Capítulo 14

Os meninos trocaram olhares, sorrindo, e seguiram uns aos outros pela porta dos fundos. Então voltaram empurrando cadeiras iguaizinhas às de Burke! Fiquei maravilhado, especialmente quando eles se sentaram e começaram a rodar sem jeito em círculos. Até Grant estava em uma cadeira!

— Vamos ver do que você é feito, aniversariante — gritou alguém.

As coisas ficaram ainda mais confusas: os garotos começaram a deslizar rápido de um lado para o outro, atirando a bola e gritando. O meu menino me mandou "Ficar", mas era difícil demais e saí correndo para tentar brincar com aquela bola também. Burke acabou prendendo a minha coleira em uma coluna. Nervoso, fiquei encarando os meninos se embaralharem e correrem, volta e meia atirando a bola para o alto.

Apesar de não entender o que estavam fazendo, a expressão no rosto de Burke e a sua risada me davam certeza de que ele estava feliz. Notei que ele se movimentava bem mais rápido que os outros, desviando com agilidade das outras cadeiras.

— Como ele faz *isso*? — perguntou, ofegante, um dos garotos a Grant.

Burke estava na frente de todos, deslizando rapidamente, e, ao atirar a bola para o alto, ela caiu de volta e diversos meninos comemoraram, de alguma forma se divertindo sem um cachorro.

— Prática — respondeu Grant, rindo.

Tentei me manter envolvido latindo e abanando o rabo, mas acabei aceitando ficar apenas sentado ali de olho no meu menino.

Mais tarde, os garotos foram embora nos seus carros, e sobraram só Grant, Burke e eu.

O meu menino se abaixou para coçar as minhas orelhas e gemi.

— Onde vocês arranjaram todas aquelas cadeiras? — perguntou ele.

Grant sorriu.

— Algumas foram alugadas, e outras arranjamos em vendas de garagem, lojas de penhores, bazares, lugares assim.

— Então estava planejando isso há um tempo?

Grant confirmou com a cabeça.

— É. O que achou?

Virei a cabeça para observar Burke porque uma onda de emoção tomou conta dele, tão súbita e intensa quanto a tempestade daquela manhã.

— Grant. — Ele parou e virou o rosto por um instante. — Grant, eu nunca tinha feito parte de um time antes. E não apenas para jogar, para ser o, o...

— Você acabou com todos nós. Você foi o melhor — falou Grant.

— Obrigado, mano.

Grant e Burke sorriram. A atração entre os dois naquele momento era tão forte que tive que pular, pondo as minhas patas no peito de Grant, querendo fazer parte daquilo também.

Em geral, eu me sentava embaixo da cadeira de Grant durante o jantar porque ele deixava cair mais comida do que Burke. Então era lá que eu estava quando Chase Pai falou:

— Encomendei portas novas para o abrigo antitempestade. As que temos agora estão tão podres que daria para quebrá-las com um chute. Se um tornado aparecer, não seria nada bom ter um abrigo com as portas despencando. Depois que treinarmos amanhã, Grant, por que não vai ver um jeito de tirar as portas antigas? Elas pesam uma tonelada...

Grant mexeu um pouco os pés.

— Claro. Vou trabalhar o dia inteiro e depois trabalhar mais um pouco.

— Olha o tom de voz — retrucou Chase Pai.

— Eu posso fazer isso — disse o meu menino.

Grant bufou.

— Grant — pediu a Vó baixinho.
— É sério. Vou pensar em alguma coisa — insistiu Burke.
Houve um silêncio.
— Certo, Burke, então você pode fazer — concordou Chase Pai.
Na manhã seguinte, Burke pareceu muito interessado em um par de portas de madeira deitadas no chão.
— Isso vai funcionar, Cooper — disse ele.
Fiquei observando sem um pingo de curiosidade ele começar a amarrar cordas, levando a linha até uma árvore, onde um objeto tiniu quando ele a levantou.
— Viu? Sem as dobradiças, dá para tirar as portas sem usar roldanas.
Bocejei e me enrosquei para um cochilo. Mas fiquei intrigado quando as portas de ripas de madeira foram retiradas, revelando degraus que davam para um espaço embaixo da construção.
— Vai lá, Cooper! Vai lá olhar!
Os degraus eram de pedra e não havia nenhuma criança sentada neles. Enquanto o celeiro era grande e arejado, o quartinho lá embaixo era escuro e úmido. Não encontrei nada de interessante naquele espaço apertado: uns cobertores macios cujo cheiro consegui sentir mesmo estando embalados em plástico, alguns contêineres, uma caixa de metal com cheiro de madeira queimada. Nenhum sinal do animal do celeiro. Trotei de volta até Burke, que brincava com as cordas.
— Não vamos contar a ninguém como fiz isso — disse ele.
Então voltei para o meu cochilo.
— Como foi que você tirou as portas? — perguntou Chase Pai a Burke durante o jantar.
— Foi moleza — respondeu Burke.
— Quem ajudou você? — perguntou Grant.
— Ninguém.
— Mentiroso.
— Idiota.
— Garotos — advertiu Chase Pai em um tom firme.
Escutei os sons de mastigação com pesar. Havia bife na mesa e nenhum pedaço no chão.
— Burke, por que não chama a Wenling para vir jantar uma noite dessas? — sugeriu a Vó.

Os sons de mastigação pararam. Grant mexeu os pés.

— Hã... — disse Burke.

— Mãe? De onde tirou essa ideia? — perguntou Chase Pai.

Ninguém falou nada por um tempo.

— Vocês dois podem nos dar um minutinho a sós? — sugeriu Chase Pai.

Grant e Burke saíram da sala, mas continuei embaixo da mesa por causa do bife.

— Estou falando sério. O que foi isso? — perguntou Chase Pai em um tom de voz baixo.

— Sei o que vai dizer e não quero ouvir. Ela é a primeira namorada de Burke. O que você tem contra o pai dela é problema seu, mas não tem nada a ver com seu filho.

— Não é só por eles serem do pessoal dos robôs fazendeiros. Não gosto da ideia de ele ter "uma namorada". Como saber o que realmente tem por trás daquilo? E se ela estiver namorando ele por pena? Ou pior, se só quiser que a vejam como a garota tão, tão *bondosa* que está disposta a sair com um menino deficiente?

— Ah, Chase.

— Ah o quê? Eu sou o pai dele. Só estou zelando pelo melhor para ele.

A Vó se levantou. Fiz o mesmo e me sacudi, fungando, olhando para ela cheio de esperança.

— Acho que, quando a Patty foi embora, você ficou tão desconfiado das mulheres que não consegue nem comemorar o fato de o seu filho estar apaixonado. É claro que ela vai partir o coração dele, ou ele o dela; eles estão no colégio, meu Deus. Mas o que está tentando fazer é evitar qualquer risco emocional para você e os seus filhos, o que significa que não está participando de verdade.

— Deus, você está falando da Natalie?

— Estou falando da *vida*. Não acha que sinto falta do seu pai a cada segundo do dia? Mas eu dispensaria a oportunidade de ter estado com ele, casado com ele e criado uma família com ele se soubesse que voltaria da rua para casa um dia e o encontraria morto na cozinha? Não, porque a vida é para ser *vivida*, Chase. Ter um coração de pedra não significa que ele é mais forte, e, sim, mais frio.

Eu nunca tinha visto a Vó fazer o caminhar zangado antes. Chase Pai ficou sentado à mesa por um longo tempo depois de ela fechar a porta do quarto com força.

Grant e Burke resolveram visitar o deque na manhã seguinte, mas não para perturbar os patos. Grant tirou a camisa e pulou na água e Burke ficou olhando da cadeira.

Grant boiou de barriga para cima.

— Devia entrar.

— Você sabe que não sei nadar — respondeu Burke.

— Acha que eu não salvaria você?

— Por que eu pensaria isso?

— Vamos! Por que vestiu o calção de banho se não ia nadar?

— Mudei de ideia.

— Medroso.

— Sério? Isso é o melhor que consegue fazer?

— Você sabe que está a fim.

Levantei a cabeça com um barulho e, ao mesmo tempo, senti o cheiro de Wenling. Ela estava em uma bicicleta, em pé sobre os pedais e descendo a entrada para a casa. A menina não olhou na nossa direção e nenhum dos garotos a viu. Abanei o rabo, já ansioso pelas mãos dela no meu pelo.

— Cooper! Junto!

Corri em alerta para o meu menino. Ele segurou a minha faixa peitoral, escorregando para a beirada do deque.

— Vai nessa — encorajou Grant.

Suspirando, Burke pegou impulso para descer e entrou na água. Avancei e fiquei olhando a água verde, observando e sentindo o seu cheiro conforme ele afundava.

E afundava.

E então ele sumiu. Um silêncio tenso tomou conta do ar. Um pato censurou o outro. Em algum lugar ao longe, uma vaca se queixou. Alarmado, arfei, pedindo para o meu menino reaparecer.

— Vamos — murmurou Grant.

Eu gania sem parar. Olhei para Grant, e depois para a casa, onde Wenling estava falando com a Vó. A Vó apontou na nossa direção, e Wenling se virou, protegendo os olhos do sol com uma das mãos.

Corri de um lado para o outro, as garras fincando a beirada do deque. Alguma coisa ruim estava acontecendo com o meu menino! *Burke!*

Fazendo um barulhão, Grant mergulhou mais fundo. Lati. Agora, era *ele* que desaparecia! Eu precisava fazer alguma coisa!

Saltei em pânico, mergulhando fundo naquele lago. Conforme eu afundava, uma coisa extraordinária aconteceu: eu me lembrei de já ter feito aquilo antes. Eu me lembrei de nadar por águas calmas e quentes. Ouvi uma voz: *Cachorro bonzinho, o Bailey.*

No entanto, por mais poderosa que fosse aquela lembrança, eu não conseguia desvendar onde eu havia estado. Nem *quando*.

E então os meninos tocaram em mim enquanto subiam e o momento passou. Eu os segui até a superfície. Grant estava cuspindo, segurando Burke com as mãos.

Burke cuspiu água na cara de Grant.

— Peguei você.

Rindo, ele se afastou, empurrando o peito do irmão, enquanto eu nadava em círculos ao redor deles, tão aliviado que não conseguia conter os pequenos latidos que escapavam de mim.

Grant secou os olhos.

— O quê?

— Claro que sei nadar, idiota.

— Oi — disse Wenling do deque.

Os meninos viraram e olharam para ela, boquiabertos.

— Como você chegou aqui? — perguntou Grant.

— Legal ver você também, Grant. Vim de bicicleta. Sabia que tem um monte de buracos na estrada? O meu traseiro sabe.

— Ei, quer nadar? — perguntou Burke a ela, agitando a água.

— Ah, eu, hã, não trouxe roupa de banho.

— Ah. — Burke respirou fundo e mergulhou.

Segundos depois, Grant arfou e ficou dando voltas em torno de si mesmo. Burke surgiu da água, atirando o calção do irmão no deque aos pés de Wenling.

— Toma! Pode usar a roupa do Grant!

Logo depois, Burke saiu do lago e fiz "Junto" para ajudá-lo a voltar para a sua cadeira. Grant ficou na água por muito mais tempo, sem sair nem quando Burke, levando o calção, partiu com Wenling na direção da casa. Por fim, Grant subiu no deque e correu rápido para as escadas embaixo do celeiro, saindo dali enrolado em um cobertor.

Às vezes, não consigo entender os humanos.

Mais tarde, os três tomavam sorvete na mesa de madeira do lado de fora. Eu estava hipnotizado. Os meninos comiam fazendo muito barulho, mas Wenling lambia o seu de um jeito que quase me deixava tonto.

— Tive a minha primeira aula de voo — disse ela.

Os meninos a encararam.

— Aula de voo? — repetiu Grant.

— Você disse que estava trabalhando no aeródromo, mas não falou nada sobre aulas de voo — disse Burke.

— Você ainda tem, tipo, 14 anos — contestou Grant.

— Então, espera, uma *garota* está tirando a licença de piloto dela, e isso está incomodando os *meninos*? — provocou ela.

Caiu uma gota do palito dela no banco e eu fiquei de olho.

— Claro que não — disse Burke, desconfortável.

— Só posso voar sozinha quando fizer 16 anos, mas já posso ter aulas. — Wenling sorriu. — O meu pai só vai me deixar dirigir quando eu fizer 18 anos, mas nunca ocorreu a ele que posso *voar*. A minha mãe sabe, mas não vai contar.

Aquela gota de sorvete estava sendo ignorada!

— Você tem paraquedas? — perguntou Burke.

— Para com isso. Vou tirar a minha licença de piloto antes de ter carteira de motorista. — Ela olhou para Burke. — Quer voar comigo um dia desses?

— Quer dizer sair da Terra?

Wenling riu.

— Eu vou — disse Grant.

— Vai envolver fogo? — perguntou Burke.

— Não, nada de *fogo*. A instrutora fica no controle ao meu lado.

— Ah, então provavelmente não vai ter espaço para mim. Eu estava *tão* ansioso. — Burke suspirou.

— Eu vou — repetiu Grant.

— Tem lugar para os dois. E para o Cooper também — disse ela.

Ouvi o meu nome e avancei, sorvendo aquele pedaço de sorvete caído com uma lambida só.

Muitos dias se passaram e, nem sinal de Lacey. Mas, nos meus sonhos, ela e eu corríamos juntos, e, às vezes, ela era a cadela marrom de pelos curtos e rosto escuro que conheci pela primeira vez, e, às vezes, era a amarela de pelos desiguais como eu a conhecia agora.

Então, certa noite, ela tomou conta dos meus sentidos tão fortemente que acordei, e continuei sentindo o cheiro dela. Passei pela portinha de cachorro e saí em meio à escuridão. O cheiro me levou até os degraus de pedra no subsolo do celeiro. Lá estava ela; o cheiro era forte e persistente.

E havia alguma coisa lá embaixo com ela.

Capítulo 15

Desci com cuidado a escada de cimento até o cômodo embaixo do celeiro. Lacey havia puxado um dos cobertores dobrados e estava enroscada nele. Ela balançou o rabinho quando me aproximei, mas não se levantou para me cumprimentar. Lacey arfava de aflição, e eu fiquei com medo porque alguma coisa que eu não entendia estava acontecendo. O espaço no final da escada era muito escuro. Eu me esforcei para ver o que ela estava fazendo.

O ar estava repleto de um cheiro que achei ser de outro animal, mas que agora percebia que vinha de Lacey. Resolvi examiná-la mais de perto, e fiquei chocado quando ela me interrompeu com um rosnado, emitindo um som de aviso do fundo da garganta. Ela não queria que eu me aproximasse. *O que estava acontecendo?*

Fiquei de forma meio desajeitada nos degraus, a luz fraca da casa proporcionando a única iluminação no subsolo do celeiro. Escutei Lacey lambendo e então me espantei quando ouvi um pequeno pio, o som de um animal. Lacey havia acabado de dar à luz um filhotinho, e os odores intensos me diziam que havia outro a caminho.

Lacey havia feito um abrigo lá embaixo. Eu precisava protegê-la. Eu era o companheiro dela.

No entanto, quando Burke assoviou para me chamar, precisei obedecer. Saí relutantemente, e fiquei deitado no chão do quarto dele com o focinho voltado para a janela aberta, porque a porta estava fechada. Ofeguei de ansiedade a noite toda. Quando ele enfim me deixou sair na manhã seguinte, disparei para a escada e vi a minha Lacey e vários filhotinhos deitados com ela. Ela abanou o rabo ao me ver.

O meu afeto por ela naquele momento foi impressionante. Percebi que eu não apenas precisava proteger a minha nova família canina — mas também que precisava dar *sustento* a ela. Trotei de volta para casa. A minha família humana estava sentada à mesa. Fui até a minha tigela de comida, mas a primeira refeição do dia ainda não havia sido servida.

Chase Pai pigarreou e disse:

— Está quase na época de colher as abobrinhas, Grant. Vamos dar uma olhada nelas hoje.

— Tem certeza, pai? — respondeu Grant. — Não seria melhor se eu ficasse e ajudasse o Burke com a cidade em miniatura dele?

Eles ficaram em silêncio. Fui verificar a minha tigela de novo, mas ainda não havia nada nela.

— Grant, você vai ter que superar essa raiva — disse Chase Pai —, porque vou precisar de você lá o tempo todo, e, mesmo assim, acho que uma parte vai acabar apodrecendo. Antigamente, tínhamos cem trabalhadores migrantes vindo para cá e ajudando com a colheita, mas isso acabou.

Voltei à minha tigela, a apanhei, e a levei até a cadeira de Burke, largando-a aos pés dele, onde caiu com barulho. Burke riu.

— Está com fome, Cooper?

Encarei Burke cheio de expectativa até ele sair para encher a minha tigela. A minha comida vinha de um saco aberto no chão. Eu poderia enfiar a cabeça no saco, mas entendia que isso era coisa de cachorro malvado, e fazia o meu melhor para ignorar os maravilhosos cheiros que vinham dali. Assim que a tigela ficou cheia, comi gulosa e rapidamente.

Quando Grant e Chase saíram, escapuli pela porta de cachorro e os segui, ansioso, esperando que os dois não resolvessem ir para o celeiro. Eles eram os meus humanos e eu estava guardando um segredo deles, o que fazia eu me sentir um cachorro malvado, mas não tinha outra opção — alguma coisa me dizia que parte de proteger o abrigo era mantê-lo em sigilo. Os dois partiram na direção do campo, então desci os degraus de cimento.

O cheiro de comida ainda estava presente na minha boca e Lacey logo se levantou, resultando em um coro de reclamação dos filhotinhos grudados na barriga dela. Quando ela lambeu a minha boca, senti uma sensação estranha mas irresistível tomando conta de mim, começando na garganta e descendo até o estômago, e tudo que eu havia comido voltou em uma regurgitação rápida e perfeita. Lacey começou a comer.

— Cooper! Vem!

Saí correndo, emergindo do subsolo direto para o sol matinal. Burke havia ido até o jardim.

— Onde você estava, Cooper?

O cheiro de Lacey permanecia no ar e eu me sentia ansioso para voltar para ela, mas o meu menino claramente esperava que eu ficasse com ele. Por fim, deitei na grama, suspirando. Quando adormeci, não sonhei que Lacey e eu estávamos correndo. Sonhei que estávamos brincando com filhotinhos.

Mais tarde, Burke voltou para o quarto. Quando eu o abandonava, me sentia um cachorro malvado. Voltei para o quartinho atrás da cozinha e peguei o saco de ração com a boca. Então congelei: senti que a Vó estava deitada na cama, mas não dormia. Saindo de fininho, arrastei o saco de ração comigo pela sala. Ouvi um barulho vindo do quarto de Burke. Será que ele estava saindo? Senti como se os humanos estivessem correndo atrás de mim, gritando: "Cachorro malvado! Cachorro malvado!" Passei pela portinha de cachorro, mas o saco ficou preso na estrutura. Dei alguns passos para trás, puxando, e consegui sair. Então parei, tentando escutar algum som e me sentindo culpado. Será que tinha alguém vindo? O meu coração estava fazendo o mesmo tipo de barulho que Grant fazia quando descia as escadas correndo.

O saco batia nas minhas patas enquanto eu corria pelo jardim e descia os degraus até o subsolo do celeiro. Lacey não se levantou, mas eu sabia que ela tinha farejado o que havia dentro do saco. Não sei se os filhotes sentiram, e eles não pareceram nem um pouco interessados na minha presença.

Mas *eu* estava interessado neles. Eles faziam uns barulhinhos como guinchos, os olhos fechados, os rostinhos amassados. Encarei-os, aprendendo quem era quem com os meus olhos e o meu faro. Aqueles eram os meus filhotes.

Eu estava em casa de novo quando Chase Pai e Grant chegaram para jantar. Estava com muita fome e me sentei embaixo da mesa, sempre esperançoso.

— As portas novas do abrigo já chegaram? — perguntou Chase Pai.

— Não, senhor — respondeu Burke.

— Bem, não vai ser exatamente um abrigo antitempestade se estiver exposto às forças da natureza.

— Está planejando instalar as portas novas sozinho, Burke? — zombou Grant.

— Talvez. Aposto que eu conseguiria.

Chase Pai pigarreou.

— Acho que será melhor se todo mundo ajudar. As portas novas são de aço e devem pesar muito. Nunca mais vamos ter que substituí-las.

Grant baixou a mão e me deu um pedacinho de pão. Um cachorro bom e atento fazendo "Sentar", e era isso que eu ganhava: pão.

Ao longo dos dias seguintes, assumi o posto no alto dos degraus para o subsolo do celeiro. Lacey só saía à noite — ela ia até o lago para beber água. Eu ficava e tomava conta dos nossos filhotes até ela voltar. Lacey tinha um cheiro delicioso de leite e dos filhotinhos do abrigo.

Era hora de dormir e eu estava no quarto de Burke — o focinho para o alto e em alerta — quando o cheiro de um animal selvagem veio junto com a brisa. Rosnei profundamente, do fundo da minha garganta.

O meu menino se mexeu.

— Vem dormir, Cooper.

Seja lá o que era aquilo, eu sabia que estava lá fora, *espreitando Lacey*. Pulei da cama e fui até a porta, arranhando-a sem parar.

— Cooper!

Lati, mostrando os dentes. Burke se sentou e piscou algumas vezes para mim.

— O que está havendo?

A ideia de alguma coisa ruim acontecendo aos meus filhotes me deixou louco. Agora eu não estava apenas arranhando a porta — estava batendo nela.

— Ei! — gritou Burke.

Ele sentou na sua cadeira e deslizou até a porta para abri-la, e passei correndo por ele na direção da sala, saindo em um rompante pela portinha de cachorro. De imediato vi a criatura que farejara — um animal baixo, de aparência feroz e orelhas pontudas. Era do tamanho de um cachorro pequeno e tinha traços caninos. As luzes da varanda se acenderam, iluminando o jardim.

O predador me viu e congelou. Sem hesitar, corri até ele.

— Cooper!

Mas ele era rápido, rápido demais para mim. Corri que nem um louco atrás dele, mas, quando ele fugiu pela mata, perdi o rastro.

— Viu a raposa? — perguntou Chase Pai.

— Sim. Cooper a espantou.

Chase Pai afagou a minha cabeça.

— Cachorro bonzinho, Cooper.

O meu menino me chamou de volta para a cama, mas desci a rampa e fiquei sentado no jardim, vigiando para o caso de o predador voltar. Burke saiu e me olhou da varanda.

— O que está fazendo, Cooper?

Ouvi o meu nome e me senti um cachorro malvado, mas não ia abandonar o meu posto. Depois de um tempo, Burke suspirou.

— Tudo bem.

Depois daquilo, comecei a passar as noites lá fora, na grama. Não senti mais o cheiro da criatura espreitando, mas não ia correr o risco de ela voltar e descer a escada do celeiro. Depois de um tempo, Burke desistiu de me chamar para dormir com ele.

— Ele só quer um pedaço daquela raposa — observou Grant.

— É bom a gente torcer para ela não voltar — respondeu Chase Pai.

— Ah, acho que o Cooper daria um jeito nela — disse Burke.

— Sim, mas não sem uma bela conta do veterinário depois da briga.

Uma noite, Grant e o meu menino saíram na caminhonete sem me levar.

— Tudo bem, Cooper — disse a Vó. — Eles só vão buscar a namorada do Burke. — Não entendi o que ela estava dizendo para mim, então fui deitar no alto dos degraus que davam no subsolo do celeiro. Quando os meninos voltaram e estacionaram, vi Wenling com eles!

Fiquei sentado embaixo da cadeira de Wenling durante aquele jantar, tanto para ser simpático quanto para dar cutucões sugestivos com o meu focinho nela. Fiquei maravilhado quando ela entendeu que eu era um cachorro bonzinho que merecia pedacinhos de carne, e aceitei-os gentilmente das suas mãos.

Entendi que o jantar havia terminado quando Burke afastou a sua cadeira da mesa.

— Quer ir dar um passeio?

Passeio! Trotei à frente de Burke e Wenling enquanto eles caminhavam devagar. Olhei para o buraco que dava no subsolo do celeiro. O cheiro de Lacey revelava que ela estava lá embaixo cuidando dos nossos filhotes.

— Você comentou que talvez faça a cirurgia esse ano? — perguntou Wenling.

— Acho que não. — Burke suspirou. — Ainda estou crescendo, o que normalmente seria considerado uma notícia boa, mas não nesse caso. Não é como se eu estivesse tentando ser jogador de basquete. Só queria fazer isso logo, sabe? Se não der certo, tudo bem, mas pelo menos vou *saber*.

Wenling apoiou a mão no ombro de Burke e ele parou a cadeira.

— Vai dar certo, Burke. Sei que vai.

— Obrigado.

Eles se abraçaram e os seus rostos tocaram um ao outro. Soltei um suspiro — eles pareciam sempre estar fazendo aquilo nos últimos tempos. Após uma longa espera, os dois voltaram a caminhar.

— Ei, o que é aquilo ali?

— O porão para o caso de emergência. Sabe como é, tornados, zumbis, esse tipo de coisa.

Eles viraram na direção do subsolo do celeiro. Fui atrás, ansioso. Eu queria que eles encontrassem os filhotes e *não* encontrassem os filhotes ao mesmo tempo.

— Tornados? Não tem tornados no *Michigan* — falou Wenling.

— Tem, sim! E o Flint-Beecher? Foi o tornado mais mortal da história americana até o de Joplin, no Missouri.

— Então é isso que você faz o dia todo? Fica assistindo ao canal do tempo?

Burke riu.

— Fiz um trabalho sobre os tornados de Michigan na sétima série. Não somos o Kansas, mas estamos na competição.

— Ok, ótimo, não podemos ficar de fora dos Jogos Olímpicos dos tornados.

O meu menino riu de novo. Notei que Wenling o deixava feliz.

— O que tem lá embaixo? — perguntou ela.

— Coisas como água, comida enlatada, um fogão à lenha. Daria mesmo para passar uns dias lá embaixo se, tipo, acontecesse um ataque nuclear.

— Ou uma invasão zumbi. Posso descer?

Burke foi com a cadeira até a escada. Arfei ansiosamente, com medo do que poderia acontecer em seguida. Eu tinha plena consciência do saco vazio de ração, de cada um dos meus filhotes, de Lacey. Ela também estava nervosa. Podia senti-la nos olhando lá debaixo.

— Claro. Tem uma lâmpada lá embaixo, é só puxar a cordinha.

— Não tem ratos nem nada assim, né? Nem *cobras*?

— Não, claro que não.

— Promete?

— Pode ir.

Wenling desceu os degraus devagar, tateando a parede. Eu fui atrás sem poder fazer nada. Achei que, quando o cheiro dela enchesse o espaço, Lacey rosnaria, mas, em vez disso, assim que a lâmpada iluminou o lugar, Lacey começou a abanar o rabo e os filhotes começaram a guinchar.

— Ah, meu Deus! — arfou Wenling.

Capítulo 16

Burke levou um susto com a surpresa de Wenling. Ouvi a cadeira dele guinchar quando o menino se debruçou para ver melhor.

— O que foi? O que aconteceu?
— Só pode ser brincadeira!

Eu sabia o que ia acontecer: Wenling se aproximaria, e Lacey rosnaria. Mas Wenling esticou o braço e Lacey lambeu a mão dela — é *claro* que Lacey lambeu! Wenling era a humana dela!

— Que mamãe cachorra boazinha!
— Cooper! Vem!

Fiz "Ajudar". Dessa vez, assim que nos aproximamos do último degrau, Lacey rosnou. Wenling levantou uma das mãos.

— Não se aproxime mais, ela está ficando nervosa. Talvez tenha sido machucada por um homem em algum momento.

Burke me puxou e parei nos degraus.

— Ok. Uau. Isso é o máximo.

Wenling se virou e olhou para ele.

— Claro. Só que ela é de rua. Olha só para ela, teve uma vida dura. Não tem coleira. E agora está aqui embaixo em um porão antitempestade por não ter nem para onde ir.

— Sinto muito.

Lacey não estava mais rosnando, mas ainda encarava, séria, Burke, que tinha se apoiado em mim para sentar. Cutuquei-o com o focinho para mostrar que ele não representava perigo, mas a postura dela continuava tensa.

— Sabe o que acho, Wenling?
— O quê?

— Esses filhotes parecem à beça com o *Cooper*.
— Com o Cooper — repetiu Wenling.
— É.
— Mas não é possível, certo? Você castrou Cooper, não é?

Eles ficavam falando o meu nome, mas eu não conseguia entender se eu tinha sido um cachorro bonzinho ou um cachorro malvado. Abanei o rabo, esperançoso.

— Burke? O Cooper foi *castrado*?
— Não, na verdade, não. Não podíamos pagar na época. Não somos robôs fazendeiros.

Wenling balançou a cabeça.

— Vou ignorar esse comentário. Então precisamos ligar para o resgate de animais e pedir para que venham aqui. E, enquanto isso, precisamos dar água e comida a ela.

Wenling foi até a casa e voltou com uma tigela de comida e um pratinho com água, e Lacey abanou o rabo e comeu enquanto os filhotinhos a escalavam ao redor do cobertor, chamando a mãe. Eu me aproximei com mais cuidado dessa vez, e Lacey me deixou cheirá-los. — acho que estar de novo com Wenling a fazia se sentir mais segura. Farejei os filhotes, sorvendo os seus cheirinhos, enfim me esparramando para eu poder estar com eles no chão debaixo do celeiro. Será que entendiam que eu era o pai deles? Eles se contorceram e guincharam e agitei o rabo, certo de que eles sabiam. Lacey assistiu àquilo, e o amor que eu sentia por ela fluiu até os cachorrinhos, os meus filhotinhos.

— Você é uma cachorra boazinha. Uma boa mamãe para os seus filhinhos — elogiou Wenling.

Perguntei-me se ela sabia que era a Lacey. Humanos podem fazer coisas incríveis, mas nem sempre entendem o que está acontecendo no mundo dos cachorros.

Ao longo dos dias seguintes, todo mundo ficava um pouco no alto dos degraus observando os filhotes. Quando Wenling estava lá, Lacey deixava Grant descer os degraus sem rosnar para ele, e quando Wenling colocou um dos filhotes nos braços dele, Lacey não reclamou.

Grant segurou o filhotinho junto ao rosto e beijou o seu focinho.

— Esse aqui é a cara do Cooper! Já pensaram em nomes para eles?

— Achei que o pessoal do resgate é que devia fazer isso.

Grant assentiu.

— Se a gente der a eles identidades próprias, pode ficar muito mais difícil dar adeus, mesmo sabendo que é melhor irem todos para lares definitivos. Mas dei nome à mãe. Lulu. Não foi, Lulu? — Wenling acariciou a cabeça de Lacey.

— Vai ficar com algum?

— Não. O meu pai não deixou.

— Ei, posso brincar com um? — pediu Burke lá de cima. Wenling levou um filhotinho macho para ele e o pôs no seu colo.

— E quando você adotou a sua primeira cachorra? A que foi picada pela cobra? Aquela ele deixou você pegar — disse Grant assim que ela desceu de volta.

— A Lacey — afirmou Wenling.

Lacey e eu levantamos a cabeça de repente para olhar para ela. Wenling sabia! É claro que sabia — por que achei que não saberia? Lacey e Wenling pertenciam uma à outra.

— Certo, bom, acho que ganhei um cachorro na época porque eu estava na idade em que não fazia nada de errado aos olhos do meu pai. Agora a nossa relação está... complicada. Ele acha que dizer não a um cachorro é retomar o controle ou algo assim. A minha mãe briga muito com ele por isso. — Ela se aproximou um pouco e disse baixinho: — O meu pai não está feliz por eu estar saindo com Burke. Ele acha que eu devia namorar alguém mais... — Ela fez um gesto como se dispensando aquela ideia.

— Chinês?

Wenling olhou para Burke, murmurando:

— Exatamente.

Grant riu.

— Ele já deu uma olhada na população desta cidade?

— Morro de medo de uma família de chineses se mudar para cá com um filho e o meu pai tentar me obrigar a casar com ele, mesmo que o cara seja um psicopata.

— Do que vocês estão falando? Não consigo ouvir — reclamou Burke.

Wenling respondeu:

— Acabei de me dar conta de que você não é chinês.

— O quê? — perguntou Burke com um tom de preocupação na voz. Olhei para ele, consternado, mas ele não parecia triste. — Grant, por que contou isso a ela?

Todos riram, e Wenling trocou de filhotinhos com Grant.

— Sei que já existem cachorros demais no planeta, mas não consigo não amá-los, especialmente os que se parecem com o Cooper — disse ela.

Balancei o rabo.

— Você tem um coração enorme. — Grant baixou a voz. — Acho que Burke não sabe como tem sorte em ter você.

— Como assim?

Lacey e eu reagimos à tensão surgindo nos dois humanos. Grant se aproximou.

— Estou tentando descobrir como, mas preciso contar uma coisa para você. Não consigo mais guardar isso.

— Guardar o *quê*?

— Você não percebeu mesmo? Não consegue enxergar toda vez que olho para você? Eu estou apaixonado por você, Wenling.

Wenling respirou fundo, tremendo. Lacey se sentou, enfiando o focinho na mão dela.

— Aconteceu, ok? — continuou Grant com urgência. — Sei que isso é errado. Sei que eu não devia me sentir assim. Só que me sinto dessa forma há um bom tempo, e, às vezes, quando você olha para mim, acho que sente o mesmo, e tem sido difícil...

— Ei, se a gente for ficar aqui mais tempo, vou pedir para o Cooper me ajudar a descer — disse Burke.

Wenling encarava Grant.

— Não, eu preciso ir — respondeu ela. Ela pôs os filhotes no chão e Lacey baixou a cabeça para cheirá-los.

— Wenling — sussurrou ele, melancólico.

Quando ele tentou tocar no ombro dela, ela saiu e subiu as escadas.

— Wenling? — perguntou Burke.

— Preciso ir! — respondeu ela.

Subi os degraus para ficar perto de Burke. Eu não estava entendendo nada.

Alguns dias depois, Burke se ajoelhou, me beijou e disse:

— Vou ao médico. Você vai ficar bem sozinho, Cooper. — Abanei o rabo porque ele disse "Cooper". Então a Vó e ele saíram de carro, e fiquei olhando o veículo partir, o cheiro dele ficando mais longe. Não entendi por que ele estava saindo, mas não fui atrás do carro porque precisava ficar junto de Lacey e dos nossos filhotes. Quando trotei de volta até eles, Wenling estava no subsolo do celeiro. Ela trazia petiscos de carne para Lacey e para mim, uma novidade que considerei extremamente positiva. Brincamos um pouquinho com os filhotes, mas saímos assim que uma van virou na via de acesso à casa.

Um homem e uma menina um pouco mais nova que Burke saíram da van. Levei um susto: era a primeira garota que conheci na vida — Ava —, e o pai dela, Sam Pai! Os cabelos claros dela estavam mais curtos e ela estava mais alta, mas o restante estava igual. Corri extasiado até os dois, pulando e choramingando. Eles tinham vindo morar na fazenda com Grant, Burke, Lacey e os filhotes? Eu não conseguiria imaginar nada que pudesse me deixar mais feliz!

— Oi, amigo! — cumprimentou Ava, ajoelhando-se para eu poder beijá-la. Saltei em cima dela e ela caiu para trás, gargalhando.

— Este é o Cooper — disse Wenling, aparecendo atrás de mim.

Ava virou o rosto de um lado para o outro, gaguejando, para me deixar lamber o seu rosto todinho.

— Cooper!

Fiquei tão emocionado que corri em círculos em volta das duas. Todo mundo riu.

— Meu nome é Sam Marks, e esta é a minha filha Ava — disse Sam Pai.

— Wenling Zhang. Os filhotes estão no abrigo antitempestade. Eu levo vocês até lá. A mãe não é muito chegada a estranhos.

Ava se abaixou para me afagar mais.

— Cooper é o pai?

— Ah, sim. Não tem como duvidar disso quando você olha para os filhotes.

Estávamos indo ao subsolo do celeiro. Fiquei feliz por Lacey sabendo que Ava e Sam Pai estavam aqui!

— Obrigada por terem vindo — disse Wenling.

Sam Pai deu de ombros.

— Não tem problema. A gente vem aqui duas vezes por semana com o carro de resgate, de qualquer maneira. Essas áreas rurais estão com um problema mais sério do que Grand Rapids. Na verdade, vamos abrir uma filial aqui em breve. — Ele pigarreou. — Vamos castrar a mãe, é claro.

— O nome dela é Lulu.

— Certo. Vamos castrar a Lulu e, mesmo ele não sendo de rua, também podemos pagar para castrar o Cooper, se quiserem. A nossa missão não é só resgatar animais, mas tentar fazer esses resgates não serem mais necessários. Na verdade, hoje em dia, não damos nenhum animal para adoção a não ser que a família se comprometa a castrá-lo. Já aprendemos a lição.

Wenling o observou.

— Cooper não é meu, é do meu amigo. Mas posso falar com ele. Tenho certeza de que ele vai concordar.

Eles estavam dizendo o meu nome um bocado. Ponderei se devia ir buscar o brinquedo barulhento.

Conforme imaginei, Lacey também se lembrou de Ava! Foi evidente pela forma com que ela ficou mais alegre, abanando o rabo, assim que a menina se ajoelhou, oferecendo a palma da mão à Lacey.

— São os filhotinhos mais fofos do mundo! Oi, Lulu. Cachorra boazinha.

Sam Pai estava sorrindo enquanto assistia aos filhotinhos escalarem Ava.

— A mãe com certeza tem um pouco de terrier, mas também talvez... pastor?

Wenling deu de ombros.

— A Lulu apareceu do nada. Vai ser difícil dar adeus a ela e aos filhotes, mas sei que vocês vão encontrar lares maravilhosos para eles.

Sam Pai assentiu.

— É o paradoxo do resgate. Unimos tantas famílias maravilhosas, mas ainda preferiríamos não precisar. Como ouviu falar do Hope's Rescue?

Wenling sorriu.

— Os Trevino adotaram o Cooper com vocês. Eu também adotei uma, a Lacey.

Lacey estava amando estar com Ava, mas ao ouvir o seu nome, ela correu até Wenling e cheirou a mão dela.

Ava sorriu.

— Me desculpe por não lembrar.

— Você era bem nova, Ava — observou Sam Pai.

Ava se encolheu.

— Estou com 12 anos.

— Faço 15 em setembro — disse Wenling.

— E Lacey está aqui?

Wenling se ajoelhou para afagar Lacey e balançou a cabeça com pesar.

— Lacey foi mordida por uma massasauga e morreu.

Ava cobriu a boca e disse:

— Ah, não!

Sam Pai pareceu espantado.

— Aqui? Uma massasauga? Achei que estavam extintas.

Wenling sorriu com tristeza.

— Foi uma coisa bizarra.

Todo mundo se calou por um tempo. Lacey voltou para o seu montinho de filhotes e deitou.

— Vamos achar um bom lar para a mãe também, é claro — retomou, enfim, Sam Pai.

As minhas esperanças de Sam Pai e Ava terem vindo para ficar logo foram destruídas: com um filhote debaixo de cada braço, os dois voltaram para a van — a mesma na qual eu viajei um dia, cheia de gaiolas de cachorro empilhadas umas sobre as outras. Lacey os perseguiu ansiosamente, o focinho farejando o ar. Ela seguiu a ninhada para dentro de uma gaiola na parte de trás da van, mas, quando tentei me juntar a eles, Wenling me impediu.

— Cooper, você fica.

"Ficar"? Eu não estava entendo. Assisti, impotente, o restante dos filhotes ser colocado na van. De onde eu estava sentado, podia ver Lacey dentro da gaiola, e ela me olhava em desalento. Eu me senti um cachorro malvado por não poder ajudá-la. Então, Ava e Sam Pai foram embora, levando o cheiro de Lacey com eles. Wenling deu um tapinha na minha cabeça.

— Tudo bem, Cooper.
Voltei aos degraus de cimento e desci para o subsolo do celeiro. Apesar de o lugar estar tomado pelo cheiro de Lacey e dos meus filhotinhos, eles não estavam mais lá. Enfiei o focinho no cobertor deles. Ainda estava quente. Inspirei profundamente, distinguindo o cheiro de cada um, me lembrando dos meus filhos me escalando e mordiscando o meu queixo. Eu sabia que humanos podiam tirar a minha família de mim se quisessem, mas por que fizeram isso?

Não saí do celeiro quando ouvi Burke e a Vó voltarem. Fiquei enroscado no cobertor dos meus filhotes até Burke me chamar para jantar.

Pouco depois daquilo, fui ao veterinário e tirei uma soneca demorada e sem sonhos. Quando voltei para casa, estava com uma coceira danada entre as pernas, mas não podia fazer nada por causa de um colar pesado e duro que restringia os meus movimentos. Quando enfim tiraram aquela coisa de mim, a coceira já tinha passado. Eu me sentia diferente — não mal, só diferente, e os pelos que cresciam onde haviam raspado entre as minhas pernas eram ásperos contra a minha língua.

Fiquei triste quando Chase Pai e Grant colocaram pesadas portas de metal acima dos degraus para o subsolo do celeiro.

Será que um dia eu veria Lacey e os meus filhotes de novo?

Grant e Burke começaram a dizer a palavra "escola" de novo, mas não voltamos à escola; fomos só até o prédio de Grant. Não havia muito a fazer a não ser cochilar, exceto quando tocava um sinal e as pessoas ficavam malucas, correndo para o corredor, gritando e batendo portas, e de repente estávamos em uma sala diferente e todo mundo ficava quieto de novo. Não havia nada que fizesse sentido nessa atividade e que um cachorro fosse capaz de compreender, mas eu me divertia mesmo assim.

Eu estava sempre junto de Burke, mas sentia o cheiro de Wenling e Grant com frequência e via os dois nos corredores. O meu menino tinha um monte de amigos e todos eram muito legais comigo.

— Pode fazer carinho, mas não dê biscoitos a ele — dizia Burke. Apesar de ele falar a palavra "biscoito" repetidas vezes, ninguém nunca me dava um.

Reparei em como Wenling e Grant se sentiam desconfortáveis quando conversavam. Havia um sentimento estranho e inquietante entre os dois, e eu nunca os via sozinhos.

Certa tarde, quando o sol ainda estava quente, um carro cheio de garotas da idade de Burke chegou e elas ficaram sentadas na varanda conversando, rindo e me dando biscoitos — que dia perfeito! As garotas cheiravam a açúcar, flores e almíscar. Uma delas tinha um cheiro na roupa que reconheci na mesma hora como o das criaturas misteriosas que viviam em celeiros e corriam de mim de maneira tão antipática.

Grant e Chase Pai vieram dos campos e corri para cumprimentá-los, abanando o rabo. As mãos deles estavam com cheiro de terra.

— Oi, Grant! — exclamaram algumas garotas, acenando. — Oi, sr. Trevino.

Eles se aproximaram e falaram com todas elas por um tempo.

— As folhas estão começando a mudar — disse Chase Pai por fim, entrando em casa. Grant ficou para trás.

— Cadê a Wenling? — perguntou Grant ao irmão.

Elas ficaram em silêncio e olharam para Burke. Ele franziu o cenho e senti o seu desconforto. Fui cheirar a mão dele para lembrá-lo de que a melhor maneira de se alegrar é atirando um pedacinho de frango para um cachorro abocanhar.

— Nós ouvimos falar que vocês tinham terminado — comentou uma das garotas.

Grant inclinou a cabeça de lado.

— Ah, é?

— Bem — falou Burke.

— Sinto muito, Burke — disse outra.

Burke baixou os olhos por um instante.

— Não exatamente... a gente brigou. Não é como se tivéssemos terminado.

— Ah, tá — comentou uma menina.

Grant entrou sorrindo em casa. As garotas foram embora logo depois, o que significava que a hora dos biscoitos havia terminado. Segui Burke enquanto ele ia até a cozinha.

— Obrigada por aquela, Grant — disse ele, seco. — Não era o melhor momento para falar sobre Wenling, sabe?

Grant levantou as mãos em defesa.

— Desculpe, mas é você que não me mantém informado sobre a sua célebre vida amorosa.

— Você entendeu o que eu quis dizer.

— O que entendi é que você já atingiu o seu ápice, irmão.

— Ápice?

— Tipo, você está só no segundo ano e já teve a namorada mais bonita que jamais terá na vida. Depois disso, é só ladeira abaixo.

— Você sabe que é adotado, não sabe?

Pouco depois daquilo, Burke e eu estávamos no lago patrulhando os patos. Wenling chegou na sua bicicleta e Burke disse "sinto muito" diversas vezes, soando triste, então levei um graveto para ele. Wenling acabou o abraçando e eles encostaram os lábios em um demorado beijo. Mastiguei o graveto até reduzi-lo a pedacinhos.

Às vezes, a Vó levava a gente para a casa de Wenling e nos deixava lá, mas ela sempre voltava depois. Em uma dessas noites, fiquei sentado no banco de trás com o focinho em pé, sentindo cheiro de queijo no ar, apesar de ninguém estar comendo e ninguém ter me dado nada. Parecia estar vindo dos cabelos da Vó. O carro parou e fiz "Ajudar" e "Junto".

— Vejo você mais tarde! — disse Burke.

Fiz "Ajudar" nos degraus de entrada e Burke bateu na porta. De dentro da casa, foi possível ouvir um grito alto, de homem, e, um instante depois, um berro zangado de mulher respondendo. Olhei para o meu menino, ansioso.

Wenling abriu a porta. Ela estava chorando.

— Meu Deus, Wenling, o que aconteceu? — perguntou Burke.

Capítulo 17

WENLING ENXUGOU OS OLHOS.

— Entra — disse a menina. Lambi a mão dela, e senti gosto de sal. — Os meus pais estão brigando por minha causa.

— O quê? Por quê? — Fiz "Ajudar" para Burke poder sentar na cadeira.

— Meu pai disse que nunca vai permitir que eu me inscreva na Academia da Força Aérea. Ele falou que isso está fora de cogitação, que não quer que eu faça faculdade em outra cidade e que eu preciso morar e estudar aqui. — Ela secou o rosto com um papel fino.

— Aqui? Mas só tem faculdade comunitária aqui — observou Burke.

A gritaria continuava, e me aninhei embaixo das pernas de Wenling, desejando poder ir embora daquele lugar cheio de raiva.

— Eu sei, mas ele acha que tenho que ficar aqui para "cuidar" deles. Agora ela está dizendo... está dizendo que vamos embora. Ai, Burke! — A voz de Wenling estava em agonia. Levantei a patinha, tocando na perna dela. — Ela disse que vamos morar juntas, que ela vai arranjar um emprego e pagar pela minha faculdade.

— Eu sinto muito. Quer que a gente vá embora?

— Deus, não.

Wenling se ajoelhou e me abraçou, e me imprensei contra ela, grato por poder ser o cachorro de que ela precisava.

Ouvimos uma pancada forte que reconheci como sendo uma porta batendo com força, e os gritos pararam. Burke e Wenling ficaram sentados no quintal e os acompanhei, sendo um cachorro bonzinho, até a tristeza de Wenling passar.

O inverno estava chegando e o ar e a grama estavam úmidos em um dia em que Grant nos levou para dar um passeio de carro.

Sozinho no banco de trás, apertei o focinho contra a janela parcialmente aberta, inspirando, deliciado, as folhas molhadas caídas no solo. Abanei o rabo quando passamos pelo rancho das cabras e inalei ao passarmos por cima de um rio. Eu teria pulado naquela água de bom grado, mas, em vez disso, fomos para um lugar plano e duro com prédios baixos e carros estranhos.

Wenling estava lá! Fiz "Junto", e Grant segurou a cadeira para Burke, e depois tive permissão de correr até ela e cumprimentá-la de forma apropriada, babando o seu rosto todo quando ela se abaixou para mim. Ela levantou a cabeça de volta, sorrindo.

— Tem certeza de que quer fazer isso? Não seria mais legal, tipo, comer uma fatia de bolo ou algo assim? — perguntou Burke quando ela o abraçou.

Ela riu.

— Tenho certeza.

Ela olhou para Grant e houve um instante de desconforto, até ele se aproximar com o braço estendido.

— Ok, oi, Wenling — disse ele baixinho. Eles se abraçaram por um tempo e se separaram, ambos olhando para Burke por algum motivo.

Wenling sorriu.

— Então, prontos?

Burke olhou para o céu.

— É um dia bom para morrer — comentou ele.

— Ah — respondeu Wenling —, você vai estar a salvo a não ser que a gente decida atirar você do avião por causa dos seus comentários.

— Eu faria isso mesmo se ficasse calado — disse Grant.

Fomos até um dos carros e conhecemos uma mulher legal chamada Elizabeth. Ela cumprimentou Grant e Burke e estendeu a palma da mão para eu cheirar. O cheiro dos meninos estava misturado ao dela.

O interior daquele carro era pequeno, e Burke deixou a cadeira do lado de fora. Elizabeth e Wenling se sentaram na frente e eu fiquei no banco de trás entre os meninos. Quando o carro deu partida, houve um barulho bem alto. Abanei o rabo porque não sabia bem o que estava acontecendo.

— Você já fez isso antes, não é? — perguntou Burke. Senti o nervosismo dele e cheirei a sua mão.

Wenling e Elizabeth sorriram uma para a outra.

— Nunca! — Wenling gritou mais alto que o barulho.

Com uma guinada, o carro rugiu e senti que estávamos nos movendo. Uma sensação estranha e pesada tomou conta do meu estômago, me lembrando de um tempo no passado quando eu estava com a minha mãe no abrigo de metal e ela pôs as unhas para fora tentando não escorregar. Burke respirou fundo.

— Que tal ficarmos só a uns três metros do chão? — perguntou ele falando alto.

Grant sorria.

— Não sabia que seria você que estaria pilotando! — gritou ele.

— Achei que Elizabeth pilotaria, e você só ia ficar assistindo a tudo.

— Ainda não posso voar sozinha, mas desde que esteja com a minha instrutora, posso pilotar a aeronave — explicou Wenling, mesmo com aquele barulho todo.

— Estou vendo o vovô me chamar para a luz! — exclamou Burke.

Foi um passeio de carro chato. Ninguém abriu as janelas, e os cheiros de óleo não eram interessantes. Quando o barulho diminuiu um pouco, senti a ansiedade de Burke diminuir e a mão dele relaxar sobre o meu pelo.

— Olha — disse ele. — Dá para ver como os rios são formados por córregos e como os lagos têm pequenos riachos desembocando neles. O sistema hidráulico inteiro parece ter sido desenhado por alguém.

— É — concordou Grant. — E dá para ver como os robôs fazendeiros estão tomando conta da cidade toda.

Então dormi, vibrando, mas acordei em um susto quando o carro bateu em alguma coisa e enfim parou. Saímos dele e Burke deitou no asfalto e o beijou.

— Muito engraçado — comentou Wenling.

— Wenling, isso foi incrível. *Você* é incrível — disse Grant.

Ela baixou os olhos.

— Obrigada.

— Estou falando sério.

Burke me pediu para fazer "Ajudar". A viagem de volta para casa foi muito melhor, pois a janela estava aberta e pude ver um cavalo correndo e sentir o cheiro das cabras.

À noite, eu quase sempre ficava com a Vó e Chase Pai, e Grant saía de carro com Burke ao lado. Quando eles voltavam, ambos tinham cheiro de Wenling, mas era sempre mais forte em Burke.

Eu entrava e saía pela porta de cachorro quando Burke estava fora de casa, até Chase Pai falar comigo de forma ríspida. Não entendi o que ele estava dizendo, mas parecia claro que ele não entendia que Burke precisava voltar para casa. Então fiquei animado quando, certa noite, fui junto no carro! Buscamos Wenling em casa e fomos a um prédio e conversamos com um homem que estava parado diante de uma porta, esperando por nós. Ele usava chapéu e tinha cheiro de folhas queimadas.

— Algum de vocês têm 22 anos? — perguntou ele.

Grant, Burke e Wenling se entreolharam.

— Imaginei que não — constatou ele.

— Tenho 17 — ofereceu Grant.

— Cooper tem 21! — exclamou Burke com alegria. Abanei prontamente meu rabo.

O homem na porta estava com um palito na boca, que ele tirou e segurou entre dois dedos. Era um graveto tão pequeno que, se ele o atirasse, nem eu me daria ao trabalho de buscar.

— Sinto muito, crianças. São as regras.

— Somos filhos de Chase Trevino — disse Burke. — Só queremos ouvir ele tocar.

O homem nos examinou em silêncio por um instante.

— Tem um escritório da gerência lá em cima com uma janela, mas não sei como subiriam até lá — disse ele arrastado. Ele indicou a cadeira de Burke com o seu gravetinho.

— Eu consigo subir se o Cooper me ajudar — garantiu Burke. Abanei o rabo.

Fiz "Ajudar" em uns degraus bem estreitos, Grant veio atrás levando a cadeira e logo chegamos a uma salinha. Era barulhenta — as pessoas lá fora falavam alto — e depois ficou ainda mais barulhenta com o lugar sendo tomado de vibrações tão fortes que as paredes zumbiam. Wenling e Grant começaram a pular e Burke balançou a cabeça. Bocejei, imaginando se a minha vida agora seria assim: ir a lugares pequenos com Burke, Grant e Wenling para ouvir barulhos altos. Será que Elizabeth estava vindo também?

— Ele é bom mesmo! — exclamou Grant, sorrindo.

Apesar de eu sentir que todos estavam animados, se alguém me perguntasse, isso era tão divertido quanto assistir aos patos nadarem no lago. Então me esparramei no chão em frente à cadeira de Burke e dormi.

Fazer "Ajudar" para descer aqueles degraus não foi fácil, mas me movi devagar e fiz "Junto" para Burke sentar. Comecei a abanar o rabo ao sentir o cheiro de Chase Pai, e, momentos depois, lá estava ele parado na nossa frente.

— Estou surpreso em ver vocês aqui. Oi, Wenling.

Ele se abaixou para me afagar e lambi a mão dele, sentindo gosto de sal e queijo.

— A gente queria ouvir você tocar, pai — explicou Burke.

— Você é muito bom — disse Wenling. — A banda toda.

Chase Pai inclinou a cabeça.

— Sair escondido não é uma boa forma de se tornarem adultos honestos — disse ele. — Podiam ter me pedido.

— A gente sabia que você diria não — alegou Burke.

— A ideia foi minha, pai — confessou Grant.

Ele assentiu.

— Se eu tivesse dito não, estariam em apuros agora, então não pediram. Você analisa os seus argumentos da mesma forma com que constrói os seus modelos, Burke. Cuidado com onde isso pode levar você. — Ele olhou para Grant e Wenling. — Espero que não tenhamos arruinado a ideia de música para vocês.

Havia uma tensão ali que só percebi quando ela se dissipou. Eles riram.

— Preciso voltar para o segundo set. Voltem para casa e vejo vocês lá — disse Chase Pai.

Saímos do lugar, mas Chase Pai ficou. Na calçada, Burke encontrou umas pessoas cujos cheiros reconheci do prédio de Grant. Wenling e Grant ficaram no carro enquanto Burke conversava e ria com os amigos. Balancei o rabo, mas além de uns afagos sem graça na minha cabeça, ninguém prestou atenção em mim nem tinha petiscos no bolso. Entediado, fui para a porta do carro e Grant a abriu sem prestar muita atenção. Ele estava virado para Wenling, sentada ao lado dele.

— Como pode sequer sugerir algo assim? — perguntou ele. Ele parecia chateado. Balancei o rabo, meio hesitante.

— Ela é legal — respondeu Wenling.

— Não, quero dizer como *você* pode dizer isso quando já confessei o que sinto por você? Tentar me arranjar com uma das suas amigas é como cuspir na minha cara.

Grant virou a cabeça e ficou olhando pelo para-brisa sem reagir, e Wenling tocou o braço dele de leve. Ele parecia tenso e zangado e se moveu rispidamente para guardar a cadeira de Burke no porta-malas, quando pude fazer "Junto".

Burke acariciou as minhas costas e abanei o rabo.

Grant deu partida no carro.

— Você está sempre me largando sozinho com a sua namorada — comentou ele, mal-humorado. — Talvez um dia a gente se esqueça e vá embora sem você.

Ninguém falou nada e notei Wenling ficar tensa até chegar em casa, quando ela saiu do carro e abriu a porta de trás para me dar um abraço e outro em Burke.

— Sabe o que eu queria? — disse Burke quando nos afastamos. — Queria que um dia o pai não desse sermão por tudo. Se ele ficasse zangado, ok, mas em vez disso, ganho uma lição de moral.

— Essa coisa toda é, tipo, se o virmos tocar com a banda vamos por acaso achar que ele vai embora como a nossa mãe? É isso? — perguntou Grant à Burke.

— É como se ele sentisse vergonha. Como se nós o vermos se divertindo significasse que ele não é um bom pai. Ou um bom fazendeiro. Ou sei lá o quê — falou Burke.

— É coisa de louco — disse Grant veementemente.

— Disse o cara que fica tentando matar o próprio irmão — observou Burke.

Grant fez um som de desagrado.

A manhã seguinte foi um daqueles dias em que não fomos ao prédio de Grant. Wenling veio visitar e foi com Burke para o deque.

— O seu pai ficou bravo? — perguntou ela.

— Ele é uma pessoa difícil de entender. Na maior parte do tempo. Ele tem esse código de conduta. Tem a ver com ser o nosso pai e cuidar da fazenda e de a minha mãe ter ido embora.

Eles ficaram calados por um instante.

— Então, você achou estranho? Sair só como amigos ontem à noite? — perguntou ela de maneira gentil.

— *Você* achou estranho?

Eles ficaram mais um tempo calados. Um pato veio voando e mergulhou com um esguicho bem na minha frente. Fui até a ponta do deque e olhei feio para ele.

— Não. Na verdade, achei legal — disse ela. — A gente estar separado não parece muito diferente de estar junto.

— Você, eu, Grant e Cooper, como em qualquer outra noite — concordou Burke.

Eles sorriram um para o outro, mas senti que Wenling estava triste.

Na volta do lago, vi o animal escorregadio do celeiro! Disparei na direção dele e entrei no celeiro sabendo que conseguiria pegá-lo. Exceto que, quando abri a porta, não achei a coisa. O meu focinho me alertou que ele estava em algum lugar no alto, onde Chase Pai e Grant subiam às vezes. Por que ele não queria brincar comigo?

Quando entramos em casa, Chase Pai e a Vó estavam na sala, sentados lado a lado com posturas tensas. Abanei o rabo, sem saber bem do que eles estavam com medo. Burke e Wenling pararam no meio do cômodo.

— O que está acontecendo? — perguntou Burke.

Grant desceu as escadas e parou de repente.

— Oi, Wenling.

— Oi, Grant.

Ele olhou pela sala.

— O que foi?

Chase Pai levantou uma das mãos.

— Não é nada ruim. Na verdade, é o oposto. O dr. Moore ligou. Ficou feliz com o que viu nos seus últimos raios X, Burke.

Wenling arfou. Notei que a Vó estava chorando e fui consolá-la.

— Então... — falou Burke devagar.

— Está marcada para depois do Natal. Você vai fazer a cirurgia, filho.

Capítulo 18

GRANT FOI O PRIMEIRO A REAGIR.
— Então aos 15 anos você não vai crescer mais? — retrucou ele.

Chase Pai fez uma cara feia.

— Sério, Grant? É isso que você tem a dizer?

Grant parou de rir na hora. Ele olhou para Wenling, e então desviou o olhar.

— É verdade? — pergunta Burke baixinho.

— Se é verdade? O que o Grant falou? Não. Você ainda pode crescer um pouco. Acho que só estão sentindo que você chegou a uma altura de adulto. Já é mais alto que eu, Burke.

Burke lambeu os lábios.

— Não, eu quis dizer sobre fazer a cirurgia. É verdade mesmo?

Burke não dormiu muito bem em muitas das noites após aquela. Senti que ele estava ansioso e com medo, e fiz o meu melhor para fazer "Junto" na cama, deitado ao lado dele oferecendo-lhe todo o apoio que eu podia.

— E se não der certo, Cooper? — sussurrou ele no escuro.

Lambi a mão dele.

Fiquei perplexo quando Chase Pai e Grant mudaram o sofá de lugar, tirando-o da sala e colocando uma estrutura de pé com um corrimão como os que a Vó segurava quando subia as escadas, só que essas escadas não iam para cima nem para baixo. Fiquei bem desconfiado daquela coisa. Ela me lembrava da escada deitada no chão do celeiro, só que não tinha níveis e era tão alta que quase alcançava os ombros de Grant. No canto, eles puxaram e torceram, ligando uma máquina a cabos e pratos de chumbo até que, ofegantes, se afastaram e ficaram olhando. Grant se sentou em uma cadeira baixa na frente da máquina e pisou em pedais e os pratos de metal subiram e desceram, fazendo barulho. Cheirei a coisa e achei-a incrivelmente banal, exceto pelo fato de que a minha cama estava agora do outro lado da sala e de o sofá estar no celeiro. Seja lá o que eles estavam fazendo, com certeza era uma grande inconveniência para o cachorro da casa, apesar de mais tarde eu descobrir que podia deitar no sofá na nova localização dele, e que ninguém me mandava "Sair".

Pouco depois da máquina forçar a minha caminha de cachorro a ir para outro lugar, todo mundo saiu junto uma manhã e eu fiquei para trás, me sentindo abandonado. Fiquei entrando e saindo pela portinha de cachorro, inquieto, e acabei deitando no sofá do celeiro. Estava com saudade da Lacey.

Quando a família voltou, corri para cumprimentá-los, abanando o rabo e pulando, na esperança de não descobrirem a respeito do sofá. Então me dei conta de que Burke não estava com eles.

Subi na cama de Grant no andar de cima nas noites seguintes, mas ficava toda hora indo até o quarto de Burke para ver se ele já tinha voltado. Lembrei-me de Lacey e dos filhotes sendo levados de mim por Ava e Sam Pai. Será que havia acontecido o mesmo com Burke? Será que eu nunca mais o veria?

— Ei, Cooper. Ei — sussurrou Grant para mim na escuridão. — Sei que está preocupado. Ele vai voltar logo, logo. Eu prometo. — Sentir as mãos de Grant no meu pelo me reconfortou, mas eu precisava mesmo era do meu menino de volta. — Deus, espero que tenha dado certo — balbuciou ele. Ele também não andava dormindo muito bem. Talvez nós *dois* precisássemos de Burke!

A Vó e Chase Pai passavam um bom tempo falando baixinho, em geral sempre que Grant não estava por perto.

— Eu não sabia que ele ia sentir tanta dor — lamentou a Vó.

Percebi a tristeza e o medo nela, e fui até à sua cadeira para deitar aos seus pés.

— Os músculos das pernas dele nunca haviam se comunicado com o cérebro antes e agora têm muito trabalho a fazer. Isso tudo está sobrecarregando o sistema nervoso dele — observou Chase Pai.

— Disseram que é normal. Não querem dar analgésicos demais a ele para não interferir nos nervos que estabelecem a conexão.

— Ele é tão corajoso — disse a Vó. — Dava para ver no rosto dele o quanto estava sofrendo.

A Vó saía todo dia, mas voltava a tempo para o jantar. Eu sentia o cheiro de Burke nas mangas dela e me ocorreu que talvez ela conseguisse encontrá-lo, então, no dia seguinte, quando ela foi até o carro, tentei entrar com ela, mas ela me mandou sair. Só que eu sabia que o cheiro dele lá significava que não tinha sido como com a Lacey depois da cobra, nem como com Judy, a cabra velha no quintal. Ele estava em algum lugar por aí. Eu andava de um lado para o outro dentro da casa, arfando, imaginando Burke no final de uma escada, precisando do "Ajudar".

— Hoje deram um banho no leito em Burke, graças a Deus — relatou a Vó a Chase Pai no jantar, enquanto comiam peixe. Eu gosto mais de frango. E de bife. Mas como peixe se me oferecerem, e por isso estava a postos debaixo da cadeira da Vó.

Grant tinha saído com amigos. Agora eu estava ansioso com medo de *ele* não voltar também. Percebi que, com o tempo, eu havia desenvolvido um verdadeiro desejo de ter todos aqueles de quem gostava — incluindo Ava, Sam Pai e Wenling — juntos aqui, onde eu poderia ficar de olho em cada um.

Chase Pai riu.

— Ele é um adolescente mesmo, isso posso afirmar. Não sei como não sentem o próprio cheiro.

A Vó riu também. Abanei o rabo com toda aquela hilaridade, mas, às vezes, mesmo quando as pessoas estão felizes, elas não dão peixe a cachorros.

Então eles ficaram um tempo calados até Chase Pai recomeçar:

— Alguma melhora? Progressos?

— Ainda não. Chase... estou com medo de não ter dado certo — confessou Vó.

— Está só com medo? Eu estou *apavorado*.

Logo depois, a Vó foi para o quarto, e fui atrás. Pus a pata sobre a perna dela, mas ela não parou de chorar por um bom tempo.

Poucos dias depois, eu estava tirando um cochilo no chão, mas acordei em um susto ao ouvir a porta de um carro.

— Cooper!

Era *Burke*. Disparei pela portinha de cachorro e corri até ele, soluçando. Ele estava sentado na cadeira e pulei direto no seu colo.

— Cooper!

Ele ria e cuspia enquanto eu lambia o seu rosto. O meu menino estava em casa!

— Desce! Para!

Eu mal consegui fazer "Puxar" para ajudar a cadeira dele naquela neve toda de tão animado que estava. Wenling veio visitar e todos ficaram sentados na sala de estar conversando, e então Chase Pai e Grant foram para o celeiro. A Vó preparou uma bebida de cheiro fétido.

— Quer chá verde também, Burke? — perguntou ela.

— Claro.

— Então, o que os médicos disseram? — perguntou Wenling a Burke assim que a Vó deu a xícara de líquido quente a ele. Já comi muita coisa na vida, mas mal conseguia ficar no mesmo recinto que aquela xícara fumegante, que soprava aquele odor vil pelos ares.

— Acho que vai levar muito mais tempo. Isto é, eu sabia que não ia pular da cama e sair andando e jogando basquete na hora, mas achei que conseguiria ao menos mexer os pés. Mas tenho sensações. Tipo, as minha pernas meio que coçam, uma coceira ardida. Está melhor do que há alguns dias. Eu estava tendo as piores câimbras do mundo.

— Sinto muito.

— Ah, não. *Estou sentindo as minhas pernas*, Wenling. Não como sinto os meus braços, mas é *alguma coisa*. O neurocirurgião disse que deu tudo certo. Começo a fisioterapia amanhã.

— Quando vai voltar para a escola?

— Quando eu puder entrar pela porta da frente a pé.

Wenling franziu as sobrancelhas.

— Tá, mas você já perdeu uma semana. O que vai acontecer se perder tantos dias do segundo semestre também? Não vai conseguir se formar junto com a turma.

— Então repito um semestre do segundo ano no outono. Na verdade, não me importo em quando vou me formar. Grant nunca teve problemas em ser mais velho que a turma. — Ele tomou um gole do chá. — Santo Deus, vocês bebem essa coisa?

Depois daquele dia, um homem chamado Hank vinha todo dia me ver e brincar com Burke. Eu gostava dele. Ele tinha mãos com cheiro de limpas e os cabelos dele não ficavam na cabeça, e sim no queixo. Ele tinha cheiro de diversos outros cachorros no corpo. Hank segurava os pés de Burke e o mandava "Empurrar". Eu não sabia o que aquilo significava e, aparentemente, Burke também não, porque ele ficava ali sem fazer nada.

— É isso aí! — dizia Hank. — Viu só? Eu senti.

— Não aconteceu nada, Hank — constatava Burke, desanimado.

— Do que você está falando? Você praticamente me chutou para o lado oposto da sala. Vamos ter que colocar algumas traves e um gol aqui.

Também começamos a passar tempo na estranha engenhoca de madeira. Burke ficava de pé apoiado nos corrimãos e Hank ficava logo atrás dele, então Burke torcia um pouco o pé. Que diabo ele estava fazendo?

Hank bateu palmas.

— Olha você dançando! É praticamente um bailarino.

— Para de mentir para mim, Hank! — esbravejou Burke.

Às vezes, a Vó assistia.

— Não entendo por que não estou progredindo. Por que não consigo andar ainda? — reclamou Burke um dia, depois de Hank ter ido embora.

— Eles disseram que ia demorar, meu bem — disse a Vó.

— Não! Já faz mais de dois meses. Disseram que depois de sessenta dias eu já estaria dando passos, mas não consigo nem mexer os pés! — A angústia na voz de Burke me fez choramingar.

— Cooper percebeu que você está chateado. Você é um cachorro tão bonzinho, Cooper — disse a Vó para mim.

Eu não sabia o que tinha acontecido, mas Burke não era mais o mesmo.

— Senta, Cooper! Fica! — falou ele bruscamente quando Hank não estava e ele tentava escalar as escadas da sala de estar. Eu estava tentando fazer "Ajudar", por que ele não me deixava? Uma vez, ele deitou de barriga para baixo e socou o chão. A Vó foi até a porta ver o que era, mas não disse nada. Fui até ela, abanando o rabo, procurando algum conforto. Ela afagou as minhas orelhas.

Eu sentia tão pouca alegria na casa, até quando os dias começaram a esquentar e pássaros barulhentos começarem a bater as asinhas nas árvores. Tivemos um jantar no qual todo mundo disse "feliz aniversário" para Grant, uma coisa que eu havia aprendido a associar à uma doçura intoxicante no ar, flutuando da mesa até o meu nariz. Apesar de eu nunca ter tido oportunidade de experimentar fosse lá o que era aquilo, eu com certeza estava disposto a aceitar a oferta. Naquele dia sentei e fiquei encarando com toda a intensidade que consegui demonstrar, mas ninguém interpretou a minha expressão facial de maneira adequada.

— Parece que esse verão começou chuvoso — comentou Chase Pai, interrompendo o silêncio.

— Caramba, pai, eu sabia que você ia dizer isso! — gritou Grant.

— Você diz isso toda vez que faço aniversário!

Todo mundo riu, até que Burke falou:

— Eu havia prometido a mim mesmo que, no dia em que Grant fizesse 18 anos, eu apostaria corrida com ele até o pomar e ganharia. Mas não consigo nem ficar de pé.

— Burke — sussurrou a Vó. Percebi que o meu menino precisava de mim e fui deitar a minha cabeça no colo dele.

— Precisamos encarar a verdade — falou ele, sem fazer carinho em mim, mesmo eu estando bem ali. — Deu alguma coisa errada. Vou ficar nessa cadeira para sempre.

Capítulo 19

As rajadas de tristeza que vinham de minha família humana eram tão fortes que senti um lamento crescendo dentro de mim.

— Não, cara, não pode ser — implorou Grant.

— Feliz aniversário — respondeu Burke. Ele deslizou a cadeira até o quarto e deitou na cama, onde passava a maior parte do tempo nos últimos tempos. Deitei a minha cabeça no peito dele. Eu ainda sentia aquele cheiro doce forte vindo da mesa da sala, mas, naquele momento, Burke precisava do seu cachorro.

Durante o verão, Wenling não foi nos visitar tanto quanto eu teria gostado. Quando ela vinha, Grant estava sempre trabalhando no campo. Eu nunca conseguia sentir vestígios de Lacey ou de outros cachorros nela.

Em uma manhã em que Hank não veio, mas Wenling, sim, Burke estava na cadeira, diante do dispositivo com os cabos de metal.

— Como está indo? — perguntou ela.

— *Não está*. Não melhorei nada. As aulas começam daqui a duas semanas e ainda vou estar na cadeira de rodas — respondeu ele com amargura. — Não consigo nem mexer os dedos do pé. — Burke bateu na própria coxa e dei um pulo de susto.

— Vai voltar à escola mesmo assim? — perguntou Wenling.

— Não sei. Para que me dar ao trabalho?

Wenling suspirou.

— Bom, tenho uma novidade. Você sabe que faço 16 anos no dia 15, né?

— Sim.

— Nesse dia também vou fazer o meu teste de voo sozinha. Consegue acreditar?

— Que ótimo — balbuciou Burke.

Olhei de um para o outro, sentindo correntes de emoções sombrias dos dois.

— Burke, tem alguma coisa que eu possa fazer?

— Como o quê?

— Sei lá, Burke, foi por isso que perguntei.

— Eu estou bem.

— Preciso ir.

Burke deu de ombros.

— Tchau.

Wenling saiu. Pude perceber que o meu menino estava bem zangado, e eu não tive certeza de estar sendo um cachorro bonzinho, então segui Wenling até onde ela havia largado a bicicleta, caída na grama. Ela trouxera tantos odores estranhos consigo que me senti compelido a erguer a pata traseira em um arbusto ali perto. Grant saiu do celeiro.

— Oi, Wenling. Como você está?

— Oi.

— Tudo bem?

Ela passou os dedos pelos cabelos pretos.

— Eu só... sim, tudo bem.

— Está indo embora?

— Achei que estava.

— Porque o meu pai perguntou se eu conhecia alguém que gostaria de ganhar uma grana ajudando na colheita da próxima plantação de abobrinhas. Nesse tempo quente, elas crescem demais em, tipo, dois dias. Então andei perguntando por aí, mas claro que ninguém quis. Porque, sabe como é, significa *trabalho*.

Wenling riu.

— Então não sou exatamente a sua primeira escolha.

— Não foi isso que eu falei.

Ela riu de novo.

— Foi sim. Mas tudo bem. Por que não?

Grant ficou animado.

— Sério?

Segui ambos até a plantação. Chase Pai não estava lá. Grant entregou um balde a ela.

— Certo, então, sabe fazer isso? Você olha embaixo das folhas, porque essas danadas ficam se escondendo. Qualquer coisa com mais de doze centímetros, pode cortar no caule. Toma uma faca.

— Cadê o seu pai?

— Está no pomar das maçãs hoje. Então a plantação de abobrinhas é toda minha. Sou o rei das abobrinhas.

Wenling riu.

— Eu já ficava impressionada por você estar no último ano, mas agora é *rei*? Tenho que me lembrar de fazer uma reverência.

Os dois ficaram brincando com as folhas e os talos, debruçados, as cabeças quase encostando. Eles enchiam os baldes de plantas, os esvaziavam em caixas e depois repetiam tudo de novo. Eu não entendia como o que eles estavam fazendo podia deixar alguém feliz o bastante para rir. Senti o cheiro de um coelho e o farejei por um tempo, mas ele provavelmente me viu e fugiu.

— Cooper! Não vá para longe — disse Wenling. Trotei de volta até os dois.

— Ah, ele nunca foge. É um bom cachorro.

Balancei o rabo ao ouvir "bom cachorro".

— Vamos fazer uma pausa — sugeriu Grant. Eles foram a uma mesa de piquenique e se sentaram lado a lado. A mesa estava velha e bamba. Grant passou uma garrafa para Wenling. — Só tenho água, sinto muito.

— Eu estava esperando champanhe.

Grant riu.

— E aí, o meu irmão ainda está mal-humorado?

— Ele não é o mesmo Burke de antes.

— É.

Eu me espremi para debaixo da mesa de modo que ficasse a postos caso surgisse alguma comida.

— Ei! — exclamou Grant. — Você se lembra de quando nos conhecemos?

— Na verdade, não.

— Claro que lembra. Foi no dia da adoção de cachorros. Eu estava lá quando adotamos o Cooper.

Olhei para ele ao ouvir o meu nome.

Wenling sorriu.

— Eu só pensava em adotar um cachorro aquele dia. Desculpe.

— Eu provavelmente também não causei boa impressão. O irmão mais velho desajeitado.

— Ah, não fala assim. Nunca pensei em você como *mais velho*. Só desajeitado.

Grant riu de leve.

— Aí está. É essa a questão entre você e o Burke. Os dois têm logo uma resposta para tudo. Já eu só falo abobrinha.

Wenling cobriu a boca com a mão.

— Ah, meu Deus! O Grant contou uma piada!

— Para com isso. Eu conto piadas, só fico envergonhado de como você deve achá-las deprimentes. Porque você é tão boa nisso. Você é boa em tudo.

— Não é verdade.

Apesar de eles ainda estarem sentados, a falta de cheiros de comida me convenceu de que eu havia sido enganado. Deitei de lado com um suspiro. Eles ficaram calados por um tempo.

— Sabe do que sinto falta? — comentou Grant enfim. — De levar você e Burke de carro ao cinema ou para comer um hambúrguer.

— Eu também, Grant.

— Acha que vocês dois têm volta?

Grant balançava a perna. Observei com curiosidade.

— Ah, não, não como casal.

— Então talvez *a gente* pudesse ir ao cinema. Só nós dois.

— Isso faria de mim a rainha das abobrinhas?

Grant gargalhou.

— Não, só estou dizendo como seria legal estar com você em um cinema de novo, ouvindo você rir.

Wenling respirou fundo.

— Eu também ia gostar disso, Grant.

Senti alguma coisa acontecendo, alguma coisa preenchendo o ar à nossa volta com uma emoção que vacilava entre medo e entusiasmo. Saí de debaixo da mesa para ver o que estava rolando. Grant e Wenling se encaravam.

— Sei que você não sente o mesmo, mas, para mim, nada mudou, Wenling. E acho que nunca vai mudar. Porque quando olho para você...

— Shhh, Grant. — Wenling pôs a mão no pescoço de Grant e puxou o rosto dele para junto do dela, e eles encostaram os lábios em um beijo interminável. Bocejei e cocei a orelha com uma das patas traseiras, e então me deitei na terra com um suspiro, levantando a cabeça só quando Wenling se levantou em um salto. — Ah, meu Deus, isso vai ser tão complicado.

Grant também se levantou.

— Eu sei. Mas eu não ligo. Eu te amo.

— Preciso ir, Grant.

— Wenling, por favor.

— Eu também te amo — sussurrou ela. Eles se beijaram de novo.

— Ok, tudo bem, eu preciso ir mesmo, preciso pensar.

Saímos da plantação e Wenling pulou na sua bicicleta e foi embora. Então fomos para casa. Burke estava esparramado no chão.

— Oi, Burke! — cumprimentou Grant com alegria.

Burke virou a cabeça de lado.

— Já sei o que preciso fazer. Eu disse ao Hank que, se vou aprender a andar, preciso fazer como faz um bebê. Preciso começar *engatinhando*.

— Hum. Bom, quer me mostrar os seus modelos ou algo assim?

— Não.

— Posso ajudar? Quer algo da cozinha? Quer ver um filme hoje à noite?

— Pare de sentir pena de mim, Grant. Me deixa em paz.

— Ok, mas, se precisar de alguma coisa, é só falar, tá?

— O que você tem?

Grant suspirou e saiu. Tive a impressão de que ele ia voltar para brincar mais com as plantas e os baldes, e eu já havia aturado o bastante daquilo por um dia. Fiquei observando Burke se esforçando no chão e fui fazer "Ajudar".

— Não, Cooper.

Não? Continuei observando, frustrado. Ele precisava do seu cachorro!

— Não! Deita!

Obedeci, mas ainda não entendia o motivo por ele estar esparramado no tapete, grunhindo e ofegando, cheio de lágrimas nos olhos, tendo um cachorro bonzinho bem ali.

Depois daquele dia, Wenling começou a chegar cedo todo dia e a ir no caminhão lento para as plantações ajudar Grant e Chase Pai. Quando Chase Pai não estava lá, Grant e Wenling passavam boa parte do tempo se abraçando e se beijando.

— Tem certeza de que não quer que eu conte a ele? — perguntou Grant.

— Não, sou eu quem tenho que contar.

— Você está bem?

— Na verdade, não. — Ela deu uma única e pesarosa risada. Grant pôs os braços em volta dela e eles se beijaram mais. — Grant, eu te amo tanto.

— Eu também te amo, Wenling.

— Vou contar para ele agora, antes que eu perca a coragem.

— Preciso ajudar o meu pai no pomar. Vem falar comigo depois, está bem?

Eles se beijaram de novo. Eu achava aquilo bem chato, mas eles ficavam repetindo. Segui Wenling até a casa. Hank já tinha ido embora e Burke estava deitado no tapete, balançando para a frente e para trás. Ele virou a cabeça para olhar quando ela entrou.

— Isso vai dar certo! Sabe como bebês rastejam? Olha, estou conseguindo!

Wenling ficou olhando ele grunhir. Fui até Burke para ver se ele precisava de mim. Lambi a orelha dele. Ele parou de se mover e franziu o cenho para a menina.

— O que foi?

Capítulo 20

Burke me chamou para fazer "Ajudar" e "Junto" para sentar na sua cadeira. Era tão bom fazer o meu trabalho de cachorro! Ele girou as rodas até alcançar Wenling e não disse nada, apenas a encarou.

Wenling pigarreou.

— Você é o meu melhor amigo, Burke. No mundo. Sabe disso, não sabe?

Ele respirou fundo, prendeu e expirou.

— Quem é ele?

— O que quer dizer?

— Para com isso. Você sabe. O cara.

Wenling desviou o olhar.

— O cara. Foi *você* que falou que devíamos sair com outras pessoas.

Burke deu uma gargalhada dura e olhei para ele, preocupado.

— Bom, desde a minha cirurgia, não tive muita vida social.

— Você é que quer isso, Burke.

— Eu tinha dito para todo mundo que ia voltar a andar. Não quero ir a um encontro em uma cadeira de rodas. Não quero fazer mais nada em uma cadeira de rodas!

Eu me encolhi com o grito dele. Esgueirei-me até a minha cama e me encolhi nela, tornando-me o menor possível.

— Sinto muito, Burke.

Ele refletiu por um instante.

— Então você está apaixonada por ele? Pela expressão no seu rosto agora, deve estar.

— Não é isso. Quer dizer, sim, estamos apaixonados, mas precisa entender. Não queríamos isso. Nenhum de nós dois *planejou* nada.

Burke apertou com força o braço da sua cadeira.

— Espera um minutinho. É o Grant? O meu *irmão*?

— Sinto muito, Burke.

Levantei da minha caminha, me encolhendo para mais longe ainda de Burke e da raiva dele, me sentindo um cachorro malvado.

Burke cerrou os dentes.

— Está na hora de você ir embora.

— Não, nós não podemos conversar? Por favor?

Burke saiu da sala. Fui atrás, mas ele bateu a porta com uma pancada, então dei meia-volta. Wenling estava correndo de volta para a bicicleta, e não a segui. Ela desceu a via de entrada e foi embora.

A Vó chegou em casa, mas Burke ainda estava no quarto. Só ouvi a porta sendo aberta bem mais tarde. Ele foi até a sala de estar e eu o segui, mas ele não falou comigo. A Vó estava deitada no quarto dela. Vi Grant e Chase Pai vindo na nossa direção. Chase Pai virou na direção do celeiro e Grant subiu a rampa da porta de entrada. Ele parou, os ombros desabando ao ver Burke sentado ali.

— Burke. Meu Deus, não sei o que dizer.

Burke começou a girar as rodas cada vez mais rápido, e quando ele alcançou Grant, o irmão mais velho exclamou:

— Ei!

Burke se lançou da cadeira para cima do peito de Grant e os dois caíram no chão. Burke estava em cima de Grant e ergueu o braço para dar um soco no rosto do irmão. Grant girava, tentando se soltar, mas Burke prendeu o ombro dele com uma das mãos e o socou mais uma vez com a outra, e, em seguida, socou de novo. Então Grant socou Burke, e aí eu não pude me conter e comecei a latir. Os dois estavam transbordando de raiva. Senti cheiro de sangue e não entendi e continuei latindo até quando ouvi a Vó saindo do seu quarto.

— *Meninos! Parem!* — gritou ela, aflita. — Chase! Rápido!

Ela pôs as mãos no peito. Grant enfim conseguiu rolar para cima de Burke, mas então Burke o acertou na boca e ouvi os dentes de Grant batendo uns nos outros.

— Ei! — Chase Pai entrara e correra até Grant, tirando-o de cima.

O lábio de Grant estava sangrando. Os dois meninos ofegavam.

— Cooper! Ajudar! — comandou Burke.

Mas eu estava com medo. Baixei a cabeça.

— Para! — Chase Pai empurrou Grant com tanta força que o rapaz tropeçou e caiu contra a parede. — O que está fazendo?
— Você sempre fica do lado dele! — gritou Grant. — Sempre!
Chase Pai parecia surpreso.
— Não, eu só...
Grant fez um som inarticulado. Ele pôs a mão no rosto para tocar onde sangrava. A Vó entregou uma toalha a ele.
— Conte para ele, Grant — disse Burke em um tom de voz duro.
— Contar o quê? — perguntou Chase Pai. — Grant?
Seguiu-se um demorado silêncio. Grant desviou o olhar. Senti a raiva se esvaindo da sala, mas ninguém parecia feliz.
Dessa vez, quando Burke me mandou fazer "Ajudar", eu o ajudei a subir na cadeira.
— Já vi vocês dois brigando antes — observou a Vó —, mas há muito tempo não vejo e nunca foi assim. Seja lá o que tenha acontecido, isso não é jeito de resolver. Vocês são irmãos.
— Não mais — esbravejou Burke.
— Não *ouse* falar com a sua avó desse jeito — repreendeu Chase Pai. — Explique, Burke. Agora.
— Wenling não é mais a minha namorada.
Pareceu que todos na sala prenderam a respiração. Eu tremia de ansiedade. Tinha alguma coisa muito ruim acontecendo, e eu não sabia o que era.
— Isso já não tem algum tempo? — perguntou a Vó gentilmente.
— Não. Ela me largou por outro cara. — Burke apontou o dedo. — *Aquele cara ali.*
A Vó arfou. Chase Pai olhou para Grant.
— Isso é verdade?
Grant fechou os olhos, ainda segurando a toalha contra a boca.
— Não exatamente. Mas, sim, estamos juntos, Wenling e eu, mas ela e Burke tinham terminado.
— Mas Burke é o seu irmão — respondeu Chase Pai austeramente. — Como pode fazer uma coisa dessas?
Grant abriu os olhos e tirou a toalha da boca ensanguentada.
— Não sei como aconteceu — sussurrou ele, impotente.
— Bom, eu vou dizer o que você vai fazer — disse Chase Pai, a voz séria.

— Chase — advertiu Vó.

Ele olhou para ela, que balançou a cabeça. Depois de um instante, Chase Pai assentiu, seu corpo relaxando.

— Eu odeio você, Grant — declarou Burke. — Sempre odiei e sempre vou odiar.

— Já chega, Burke — pediu Chase Pai, exausto.

— Entendeu, Grant?

— Como se eu me importasse.

— Certo — interveio Chase Pai. — Já estou cheio de vocês dois! Vão para os seus quartos. Depois eu decido quando vão poder sair.

Grant riu amargamente.

— Ir para o meu quarto? Tenho 18 anos!

— Quer pagar um aluguel ou obedecer às minhas ordens? Você decide — retrucou Chase Pai.

Burke não me chamou nem me olhou. Comecei a segui-lo, hesitante, mas ele bateu a porta na minha cara de novo. Eu me arrastei de volta até a sala e me aproximei da Vó. Ela se ajoelhou e segurou o meu rosto.

— Ah, Cooper, você ficou chateado, não foi? Sinto muito. Você é um cachorro bonzinho. — Ela olhou para Chase Pai, que havia desabado no sofá. — Às vezes, acho que Cooper tem um segredo. Se ao menos ele pudesse revelá-lo para nós.

— Não tenho ideia do que você está falando.

— Acho que um drinque cairia bem. Se importa em fazer um para mim?

Chase Pai foi até a cozinha e a sala logo se encheu de odores fortes. A Vó e ele beberam de copos com um barulho tilintante.

— É bom Grant colocar gelo naquela boca, Chase. Pode levar um pouco para ele? Meu quadril não está bom para subir essas escadas hoje.

— Em um segundo.

— Ainda está zangado com ele.

Chase Pai fez uma careta.

— Claro que estou.

— Chase. São garotos. Ela é uma jovem. Não se lembra de quando você estava nessa idade?

— É com ela que estou mais zangado. Eu avisei para Burke ficar longe dos Zhang, eles são do pessoal dos robôs, e o que ele faz? E aí ela enrola o garoto e parte o coração dele. Então resolve partir para o irmão. Quem faz esse tipo de coisa?

A Vó tomou um gole do drinque.

— Fidelidade é muito, muito importante para você — observou ela com cuidado.

— Meu Deus, mãe, dá um tempo. Sei o que vai dizer, mas eu me sentiria assim também mesmo se Patty e eu ainda fôssemos casados.

— E acha que o Burke é dono da Wenling para sempre? Como se ela fosse uma espécie de... de... vaca?

Fiquei encarando a Vó, pois nunca tinha ouvido ela falar em um tom de voz tão duro.

Chase piscou os olhos.

— Eu não falei nada desse tipo.

— Na minha opinião, você criou dois ótimos filhos, dois jovens que conhecem Wenling melhor do que ninguém. É *claro* que ela ama os dois. Ela também não está tentando *fazer* nada disso a eles. E Burke está cheio de raiva no momento, ou você não notou? Não acha que a reação dele pode ter muito mais a ver com outra coisa do que uma garota que ele parou de namorar há seis meses? — Ela se levantou. — Eu mesma vou pegar o gelo.

Depois daquilo, as coisas pareceram normais, mas não estavam — nem de perto. Ainda comíamos e dormíamos, mas era como se fôssemos uma família completamente diferente, e demorei um bom tempo para entender por quê. Grant e Burke nunca mais ficavam a sós um com o outro, e mal falavam no jantar, nem com Chase Pai e a Vó, e com certeza não um com o outro.

Além disso, Burke começou a se arrastar com os braços por toda parte, o que me magoou. Ele me mandava "Sentar" e "Ficar", mas eu não conseguia ficar parado olhando ele tentar ir de uma ponta à outra. Eu ia até ele pronto para "Ajudar", mas ele me rejeitava. Por quê? Eu estava bem ali, um cachorro bonzinho que podia ajudá-lo a subir na cadeira. Eu não conseguia entender o que ele estava fazendo. Eu tentava de tudo para fazer as coisas voltarem a ser como antes. Levava brinquedos para ele, até latia.

— Não! — comandava Burke.

Não? Eu só estava tentando fazer o meu trabalho, ser o cão do meu menino, mas ele não deixava. Ele não me amava mais?

— Precisa de alguma coisa do mercado? — perguntou a Vó a ele.

— Na verdade, pode levar o Cooper com você? Ele fica pulando em cima de mim e choramingando. Acho que está entediado.

— Claro. Vem, Cooper.

Então Vó me levou para dar um passeio de carro! Era tão bom estar longe daquela casa triste, com meu menino dolorosamente se arrastando pelo carpete. Pus o focinho para fora da janela e lati ao passarmos pelo maravilhoso rancho das cabras; quando virei o rosto diretamente contra o vento, o ar entrando por minhas narinas me fez espirrar. Vó riu.

Então, em meio a todos aqueles cheiros exóticos sendo forçados minhas narinas adentro, identifiquei um que era intoxicante: *Lacey*. Ele ficou cada vez mais forte, e depois de passarmos por uma fazenda ele sumiu. Lacey estava ali, ela estava bem ali!

Avançamos mais um pouco e Vó parou o carro e baixou as janelas.

— Certo, sei que você é um cachorro bonzinho, Cooper. Você fica.

Sentei-me, fazendo o "Ficar". Só havia mais carros estacionados ao meu redor. O cheiro da Vó se dissipou lentamente depois de ela entrar em um prédio grande, mas não era nela que eu estava concentrado. Eu sabia onde encontrar Lacey agora.

"Ficar". Mas Vó não tinha nem desacelerado quando passamos pela fazenda na qual senti mais forte a presença de Lacey. Ela obviamente não sabia o que eu sabia!

Gemi. Às vezes mandam um cachorro fazer uma coisa, mas ele sabe que não é certo. Naquele instante, eu sabia que "Ficar" era a coisa errada a se fazer. Olhei para a direção pela qual Vó havia ido, indeciso.

"Ficar".

Lacey.

A lateral do carro estava gelada quando apoiei as patas nela para sair. Alcancei o chão, me sacudi, e fui encontrar Lacey, minha parceira.

Não demorou muito para eu captá-la com o vento, e trotei confiante na direção dela. Comecei a correr quando cheguei à entrada de um lugar com uma casa e um celeiro e alguns outros prédios grandes. O lugar inteiro tinha cheiro de cavalos.

Lacey ganiu. Ela estava em um cercado pequeno e sem telhado. Conseguimos tocar nossos focinhos através da cerca. Nos cumprimentamos, abaixando a cabeça, e abanamos o rabo; fiquei tão feliz que corri em círculos. Eu tinha encontrado a Lacey!

A casinha de cachorro de Lacey ficava no fundo do canil dela. Observei-a indo até lá e subindo agilmente no telhado. Eu não entendi o que ela estava fazendo até ela colocar as patas no alto da cerca e então, olhando para trás, na direção da casa, ela pulou, suas patas de trás pegando impulso. A cerca fez um barulho de tinido ao ser sacudida, e então ela aterrissou e eu alegremente subi em cima dela.

Rolamos e brincamos. Me senti mais feliz que nunca, e não pensava em mais nada a não ser em estar com ela. Então ela se sacudiu, me cutucou com o focinho e disparou na direção de uma mata. Eu fui atrás, querendo brincar, mas ela simplesmente começou a correr — Lacey tinha um destino em mente, era evidente. Imaginei que estivéssemos indo para a fazenda; para onde mais poderíamos ir?

Só que eu estava errado. Depois de um tempo, Lacey me guiou até uma casa em uma fileira delas, e eu soube onde estávamos. Ela trotou até a porta da frente, a arranhou, e eu sentei e lati. Dei uma escapulida até o quintal para levantar minha pata traseira em uns arbustos.

A porta se abriu, deixando vários cheiros escaparem. A garota na porta era, naturalmente, Wenling.

— Lulu? O que está fazendo aqui? — Ela olhou para o quintal, e demonstrou espanto ao me ver. — *Cooper?*

A garota nos levou por um portão de madeira, fechando-o após passar por ele. Estávamos em um quintal plano, em sua maioria de grama. Ela nos deu tigelas cheias d'água e bebemos, sedentos. Então brincamos e brincamos, arrasando com o quintal, brincando de lutinha, puxando lados opostos de um graveto. Devia ser aqui que Lacey morava, porque Wenling estava aqui!

Quando o pai de Wenling saiu da casa, corremos alegremente até ele.

— Calma — disse ele.

— Já liguei. A dona de Lulu está vindo, mas quero levar o Cooper de volta para casa eu mesma. Pode me dar uma carona até a casa dos Trevino, pai?

Lacey e eu retomamos nossa brincadeira. Pouco depois daquilo, o portão dos fundos se abriu e uma mulher entrou. Ela tinha cheiros de temperos e queijo.

— Lulu — repreendeu ela —, como foi que saiu?

Lacey correu até ela. Resolvi levantar a pata em um poste, inseguro.

— Eles simplesmente apareceram aqui — explicou Wenling à Nova Mulher. — É engraçado, porque conheço os dois. Cooper é do meu amigo, e foi com ele que encontrei Lulu logo após ela ter tido seus filhotinhos. Eram filhotes do Cooper. Fui eu quem ligou para a Hope's Rescue para irem buscá-los.

— Foi lá que adotei Lulu — respondeu Nova Mulher. — Então ela seguiu Cooper até aqui.

— Acho que sim. Mas é estranho. Por que eles viriam para minha casa em vez para a de Cooper?

Escutei um estalo quando a Nova Mulher pôs uma coleira em Lacey. Imaginei que fôssemos dar um daqueles passeios nos quais não podíamos correr, provavelmente por conta de esquilos. Trotei até junto de Wenling ansioso, mas ela só afagou minha cabeça.

Fiquei alarmado ao ver a Nova Mulher levar Lacey até a cerca.

— Vem, Lulu. — Lacey me olhou, resistindo à coleira.

Corri até ela e, quando a Nova Mulher a puxou pela abertura, tentei enfiar o nariz para abrir e ir atrás, mas a mulher me impediu com uma das pernas e em seguida bateu o portão. Eu gemi e arranhei ansiosamente as tábuas de madeira — eu precisava ficar com a Lacey!

Fiquei andando em círculos e de um lado do quintal para o outro por um tempo, farejando Lacey, tentando ouvir sinais dela de volta. Então Wenling me levou para passear de carro, com seu pai ao volante e eu sentado no banco de trás. Quando passamos pelo rancho das cabras, me dei conta de que estávamos voltando para a fazenda.

Senti a tensão dela ao pararmos na entrada. O pai dela desligou o motor e Wenling cobriu a boca com uma das mãos.

— Oh, meu Deus — disse ela.

Burke estava olhando para nós da porta de entrada.

Ele estava em pé.

Capítulo 21

Quando Wenling abriu a porta, disparei do carro e galopei alegremente até Burke. Ele estava tão alto! Consegui ouvir Wenling correndo atrás de mim.

— Burke! — gritou ela. — Você está em pé!

Alguns instantes depois, ouvi mais um "Burke!" Era Vó, saindo pela porta do celeiro. Comecei a correr para ela, mas ouvi um grito demorado e me virei para olhar — Chase Pai estava vindo correndo da plantação.

— Burke! — gritava ele com esforço por causa da velocidade com que corria. — Burke!

— Burke! — gritou Wenling novamente. Fiquei animado com todo mundo dizendo o nome do meu menino.

Wenling e eu fomos os primeiros a alcançá-lo. A cadeira de rodas dele estava encostada na parte de trás de seus joelhos e ele estava se apoiando no batente da porta com ambas as mãos. Estava cambaleando, e quando Wenling subiu a rampa, ele perguntou:

— Veio ver o Grant? — Então ele sentou de volta na cadeira e suspirou. — Consigo ficar de pé se me apoiar. Andar ainda não. Ainda não dominei me apoiar em um só pé enquanto levanto o outro. Vocês fazem parecer tão fácil.

Wenling estava chorando.

— Ver você em pé aí foi como um milagre.

— Bom, um milagre que levou um milhão de horas de esforço.

— Sem mencionar a minha genialidade — ofereceu Hank, que estava atrás de Burke.

— Ah, Burke — disse Vó ao subir a rampa.

Ela abraçou meu menino e começou a soluçar. Logo depois Chase Pai chegou, arfando, seu rosto molhado, se juntando ao abraço. Todo mundo estava chorando, mas ninguém estava triste.

— Ei, já chega — protestou Burke.

Balancei o rabo ao perceber que ele estava feliz.

— É o melhor dia da minha vida — declarou Chase Pai, sua voz embargada.

Só havia uma coisa que poderia deixar todos ainda mais contentes. Disparei pela sala e pulei em cima do brinquedo barulhento.

— Quando consegui engatinhar eu soube que logo conseguiria levantar — contou Burke a todos.

— É preciso engatinhar antes de andar. Ei, eu acabei de inventar isso? — perguntou Hank.

Todo mundo riu, então atirei o brinquedo barulhento para o alto, pulando em cima dele.

Mais tarde, Hank foi embora, Pai voltou para a plantação e Vó foi para seu quarto. Wenling seguiu Burke até a varanda.

— Vem cá, Cooper — chamou Burke. Passei pela porta de cachorro e pus duas patas na cadeira para alcançar seu rosto e lambê-lo. — Ok, cachorro bonzinho, chega, Cooper. Chega! Onde é que você foi, hein? Vó dirigiu pela cidade inteira atrás de você.

Wenling se sentou.

— Foi a coisa mais impressionante. Lembra da Lulu, que teve os filhotinhos? Cooper veio correndo *com ela*, direto para minha casa!

— Como eles se encontraram?

— Pois é!

— Hum. Provavelmente ele estava correndo e sentiu o cheiro dela. Talvez Cooper não saiba que foi castrado. — Burke se calou por um tempo. — Bom, obrigado por trazer meu cachorro de volta.

— Burke.

Ele não respondeu. Wenling respirou fundo.

— Sinto falta do meu amigo. É estranho não falar mais com você.

— Porque foi isso que você resolveu que éramos. Apenas amigos.

Wenling balançou a cabeça. Ela estava triste, mas Burke parecia zangado.

— Não, jamais *apenas* amigos. Você foi meu primeiro namorado, Burke, e sempre será meu *melhor* amigo. Mas já faz seis meses desde que terminamos; e terminamos porque você queria que saíssemos com outras pessoas!

— Outras pessoas, não Grant, Wenling. Acho que se você tivesse irmãos e irmãs entenderia a traição que isso significou.

Wenling baixou a cabeça. Me aproximei dela e toquei sua perna com meu nariz.

— É... justo — admitiu ela baixinho.

— Então quando nós três íamos ao cinema, ou íamos comer um hambúrguer porque seu pai não deixava você dirigir, você e Grant já estavam juntos?

— Não. Não, Burke.

Burke ficou calado, encarando-a. Wenling desviou o olhar.

— Para dizer a verdade, acho que eu estava sentindo alguma coisa, mas prometo que nenhum de nós dois fez nada a respeito. Precisa saber que eu preferia que fosse qualquer pessoa em vez do Grant. Sei que isso magoou você. Mas, seja lá do que almas são feitas, a dele e a minha são feitas da mesma coisa. É uma frase de *O morro dos ventos uivantes*.

— Meio que não me interessa de onde é, Wenling.

— Ah.

Senti Vó vindo por trás e abanei o rabo para cumprimentá-la, feliz em revê-la. Ela abriu a porta.

— Não consigo parar de pensar em ver você ali em pé, Burke. Foi a coisa mais maravilhosa do mundo.

Ele deu de ombros.

— Desde que eu esteja apoiado em alguma coisa. — Meu menino deu meia-volta em sua cadeira. — Acho que ainda não estou pronto para conversa fiada. Vou trabalhar em umas coisas no meu quarto.

Eu fui atrás, mas ele fechara a porta ao entrar, então voltei à varanda. Vó estava conversando com Wenling.

— Sei que agora parece o maior problema do mundo, que ele jamais se recuperará, jamais a perdoará, mas vocês são novos. Acredite em mim, conforme os anos forem passando, isso não vai mais parecer tão importante.

— Grant me disse que eles se odeiam agora. Ou que pelo menos Burke odeia Grant.

— Esses meninos brigam desde pequenos. Acho que ainda simplesmente não conseguiram descobrir como se amar. Eles vão chegar lá. Você não causou nada disso, foi só mais uma em uma longa lista de mágoas que eles ficam arranjando um com o outro, acusações silenciosas que explodem de tempos em tempos.

— É o que a minha mãe diz sobre ele ali. — Wenling apontou para o carro na entrada. — Que ele não sabe expressar amor.

— Ah! Por que seu pai ficou dentro do carro?

— Ele... Ele sabe que o sr. Trevino o odeia.

— Ora, isso é ridículo. Diga a ela para entrar. Vou fazer um chá-verde.

— Ok. Er, vó Rachel?

— Sim?

— Ninguém da minha família gosta de chá-verde. Gostamos de chá Earl Grey ou chá-preto mesmo.

— Ah! — Vó Rachel riu. — Ora, me sinto uma tola; eu devia ter perguntado.

Vó entrou na sala comigo em seu encalço, porque ela estava indo para a cozinha. Quando começou a abrir os armários e a tirar coisas dele, interpretei como um ótimo sinal. Ela abriu a geladeira e todos aqueles cheiros maravilhoso emanaram dela; queijo, bacon, frango. Lambi os beiços de expectativa. Um dia eu adoraria entrar naquela geladeira.

Wenling, Vó e o pai de Wenling se sentaram na sala de estar. Havia pequenos pedaços de pão, algumas nozes e um pouco de queijo em um prato sobre uma mesinha baixa. Fiquei encarando aquele belo arranjo babando de desejo.

Vó Rachel fez barulho dentro da xícara com uma colherzinha.

— Muito obrigada por virem.

O pai falou alguma coisa e Wenling se dirigiu a Vó:

— Ele pediu para agradecer por nos receber. O chá está ótimo.

Vó sorriu.

— Ele entende inglês muito melhor do que fala — explicou Wenling.

— Meu inglês não é muito bom — confirmou o pai.

Mantive o foco no pratinho sobre a mesa. Não olhei para cima nem quando, um instante depois, Grant e Chase Pai entraram em casa. Ambos pararam subitamente ao nos ver reunidos ali.

— Chase, nossa vizinha veio trazer Cooper de volta e estamos tomando um chá. Junte-se a nós — disse Vó com firmeza.

Chase Pai se sentou rigidamente em uma cadeira, como a versão sentada de seu andar zangado. Grant afundou no sofá ao lado de Wenling e o vi pegar a mão dela e segurá-la. Eles sorriram um para o outro.

Eles continuaram mudos e Grant foi pegar um punhado de guloseimas e eu logo lambi os beiços, porque sabia que ele era o integrante mais generoso da família.

— Bem que podia chover um pouco mais — observou Chase Pai finalmente.

Ninguém respondeu. Chase Pai pôs mais daquele líquido fragrante em sua xícara, bebeu, e fez uma careta. Ele apoiou a xícara na mesa.

— Então, ZZ. Como é ser um robô fazendeiro?

O pai de Wenling virou o rosto e olhou sem expressão para a filha. Ela falou e ele franziu a testa, balançando a cabeça e respondendo:

— Gàosù tā wǒmen zhīqián de shēnghuó.

— Papai era fazendeiro como você — explicou Wenling. — Ele plantava tomates e maçãs. Então ele conheceu minha mãe em uma viagem. Ela era americana, mas tudo bem. Ele, tipo, se apaixonou perdidamente por ela.

O pai de Wenling falou mais alguma coisa. Todos pareciam tão tensos que abandonei minha sentinela junto ao queijo e pulei em um brinquedo barulhento. Ele não fazia mais barulho, mas imaginei que aquilo pudesse deixar as coisas mais leves.

— Então mamãe se mudou para a China para casar com papai e eles foram morar na fazenda dele. São minhas lembranças mais antigas. Ele diz que ela era feliz, mas sei que na verdade ela não era. Ela queria morar nos Estados Unidos. — Wenling escutou seu pai mais um pouco e balançou a cabeça. — Ele sabe que não estou repetindo palavra por palavra. Enfim, ele não tinha filhos homens para o ajudarem na fazenda. Eu não servia por ser menina.

O pai de Wenling continuou:

— Wǒ cóngxiǎo jiù kāishǐ zài nóngchǎng bāng wǒ bàba, zhè shì duì jiālǐ nánshēng de qīwàng.

Ela assentiu.

— Ele concorda com essa parte, de que precisava de filhos, mas mamãe não teve mais nenhum e, quando eu estava com nove anos, o irmão dela morreu e deixou para ela sua loja de sapatos aqui da cidade, e papai conseguiu um bom preço pela fazenda, então ele a vendeu, considerando que tudo que ele tinha era uma filha inútil e nenhum filho, e aí eles se mudaram para cá. Ele disse que vender sapatos não é jeito de se ganhar a vida e que as mulheres não param de mudar de ideia quanto ao que querem e que a loja estava perdendo dinheiro e ele finalmente precisou fechá-la. Papai foi trabalhar na Trident Mechanical Harvesting por ser o único emprego que ele arranjou. Mamãe trabalha meio período em uma loja de roupas. Ele queria trabalhar em uma fazenda, mas diz que a América não usa homens, e sim máquinas.

— Aqueles drones estão destruindo nossa comunidade, nossa economia, o país — declarou Chase Pai com dureza.

O pai de Wenling concordou com a cabeça.

— Sim.

Os lábios de Chase Pai formavam uma linha rígida e fina.

— Mas você trabalha para eles. Se não consertasse as malditas máquinas deles, elas não estariam nas plantações, me tirando do negócio.

— Chase — advertiu Vó.

Eu bocejei, preocupado com aquele tom de voz duro de Chase Pai.

— Ah! Não, ele não conserta os drones — corrigiu Wenling. — Ele trabalha como zelador. Ele limpa os banheiros, troca lâmpadas, coisas assim.

Chase Pai ficou olhando fixo por um bom tempo. Ele fez um bico.

— É mesmo? Desculpe. Acho que presumi que ele fosse engenheiro.

— Por quê? Só por ser asiático? — indagou Wenling.

Grant riu.

Chase Pai assentiu lentamente, dando de ombros.

— Sim — confessou ele desconfortavelmente. — Me pegou. Desculpe.

Vó deu uma risadinha. Wenling falou com seu pai e eles também começaram a rir, e então Chase Pai riu. É esse tipo de coisa que nenhum cachorro consegue compreender: há segundos só havia raiva e tensão e agora eles estavam rindo e Grant estava comendo mais queijo. Balancei o rabo.

O pai de Wenling falou mais alguma coisa. Ela ouviu atentamente, concordando.

— Papai disse que *poderia* consertar as máquinas se o deixassem. E eles estão cometendo erros idiotas na maneira com que plantam. Eles cortam a parte arborizada para plantarem mais e agora o vento destrói tudo. Mas ele não fala inglês nem tem diploma de faculdade, então eles acham que ele é um imbecil que não sabe nada a respeito de cultivo.

— Meu inglês não é muito bom — repetiu o pai de Wenling.

— Eu também não fiz faculdade — admitiu Chase Pai.

— Quero me formar em administração — declarou Grant. Wenling sorriu para ele.

Chase Pai continuou:

— Ultimamente tenho diversificado muito. Vendo para feirantes que levam minhas colheitas para as feiras e restaurantes orgânicos. Agora tenho aspargos na primavera, pepinos, abobrinhas, tomates e pimentões no verão, maçãs e peras no outono. Termino o ano com cenouras.

O pai de Wenling estava debruçado para frente para ouvir melhor.

— Bom.

— Mas ouvi dizer que os fazendeiros dos robôs estão entrando no ramo de orgânicos e vão ter uma barraca na feira. Isso vai derrubar os preços ainda mais. E tenho plantações que não consigo vender porque não tenho ajuda de ninguém a não ser de meu filho Grant. Ele é um excelente trabalhador, bem melhor no cultivo do que eu era na idade dele. Mas mesmo com a ajuda dele, não estou conseguindo.

Grant estava olhando seu pai com surpresa.

O pai de Wenling falou animado com sua filha e ela ouviu, arregalando os olhos de surpresa também.

— Sim, está bem — disse ela. — Meu pai disse que sabe o quão rápido a abóbora cresce, a hora certa de podar macieiras e como cortar aspargos debaixo do nível do solo sem danificar os que estão crescendo ao redor. Ele disse que se você deixá-lo trabalhar para você, não vai se importar com o quanto pode pagar, pois ele odeia o emprego que tem agora. Ele nunca tinha dito isso a mim ou minha mãe antes, juro.

Chase Pai piscou.

— Eu pagaria a ele o que sempre pago. É mais do que um salário decente. O problema é que é um trabalho pesado e não tem ninguém para fazer. Quer mesmo trabalhar para mim?

O pai de Wenling fechou os olhos por um instante. Quando ele os reabriu, estava sorrindo.

— Sim.

Ele se levantou e estendeu a mão para Chase Pai apertá-la. O pai de Wenling fez uma ligeira reverência.

Estavam todos sorrindo, como se tivessem me dado um pedaço do queijo ou coisa assim, mas o queijo ainda estava intocado ali sobre a mesa.

Depois daquilo, as coisas mudaram, mas não para melhor. Descobri que o nome do pai de Wenling era ZZ. Wenling e ele vinham todo dia, mas não para brincar comigo. Eles saíam para brincar com as plantas junto com Chase Pai e Grant. Burke não se juntava a eles; ele ficava em casa e engatinhava no chão e se sentava, vezes e mais vezes. Sentia-me tão frustrado: eu estava bem ali, por que ele não queria mais minha ajuda? Eu quase podia ouvir sua voz. *Ajudar, Cooper. Junto. Bom cachorro.* Eu até sonhava com aquilo, acordava com um susto e o observava no escuro. Meu menino não precisava mais de mim. Comecei a me perguntar se eu devia ir embora da fazenda para encontrar Lacey.

— Cachorro malvado! — gritou Burke depois que roí uma bota do armário dele. — Não entendo — reclamou ele com Vó. — Ele está se comportando de um jeito tão estranho, como se fosse um cachorro completamente diferente.

— Vem cá, Cooper — pediu Vó. Ela não tinha nenhum petisco nas mãos. Olhei para ela. Simplesmente não parecia valer a pena me esforçar para obedecê-la em tais circunstâncias. — Acha que ele pode estar doente? — perguntou ela, preocupada.

Baixei minha cabeça e suspirei. Burke se agachou e olhou para mim.

— O que você tem, Cooper?
Hank veio me ver no dia seguinte. As visitas dele eram muito menos frequentes agora. Observei-o pesarosamente enquanto ele agachava ao lado da minha cama.
— Cooper — começou ele com sua voz estrondosa —, não está feliz em ver seu Tio Hank? — Ele coçou minhas orelhas e deitei a cabeça ligeiramente na mão dele.
— A gente acha que o Cooper está doente — explicou Burke. — Vou levá-lo a um veterinário.
— Está doente, Cooper? — perguntou Hank. — Não me parece doente. Talvez ele esteja deprimido.
Ele olhou para Burke.
— Talvez ele esteja deprimido.
— Como é que um cachorro pode ficar deprimido? Ele pode ser um *cachorro*.
— É, mas eu fiz você ficar de pé agora. Cachorros são como pessoas; precisam de um trabalho para sentirem que têm um propósito na vida. O Cooper é um cão de assistência e você o forçou a se aposentar precocemente.
Fiquei suspirando enquanto Hank e meu menino brincavam com a máquina no canto da sala, os pratos altos batendo conforme Burke grunhia.
— Vi seu pai tocando guitarra lá no Cutter's Bar sábado à noite — comentou Hank. — Faz mais quatro, Burke. Cara, ele estava *se lamuriando* naquela coisa. Adorei o nome deles, a *Not Very Good Band*. Certamente eles fazem jus ao nome. — Hank riu. — Dois. Continue. Mas seu pai fecha os olhos e faz a música nascer daquele instrumento dele. Fiquei tão enfeitiçado que quase atirei minha roupa íntima no palco.
Os pratos caíram com um barulhão. Burke estava gargalhando.
— Ele nunca toca para a gente. Diz que nos deixaria surdos.
— Vocês Trevino certamente são interessantes. Isso eu admito. Jamais conheci uma família que esconde tanta coisa uns dos outros. Como três ilhas em um mesmo oceano, cada uma um pouco além do horizonte. Opa, eu disse isso? Se eu não começar a escrever essas coisas que falo nunca vou ficar rico. Isso foi poesia pura. Pronto para mais uma série? Que cara é essa?

— Eu só estava pensando na escola. Estou perdendo esse semestre todo e ainda não consigo andar.

Olhei para meu menino, lembrando das crianças nos degraus de pedra. Será que a gente ia fazer Escola de novo?

— Vou fazer você correr por aqueles corredores muito em breve — prometeu Hank.

— Não acha que devo simplesmente ir na cadeira mesmo? Foi o que meu pai disse.

— Claro que não! Você vai usando seus próprios pés! Escuta seu amigo Hank aqui. Não ligo se você perder um ano inteiro. Vai ser o garoto da sua série que já tem carteira de motorista. As garotas vão *fazer fila*. Vou precisar ir como seu guarda-costas para você não ser atropelado pelas líderes de torcida.

Balancei o rabo ao ouvir meu menino rindo. Hank veio fazer um afago em mim na hora de ir embora.

— E lembre-se, dê a esse cachorro alguma coisa para *fazer*.

Capítulo 22

M AIS TARDE, ASSISTI SOMBRIAMENTE BURKE SE ABAIXAR ATÉ SUA CADEIRA SEM um bom cachorro fazendo "Junto".

— Certo, deixe-me tentar uma coisa — cochichou ele para mim. Ele deslizou a cadeira até seu quarto. Fechei os olhos.

— Cooper! Pega a meia! — gritou ele.

Abri os olhos, e então me sacudi e entrei no quarto dele para ver o que ele estava fazendo. Ele pegara alguns objetos que reconheci; uma bola macia e murcha, umas peças de roupa, um copo de plástico e até o osso de nylon de Grant. — Pega! Pega a meia!

Farejei ao redor, finalmente me decidindo pela bola murcha. Apanhei-a do chão e olhei para ele.

— Deixa Aí! Pega a meia!

Torci para também fazer o Deixa Aí no osso de nylon. Pulei em cima do item mais atraente seguinte.

— Deixa Aí! Pega a meia!

Tentei novamente.

— Isso! Traz para cá.

Fui até ele e cuspi aquela coisa de pano no colo dele.

— Bom cachorro, Cooper! Agora pega a luva! Pega!

Fiquei feliz em brincar de "Pegar", mas fiquei mais feliz ainda quando Burke desceu de sua cadeira e esticou o braço para meu peitoral.

— Ajudar!

Aquela não foi a última vez em que fiz "Ajudar", mas gradualmente a natureza daquele trabalho foi mudando. Agora Burke ficava de pé, apoiando-se pesadamente nas minhas costas, e avançava com um dos pés, e em seguida o outro, e juntos andávamos pela sala de estar.

— Ajudar, Cooper!

Hank estava muito satisfeito com como eu estava sendo bonzinho.

— Olha só você! Está pronto para correr!

Hank ainda visitava, mas não com tanta frequência, e sempre dizia como eu era um cachorro bonzinho, mas depois ele e Burke me ignoravam e brincavam na máquina. Naqueles dias eu ia verificar o que todo mundo estava aprontando nas plantações, mas ninguém nunca estava se divertindo, então eu trotava de volta e deitava no chão da cozinha para o caso de a Vó resolver preparar um bacon.

ZZ e Chase Pai normalmente estavam de um lado e Grant, e em algumas tardes Wenling, do outro, mas um dia ZZ e Wenling não estavam e Grant e Chase Pai ficaram sentados encostados no caminhão devagar bebendo de garrafas geladas.

— Não acredito que diferença faz ter ZZ aqui — comentou Chase Pai.

— Pai?

— Sim?

— Estava falando sério quando disse que eu era melhor no trabalho do que você quando tinha minha idade?

— Não apenas melhor. *Mais inteligente*. Meus pais herdaram esse lugar e me puseram para trabalhar, e a princípio eu simplesmente não gostei. Demorou muito tempo para eu encontrar meu próprio ritmo. Mas você pegou a faca e foi para as plantações como se tivesse nascido para fazer aquilo. Ainda é mais rápido que eu. Em breve vou ficar sentado vendo você e ZZ fazerem o trabalho todo por mim.

— E Wenling.

— Ela também.

— Wenling acha que podemos cultivar uvas na colina para vender e fazer ice wine.

— Que diabo é isso?

— Você deixa as uvas congelarem e as colhe. Traz o açúcar à tona. Ice wine é servido frio e tem um gosto bem doce.

— Parece horrível.

Grant riu.

— É só uma ideia. Não estamos fazendo muita coisa naquela encosta agora.
— Porque é difícil demais subir e descer aquela coisa. Meu pai plantava tomates naquela colina, lembra? Agora as cinzas dele estão lá em cima, tomando conta da fazenda inteira. Acho que ele teria gostado disso.

Grant tomou um gole demorado.
— Eu estava pensando.
— E?
— Talvez eu não vá para a faculdade no outono que vem, afinal. Talvez fique aqui ajudando em vez disso.
— Achei que você tinha dito que fazer faculdade era sua passagem para dar o fora desse inferno.
— Eu ainda vou fazer; só quero passar mais tempo aqui.

Eu bocejei, girei e deitei na terra, apoiando minha cabeça junto da perna esticada de Chase Pai. Ele afagou minha cabeça.
— Então o que, até Wenling se formar, talvez?

Grant não respondeu.

Chase Pai levantou e deu tapas em sua calça para espanar a poeira. Virei o nariz para o lado oposto daquela nuvem seca.
— Bom, você sabe que eu gostaria da ajuda, filho. Mas a decisão precisa ser sua.

Wenling veio visitar naquele mesmo dia, mas parecia triste. Grant e ela ficaram sentados debaixo das macieiras, conversando.
— É muito sério, Wenling? — perguntou Grant ansiosamente. Ele parecia estar com medo. Fiquei olhando para ele preocupado.

Ela balançou a cabeça, secando os olhos com um papelzinho fino.
— Não, não é isso. O médico disse que muita gente tem sopro no coração. São inofensivos. Mas... significa que não sou qualificada para tentar entrar na Academia da Força Aérea.
— Não. *Não*. Ah, Wenling. Sinto muito. Sei como isso é importante para você.

Eles se abraçaram e eu deitei a minha cabeça no colo dela. Ficamos daquele jeito por um tempo.
— Então — recomeçou ela com uma risadinha baixa —, acho que vou tentar estudar na Michigan. É mais barato para residentes do estado.

— Então também vou tentar estudar lá — respondeu Grant imediatamente.

Wenling sorriu para ele com os olhos ainda úmidos.

— Ainda posso tirar minha licença de piloto. Só não estou qualificada para pessoas tentarem me acertar com mísseis. E estava tão ansiosa por isso.

Grant riu e levantei minha cabeça e abanei o rabo, feliz por conseguir alegrá-los.

Uma manhã, quando as folhas já caíam no chão incansavelmente, fomos ao prédio de Grant, mas Burke esqueceu sua cadeira. O caminhar dele estava desigual e às vezes ele caía, e fiz "Junto" enquanto algumas pessoas ficavam em círculo vendo que cachorro bonzinho eu podia ser.

— Não, não se preocupem, Cooper dá conta — dizia Burke a eles, segurando meu peitoral.

Pouco depois daquilo, Burke começou a dar seus próprios passeios de carro! Íamos a vários lugares com comidas quentinhas e bons amigos, mas sem Wenling e Grant. Eu quase nunca a via, mas quase sempre sentia seu cheiro em Grant. Eu sempre o cheirava diligentemente quando o odor de Wenling estava nas roupas dele, em busca de vestígios de Lacey, mas nunca encontrava nem sinal da minha cachorra.

— É difícil acreditar que Grant vai se formar esse verão — observou Chase Pai em um dia em que ele e Burke tiravam o velho equipamento da sala e traziam o sofá de volta. Perguntei-me, cheio de culpa, se alguém conseguiria sentir como eu marcara com insistência aquele sofá enquanto ele morava no celeiro.

Dávamos muitos passeios, Burke e eu, indo para cada vez mais longe de casa. Passeávamos até na neve! Às vezes ele tropeçava e caía, mas parecia mais forte e confiante conforme os dias iam ficando mais quentes. Eu fazia menos "Ajudar" e "Junto", mas continuava cheio de trabalho.

— Pega a bola! — gritava ele. — Pega a luva! Pega o cone! Pega!

Eu tinha um propósito.

— Esse verão começou chuvoso — observou Chase Pai. Ele olhou para Burke. — Estou ansioso para você poder ajudar logo, filho.

Burke começou a brincar com as plantas junto com Grant e Chase Pai. Mas os três pareciam acostumados a não se falarem, apesar de Grant e Burke sempre falarem comigo. Notei que, quando Burke voltou ao prédio de Grant, Grant se esqueceu de ir. A neve caiu e foi embora; essa era a vida na fazenda e eu era um bom cachorro.

Os dias quentes estavam voltando mais uma vez no dia em que meu menino e eu seguimos um pequeno riacho dando em um lago atrás de um monte de gravetos. O lugar fedia a outros animais, apesar de eu não conseguir ver nenhum. Mais um animal misterioso!

— É uma barragem de castores, viu? Há uma série delas nesse córrego. Vamos lá ver.

Seguimos o riacho e sua ramificação pela mata. Ele dava em um campo aberto e parava de fazer curvas e virar, para em vez disso seguir em uma linha reta, bem mais fácil de seguir.

— Os robôs fazendeiros tiraram todos as barragens de castores e encheram desse cimento, Cooper.

Olhei para ele cheio de expectativa. "Pegar"?

— O que vai acontecer lá embaixo se tivermos um pouco mais de chuva? Será que essa gente não entende nada?

Naquele verão, fomos até um parque de cachorros brincar com outros cães, até um lago brincar com cachorros na água e a uma trilha pela mata para brincar com cachorros também. Eu amava a fazenda, mas era maravilhoso poder farejar e erguer a pata traseira e marcar tantos territórios. Chase Pai, ZZ e Burke ficavam quase o tempo todo juntos de um lado da fazenda, e Wenling e Grant do outro, de forma que eu ficava correndo de um lado para o outro, apesar de em geral eu simplesmente resolver tirar um cochilo. Mas eu estava sempre de olho em Burke — ainda era estranho o ver andando, e eu queria poder atender se ele resolvesse voltar para sua cadeira.

Em um desses dias, ainda meio grogue, abri os olhos e vi Chase Pai e Burke de pé bebendo água. Não consegui detectar se Grant e Wenling estavam por perto, apesar de ZZ estar se aproximando, vindo do outro lado da plantação.

— Sabe o que eu faria? — perguntou Chase Pai a Burke. — Nas férias de Natal, quando você se formar? Eu tiraria um tempo. Não entraria correndo em uma faculdade.

Burke olhou para Chase amargamente.

— Talvez ficar trabalhando na fazenda, como Grant tem feito? Agora que Wenling e ele estão indo para a faculdade no outono?

— Mesmo acordo — concordou Chase Pai alegremente.

Burke se calou. Lambi a sua mão por causa da mistura de sentimentos tristes vindo da pele dele.

Fui um bom cachorro naquele belo dia, trotando pela plantação com ZZ, Chase Pai e Burke. Eu sentia o cheiro dos petiscos de fígado nos bolsos de Burke. Quando nos aproximamos de volta da casa, senti o cheiro de Wenling e de Grant na direção do celeiro.

Chase Pai estendeu uma ferramenta.

— Quer guardar isso para mim, ZZ?

— Sim. — ZZ pegou o objeto e partiu na direção do celeiro.

Burke e Chase Pai sentaram na varanda. Vó apareceu na porta.

— Querem uma limonada?

Burke secou a testa com a manga da camisa.

— Ótima ideia!

Vó voltou para a cozinha. Ponderei segui-la em vez de apostar nos petiscos de fígado nos bolsos de meu menino.

— Onde será que Wenling e Grant se meteram? — comentou Chase Pai.

— Não sei e não me importo — devolveu Burke bruscamente.

— Ei! — repreendeu Chase Pai. Burke e eu levamos um susto. — Quando é que vai parar com isso? Estou de saco cheio de você não falar com seu irmão e fingir que nem vê Wenling. Grant é família e ela é uma amiga e funcionária. Estou cansado de você se comportando como uma criancinha mimada.

Senti Burke ficando zangado.

— Algumas coisas são impossíveis de perdoar.

— Não quando se trata de família.

— Ah, é? Não vejo você e minha mãe trocando cartões de natal.

Burke se levantou e entrou pisando duro em casa. Agora que ele não precisava mais da cadeira, ele fazia um caminhar zangado igualzinho ao de Chase Pai. Ele passou por Vó chegando com duas bebidas de cheiro azedo.

— Burke? — chamou ela.

Chase Pai pegou um dos copos.

— Deixa ele. Ele precisa crescer, mas está resistindo.

De repente ouvi um grito alto e zangado vindo do celeiro. Chase Pai levantou, alarmado.

— Foi o ZZ.

Na hora, Wenling saiu correndo do celeiro. Ela estava chorando. Ela correu para o carro de ZZ e segundos depois ZZ caminhou zangado para o carro também e os dois foram embora deixando uma nuvem de poeira para trás.

— O que foi isso? — indagou Vó.

Chase Pai olhou para ela.

— Tenho um mau pressentimento de que ZZ flagrou meu filho e Wenling fazendo alguma coisa no celeiro que ele preferia não ter visto.

— Oh. — Vó baixou a mão e fez um carinho na minha cabeça. — Isso...

— Sim, pode ser bem ruim. — Chase Pai suspirou pesarosamente. — Como se precisássemos de mais essa agora.

Grant saiu do celeiro e trotei atrás dele para cumprimentá-lo, mas era um daqueles momentos em que humanos não querem um cachorro, mesmo que obviamente estejam precisando de alegria. Grant estava sem camisa, e seu suor ficava evidente sob o sol. Ele passou pela casa sem falar com ninguém.

ZZ voltou mais tarde com a mãe de Wenling, que já havia vindo jantar vezes suficientes para eu saber que seu nome era Li Min. A pele, os olhos e os cabelos dela eram da cor dos de Wenling, mas suas mãos tinham o cheiro de deliciosas carnes. Burke e Grant saíram de seus quartos com a chegada de todos, mas Chase Pai disse:

— Gostaríamos de um minutinho a sós aqui, garotos.

Eles fecharam as portas, mas ouvi Grant descendo as escadas até o degrau mais baixo para ficar parado ali como se todos nós não pudéssemos farejá-lo.

Eles ficaram ao redor da mesa, bebendo. ZZ falou e Li Min traduziu:

— Zhuyong sente muito pela desonra que nossa filha trouxe para cá, para o local de trabalho dele.

Chase Pai sacudiu a cabeça.

— Não, está tudo bem, ZZ. Desculpe por você... bem, eu sou pai. Eu entendo.

ZZ e Li Min falaram juntos, e eu pude sentir os dois ficando zangados. Finalmente, ela suspirou.

— ZZ quer que eles se casem.

— Oh! — exclamou Vó.

Chase Pai se recostou em sua cadeira.

— Bom, sem querer desrespeitá-lo, ZZ, mas parece uma reação meio exagerada para essa situação.

ZZ olhou diretamente para Li Min e ela suspirou de novo.

— Wenling disse que eles já estão noivos.

— O quê? — esbravejou Chase Pai.

— Ou dispostos a noivarem, eu acho — corrigiu Li Min.

ZZ falou mais um tempo com a mãe de Wenling. Ela finalmente levantou a mão.

— Ok, querido, deixe-me explicar. Então: ZZ se sente desonrado por Wenling. — ZZ estava balançando a cabeça e franzindo a testa. — Não, é *exatamente* isso que você está sentindo — reforçou Li Min mordazmente. — Ele disse que, se eles estão noivos mesmo e ela já está se comportando como uma mulher casada, o casamento precisa acontecer o quanto antes. Estou dizendo a vocês o que ele diz. Não é necessariamente a minha opinião.

— Qual é a sua opinião? — perguntou Vó gentilmente.

— Ah, não é nada contra o Grant, mas acho que a questão é que ZZ vê isso como uma maneira de evitar que Wenling vá para a faculdade no outono. Ele não quer que ela more tão longe da família.

ZZ estava olhando Li Min fixamente. Ele falou de forma dura, e ela ergueu uma das mãos. Era o sinal de "Sentar", então me sentei.

— Não — estourou ela. — Não me diga que não tem nada a ver com isso, ZZ. E não vai funcionar mesmo. Eles simplesmente vão morar juntos.

Chase Pai e Vó se olharam desconfortavelmente.

Escutei Grant andando de fininho até a sala e entrei para observá-lo sair pela porta da frente. Alguns segundos mais tarde, ele pegou o carro e deixou a fazenda.

Então resolvi que aqueles petiscos de fígado nos bolsos de Burke precisavam de minha atenção. Arranhei a porta dele e, quando meu menino a abriu, pulei na cama dele e sentei, parecendo um bocado com um cachorro que merecia um lanchinho. Ele finalmente me deu um. Viva! Então fiz "Deitar" para tentar obter mais um, mas ele não reagiu.

Ouvi ZZ e Li Min saírem e então, muito mais tarde, ouvi Grant voltar. Dormi com o nariz apontado para a calça que Burke tinha pendurado no armário porque ainda havia petiscos nos bolsos dela.

Grant não estava em casa naquela manhã em que Burke encheu meu pratinho de comida. Comi tudo e então saí e reforcei minha marca no lugar em que o cheiro havia diminuído, dormi mais um pouquinho, e resolvi voltar para a cama. Me remexi ao escutar Grant voltar, mas estava me sentindo confortável demais para ir atrás dele até ouvir Burke gritando:

— O quê? Isso é *loucura*!

Burke estava de pé na sala, assim como Grant. Chase Pai e Vó estavam sentados no sofá. Burke apontou para Grant.

— Você sabe que ela só tem 17 anos né?

Grant cruzou os braços.

— Ela faz 18 em setembro.

Burke se dirigiu ao seu pai:

— Pai, não pode deixar isso acontecer.

— A decisão não é do meu pai. A decisão é nossa, minha e de Wenling — decretou Grant friamente.

— Todo mundo precisa se acalmar — respondeu Chase Pai.

Meu menino revirou os olhos. Fui até ele, ansioso com todas aquelas emoções fortes presentes na sala. Ele apontou para seu pai.

— Você não diz sempre que o motivo por ter se divorciado foi você e mamãe terem se casado jovens demais?

Chase Pai ficou tenso.

— Não gosto que a chame de "mamãe". Ela pode ter dado à luz, mas fui *eu* quem criei vocês.

Burke fez um barulho estranho.

— O quê? É *isso* que importa para você neste momento?

Naquele mesmo instante, um cachorro veio correndo pela portinha de cachorro. Vó arfou e todos levaram um susto. Era a Lacey! Pulei e corri até ela, abanando o rabo. Me perguntei se ela teria voltado para ter mais filhotinhos no subsolo do celeiro. Imediatamente começamos a brincar de lutinha, extasiados por estarmos juntos.

— Ei! — gritou Chase Pai.

— Cooper! — gritou Burke.

Lacey e eu os encaramos, chocados. Eles pareciam zangados, mas quem poderia ficar zangado quando algo maravilhoso *assim* estava acontecendo?

— De quem é esse cachorro? — perguntou Grant.

Burke se ajoelhou e olhou a coleira de Lacey. Ela balançou o rabo.

— Não a reconhece? É a cadela que teve os filhotes, aquela que Wenling batizou de Lulu. — Ele se endireitou, olhando para Grant. — A que a sua *noiva* batizou de Lulu.

— Essa foi a maior loucura que já vi. Uma cadela simplesmente entrando como se fosse dona do lugar — maravilhou-se Chase Pai.

Burke fez uma espécie de "Ajudar" de costas, arrastando Lacey até a porta.

— Vou ligar para a dona e levá-la de volta para casa. Vamos, Cooper.

Do lado de fora, Lacey e eu seguimos Burke até o carro e nos acomodamos alegremente no banco de trás. Passeio de carro! O espaço era tão pequeno que utilizamos ele todo brincando.

— Oi. Aqui é Burke Trevino de novo, caso minha mensagem não tenha chegado. Encontrei a Lulu e ela está no meu carro, e estamos saindo. Vou levar ela de volta, só que não tenho seu endereço, então pode, por favor, me ligar quando receber a mensagem? Obrigado.

Ele ficou sentado por um minuto no carro e então ligou o motor.

— Certo, cachorros. Até a família de Lulu ligar de volta acho que não temos nada melhor para fazer.

Lacey e eu colocamos a cabeça para fora da janela e inalamos o cheiro do glorioso rancho das cabras e todos os outros exuberantes odores flutuando com o ar da tarde. Viramos na entrada de uma casa e inspirei fundo o cheiro de ZZ, Li Min e Wenling assim que Burke bateu na porta da frente. A gente já veio aqui!

Wenling abriu a porta, mas não nos deixou entrar, apesar de podermos sentir o aroma de bife sendo feito atrás dela.

— Ah, meu Deus! Aconteceu de novo? — perguntou ela.

— Lulu invadiu a sala de estar no meio de uma, er, conversa. Liguei para o número na coleira dela e deixei uma mensagem.

— Isso é muito louco.

— Wenling. Acho que precisamos conversar.

Capítulo 23

Fui alertado por meu faro que ZZ e Li Min estavam em casa, mas não os vi ao virarmos um corredor e entrarmos em uma sala com a lareira acesa. Lacey e eu rolávamos e mordíamos um ao outro, mas reagíamos sempre que Burke gritava "Ei! Acalmem-se!" Dava para notar a raiva na voz dele, então geralmente fazíamos o "Sentar", sendo cachorros bonzinhos, até um de nós morder o rosto do outro de novo.

— Você não tem direito de interferir nesse assunto, Burke. Por favor, entenda isso.

— Eu entendo. De verdade. Entendo. Mas você só tem 17 anos!

— A irmã do meu pai tinha 17 quando se casou.

— Ok, isso com certeza é relevante. Er, eu preciso perguntar... — Burke pôs uma das mãos na barriga. — Você está...

Wenling franziu a testa.

— Gorda?

— Qual é?

Lacey se esparramou de barriga para cima, mostrando os dentes, e eu tratei de abocanhar o pescoço dela.

— Não, não estou. Não ocorreu a você que talvez eu *queira* fazer isso?

— Sério? Então não vai para a faculdade?

Lacey virou e pulou e fiz uma saudação com a cabeça, pronto para mais.

— Claro que vou. Ninguém falou nada sobre não ir para a faculdade. Falando nisso, me magoou muito o fato de eu ter mandado uma mensagem para você contando que havia sido desqualificada para a Academia da Força Aérea e você não ter respondido. Por que fez isso?

Olhei para Burke porque ele parecia ter ficado triste.

— Tem razão. Eu devia ter respondido. Sinto muito. Eu não estava em uma fase muito boa.

— Ok — respondeu Wenling baixinho.

— Mas você vai para a MU, certo? A não ser que esteja casada, quis dizer.

— Eu vou para a MU, e Grant também. Estamos apaixonados. Pessoas apaixonadas se casam.

Lacey e eu levantamos o focinho exatamente ao mesmo tempo. Havia uma chuva pesada chegando.

— Pessoas apaixonadas não se casam logo depois de uma delas se formar no ensino médio. Quer dizer, elas se casam, mas não consigo ver *você* fazendo isso. É por causa dos seus pais? Do seu pai?

Wenling deu de ombros e suspirou.

— Talvez um pouco.

— Isso é tão errado! Ele tem umas ideias loucas que estão ultrapassadas há cem anos, e você vai simplesmente ceder?

Wenling estava triste. Ela secou as lágrimas dos olhos e Lacey correu até ela, abanando o rabo, tentando lamber seu rosto, esperando fazer Wenling sentir-se melhor.

— Meu pai disse que desonrei a família.

— Deus, isso é tão... — Burke levantou uma das mãos e a baixou logo em seguida.

— Ele foi criado com valores muito tradicionais. A honra é uma coisa muito importante para ele. Acho que foi ainda pior ter sido no celeiro, onde ele trabalha, do que em qualquer outro lugar.

— Por que não foram simplesmente para o meu quarto? Tem uma janela para se ver de fora.

Wenling riu, apesar das lágrimas.

— Estou falando *sério*. — Burke se calou por um tempo, franzindo ainda mais o cenho. — Seu pai é tradicional. Além disso, ele quer a fazenda, certo? Se você se casar com Grant, vai estar na família. Como se fosse uma prostituta.

Wenling ficou de queixo caído. Lacey cutucou sua mão com o nariz.

— Essa foi a coisa mais ofensiva que você já disse para mim, Burke Trevino.

— Desculpe, mas quando a gente namorava você me disse que ele estava pressionando você para encontrar um chinês, e agora ele só quer saber do Grant? Talvez fosse porque eu estava na cadeira de rodas e ele não conseguisse me ver como fazendeiro.

— Deus, você vai encarar tudo sob esse ângulo pelo resto da sua vida? Não está mais na cadeira! Ninguém se importa com como passou a infância inteira!

Os gritos de Wenling inquietaram a mim e Lacey. Sentei ao lado de Burke, observando seu rosto em busca de uma pista do que estava acontecendo. Ele respirou fundo.

— Certo, retiro o que eu disse. Desculpa. Você tem razão. Foi ofensivo, entendo. Só estou com raiva do seu pai. Ele está agindo como se você não tivesse direitos!

Agora a chuva estava caindo forte sobre a casa, em um rugido cada vez mais alto. Wenling se esticou e fez carinho em Lacey, que estava sendo uma cadela boazinha fazendo o "Sentar".

— Eu sei. Quando eu era criança, ele me achava perfeita, mas depois que comecei a usar maquiagem, comecei a ver o desgosto nos olhos dele, como se ele achasse que eu pudesse virar uma prostituta. Talvez me casar com o filho de um proprietário de terras pareça a ele uma maneira de me salvar da desgraça.

— E o que sua mãe acha disso?

— Ah, você sabe. Em um instante ela é completamente contra, no próximo ela está falando de vestidos de noiva. Mas ela vai me apoiar, não importa o que eu resolva fazer. Ela pagou pela licença de piloto.

— Wenling. Eu te amo.

Ela respirou fundo.

Burke levantou uma das mãos.

— Não no sentido quero-casar-com-você. Eu te amo porque estivemos juntos durante o ginásio todo. Como você disse, somos melhores amigos. O que significa que me importo *de verdade* com tudo isso. Se quiser se casar com Grant, serei sua dama de honra. É só que... por que a pressa? Se for para ser, podem continuar namorando enquanto estão na faculdade, e casar após a formatura.

Ela sorriu.

— Ele ficou de joelhos para pedir. Foi tão romântico.

— Este é Grant. O sr. Romance.

— Para. Foi só porque meu pai estava todo "presumo que vão se casar, considerando que já está agindo como esposa", e eu tentei explicar o que significa estar prometida, mas ele foi embora furioso para conversar com *seu* pai, como se aquilo fosse ser resolvido entre eles dois. Aí Grant veio aqui e pensei por um instante: "Estou noiva." — Wenling levantou e deu um giro. — E então você aparece e estraga tudo.

— Desculpa.

— Estou brincando. Eu sabia que era tudo fantasia. Tem razão. Fiquei tentando evitar a realidade o dia inteiro. — Ela balançou a cabeça. — Isso vai partir o coração do Grant. Ele estava tão, sei lá, esperançoso, sabe? Tipo pela primeira vez desde que o conheci, ele sabia exatamente o que queria fazer.

Eu continuava observando Burke, mas a raiva nele parecia ter se dissipado.

— Já vi como ele olha para você, Wenling. Sei que é verdadeiro.

— Quer ver a aliança?

— Ele já deu uma aliança?

— Hoje de manhã. Eu a guardei quando ouvi você chegando. — Wenling se levantou para ir até uma mesinha e abrir uma caixinha. Ela entregou uma coisa ao Burke. Lacey e eu percebemos logo que não era nada de comer.

Burke devolveu o objeto a ela.

— Bonita. Bom, coloque-a no dedo.

Wenling ficou olhando para a coisa em sua mão com um sorriso triste.

— Não, acho que não devo usar até estar pronta para o que significa.

O rugido abafado da chuva continuava aumentando. Burke olhou para o teto.

— Está caindo o mundo lá fora.

— Disseram que ia cair uns dez centímetros.

— Então, quer que eu converse com meu irmão?

— Não. Quer dizer, quero, mas seria fácil? Não. Sou eu quem tem que conversar com ele.

Olho de repente para Burke, que pareceu lembrar de algo com um sobressalto.

Wenling franziu a testa.

— O que foi?

Burke se levantou.

— O lago dos castores. Esqueci completamente!

— Do que você está falando?

— Preciso ir. Encontrei uma família de castores. Esse volume de chuva vai alagar o abrigo deles. Talvez eu consiga fazer alguma coisa para salvá-los. Vem, Cooper.

— Eu vou com você!

Burke pegou algumas ferramentas da garagem e as atirou dentro do porta-malas, e em seguida Wenling e Lacey entraram comigo no carro.

Passeio de carro na chuva!

Burke estava dirigindo.

— Então os drones-robô são mais eficientes quando as plantações são em linha reta, e acho que isso também vale para córregos. Eles fecharam todas as voltas e viradas do riacho e o forçaram a seguir uma linha reta em meio ao cimento até a beirada da propriedade deles. Isso significa que não existe nada para absorver a enchente. A água vai sair dali como se estivesse sendo disparada de um canhão.

— O que a gente pode fazer?

Burke a olhou, sério.

— Não sei muito bem.

Ainda chovia quando paramos o carro, as gotas gordas iluminadas pelo farol, que Burke deixou aceso, apontado para um pequeno lago que reconheci. Lacey pulou na água imediatamente, mas eu fiquei junto de Burke. Pude perceber pelo humor dele que ia precisar de mim. Ele apontou.

— Olha! Os castores estão empilhando mais galhos no abrigo deles. A água já deve estar subindo!

— Tem um filhote! — exclamou Wenling.

Minha atenção se voltou para aqueles animais parecidos com esquilos que viviam na água. Estavam arrastando gravetos como se fossem cachorros. Um deles era muito menor do que os outros dois. Burke abriu o porta-malas do carro e entregou algo a Wenling.

— Toma a machadinha. Eu fico com o machado. Vamos!

Lacey e eu observamos, estupefatos, Burke e Wenling começarem a cortar pequenas árvores e a correr para jogá-las sobre um monte alto na beira do lago. Os esquilos de água sumiram imediatamente. Lacey pegou um graveto e correu em círculos com ele, achando que estava entendendo o que estava acontecendo, mas meu foco era em Burke. Isso era tipo "Pegar". Era "Pegar" com o graveto. E então "Pegar" mais um.

Adentrei a mata, encontrei um galho, e o arrastei até Burke.

— Bom cachorro, Cooper!

Ele o pegou e atirou sobra a pilha. Lacey passou correndo com seu graveto e a persegui brevemente, voltando para buscar o meu. Levei-o até Burke.

— Bom cachorro!

Um esquilo de água saiu e pareceu assistir por um instante, antes de nadar até o outro lado do lago e voltar trazendo entre os dentes seu próprio graveto. Ele escalou a pilha e deixou seu graveto lá, voltando com dois outros esquilos aquáticos em seu encalço, cada um com seu próprio galho também. Todo mundo estava brincando de "Pegar"!

Percebei que Lacey queria ir atrás dos esquilos pelo modo com que ela os olhava. Fui até ela e fiz "Junto", bloqueando sua passagem. Ela me cheirou. Será que ela não sabia o que era "Pegar"?

— O filhote mal consegue arrastar os galhos — observou Wenling —, mas está tentando.

Notei que o menor esquilo aquático mal conseguia manter o focinho para fora d'água enquanto deslizava pelo lado com seus galhos.

— Eles sabem que, se não conseguirem, vão todos morrer — respondeu Burke.

Finalmente, Lacey se deitou de costas e começou a morder o graveto dela até parti-lo em pedacinhos, enquanto voltei a ajudar Burke e Wenling. A garota comemorou quando a chuva diminuiu.

Burke quebrou um galho de árvore.

— Precisamos continuar, a água ainda vai subir por um tempo.

Existem jeitos muito mais divertidos de se brincar com gravetos, mas ainda brincamos daquele "Pegar" por muito, muito tempo. Burke olhou para o lago e sorriu.

— A água parou de subir! A represa vai resistir!

Wenling o abraçou e eles entraram de volta no carro. Lacey e eu estávamos ensopados. Ficamos deitados juntinhos no banco de trás, com frio e cansaço demais para fazer muita coisa além de mordiscar um ao outro.

Wenling esfregou as mãos, tremendo.

— Estou congelando.

— Liguei o aquecedor, daqui a pouco estará mais quente. — Ele pegou seu telefone. — Os donos de Lulu ligaram e deixaram uma mensagem quando estávamos lá fora. Quer vir comigo levá-la de volta?

— Claro. Burke... Isso agora foi tão legal e pareceu... importante. Obrigada por me incluir.

— Se a gente não tivesse vindo, eles não teriam sobrevivido.

— E o tempo todo eu fiquei pensando: aqui estão essa mãe e pai castores e o bebê deles, e eles sabem o que fazer por serem *castores*. E eles estão lado a lado, construindo a vida deles. É assim que um casamento deve ser.

— Sabe que castores são apenas roedores, né?

— Para. Eu só estava tentando dizer que não sei o que quero fazer com a minha vida. Eu tinha esse plano de entrar na Força Aérea, de me tornar piloto. Então resolvi estudar ciências agrárias, horticultura, mas quem sabe se depois que eu entrar na faculdade não mudo de ideia novamente? Aqueles castores têm certeza do que querem, e, até eu ter também, não posso ficar *noiva*.

— Certo. Acho que você já tinha falado isso lá na sua casa.

— Quer, por favor, parar de ser tão irritante? Estou só dizendo que foi uma experiência profunda.

Por algum motivo deixamos Lacey na mesma casa onde eu a encontrara antes, uma casa de estranhos, apesar de Lacey ter corrido imediatamente até a porta, que abriram para ela. Burke me deixou no carro com Wenling e seguiu Lacey, mas ele não a pegou e a trouxe de volta para o carro conforme eu esperava. Ele só falou rapidamente com uma mulher em pé na aporta. Então fomos para a casa da Wenling e ela abraçou Burke e saiu, e aí voltamos para a fazenda sem ela.

Quase nenhuma parte daquele dia tinha feito sentido para mim.

Mas vi Wenling no dia seguinte. Ela veio de carro. Burke, Vó e Chase Pai haviam saído para algum lugar. Fiquei feliz em vê-la! Ela ficou sentada ao lado de Grant debaixo de uma árvore, conversando, e em determinado momento ele gritou com ela. Vi Wenling entregando alguma coisa a ele e Grant andando zangado de volta para casa, enquanto ela ia embora.

Eu estava quase conseguindo apanhar esquilos, quando escutei o carro de Vó na entrada. Corri de volta para casa. Estavam todos trazendo sacos repletos de cheiros maravilhosos de comida quando atravessei a porta de cachorro. Então Grant desceu pisando forte os degraus da escada no caminhar mais zangado que eu já vira na vida. Ele foi até Burke, que pôs sua sacola no chão, e o encarou. Grant o empurrou forte, e Burke tropeçou para trás e caiu, então fui até ele fazer "Junto", mas ele levantou sozinho.

Chase Pai e Vó saíram correndo da cozinha.

— Ei! Acalmem-se! — ordenou Chase Pai bem alto.

— Wenling terminou o noivado! — esbravejou Grant.

Chase Pai e Vó se entreolharam.

— Grant — começou Vó.

— Porque *esse aqui* disse que o pai dela só quer que ela se case comigo para a fazenda um dia ser dele.

— Isso é loucura — declarou Chase Pai. — ZZ jamais...

— Foi isso que Burke disse para ela! — Grant se virou e empurrou Burke de novo, mas dessa vez Burke continuou de pé.

— Pode me bater se quiser, Grant. Não vou bater de volta — disse Burke baixinho.

— Ninguém vai *bater* em ninguém. Você disse isso, Burke? — exigiu Chase Pai.

— Apenas sugeri como possibilidade.

Chase Pai balançou a cabeça.

— Bom, foi uma grande tolice. Deve desculpas ao seu irmão. Essa fazenda será de vocês dois, meio a meio. Para compartilharem e cuidarem dela.

Burke levantou as mãos e logo as baixou novamente.

— Pai... eu quero ser engenheiro. Quero projetar e construir represas, coisas assim. O fazendeiro aqui é Grant.

Grant resfolegou de desdém.

— Eu? Não vou passar o resto da vida completamente duro.

Chase Pai ficou subitamente furioso. Ele bateu com força na mesa.

— Esta fazenda está na família há gerações, eu dou duro todo santo dia para mantê-la de pé e vocês dois vão simplesmente largar tudo? — gritou ele. — Esse lugar não significa nada para vocês? Minha vida inteira não significou *nada*?

— E quanto à *minha* vida? — gritou Grant. — Você me faz trabalhar como um cachorro, como um maldito escravo! E então quando quero fazer algo para mim, todo mundo é contra. A melhor coisa que já me aconteceu, e aí vem o Burke e estraga tudo!

— Ela tem só 17 anos — gritou Burke de volta. — Por que não esperar alguns anos? Que diferença faz? Não pensa no que é melhor para Wenling? Você é igualzinho ao pai dela.

Grant cerrou os punhos.

— Você só está com ciúme porque ela me escolheu em vez de você!

Virei a cabeça de repente. Vó havia caído de lado em uma poltrona. Caminhei até ela, reparando em um cheiro diferente vindo de sua pele.

— Você não é um escravo, Grant — sibilou Chase Pai. — Isso é ridículo. Essa fazenda é da família. Trabalhamos juntos. É nossa fonte de renda, de tudo!

Lati alto. Todo mundo olhou para mim e lati novamente.

— Mãe? — Chase Pai correu até a poltrona. — Deus, mãe! Grant, ligue para a emergência! — Ele deitou Vó no chão de barriga para cima e começou a pressionar o peito dela. — *Mãe!*

Capítulo 24

Vó foi levada em uma cama rolante, e havia tanta angústia no ar na hora em que ela saiu que choraminguei. Quando Chase Pai, Burke e Grant entraram no carro e saíram também, chorei e corri atrás do carro, seguindo-os até a estrada, até eles pararem e Burke abrir a porta para mim. Depois de uma corrida rápida chegamos em um prédio grande, mas não vi mais Vó.

Pouco depois daquilo, a casa ficou cheia de gente quieta e triste. Várias abraçavam Chase Pai. Havia pratos e mais pratos de comida, o que achei que deixaria todos felizes — certamente a mim deixavam —, mas algumas pessoas estavam tão arrasadas que chegavam a chorar, e eu não sabia como ajudar nenhuma nelas, me sentindo um cachorro ligeiramente malvado por tal fracasso.

Wenling foi se sentar junto a Grant, mas ele se levantou e se afastou, então ela ficou com Burke. Eles conversavam baixo. ZZ e Li Min estavam lá, murmurando também. Eu não entendia por que ninguém simplesmente atirava uma bola.

Vó não estava lá. Era por isso, eu soube, que todo mundo estava sussurrando com tanta tristeza. A vida tem um fim para os humanos tanto quanto para as cabras, e quando chega esse fim, as pessoas ficam de luto e deve haver um cachorro presente para os abraços e o silêncio.

As companhias foram indo embora aos poucos, até restar apenas Chase Pai, Burke e Grant. Eles levaram os pratos para a cozinha e começaram a ensacar tudo.

— Dá para alimentar um exército com isso — comentou Chase Pai em um tom de voz sem emoção.

— Quando vai querer enterrar as cinzas dela? — perguntou Burke.

Chase Pai passou um pano no rosto.

— Ah, acho que amanhã. Não tenho condições de fazer isso agora. Parece que foi ontem que estávamos lá no alto da colina com as cinzas do meu pai. Não acredito que os dois se foram. — Chase Pai enterrou o rosto nas mãos.

A isso seguiu-se um silêncio demorado. Finalmente, Grant pigarreou.

— Vou ficar só para isso, então.

Burke e Chase Pai olharam para ele.

Grant assentiu com a cabeça.

— E depois vou embora.

Chase Pai se levantou e abriu os braços.

— Vem cá, filho. Todos nós estamos sofrendo.

Grant deu um passo para trás, negando com a cabeça.

— Meu amigo Scott disse que posso ficar na casa dele até resolver o que vou fazer. Em Kalamazoo. Talvez eu trabalhe em obras ou vá para a Western. Obviamente *não* vou estudar na MU com a Wenling. Mas não posso mais ficar aqui. Preciso *ir embora*.

— Por favor, Grant — implorou Chase Pai.

Grant foi até a escada e começou a subir.

— Terão que dar um jeito de cuidar desse lugar sozinhos, porque eu não vou voltar nunca mais. Isso aqui é uma prisão para mim.

Chase Pai se sentou.

— Nunca me senti tão velho na vida — sussurrou ele. Fui até ele e deitei minha cabeça em seu colo.

No dia seguinte, subimos a colina alta com vista para a fazenda, e todos falaram baixinho, então Chase Pai cavou um buraco e pôs algo pesado dentro dele. Cheirei a terra, mas não entendi nada.

Grant e Burke acabaram descendo de volta para casa, mas Chase Pai ficou sentado em uma pedra parecendo tão triste que eu sabia que, para ser o melhor cão possível, teria que ficar lá com ele. Deitei minha cabeça no colo dele mais uma vez e ele afagou minhas orelhas e chorou com soluços profundos e cheios de dor. Deixei as lágrimas dele caírem no meu pelo sem sacudi-las para longe.

Ficamos ali por um bom tempo, e, quando voltamos para casa, Grant já tinha ido embora.

E, assim como Vó, ele não voltou mais.

Durante muito tempo depois daquilo, eu me via indo até o quarto do Grant para sentir os cheiros do armário dele, e até o quarto de Vó para cheirar as roupas dela.

Era aquilo que eu estava fazendo quando senti meu menino atrás de mim na porta. Depois de tanto tempo, ainda era um choque vê-lo de pé sem minha ajuda.

— Ei, Cooper, saudade da vovó? Vamos até a cidade.

Presumi que fôssemos ver Wenling e eu esperava que Lacey estivesse com ela, mas em vez daquilo fomos ao parcão.

Eu *amava* o parcão. *Amava* marcar território por toda parte. Eu estava correndo com outros cachorros quando um macho enorme e forte correu agressivamente na minha direção. Me virei para encará-lo, meu rabo em pé, pronto para seja lá quais fossem as intenções dele, mas ele diminuiu o ritmo, farejando educadamente entre minhas pernas traseiras. Respondi com o mesmo gesto, e imediatamente o reconheci: era Menino Pesado Buda, meu irmão!

Ignoramos todos os outros cachorros e ficamos perseguindo um ao outro pelo parque. Rapidamente fiquei exausto — era muito mais difícil acompanhar Menino Pesado Buda do que Lacey, e aquilo conseguiu me derrubar. Mas ele também estava ofegante, e depois de colocarmos uns cachorros marrons para correr das tigelas de água, enchemos a pança e desabamos juntos debaixo de uma sombra.

Eu não me levantei quando um homem gritou "Buda!" e bateu palmas, mas Menino Pesado Buda logo tratou de ficar de pé. Vi meu irmão abordar o homem e segui-lo portão afora. Menino Pesado Buda parou do outro lado da cerca, me procurando e me encontrando com seu olhar, e balancei o rabo. Ele balançou o dele de volta.

Éramos irmãos.

Era isso que acontecia com cachorros: íamos morar com pessoas. Éramos filhotes com irmãos e uma mãe cachorra, e então humanos intervinham, e era melhor assim, pois quando Mãe estava nos criando no nosso abrigo de metal, ela vivia com medo, e não éramos bem alimentados nem tínhamos propósitos. Ter um humano com quem viver era um presente dado aos cachorros bonzinhos.

O resto do verão passou basicamente como o anterior, só que Grant não estava lá. Mais ou menos na época em que Chase Pai começou a levar de carro seus baldes de maçãs, Wenling veio me visitar, e seu carro estava tão abarrotado de pertences que eu não conseguiria entrar para pegar uma carona e passear nem se quisesse. Farejei aquilo desconfiadamente — era tudo basicamente pano e plástico.

Burke abriu a outra porta.

— Nossa, deve ter quase um décimo do seu armário aqui.

— Para. Isso é tudo que tenho. Er, então, você e seu pai conversaram?

Burke negou com a cabeça.

— Na verdade, não. Ele me disse para ligar para Grant e pedir desculpa. Não importa que meu irmão tenha deixado o telefone dele para trás de propósito e que ninguém nem saiba onde ele *está*. De alguma maneira a culpa de ele ter ido embora é minha.

Wenling virou a cabeça para trás e fitou a plantação.

— Você não teve sempre a sensação de que Grant iria embora um dia? Se tinha uma coisa que ele não queria era ficar aqui trabalhando na fazenda.

— Isso é verdade. Ele estava só esperando uma desculpa.

— Então a desculpa fui eu — observou Wenling.

— Certo, você foi basicamente o motivo por tudo de ruim que já aconteceu no mundo.

Wenling riu baixinho. Balancei o rabo com aquele som tão familiar.

— Então também não teve notícias dele — constatou meu menino.

— Não. Parti o coração dele, Burke. Eu disse que ficaríamos juntos para sempre, mas que não queria me casar naquele momento. Mas ele disse que era agora ou nunca. Como se quisesse provar alguma coisa em relação a mim, à sua família, a tudo.

— Grant sempre teve raiva de coisas que ele não conseguia explicar. Não sei nem se no fundo ele mesmo sabe o que o deixa tão furioso. — Burke deu a volta no carro para ficar onde Wenling e eu estávamos. — Então comigo indo para a Michigan State e você para a MU, imagino que agora sejamos grandes rivais e não poderemos mais nos falar.

— Isso não é novidade.

— Ai. Pois é. Quanto a isso... Me desculpe por como me comportei, Wenling. Eu estava tentando punir você e Grant e acabei... bem, não consegui nada com isso, consegui? Fico lembrando de como era quando estávamos juntos, nós três, saindo, e me dei conta de que mesmo que na cadeira, nunca fui tão feliz. Então estraguei tudo.

— Ah, Burke.

— Não, é sério. Penso em cada vez que você sorria para mim na escola e eu virava a cara. Em como eu via você e Grant juntos e imediatamente desviava para outra direção. Eu queria que pudéssemos ter aquilo de volta. Eu faria tudo de modo tão diferente.

— Tudo bem, Burke. Nada disso importa.

Eles ficaram se olhando e sorrindo.

— Boa sorte, Wenling.

Eles ficaram abraçados por um tempo. Eu não entendi o que estava acontecendo, mas sabia que era algo que os estava deixando tristes, especialmente depois que Wenling partiu em seu carro e Burke ficou parado ali, olhando o automóvel se afastar até o som desaparecer.

Mais tarde, eu estava na varanda, digerindo um excelente jantar de comida de cachorro, quando senti o cheiro mais maravilhoso do mundo: Lacey estava por perto! Corri para a entrada da casa ao vê-la saltitando. Fiquei extasiado em vê-la. Olhei para a casa, desejando dividir esse evento fabuloso com os humanos, mas não tinha ninguém do lado de fora e eu não podia perder tempo para ir buscá-los, não com a Lacey bem aqui! Corremos juntos pela plantação, subimos a colina, e disparamos pela pedra na qual Chase Pai ficara sentado tão triste. Esta era a fazenda na qual eu passara minha vida inteira, e agora, com Lacey nela, eu sabia que tudo seria perfeito.

Minha barriga estava pesada do jantar, e, conforme brincávamos, foi ficando mais pesada ainda, como se eu ainda estivesse comendo. Uma câimbra forte tomou conta de mim. Senti vontade de vomitar, mas não consegui. Parei de brincar. Lacey se aproximou, preocupada, suas orelhas arriadas.

Ofegando, virei na direção de casa. Eu precisava do meu menino. Burke faria aquilo melhorar. Mas, a cada passo que eu dava, sentia meu estômago se expandindo mais, com uma pressão dolorosa. Ganindo, parei e olhei impotente para Lacey. Eu não conseguia deitar, e também não conseguia ficar de pé. Imaginei as mãos de Burke no meu pelo, me tranquilizando, encontrando aquela dor e fazendo-a desaparecer.

Lacey latiu, o latido frenético que um cachorro dá quando precisa de um humano. Ela virou na direção da casa e latiu e latiu, mas estávamos longe e ninguém veio.

Lacey tocou meu focinho com o dela e em seguida disparou na direção da casa. Comecei a me arriar, minha respiração difícil, ganindo de agonia ao deitar sobre o lado inchado. Escutei Lacey latindo ao longe e a imaginei alcançando a varanda.

Os latidos pararam abruptamente.

— Cooper! — gritou Burke, sua voz fina em meio à brisa.

Me levantei, babando e cambaleando e dei alguns passos antes de parar.

Escutei Lacey latir novamente. Ela estava se aproximando. Levantei a cabeça e vi Lacey correndo na frente de Burke, que a seguia. Ele cobriu a boca com uma das mãos.

— Cooper!

Não consegui ser um cachorro bonzinho e fazer o Vem.

Então Lacey me alcançou. Ela lambeu meu rosto, chorando. Ouvi os passos de Burke.

— Cooper! O que foi?

Ele se ajoelhou a meu lado e pôs as mãos em meu rosto. Então ele me envolveu com os braços e me levantou, grunhindo. Apesar de eu sentir uma dor aguda, nada podia ser mais reconfortante do que estar junto ao peito dele enquanto ele me levava até o carro. Lacey pulou no banco de trás comigo e se enroscou cuidadosamente ao meu redor, me protegendo.

Depois do passeio de carro eu percebi, pelos sons e cheiros vindo do estacionamento, que estávamos no veterinário, mas quando Burke tentou me levantar, gani, e ele me deixou lá com Lacey. Ela encostou o nariz no meu. Abanei o rabo o máximo que conseguia.

Então percebi uma coisa: isso tudo não era uma simples dor de estômago. Tinha algo muito mais importante acontecendo. Tão vívida quanto qualquer outra lembrança, agora eu sabia o que era aquilo. Eu sabia que nunca mais ia nadar no lago, nem dormir com meu menino, nem correr com Lacey, nem ser um cachorro bonzinho fazendo "Ajudar" e "Junto". Se Burke precisasse sentar em sua cadeira e que eu fizesse o "Puxar", eu não estaria lá para ajudar.

Burke me deu um propósito na vida. Fiquei triste em pensar que aquele propósito chegara ao fim.

Burke voltou com o veterinário. Senti dedos apalpando minha barriga delicadamente.

— Inchaço e vólvulo — decretou o veterinário. — O estômago dele está torcido.

— Tem salvação?

— Me ajuda a levá-lo para a sala de cirurgia.

Braços me alcançaram e, apesar de eu saber que tentariam ser delicados, aquela dor lancinante me fez ganir alto de novo. Os homens se afastaram um pouco.

— Ah, meu Deus — disse Burke.

— Vou buscar cetamina.

O veterinário saiu correndo.

— Cooper. Você é um bom cachorro, o melhor cachorro, Cooper. Segura firme, amigão. Eu te amo, você sabe que eu te amo. É um cachorro tão bonzinho — sussurrou ele.

Ele beijou meu rosto e balancei o rabo. Senti o terror em meu menino, então reuni forças e lambi o rosto dele, e um pouco daquele medo virou tristeza.

Fiquei deitado lá com Burke e Lacey. Burke era meu menino e Lacey era minha cachorra. Eu estava cercado por aqueles que eu mais amava.

O médico voltou e, com uma picada forte no meu pelo, um calor se espalhou por mim. A sensação em meu estômago se transformou em uma dor tolerável.

— Estamos perdendo ele, Burke.

Burke enterrou o rosto no meu pelo. Farejei as lágrimas dele.

— Ah, Cooper, Cooper. Você é um cachorro tão bonzinho. Por favor, se puder, podia aguentar, por mim?

Senti o focinho de Lacey em meus lábios, mas eu não a sentia mais ali. Me concentrei neles, em Burke e em Lacey, me agarrando a seus cheiros pelo máximo de tempo possível.

— Sinto muito, Burke. Ele se foi.

A voz de Burke veio de longe.

— Tudo bem, Cooper. Tudo bem. Eu te amo. Você é um cachorro bonzinho, tão bonzinho. Vou sentir tanto sua falta. Jamais me esquecerei de você, Cooper.

Ali com meu menino e minha parceira, me senti completamente em paz. A dor cessou e minha visão apagou e escutei Burke dizer meu nome mais algumas vezes, mas eu não o via mais. No entanto, ainda sentia seu amor, tão forte quanto sentira quando ele me apertara junto ao peito.

Fiquei feliz por Lacey estar lá para reconfortá-lo. Burke precisaria de uma cachorra boazinha agora.

Então pareceu que eu estava nadando em águas quentes. Minha visão voltou, mas não havia nada para ver a não ser uma luz dourada difusa. Tive a sensação de estar em outro lugar, não mais no estacionamento com Burke e Lacey. Eu sabia que já havia estado aqui, mesmo que não soubesse exatamente onde estava.

— Bailey, que bom cachorro você é — disse um homem.

A voz dele era familiar, como se eu a tivesse escutado há muito tempo, e só não conseguisse lembrar a quem pertencia.

— Sei que não faz sentido para você agora, amigão. Mas você ainda não terminou seu trabalho. Preciso que volte por mim. Ok, Bailey? Está sendo um bom cachorro, mas você ainda tem uma coisa muito importante para alcançar.

Me perguntei quem era aquele homem, e o que ele estava tentando me dizer.

Capítulo 25

EU ERA UM FILHOTINHO DE NOVO.

Consegui aceitar esse fato porque não havia realmente outra escolha. Eu tinha uma mãe, mas era uma cadela diferente da minha primeira mãe, e o pelo dela e o de meus irmãozinhos e irmãzinhas era sarapintado de preto e branco e marrom, e todos eles tinham olhos claros e orelhas pontudas. Meu próprio corpinho era pequeno e leve, meus membros descoordenados, meus sentidos imprecisos.

Esperei que o piso e as paredes do novo abrigo fossem de metal, mas quando consegui explorar percebi que, apesar de morarmos em uma casa parecida com minha primeira (por causa do teto apertado e baixo), todo o resto era completamente diferente — piso de terra e paredes de pedra. A luz do sol entrava indiretamente por buracos quadrados em cada um dos lados desse lugar estranho.

Lacey havia voltado para mim antes como um novo cachorro, e obviamente eu estava fazendo o mesmo. Será que todo cachorro experimentava isso?

Eu mamava e brincava com meus irmãos, e quando saímos por aquele quadrado na direção da luz, vi que morávamos em um espaço debaixo de uma casa. Havia neve no chão e meus irmãos rolavam nela e a mordiam como se nunca tivessem visto neve antes.

Não senti o cheiro de Burke, nem de nenhum outro humano, para falar a verdade. Não vinha nenhum som nem cheiro da casa, que ficava ao lado de um pequeno lago congelado. Eu não sentia nenhum odor de rancho de cabras, nem de nada que me fosse familiar.

Então me ocorreu uma ideia: um dos filhotinhos podia ser Lacey! Farejei cuidadosamente cada irmão e irmã ali, aturando os inevitáveis avanços e tentativas de brincadeira deles, mas finalmente concluí que ela não estava aqui. Eu reconheceria Lacey se eu a encontrasse.

Era um dia de sol, quase claro demais, e estávamos na neve, desfrutando daquele tempo um pouco mais quente. Mãe estava deitada ali pacificamente, mas então, de repente, levantou a cabeça, alarmada. Ela sentiu perigo, apesar de eu não conseguir sentir nada. Mãe virou imediatamente para uma de minhas irmãs, a pegou pela nuca, e a levou de volta para o abrigo.

Podíamos não ter notado a ameaça, mas sabíamos que era melhor seguir nossa mãe. Saltitamos atrás dela na direção da entrada quadrada. Quando ouvi vozes humanas, entretanto, parei e olhei para trás.

Havia vários homens avançando na nossa direção em movimentos deslizantes e demorados. Eles tinham varas nas mãos e usavam pranchas sob os pés. Percebi que eles tinham me avistado.

— Um filhotinho! — exclamou um deles.

Abanei o rabo. O que aconteceria agora era que eu correria até eles, e eles me levariam até Burke. Comecei a explorar a neve rasa, me esforçando, e então senti os dentes de minha mãe na minha nuca. Fui arrancado de volta.

— Uau, viu isso? — perguntou um dos homens. — Não sabia que faziam isso na vida real.

Minha mãe me soltou dentro do abrigo. Depois de um tempo, sombras entrecortaram o feixe de luz de uma das janelas quadradas. O rosnado de Mãe foi feroz, e me encolhi junto com os outros filhotes. Um homem riu.

— Eu não enfiaria a cabeça aí embaixo se fosse você.

— E não vou mesmo. Só estou tentando ver o que está rolando aqui.

— Ei. Tenho uns palitinhos de carne na minha mochila. Espera aí.

Mãe rosnou de novo, uma advertência baixa e prolongada. Quando uma coisa veio voando pela luz do sol e caiu ali perto, ela se encolheu, mas continuou junto de nós.

Finalmente senti que os homens tinham ido embora. Mãe se aproximou desconfiadamente do objeto arremessado e o comeu ruidosamente.

Pela maneira com que recomeçaram a brincar alegremente, pude sentir como meus companheiros de ninhada estavam aliviados, mas quando levantei meu focinho e não senti mais a presença de humanos, fiquei decepcionado.

Alguns dias mais tarde, estávamos lá fora de novo brincando de lutinha sob um sol cinzento, quando ouvi um guincho estranho vindo de cima de nós. Olhei para cima e vi diversos pássaros gordos batendo suas asas espessas no ar, fazendo todo tipo de algazarra enquanto circulavam o lago. Observei Mãe olhando atentamente eles pousarem no gelo, escorregando e caindo, deslizando de barriga sem um pingo de elegância. Eles pareciam patos, exceto que eram muito maiores e faziam um ruído irritante em vez do grasnado irritante.

Mãe, com a cabeça baixa, se esgueirou até a beira do lago, lentamente pisando no gelo. Ela ia pegar um dos patos grandes! Eu jamais conseguira ludibriar um pato, e assisti ansioso, esperando finalmente descobrir como conseguir fazer aquilo.

Os pássaros gordos e ruidosos olharam para Mãe desconfiados conforme ela se aproximava cada vez mais. De repente ela levantou o corpo e começou a correr freneticamente na direção deles, mas eles começaram a bater as asas alto e voaram antes que ela os alcançasse. Frustrada, ela latiu.

E então a superfície de gelo se rompeu e ela caiu.

Ela fez menção de correr de volta para nós, mas suas patas traseiras haviam mergulhado quando a superfície se rompeu e ela quase afundou completamente, ficando apenas com a cabeça para fora. A angústia e o medo tomaram conta de todos nós, e eu choraminguei. Então as patas dianteiras dela subiram para tentar agarrar o gelo, mas foi tudo que ela conseguiu fazer. Ela ficou simplesmente parada ali, ofegando.

Ficamos correndo em círculos, sem saber o que fazer. Eu sabia que devia estar com ela, e corri na direção do lago. Meus irmãos vieram atrás de mim. Nos esparramamos quando nossas patas tocaram na superfície lisa do lago, nossas patinhas escorregando para os lados.

Mãe deu um latido alto de advertência. Freei imediatamente e meus irmãos copiaram: nunca tínhamos escutado ela fazer um som como aquele antes, mas ele continha um significado que de alguma forma reconhecemos na hora. Ela estava nos mandando ficar. Confusos, tentamos avançar lentamente, hesitantes, parando quando ela latiu de novo.

Pude sentir o coração acelerado de todos ao nos aninharmos em uma massa alvoroçada e assustada. Era nossa mãe. Nossa fonte de vida, e ela estava em um perigo tão grande que não nos deixava nem seguir nosso instinto mais básico de ir em busca de segurança junto dela.

Então veio mais um som, um muito familiar a meus ouvidos: havia um veículo se aproximando. Virei a cabeça e vi uma van quadrada parando subitamente ao lado da casa. Uma mulher saiu do carro, balançando seus longos cabelos loiros. Ela foi até a casa e abriu o portão de fora. A vi tatear o batente da porta, em seguida levantar um tapetinho, e pegar uma caixinha de madeira. Ela voltou até a porta, a abriu e entrou. Mas ela não ficou lá dentro por muito tempo, e quando ela saiu sua cabeça estava baixa, observando a neve. Ela seguiu nossas pegadas, levantando o rosto e levando um susto ao nos ver.

— Ah, não! Não! Voltem! Filhotes!

Me separei de meus irmãos e galopei alegremente até a mulher, que correu para mim. Quando ela pisou no gelo, seu pé furou a superfície e a água negra cobriu sua bota.

— Ah! — Ela voltou para a margem, se ajoelhou, abriu os braços e, quando me aproximei, pulei nos braços dela porque eu conhecia essa mulher, a conhecia pela aparência, pelo cheiro e pela voz. Era Ava!

Ela tinha crescido e se tornado uma menina bem grandona!

O resto da minha família canina parecia não ter reconhecido Ava, ou talvez tivessem, mas eles seguiram minha deixa e logo estávamos todos saltando e nos contorcendo aos pés dela.

— Ok, ok, estão a salvo. Uau. Precisamos salvar a mãezinha de vocês. — Ela levou seu telefone ao ouvido. — Sim! Aqui é Ava Marks do resgate animal Hope's Rescue. Estou no Silver Lake Cottages e tem uma cadela caída no gelo. É a quarta cabana. Ela não consegue sair sem ajuda. Espera. O quê? *O quê? Algumas horas?* Não, por favor, não posso... não pode mandar ninguém? A essa altura ela poderá estar *morta*. *Por favor*. Ok, certo, sim, por favor me ligue de volta.

Ela guardou o telefone no bolso. Alguns de meus irmãos ficavam olhando para Mãe e alguns para Ava. Os filhotinhos que não estavam olhando para Ava claramente estavam com mais medo do que os focados nela. Quando cachorros entregam seu destino a um humano, eles se sentem muito mais seguros do que se acreditarem que precisam resolver um problema sozinhos.

Mãe, ainda no gelo, não se movera. Ela estava nos observando, suas orelhas arriadas, a língua para fora.

— Certo, filhotes. Vou colocar vocês no resgate-móvel, está bem?

Ela se abaixou e apanhou uma de nossas irmãs, levando-a cuidadosamente até a van — a mesma van, ou pelo menos muito parecida com a van na qual eu andara muito tempo atrás. Ava voltou e pegou um irmão.

Entendi o que ela estava fazendo porque aquilo já acontecera antes. Ava ia nos levar a um lugar no qual Mãe poderia nos encontrar. Mas será que daria certo? Mãe ainda estava no gelo, e eu não achava que ela conseguiria sair. Será que Ava não entendia que precisávamos ajudar a nossa mãe?

Atrás de Ava, descendo a estrada coberta de neve, um homem se aproximava. Ele deslizava em pranchas compridas, socando a neve ritmicamente com as varas que levava nas mãos. Ava se abaixou para pegar mais uma irmã, e endireitou as costas ao ver o homem. Ela acenou.

— Ei! Socorro!

Ela foi até a van, depositou minha irmã, e pôs as mãos em volta da boca:

— Rápido!

O homem estava arfando tão alto que eu conseguia ouvir. Olhei de volta para minha mãe, que não tinha se mexido, e então para o último filhotinho, um macho menor que eu. Ele obviamente estava com medo, e eu decidi que um cachorro bonzinho iria até ele. Me empurrei contra ele, fazendo "Junto".

O homem parou, ainda um pouco longe, apoiado em seus espetos. Ele acenou com uma das mãos, ainda arfando.

Ava deu alguns passos até ele, suas botas afundando.

— Tem uma cadela ali, ela caiu no gelo!
O homem assentiu, olhando para Mãe e depois para Ava.
— Ok — arfou ele. — Vou ver se encontro uma corda na cabana.
— Está destrancada.
— Eu sei, você acionou o alarme. Ufa, achei que eu estava em forma.
— Sou do resgate animal Hope's Rescue. Recebemos uma ligação relatando haver filhotes nessa cabana. Mas achei que estavam *dentro* da cabana.
— Vou procurar a corda.
O homem pegou impulso com os espetos e passou por nós. Quando ele o fez, seu cheiro veio nitidamente até meu focinho, e fiquei tão surpreso que quase gani bem alto. Não era um homem qualquer, era o Burke!

É *claro* que Ava me encontraria e é *claro* que ela me daria ao Burke!

Burke estava tirando as pranchas dos pés. Ele estava igual, e tinha o mesmo cheiro — eu sabia que ele ficaria feliz em me ver. Comecei a correr até ele, mas Ava me pegou e em seguida meu irmão medroso, que choramingou baixinho.

— Vai ficar tudo bem, carinhas. Vamos salvar a mãe de vocês — sussurrou Ava, nos acariciando com a ponta do nariz. Como eu já estava tão perto dela mesmo, lambi o seu rosto frio, e ela riu.

— Arranjei uma corda!
Me remexi para escapulir dos braços de Ava e correr para os de Burke, mas ela continuou me segurando forte.

— Essa casa é sua?
— Não. Meu amigo cuida daqui para os gerentes do condomínio e eu só estou ajudando enquanto ele foi visitar os pais. Ok, vou fazer o seguinte. Vou engatinhar deitado no gelo, distribuindo meu peso, e segurar um bastão em cada mão para me deslocar mais. Você segura a ponta da corda e eu a outra. Quando eu chegar lá, vou amarrar a corda em volta da cadela e você puxa.

— Por favor, tenha cuidado.
— Sabe que vou ter.
Burke levou seus sapatos prancha até o lago e Ava foi atrás, ainda segurando eu e meu irmão junto ao peito. Ele se deitou com as

pranchas e avançou cautelosamente, a corda esticada atrás dele. Me inquietei novamente porque ele obviamente precisava de "Ajudar".

Ava segurou a ponta da corda.

— Liguei para a polícia, mas só tem dois corpos de bombeiros trabalhando hoje e eles não tinham ninguém livre para vir.

— Tudo bem, isso está dando certo. O gelo não está nem rachando. Acho que acabei de inventar um esporte novo.

— Engatinhar no gelo?

— Espera só até ver meu axel triplo.

Fiquei assistindo-o escorregar até Mãe. O ar em volta daquele lago estava tão parado que pude ouvir ele cantarolar "cachorra boazinha" para ela. Mãe arfou, mas não resistiu quando Burke amarrou a corda em volta dela.

— Certo, agora puxa!

"Puxar"? Como é que eu ia conseguir "Puxar"?

Ava nos colocou no chão e grunhiu quando a corda ficou rígida. Vi Burke lutando para pegar Mãe, se esforçando para tirá-la de dentro d'água.

— Você consegue!

Quando Mãe pisou com as quatro patas no gelo, ela tentou correr até nós, mas suas patas traseiras ficavam se abrindo. Ava puxou a corda.

— Está dando certo!

— Vou voltar! — avisou Burke.

E então ele caiu no gelo.

Ava gritou.

A cabeça de Burke sumira e, apesar de eu ser apenas um filhotinho, corri para fazer "Junto", para ajudá-lo a sair daquele buraco. Ele precisava de mim e eu havia sido treinado exatamente para isso.

— Não, bebê! — gritou Ava atrás de mim. Eu a ignorei e corri rumo à água negra dentro da qual Burke havia desaparecido.

Capítulo 26

O ÚNICO SOM ERA DAS BATIDAS DE MINHAS PATINHAS E DE MINHA MÃE OFEGANdo, até Ava a içar rapidamente. Mãe me olhou espantada quando passei direto por ela, disposto a alcançar Burke onde eu o havia visto pela última vez.

Ele pôs a cabeça para fora do buraco e se içou, o nível da água agora em seu quadril.

— Meu Deus! Que água gelada!

Eu dei aqueles últimos passos o mais rápido que as minhas patinhas de filhote permitiram e me atirei nos braços dele. Rindo, ele me abraçou. Eu era seu cachorro Cooper.

— Preciso confessar — sussurrou ele para mim —, achei que tinha chegado o fim para mim, garotinho.

Ele atirou suas tábuas compridas na margem e começou a avançar com dificuldade, me segurando em um dos braços e quebrando o gelo na sua frente com o outro.

Ava estava segurando meu irmãozinho.

— Eu não fazia ideia de que a água era rasa assim. Você está bem?

— Acho que comparado a como eu estaria se o lago tivesse uns vinte metros de profundidade, sim, estou *ótimo*. Tirando isso, tem uma água congelante vazando da minha cueca. Como está a mãezinha?

Ava olhou para Mãe, farejando ansiosamente o exterior da van.

— Ela parece alheia ao que rolou no lago. Nem daria para dizer que aconteceu alguma coisa.

Burke subiu na margem estreita.

— Bom, então ela é mais durona que eu. Estou rezando para o aquecedor de água da cabana estar funcionando.

Ele subiu as escadas comigo no colo e entrou na cabana. Eu me contorcia de prazer por estar sendo levado por meu menino. Ele tentou me colocar no chão e tentei impedi-lo, pulando freneticamente em seus braços para lamber seu rosto.

— Ei! — disse ele. — Preciso tirar essa roupa!

Burke estava rindo, obviamente feliz em estar comigo novamente.

Eu estava cheirando as roupas ensopadas de Burke, largadas em uma pilha, quando Ava entrou. A porta do banheiro estava aberta e Burke estava se encharcando de água quente, o vapor visível em volta dele. Balancei o rabo e corri para Ava, e quando ela se apoiou em um dos joelhos, pulei, lambendo e lambendo, até ela rir e me levantar bem alto. Ava! Burke! Isso era fabuloso!

— Minha nossa, você é tão carinhoso! Que fofinho. Ei — chamou ela. — Você vai ficar bem?

— Essa é a melhor chuveirada que já tomei na vida. Pode colocar minhas roupas na secadora para mim?

— Er, claro. Vou programar um ciclo de centrifugação antes, senão vai demorar eternamente.

— Tudo bem, acho que vou ficar *aqui* eternamente.

Ava me pôs no chão e pegou as roupas de Burke, que pingaram quando ela as levou até um pequeno armário e, batendo portas, as guardou em uma máquina com um cheiro familiar que fazia um barulhão bem alto. Ela voltou até a porta do banheiro.

— Não acredito que você apareceu. Foi como se tivesse sido enviado dos céus ou coisa assim.

— Ou pela empresa de alarmes.

Farejei as paredes, descobrindo cheiros de outras pessoas.

— Estou tentando agradecer por ter vindo e ter salvado a vida da cadela.

— Eu é que deveria agradecer a *você*. Eu estava morrendo de tédio. Não tem nada para fazer por aqui a não ser esquiar em volta do lago, verificando se há alguma invasão de ursos ou um vulcão novo.

Ava riu.

— Bom, de uma coisa eu sei. Se eu comprar esse lugar um dia, vou instalar um tanque de água quente *muito* maior — anunciou Burke. — Já está perdendo calor.

Ava olhou para as máquinas.

— Ok, espera aí — disse. Ela pegou umas toalhas assim que a água parou de correr e voltou ao banheiro. — Pus as toalhas na secadora para aquecê-las para você... Ah!

Ela virou o rosto abruptamente de volta para a sala. Olhei para ela, curioso.

— Desculpe — disse Burke. — Acho que eu devia ter mencionado esse meu hábito esquisito de tomar banho nu. Pode me passar as toalhas?

Ava atirou as toalhas para o banheiro. Então ela me tirou do chão. Lambi o rosto dela. Me perguntei se íamos morar aqui nessa casa. Era menor que a fazenda.

Ficamos ali por um instante e Ava olhou de novo para a porta aberta.

— Já pus suas roupas na secadora.

— Obrigado.

— Vou deixar meu cartão em cima da mesa, caso tenha mais filhotes que precisem de resgate.

— E se for um urso?

Ava riu.

— Aposto que encontraríamos um bom lar para ele.

Eu estava sentindo tanto afeto que mordisquei bem de leve o queixo dela.

— A van está ligada, esquentando.

— Como sabe que a mãe não vai roubar as chaves e fugir?

Burke foi até a sala de estar, seus pés deixando pegadas molhadas no chão de madeira. Balancei o rabo, querendo descer e correr para ele. Eu ansiava em sentir as mãos dele no meu pelo. Ele estava com uma toalha em volta da cintura e outra em cima do ombro.

— Obrigado por aquecer as toalhas para mim.

Ele foi até as máquinas e se agachou para abrir uma das portas, enfiando a cabeça lá dentro.

— Me chamo Burke, a propósito — anunciou ele, sua voz abafada.

— Prazer, Burt. Meu nome é Ava.

Burke tirou a cabeça de dentro da máquina e se levantou.

— Provavelmente ainda vai levar mais uma hora. Sinto muito, ouvi você dizer alguma coisa, mas não entendi.

— Eu disse que meu nome é Ava.

Sorrindo, Burke atravessou a sala. Ava me passou para o outro braço.

— Prazer em conhecê-la.

Eles deram as mãos, mas logo se arrependeram e soltaram. Os dois ficaram sorrindo um para o outro por um bom tempo. Ela me passou para o braço anterior.

— Então você não fica sempre por aqui cuidando da casa?

— Não. Estudo na Michigan State. Engenharia. E você resgata animais?

— O resgate é do meu pai, na verdade. A mãe dele se chamava Hope. Estudo na Northwestern. Direito. Estamos nas férias de Natal. Mas sim, resgatar é meio que a paixão da minha vida. Eu estava visitando meu pai e a namorada dele quando recebemos um telefonema de uns esquiadores relatando terem visto essa mamãe e seus filhotes lá fora.

Burke encolheu os ombros.

— Minha família não comemora as festas. Aceitei esse trabalho temporário em parte como desculpa para não ter que ir para a casa do meu pai. Meu irmão não dá notícias há alguns anos, é uma longa história, e quando ele foi embora isso meio que separou o que restava da família. Meus pais são divorciados.

Ava assentiu com a cabeça.

— Os meus também.

Burke abriu a geladeira.

— Se ficarmos isolados pela neve, pelo menos aqui tem cerveja de sobra.

— Na verdade, preciso ir.

— Ah, eu não estava insinuando para você ficar comigo aqui nessa cabana bebendo *pale ale* a tarde toda. Apesar de que, se aceitasse, seria a segunda coisa mais legal a acontecer comigo hoje.

— Quando você caiu no gelo, realmente achei que você fosse morrer.

— *Você* achou? Minha vida inteira passou diante de meus olhos até meus pés tocarem o fundo. Aconteceu tão rápido que só cheguei até a segunda série.

Burke e Ava deram as mãos novamente.

— Adeus — disse Ava.

Ela me levou para a van, abriu a porta de correr, e meus irmãos, que estavam empilhados sonolentos em uma gaiola, ficaram logo de pé, imediatamente eletrizados. Ela deu um beijo no meu focinho.

— Você é tão especial. Vou chamar você de Bailey.

Ava abriu a portinha da gaiola e afastou meus irmãos e irmãs para me depositar no meio da confusão. Então ela fechou a porta e imediatamente eles foram para cima de mim, me cheirando e me mordendo como se eu tivesse ficado séculos longe.

Espera aí, e o Burke? Sacudi meus irmãos para longe e pus as patas na lateral do canil, espiando pela janelinha, tentando desesperadamente ver meu menino.

Mãe estava deitada, já praticamente dormindo, na sua própria gaiola. Ava entrou na van e ficou sentada um tempo, olhando para a cabana.

— Burt — disse ela baixinho.

Não entendi por que, mas ela partiu com a van e deixou Burke para trás. Chorei o caminho inteiro. Por quê? Meu lugar era junto do meu menino.

Finalmente parei de soluçar e pensei em tudo que estava acontecendo, saindo do interminável emaranhado de filhotinhos para ter um pouco de espaço. Por que, como havia acontecido antes, depois que Mãe praticamente parava de me amamentar, Ava aparecia para me levar ao mundo dos humanos? Da última vez aquele mundo havia girado em torno de Burke e eu tive um trabalho muito importante, mas meu menino não ficava mais em uma cadeira — era por isso que o estávamos deixando para trás depois do nado dele? Se eu não estava aqui pelo Burke, o que era para eu fazer agora? E o que era um Bailey? Eu já ouvira aquela palavra em algum lugar antes.

Descobri então que Bailey era meu *nome*. Ava deu nomes a todos nós, mas eu não sabia se meus irmãos tinham entendido quando ela nos pôs junto ao seu rosto e disse "Você é a Carly. Carly, Carly, Carly". Para mim ela disse "Bailey, Bailey, Bailey", e entendi logo. Então ela distribuiu petiscos dizendo "Sophie. Nina. Willy". Esperei pacientemente ela dizer "Bailey" em vez de simplesmente avançar e pisar nas cabeças uns dos outros como meus companheiros de ninhada.

Estávamos na mesma espécie de prédio que me lembrava de quando era filhote na minha primeira vida. O ar parecia pesado do cheiro daqueles animais misteriosos que viviam em celeiros. Havia pessoas legais que nos alimentavam e mimavam, um deles era Sam Pai.

— Olá, Bailey! — dizia ele para mim.

Mas então aquilo mudou. Depois de um longo passeio na van, me mandaram embora para morar com um homem que me chamava de Riley. O nome dele era Ward e ele tinha a idade de Chase Pai. Ele passava tanto tempo sentado em uma cadeira que achei que talvez fosse me pedir para fazer o "Puxar" ou o "Ajudar", mas ele conseguia andar quando bem entendia. Quando o sol ficava quente, ele passava tempo deitado no seu quintal, bebendo líquido doce de uma lata, arrotando e depois peidando. Quando Ward atirava uma lata na grama comprida, eu a cheirava, mas ele não dizia "Pegar", então presumi que o lugar dela fosse caída ali mesmo no quintal.

Eu não tinha humanos de quem cuidar e nenhum trabalho a fazer. Outros homens visitavam com frequência e, ou sentavam e gritavam com a TV, ou ficavam sentados no quintal arrotando e peidando com Ward.

Meu reinado era aquele quintal. Eu farejava a cerca, esperando encontrar alguma coisa nova, mas os únicos aromas eram as plantas descuidadas e as marcas que eu havia deixado levantando minha pata traseira. Às vezes eu captava o leve cheiro da presença inconfundível de um rancho de cabras no ar. Eu levantava o focinho, pensando que, se conseguia sentir aquele cheiro, conseguiria sentir o de Lacey, mas eu não encontrava o cheiro dela. Basicamente eu só sentia o cheiro do Ward.

Uma visita ao veterinário me deixou novamente sonolento e cheio de coceira.

— Precisei operar Riley — informou Ward a seus amigos.

— Operar? Quer dizer cortar as bolas dele! — exclamou um dos amigos dele.

Os homens riram tanto que vários deles peidaram. Me afastei para ficar do lado oposto do quintal.

Eu queria voltar para casa.

Aqueles mesmos amigos estavam bebendo de latas e empesteando o ar de uma fumaça pungente que saía de suas bocas, quando

tive uma ideia. Estavam rindo mais que o habitual, e começando a cobrir minhas marcas no chão com as deles, andando cambaleantes até a cerca e se apoiando para não caírem. Finalmente um deles abriu o portão dos fundos e cambaleou para fora, o deixando aberto descuidadamente. Eu o segui.

O homem tropeçou no jardim da frente e vomitou — o cheiro era ainda pior do que o dos arrotos de Ward.

Fiquei observando-o por um instante. Ele estava de quatro e parecia que precisava de um cachorro fazendo "Ajudar", mas ele logo levantou e cambaleou de volta pelo portão, fechando-o.

Com algum senso da direção do rancho das cabras, resolvi, confiante, ir atrás da fazenda, trotando pela estrada.

Logo senti o cheiro de uma criatura completamente diferente. A luz brilhava forte e vi algo do tamanho de um cachorrinho correndo pelo asfalto, suas costas curvadas. Imediatamente disparei atrás da coisa, todo contente.

O animal se virou para mim. Corri até ele e abaixei minha cabeça para brincar, mas ele mostrou os dentes e avançou em cima de mim, levantando suas patas da frente. Dei ré imediatamente, mas ele continuou vindo, então virei e corri. Seja lá o que era aquilo, ele não parecia estar a fim brincar! E, apesar de ser muito menor que eu, não gostei nada daqueles caninos dele. Parece que alguns animais não têm vontade de se divertir, preferindo ser hostis e desagradáveis.

Comecei a correr ao me aproximar da fazenda. Eu meio que esperava sentir o cheiro de Lacey ao subir a entrada para a casa, mas não havia nem sinal dela no ar. A casa estava escura e silenciosa. Atravessei a portinha de cachorro e parei do lado de dentro por um instante, abanando o rabo, pensando no que fazer. Percebi que Chase Pai estava no quarto dele, dormindo, sua porta fechada. Nem Burke nem Grant estavam em casa, e os dois não iam lá há algum tempo. O cheiro de ZZ estava bem mais forte, e o de Vó era esquivo, quase uma mera sugestão agora.

Foi tão maravilhoso subir na cama do meu menino e me aninhar ali pelo resto da noite. Havia cheiro suficiente dele para eu imaginá-lo dormindo do meu lado, apesar de, como ele não estava, eu ter tirado vantagem da situação e me esparramado no travesseiro dele.

Com a manhã veio o sol, e escutei Chase Pai na cozinha. Pulei da cama e fui cumprimentá-lo, pensando em como era um ótimo dia para ganhar bacon. Ele estava de costas para mim, mas quando me aproximei, ele virou para trás e deixou cair sua xícara de café.

— Ahhh!

Assustado, hesitei por um instante, mas não consegui me conter. Corri para ele e levantei as patinhas, tentando escalar até seu rosto.

— Ei! Desce! Senta!

Obedientemente fiz o "Sentar". Chase Pai pôs a mão no peito.

— Quem é você? Como foi que entrou aqui?

Eu não entendi, mas balancei o rabo.

— É um cachorro bonzinho? Você é amigável?

Ele estendeu uma das mãos e a lambi. Estava com gosto de ovo.

— Acho que é. O que está fazendo aqui? É algum tipo de pegadinha? ZZ? Você está aí? — Ele inclinou a cabeça de lado para ouvir. — Burke? — Ele esperou mais um pouco. — *Grant?*

Esperei que alguém aparecesse, e parecia que Chase Pai estava fazendo o mesmo. Ele suspirou, pegando minha coleira e girando-a um pouco.

— Riley. Então se chama Riley.

Ele estava me chamando de Riley, mas aqui na fazenda eu era Cooper.

Depois de alguns minutos, Ward chegou para me buscar. Fiquei decepcionado, mas agora sabia o caminho. Não demorou muito para, um dia, enquanto ele tirava as compras do carro, eu conseguir escapulir pelo portão da garagem e de lá chegar à estrada.

ZZ e Chase Pai estavam na plantação, e fiquei tão feliz em ver os dois que corri com um graveto, mas eles estavam ocupados com aquelas plantas intragáveis e não me deram muita atenção. Reconheci o som da caminhonete de Ward no final do dia e fiquei muito decepcionado de novo — por que ele ficava vindo me buscar? Meu lugar era *aqui*.

As melhores oportunidades sempre surgiam quando os amigos de Ward visitavam para suas rodadas de arrotos e flatulências. Eu inevitavelmente aguardava bem alerta e me espremia pela fresta quando eles abriam o portão. Ward ficava sempre zangado comigo, mas eu continuava voltando para a fazenda. Só que eu não entendia como ele sempre sabia que ia me encontrar lá.

Certa tarde, uma tempestade quebrou uma árvore no quintal de Ward. Chegaram uns homens para cortá-la com ferramentas estridentes e eu andei sem rumo, fingindo não estar nem prestando atenção, até um dos homens abrir o portão dos fundos e eu estar livre novamente.

Chase Pai estava sentado na varanda da frente quando vim saltitando todo contente. Ele tinha uma caixa de metal com cordas no colo, e, quando seus dedos tocavam aquelas cordas, saíam vibrações familiares que pararam assim que ele me viu.

— Por que você sempre vem para cá, Riley? O que você quer?

Procurei cuidadosamente. Nem sinal de Burke. Os meninos não iam ali há muito tempo.

Chase Pai me afagou e me deu água, e ainda estava sentado comigo quando um carro virou no acesso à fazenda. O motorista saiu e parou, olhando para a casa.

Mas não era Ward.

Era Grant.

Capítulo 27

Chase Pai desceu da varanda correndo na direção de Grant, do mesmo jeito que eu correra para ele naquela manhã em que ele deixou seu café cair no chão. Ele deu um abraço apertado em Grant.

— Meu Deus, Grant, meu Deus — murmurou ele.

O rosto de Chase Pai estava molhado. Não consegui enfiar minha cabeça entre os dois, então me apoiei nas patas traseiras e plantei as dianteiras nas pernas de Grant.

Chase Pai finalmente soltou Grant do abraço, olhando-o de frente.

— Bem-vindo, filho.

— Pensei em ajudar na colheita.

Grant finalmente se abaixou para me deixar beijá-lo.

— Pegou outro cachorro?

— É o Riley. Não é meu; ele mora com o Ward Pembrake, aquele cara do foodtruck de sanduíches que vendia para os agricultores. Só que não existem mais agricultores, então ele está basicamente aposentado. Esse cachorro maluco vem visitar o tempo todo. Ligo para Ward e ele vem buscá-lo, cheirando a uma cervejaria, e Riley vai embora com ele até voltar da próxima vez.

Grant afagou minhas orelhas.

— Oi, Riley. Parece ser um cachorro bonzinho. Aposto que tem um pouco de pastor australiano.

Chase Pai assentiu.

— Imagino que Terra-nova também.

Ouvir Grant me chamar de Riley e dizer que eu era um cachorro bonzinho me fez perceber que, mesmo que eu estivesse de volta à minha fazenda, meu nome agora era mesmo Riley. Eles não sabiam que eu na verdade era Cooper, do jeito que eu conseguia distinguir Lacey, mesmo ela tendo voltado como uma cachorra diferente.

Eu estava começando a perceber que um cachorro conseguia compreender coisas que os humanos não conseguiam.

— Quer mesmo ajudar na colheita, Grant?

Grant parou de fazer carinho em mim e se levantou.

— Achei que talvez fosse hora de retomar o contato, só isso.

— Eu aceito. Esse verão começou seco, mas desde então choveu um pouco.

Estávamos sentados na varanda quando ZZ chegou.

— Olha quem é! — exclamou Chase Pai.

As botas de ZZ faziam as tábuas da varanda rangerem.

— Oi, Grant. Muito bem — cumprimentou ZZ.

Ele estendeu a mão e Grant a segurou, a apertou e soltou.

— Seu inglês melhorou muito, ZZ — observou Grant.

Os homens se sentaram e fiquei deitado aos pés deles.

— Mas ele ainda não fala muito, não é, ZZ? — comentou Chase Pai com uma risada.

Pude sentir a felicidade vindo dele, forte como um dos arrotos de Ward.

— E ele confunde os tempos e pronomes um bocado.

— Quanto tempo vai ficou? Fic-ar — perguntou ZZ a Grant.

Grant deu de ombros.

— O verão todo. Não sei. Eu estava trabalhando para uma empresa de cimentação, e meio que perdi o interesse.

— Você fazia o que, tipo, ficava no meio da estrada com uma placa dizendo "devagar"? — perguntou Chase Pai, rindo logo em seguida.

— Basicamente. Eu trabalhava com vendas. Só fiquei cansado.

— Seu irmão arranjou um emprego em uma firma que, em vez de construir coisas, as derruba.

— Eles desativam represas, pai.

— Espera. Você fala com seu irmão?

Grant confirmou com a cabeça.

— É, bom, falei uma vez. Resolvi que, se íamos retomar contato, era melhor eu começar com ele. Liguei para ele outro dia e contei que estava vindo para cá. Achei que, antes de gastar a gasolina, era melhor confirmar se você não tinha vendido o lugar para os robôs fazendeiros.

— Foi a primeira vez que conversaram desde que você foi embora?
— Sim.

Chase Pai se inclinou para ele.

— E como foi?

— Ah, como era de se esperar. Talvez pior. Dava para sentir nós dois querendo que a conversa se encerrasse logo.

— Para falar a verdade, também não falo muito com ele. Meu aniversário. Dia dos Pais. É sempre desconfortável entre a gente. — Chase Pai suspirou. — Sinto falta da minha mãe. Ela saberia desarmar aquele rabugento.

Um barulho estridente veio de dentro da casa. Chase Pai se levantou.

— Espera aí, vou lá atender. — Ele saiu e, segundos depois, o barulho parou.

Grant deu uma palmadinha no braço de ZZ.

— Você parece estar bem, ZZ.

— Você também.

— Como está Li Min? E Wenling?

— As duas estavam bem, obrigado.

— E, er… Wenling se casou? Quero dizer, o que ela anda fazendo?

— Ela está na escola para engenheiro agrícola.

— Puxa. Que ótimo.

— Ela não casou. Ela mora com namorado. A família dele vai ser de província Qinhgai muito tempo.

— Ah. Acho que entendi.

Chase Pai reabriu a porta e saiu. Abanei o rabo.

— Não vão acreditar nisso. Dessa vez Ward não vem mais buscar o cachorro. Ele falou que se Riley gosta tanto daqui, pode ficar. Não perguntou nem o que eu achava disso. Parecia bêbado com um gambá e ainda não é nem meio-dia. — Ele sentou e franziu o cenho para mim. — E agora?

Grant coçou meu peito.

— Quer saber? Eu fico com ele. Parece esperto. O que acha disso, Riley? Quer morar comigo aqui por um tempo?

— Ah, sabemos que ele adora a fazenda — observou Chase Pai.
Bocejei, imaginando quando meu menino chegaria aqui.
Dormi na cama de Grant aquela noite.
Burke veio, mas só quando as maçãs já estavam enchendo o ar com seu aroma. Disparei pelo quintal, chorando, e o derrubei assim que ele saiu do carro.
— Então você é o Riley! — cumprimentou ele com uma gargalhada, ajoelhando para eu poder subir nele e beijá-lo. Ele caiu para trás e subi em cima dele, rolando em seu corpo e amando-o com gritinhos frenéticos. — Ok, certo, já chega. Opa! Ok! — Ele se levantou, espanando a terra da calça. — Então, cadê todo mundo?
Fomos juntos até a plantação, eu correndo em círculos ao redor dele, incapaz de conter minha alegria. Quando Burke viu Grant, ele começou a correr, e Grant também correu e eles deram um encontrão, rindo e dando tapas nas costas um do outro. Fiquei pulando todo animado, extasiado por finalmente estarmos todos juntos de novo. Pai veio correndo do outro lado da plantação, sorrindo, e se juntou a seus filhos, abraçando aos dois.
Li Min fez um bife delicioso na nossa cozinha e eu seguia cada movimento dela, pronto para surrupiar qualquer migalha que ela deixasse cair. Todos comeram à mesa, e um pedacinho de carne finalmente caiu das mãos de Grant. Eu sempre podia contar com o Grant!
— Então conta mais sobre essa Stephanie — pediu Burke.
Li Min fez um barulhinho e olhei para ela, na esperança de que ela fosse dar bife ao cachorro também.
A perna de Chase Pai, que ele estava sempre balançando, ficou imóvel.
— Não tem muito para contar. É uma companhia.
Burke riu.
— É assim que o pessoal da sua idade chama hoje em dia?
— Ela é uma pessoa difícil de se conhecer — observou Li Min.
— Ela é groupie dos branquelos velhos da Not Very Good Band — comentou Grant sorrateiramente.
— Ela não é *groupie* — corrigiu Chase Pai, irritado. — Venha para o Dia de Ação de Graças e poderá conhecê-la.
A mesa toda ficou em silêncio, interrompido por Grant.

— *O quê?* A gente vai finalmente poder conhecer uma das suas namoradas?

Olhei de volta para Grant e esperei pacientemente por mais bife.

Mais tarde, na sala de estar, Grant, ZZ e Chase Pai ficaram sentados enquanto meu menino e Li Min derramavam água sobre os pratos na pia. Os homens comiam amendoins, então optei pela sala de estar em vez da cozinha.

Chase Pai atirou um amendoim no ar e o apanhou com a própria boca, igualzinho um cachorro.

— Queria que você não fosse embora, Grant.

— Já fiquei mais tempo que pretendia, pai.

— ZZ e eu realmente precisamos da ajuda. E olha, Grant, você nasceu para esse tipo de trabalho.

— Pai.

— É sério.

ZZ levantou e falou:

— Vejo se ajudo ele.

Ele foi até a cozinha, e eu já estava prestes a segui-lo, mas assim que me espreguicei e me sacudi, Grant se debruçou e pegou uns amendoins, então fiz o "Sentar", sendo ainda mais bonzinho.

Grant suspirou.

— Eu agradeço, mas preciso fazer dinheiro de verdade.

— A gente lucra aqui.

— Quase nada.

— Com a sua ajuda...

Grant levantou uma das mãos, o cheiro de amendoim flutuando tão poderosamente que involuntariamente lambi o ar.

— Podemos não falar mais nisso, pai?

Eles ficaram calados mais um tempo. Chase Pai deu de ombros.

— E quanto ao Riley, então?

Levantei a cabeça ao ouvir meu nome. Amendoins?

Grant se aproximou de mim.

— Será que de repente ele pode ficar aqui com você? Não sei exatamente onde vou morar.

— Claro. Estamos nos acostumando a ele.

Mais tarde, fiquei decepcionado quando Grant mexeu em uma caixa de brinquedos de cachorro e tirou seu osso de nylon de dentro.

— Ei, Riley, quer um osso? Hein?

Fiz "Deixa aí" com o osso de nylon, pegando em vez disso um brinquedo de corda e sacudindo-o. Esse *sim* era divertido!

A vida era diferente agora que eu era Riley. Grant e Burke não faziam Escola. Eles ficavam longe da fazenda por longos períodos de tempo, mas aí voltavam e dormiam em seus velhos quartos comigo. Mas eles nunca estavam na fazenda ao mesmo tempo.

Às vezes uma mulher chamada Stephanie vinha visitar e eu gostava dela, porque ela sempre jogava o brinquedo barulhento para mim. Na primeira vez em que ela foi ajudar Li Min na cozinha, achei Stephanie muito desajeitada, porque as panelas e os pratos batiam com barulho na bancada. Então, da vez em que Chase Pai cozinhou e Stephanie ajudou e não foi nada barulhento, percebi que não era ela, e sim Li Min que fazia aquele estardalhaço todo. Acontecia toda vez que Stephanie vinha ver Li Min, ZZ e eu para jantar. Parecia a versão da Li Min do caminhar zangado.

Stephanie e Chase Pai gostavam de se sentar à mesa e jogar "cartas", uma palavra que comecei a associar a algo que não era comida caindo no chão para eu apanhar.

— Sabe que a Li Min não gosta muito de mim, né? — reclamou Stephanie.

Ouvi um leve barulho de estalo: uma das "cartas".

— Isso é ridículo, Stephanie.

— Ela nunca sorriu para mim. Ela mal fala comigo.

— Ela é uma pessoa reservada.

Virei a cabeça e mordi uma coceira particularmente forte na minha pata.

— É pura hostilidade, Chase.

— Bom. Talvez ela ache que você quer roubar ZZ dela.

Mais um estalo, mas as pernas de Stephanie de repente ficaram imóveis.

— Por que você faria uma piada dessa? — perguntou ela baixinho.

— O quê? Não foi nada demais, Steph.

— Foi bastante inapropriada.

— Sinto muito. Me desculpe.

— Se quer saber, parece que estou roubando *você* de ZZ. Vocês dois são tão grudados. É difícil acreditar no que me contou, que no começo vocês não se gostavam muito.

— Não era ele, era eu. Eu só precisei ouvir que ele era empregado da TMH e aquilo bastou para eu construir esse mito a respeito dele que era completamente falso. Já pedi desculpas por isso algumas vezes. Como você disse, somos bem próximos. Eu não conseguiria manter esse lugar de pé sem ele; ele faz a maior parte do trabalho pesado.

Mais um estalo de carta. Por que essa gente não estava com fome?

— E sei que ZZ vai assumir depois que você se aposentar.

— Me aposentar? — Chase Pai riu. — Fazendeiros não se aposentam, eles só acabam indo dormir debaixo da terra um dia em vez de trabalhar em cima dela.

— Bom, mas você falou que gostaria de viajar, de conhecer lugares.

— Certo, e eu gostaria de acordar de manhã sem dor nos joelhos. Não vai acontecer.

— Não entendo.

Desabei de lado e fechei os olhos.

— Mesmo se eu tivesse o dinheiro e pudesse pegar um avião para o Taiti eu não poderia, Steph. A fazenda não me deixa ir. Sempre tem alguma coisa para fazer, até no inverno.

— Bom, então você podia vender a fazenda.

— Ela é dos garotos, sabe disso.

— Os garotos? Então cadê eles? Se querem tanto herdá-la, por que não estão aqui?

— Isso é entre mim e eles, Steph. Um pai e seus dois filhos resolvendo as coisas.

— Só que vocês não estão resolvendo as coisas. Você disse que eles ainda não se falam, e que também nunca ligam para *você*.

Chase Pai não respondeu.

— Quando te conheci, você era esse guitarrista descontraído.

— *Descuidado*, você quer dizer. — Chase Pai riu. — O único motivo por eu parecer bom é que todos do resto da banda são ainda piores.

Balancei o rabo sonolentamente com a risada dele.

Stephanie fungou.

— Estou só tentando dizer que você parecia tão divertido. Tão despreocupado. Aqui na fazenda, você é uma pessoa completamente diferente. Tão sério o tempo todo.

— Agricultura é um negócio sério.

O silêncio demorado que veio a seguir só foi interrompido pelo som das cartas e de meu demorado suspiro.

— O que estamos fazendo, Chase?

— Como assim?

— Estamos saindo há mais de um ano. Tem sapatos meus no seu armário e tenho uma gaveta na sua cômoda. E isso parece ser tudo, se depender de você.

— Amor...

— Não quero perder tempo, Chase. Estou velha demais para isso.

— Acha que estamos perdendo tempo?

— Acha que vai se casar de novo um dia, Chase? E não, não estou falando de mim, só em geral. Na sua vida. Não acha, acha? Não importa o que aconteça.

— Não entendo como viemos parar nesse assunto.

Stephanie se levantou e olhei para ela esperançoso, me levantando também.

— Preciso de um tempo para pensar nisso tudo.

— Pensar no *quê*?

Depois daquilo, Stephanie parou de visitar. Acho que ela não gostava tanto de cartas, no final das contas.

Eu não sabia que Chase Pai tinha conhecimento da existência de um parcão ali perto até um dia em que ele me levou de carro para a cidade e viramos no mesmo lugar em que Burke costumava me levar! Fiquei tão ansioso para marcar território em tudo, cheirar o rabo de outros cachorros e correr. Eu esperava encontrar Menino Pesado Buda, mas não havia nem sinal dele. Em vez disso levei um choque quando uma cachorra brincalhona galopou até mim e fez uma reverência. Eu conhecia essa cachorra — era filhote da Lacey! *Minha* filhote, toda crescida!

Ela não me reconheceu — isso ficou evidente pelo modo com que ela examinou cuidadosamente minha marca para me conhecer.

Nunca me ocorreu que um filhote que eu conhecera quando eu era Cooper não me reconheceria como Riley. Eu reconhecera Lacey, mas essa cadela, chamada de Echo, não *me* reconhecera.

Não entendi nada. Será que Lacey e eu éramos de alguma forma cachorros diferentes?

Brincamos exaustivamente, Echo e eu, com aquela liberdade gostosa que cachorros sentem quando se gostam. De alguma forma não importava ela não saber quem eu era.

Naquele inverno, quando a neve já estava alta, Grant chegou com seu carro e um outro logo atrás dele, sendo puxado por um cavalo, que logo descobri se chamar Sorte.

Sorte, a égua, parecia a mim um dos animais mais inúteis que eu jamais encontrara. Ela nunca entrava na casa — obviamente ela não entendia para que servia a portinha de cachorro, apesar de eu entrar e sair por ela diversas vezes para mostrar. Ela jamais corria atrás de uma bola ou graveto. E ela nunca comia comida, só ficava mastigando grama seca sem nem vomitar depois.

Chase Pai afagou o focinho de Sorte.

— Nunca ouvi falar em aluguel de cavalos antes — disse ele a Grant. Ele se afastou, admirando o carro de Sorte. — Trailer legal, também.

— Quer dar uma voltinha?

Quando Sorte, a égua, fazia "Junto" dava tudo errado e Chase Pai acabava preso nas costas dela por um tempo enquanto ela trotava para lá e para cá.

— Não faço isso há um tempo — observou Chase Pai, sorrindo.

Naquela noite, Sorte estava no celeiro, mas quando fui ver como ela estava, ela só ficou me encarando, sequer baixando seu focinho quando levantei minha pata traseira em uma palha de forma amistosa. Desisti de tentar ser legal com um cavalo. Dentro de casa, Chase Pai e Grant jogavam cartas. Gemi e me deitei aos pés deles. Se alguém ia me dar um petisco durante aquela coisa com as cartas seria Grant, mas ele ficava distraído por elas como todo mundo.

Slap. Era esse o som das cartas. Cheguei à conclusão de que não gostava dele.

— Que horas vai sair amanhã? — perguntou Chase Pai.

Slap.

— Não muito cedo. Quer vir junto?
— Nah. Nunca fui muito de acampar. Especialmente no inverno.
— Não é acampar de verdade. A rota me leva a umas cabanas e uma pousada.
— Acho que se eu quiser natureza eu posso subir na minha macieira e pronto.
Slap.
— Tipo, seria legal passar tempo juntos fazendo alguma coisa que não envolvesse trabalho — sugeriu Grant gentilmente.
Senti uma pontada de tristeza nele e me sentei para lamber a sua perna.
— Vai se divertir mais se não estiver me levando a tiracolo — respondeu Chase Pai.
Na manhã seguinte, Grant me levou em um passeio de carro demorado com Sorte, a égua, nos seguindo de perto — senti o cheiro dela o caminho todo. Não entendi como Sorte fez um passeio de carro sozinha.
Estacionamos, e Sorte parou o carro dela ao mesmo tempo. Eu não tinha a mínima ideia do que estávamos fazendo.
Fiquei surpreso quando Sorte fez "Junto" e Grant ficou preso em cima dela e andamos por uma trilha em meio à neve. Muitos cavalos haviam passado por ali antes de nós, conforme evidenciado pelos dejetos deles, que tinham congelado e ficado ainda menos interessantes gelados do que eram quando frescos. No caminho, paramos em alguns prédios de paredes de árvores que não continham nada de interessante, apenas pilhas de grama velha que Sorte mastigava por ignorância. Dormimos em uma casinha de madeira ao lado de um riacho congelado em meio a outras casas parecidas, e Grant conversou com algumas pessoas. O ar estava repleto do cheiro forte de fumaça. Sorte passou a noite com outros cavalos, mas eles não brincaram, só ficaram em pé tentando pensar em alguma coisa para fazer.
No dia seguinte, adentramos mais a mata. Quando paramos, à tarde, Grant escovou Sorte e a deixou em seu lugar com os outros cavalos enquanto eu brincava e lutava com um cachorrão preto e um menorzinho, marrom. Alguns cavalos ficaram olhando cheios de inveja.

— Vamos para a pousada agora, Riley — avisou Grant ao sair da casa de cavalos.

Segui Grant até um prédio grande e quentinho com muitos cheiros e corredores com muitas portas. Um fogo estaladiço em uma parede de pedras enviava odores acre e o calor pela sala grande, que subiam até um teto bem alto. Grant ficou conversando com umas pessoas junto a uma mesa alta.

Então me sobressaltei com um cheiro inconfundível, chegando sutilmente a mim, distinguindo-se da fumaça e das pessoas e dos cheiros de comida quente.

Ava.

Capítulo 28

Ergui bem o focinho e, agora que detectara a presença de Ava, sentia os sinais dela por toda parte. Fiquei farejando de um lado para o outro, procurando-a. Ela havia estado nessa casona, com seu piso de madeira que rangia e sofás e pessoas que riam e bebiam café. E não fazia muito tempo — o cheiro dela estava fresco, recente. Eu instintivamente sabia que poderia encontrá-la, como se "Encontrar" fosse um comando, como "Junto" e "Ajudar".

Mas eu teria que me aventurar lá fora. Grant ainda estava parado diante daquela mesa conversando com duas mulheres, sem nem olhar para mim, enquanto eu rastreava Ava até a porta da frente. Ela estava em algum lugar do outro lado.

Fiz o truque do portão dos fundos que funcionava com os amigos flatulentos de Ward — fiquei sentado perto da soleira e esperei, impaciente, alguém sair ou entrar. Finalmente o ar frio começou a soprar na casa e eu escapei correndo. "Oh!", exclamou um homem quando passei bem no meio das pernas dele.

— Riley! — gritou Grant severamente.

Mas eu estava conseguindo separar Ava do resto das pessoas que tinham caminhado naquela neve, e já estava na superfície dura, seguindo um rastro gasto por humanos e cavalos e cachorros.

Quando Grant gritou meu nome de novo, ao longe, percebi que ele tinha saído da casa grande, mas me senti impelido a continuar, seduzido a avançar, como se meu propósito fosse encontrar Ava, do mesmo jeito que o propósito dela sempre era me encontrar.

A trilha se dividiu diversas vezes, mas o cheiro de Ava estava gradualmente ficando mais forte, e peguei a direção certa toda vez, com confiança. A luz do dia estava diminuindo rapidamente agora, a mata ficando mais escura nas moitas, a neve brilhando sob meus pés. Eu estava arfando, mas não me sentia cansado — sentia-me cheio de energia, totalmente compelido a continuar a jornada que tinha iniciado.

Menos pessoas haviam virado na curva seguinte, tornando a neve menos compacta e consequentemente mais difícil para mim. Eu precisava prosseguir mais devagar, mas também, pela primeira vez, senti Ava no ar. Ela estava bem mais perto agora. Corri o máximo que pude, minhas patas afundando a cada passo.

A trilha me levou até a beirada de um rochedo alto. Prossegui, percebendo que poucas pessoas mesmo tinham vindo por aqui, e que Ava era uma delas. Ela estava logo à frente. Na direção de "Puxar à direita" havia uma queda íngreme até um solo plano e sem marcas.

Cheguei até uma corda esticada no meu caminho. Aqui, todas as outras trilhas paravam, exceto uma. Passei por baixo da corda. Agora a neve estava pontuada por um único par de pegadas que dava a volta em árvores secas. Ava tinha passado por ali sozinha, criando seu próprio caminho.

E então o cheiro da trilha acabou e as pegadas também. Parei, confuso. Eu ainda sentia o cheiro dela — parecia que ela estava bem *ali*, muito próxima, mas onde? Estreitei os olhos sob a luz fraca.

Então ouvi um som baixinho; um choro desesperado, enfraquecido. Avancei lentamente, ciente da queda súbita. Quando olhei de cima da beirada, vi uma mulher deitada de barriga para baixo na neve, seus longos e claros cabelos espalhados para os lados.

Era Ava.

Eu não sabia o que fazer. Ela não estava olhando para mim. Ela respirava com dificuldade em fôlegos entrecortados que transmitiam dor e medo.

Aflito, gani e notei como ela ficou completamente imóvel com o som.

— Olá?

Esperei ela me dizer o que fazer. Quando ela deitou o rosto de volta na neve, lati.

— Meu Deus! Um cachorro! — Ela rolou de costas e gritou quando o fez, uma exclamação aguda e cheia de agonia, até estar olhando para mim. — Cachorro! Vem! Por favor, vem me ajudar!

Balancei o rabo, confuso. Ela estava longe demais para eu fazer o Vem. Eu não podia pular até ela. Ela teria que subir até mim.

— Por favor! Vem! Vem cá! Vem! Vem!

Eu estava desesperado. Olhei para a direção da qual eu tinha vindo, mas não vi um caminho até lá embaixo. Voltei para onde ela tinha me visto.

— Ok. Cadê seu humano? Olá! — gritou ela alto. — Aqui! Estou ferida! Socorro!

Quando ela respirou, virando o rosto, congelei, achando que ela tinha escutado alguma coisa. Ela então ficou visivelmente desanimada.

— Certo. Vai ter que ser você. Pode vir? Aqui, cachorro! Vem!

Eu choramingue de tão frustrado. Levado a fazer *alguma coisa*, dei meia-volta e galopei pela neve, refazendo meus passos pela crista. Conforme mais pegadas se juntavam às minhas, ficava mais fácil avançar, e parecia ser um progresso, mesmo eu estando correndo para *longe* de Ava.

Logo encontrei uma bifurcação no caminho — de um lado ficava a casa grande e Grant, mas em frente o caminho seguia por uma descida, o que era mais fácil. Sem pensar, segui essa direção, e quando o declive ficou mais íngreme, comecei a saltar, avançando à toda. Passei por algumas pedras e árvores caídas e cheguei na base de rochas. O caminho se bifurcou novamente, mas eu não tinha dúvida — virei na direção de Ava. A neve era fina junto à parede de pedras e consegui recuperar meu ritmo. O cheiro dela tomou conta do meu faro e pude ouvi-la, escutar o choro baixo dela, e a vi deitada na neve, cobrindo os olhos com os braços. Ela virou a cabeça subitamente quando me aproximei.

— Isso! Cachorro bonzinho! Que cachorro bonzinho!

Eu amava ser um cachorro bonzinho pra Ava. Pulei na neve mais profunda e atravessei-a até alcançá-la, lambendo seu rosto molhado e salgado. Tentei subir em cima dela e ela gritou.

— Desce! Para! Minha perna! — gritou ela.

Eu conhecia o Desce, claro, então mesmo a neve estando tão pesada, me esparramei nela, rastejando para a frente para beijar Ava mais um pouco. Ela segurou minha cabeça.

— Ah, você é um cachorro tão bonzinho. Ok, ok, deixe-me pensar. Preciso que você pegue minha mochila, tá? Tem comida nela, e coisas para acender uma fogueira, e talvez meu telefone ainda esteja no bolso de fora. Acha que consegue? — Ela brincou com minha coleira. — Riley? Acha que pode ir buscá-la? Está bem ali!

Fiquei rígido, entendendo que ela estava me mandando fazer alguma coisa.

— Pega a mochila! Riley, pega a mochila! Pega!

"Pegar"! Fui até a base das rochas e pulei sobre um graveto. Ela não falou "Deixa aí", então levei-o de volta, orgulhoso.

— Ok, bom cachorro, mas não quero um graveto. Preciso da minha mochila, está bem, Riley? Se eu não pegar minha mochila não conseguirei sobreviver por tempo suficiente até ser encontrada. Ok? Pega a mochila!

"Pegar"! Vi mais um graveto, dessa vez infestado do cheiro dela, e o apanhei. Ela gemeu mas o aceitou.

— Não o bastão de esqui. Obrigada, bom cachorro. Mas preciso é da mochila, ok? Pode pegar a mochila?

Eu ouvia a palavra "pegar", mas não parecia um comando. Fiquei nervoso.

— Pega a mochila, Riley, a mochila!

Avancei alegremente pela neve, adorando mostrar a Ava que eu conhecia o Pega. Cheirei uma porção de coisas para levar a ela; esse jogo podia se estender por horas.

Desenterrei uma coisa feita de metal e plástico e orgulhosamente trotei de volta para ela.

— Um sapato de neve. Oh, Deus.

Ela enterrou o rosto entre as mãos e senti seu medo e desespero, então avancei de fininho, sem entender. Gemi e ela me afagou com a mão ainda molhada de suas lágrimas.

— Eu não quero morrer, estou com tanto medo de morrer — sussurrou.

Brincamos de "Pegar" com mais gravetos e o que reconheci como sendo uma luva, mas nada disso a deixou feliz. Me senti um cachorro malvado, desapontando-a quando ela queria tão desesperadamente algo de mim.

Afundado ligeiramente na neve encontrei mais um objeto com o cheiro dela entranhado. O apanhei — era uma bolsa bem pesada e eu estava prestes a deixá-la para lá quando Ava ficou animada.

— Isso! Bom cachorro! Traz aqui! Isso, isso mesmo, Riley!

Era mais fácil arrastar do que carregar, mas fiz "Pegar" com a bolsa e Ava me abraçou.

— Ah, Riley. Você é tão esperto.

Ela arfou alto quando tentou se sentar, e em seguida abriu o zíper da bolsa. Ela tirou uma garrafa de dentro e bebeu dela, e em seguida tirou um pedaço de pão com carne que ela comeu.

— Quer um pedaço do sanduíche?

Ela me ofereceu um naco e o aceitei, quase delirando com aquele sabor glorioso. Quando terminei, comi um pouco de neve.

— Nada do meu telefone. Estava na minha luva, não estava? Eu queria tirar uma foto, e foi por isso que deslizei até tão perto da beirada e caí. Então é claro que não está na mochila.

Ela olhou ao redor, balançando a cabeça. Então ela olhou para mim.

— Isso não vai bastar, Riley. Não consigo acender uma fogueira ao ar livre em cima da neve molhada. Mesmo se eu pudesse, está previsto nevar mais de dez centímetros hoje. Preciso chegar até a cobertura na base do penhasco. Ah, Riley, mais uma missão para você. Consegue me ajudar? Preciso dar um jeito de chegar até ali.

Percebi que ela queria brincar de "Pegar" um pouco mais, e fiquei rígido, a postos. Em vez disso, ela atirou sua mochila, grunhindo, e a bolsa bateu na parede de pedra e caiu com um estampido. Era para eu trazê-la de volta? Então ela esticou o braço e pegou na minha coleira.

— Certo. Essa vai ser a coisa mais difícil que já fiz na vida, mas preciso. Pronto?

Ela chutou a neve com uma das pernas, me empurrando ligeiramente, arfando de dor.

— Me ajuda, Riley!

Apesar de ela não ter dito nada, isso parecia o "Junto", então fiquei imóvel. Grunhindo e sibilando, ela empurrou de novo, virando minha cabeça igual quando Burke fazia no "Ajudar". Era isso que estávamos fazendo? Dei um passo cauteloso à frente. Ava gritou e parei, olhando de volta para ela, alarmado.

— Não, tudo bem. Precisamos fazer isso. Sinto muito, está doendo mais do que eu esperava. Continua. Por favor? Riley! Continua!

Ela pegou meu rosto e o virou novamente. Era *mesmo* o "Ajudar". Nos movemos juntos, lenta e cuidadosamente, indo até onde a mochila dela estava encostada nas pedras grandes. Ela soluçava, pegando ar a praticamente cada passo, mas não queria parar. Quando chegamos perto da bolsa, Ava desabou, ofegando, e ficou imóvel por tanto tempo que a cutuquei com o focinho de tanta preocupação.

— Certo. — Ela se encolheu ao sentar.

Depois daquilo, brincamos de "Pegar" com gravetos. Não demorei a entender que ela só estava interessada nisso, o que por mim estava ótimo — se eu fosse um humano não ia querer nada a não ser gravetos e bolas e um brinquedo barulhento. Me lembrei do dia na chuva com Wenling e Burke e os esquilos aquáticos.

Ava estava satisfeita.

— Você é incrível, Riley! Como é que sabe fazer isso?

Em dado momento, ela pegou minha cabeça e me encarou como fazia com frequência quando eu era um filhotinho.

— É meu cão anjo da guarda? Foram os céus que enviaram você?

Depois que Ava se cansou do jogo, ela acendeu uma fogueira.

— Certo. Pelo menos congelar eu não vou. — Ela olhou ao redor. — Ninguém sabe que estou aqui, Riley. Será que estou com hemorragia interna? O que vai acontecer quando começar a nevar?

Ela se encolheu. Fiz "Sentar" atentamente, pronto para obedecer a seja lá o que ela me fosse me pedir agora.

Depois de um bom tempo, o ar frio trouxe até mim o cheiro salgado de lágrimas.

— Não estou pronta — gemeu ela. Ela baixou a cabeça, seus cabelos claros cobrindo seu rosto. — Nenhum homem jamais se apaixonou por mim, nunca fui à Europa, nunca...

Lambi o rosto dela e ela secou o nariz e me deu um sorriso torto.

— Tudo bem, Riley. Tem razão. — Ela inclinou a cabeça para mim. — Mistura de pastor australiano e Nova-terra. Resgatei uns filhotes como você na parte baixa da península há uns anos. Que rostinho mais doce. — Ela suspirou. — Talvez alguém venha atrás de *você*, Riley. Alguém ama você e te deu essa coleira chique.

Eu estava cansado e me esparramei na neve. Não resisti quando ela pegou minha cabeça e a puxou suavemente para seu colo.

— Está sentindo a tempestade chegando? Vai ser das feias. Não sei se vou sobreviver a esta noite, Riley. — Ela estava chorando de novo. — Você fica comigo? Se é para eu morrer, quero estar com um cachorro. Depois você pode voltar para casa. — Ela acariciou meu pelo e fechei os olhos. — Ah, Riley. Fui tão burra. — Ela secou o rosto com a manga do casaco. — Isso vai ser tão duro para meu pai.

Íamos simplesmente ficar sentados aqui? Eu entendi que Ava estava com medo e sentindo dor e frio, mas não entendi por que, já que era o caso, simplesmente não voltávamos para aquela casa com tantos quartos.

Começou a cair uma neve leve. Ava acariciava meu pelo suave e tristemente. Eu caía no sono e acordava, consciente apenas da respiração dela, do calor do fogo, e do movimento constante dos seus dedos carinhosamente afagando minha cabeça.

Capítulo 29

Ava e eu estávamos dormindo, mas levantei a cabeça imediatamente ao ouvir o grito de Grant ao longe.
— Riley!
Ele estava me chamando, mas antes que eu pudesse me mover, Ava levantou a mão e pegou na minha coleira.
— Fica comigo, Riley!
Fiquei rígido. Eu queria latir, mas o aperto dela me fez sentir como se não devesse. Ava respirou fundo.
— Aqui! Socorro! Aqui!
Ela esperou, ouvindo atentamente.
— Olá? — gritou Grant de volta.
— Aqui! Machuquei a perna! Socorro!
O ar estava pesado com aquele silêncio demorado. Farejei Sorte e então, instantes depois, Grant. No meio da escuridão consegui enxergá-lo avançando ao longo do paredão de pedras, puxando Sorte pela guia. Não entendi por que Sorte tinha que estar aqui.
— Aqui! — gritou Ava.
Grant acenou.
— Já vi você!
Ele parou e amarrou a corda do cavalo em um tronco, e em seguida veio na nossa direção, suas botas estalando nas pedras. Balancei o rabo.
Ava soltou minha coleira.
— Graças a Deus — disse ela.
Disparei para cumprimentar Grant, mas não Sorte. Ele me deixou guiá-lo até onde Ava estava. Grant se agachou, estendendo as mãos na direção do fogo.

— Oi. O que houve?
— Ah, foi burrice minha. Eu estava caminhando na neve e quis ver os penhascos. Era tão lindo e comecei a tirar fotos e fiquei tão concentrada no que estava fazendo que caí da beirada. Estou com a perna quebrada. Riley é seu cachorro?
— Sim. Grant Trevino. — Ele se inclinou e eles seguraram as mãos brevemente.
— Ava Marks. Estou tão feliz por você ter vindo procurar seu cachorro.
— Ah, ele fugiu da pousada antes de anoitecer. Achei que ele voltaria, mas quando isso não aconteceu, resolvi por a sela em Sorte depois do jantar e vir buscá-lo.
Olhei para ele em alerta. Jantar?
— Como nos encontrou?
— A coleira dele tem GPS. — Grant sorriu. — O Riley aqui gosta de fugir dos donos, apesar de ser a primeira vez que ele faz isso comigo. Que bom que ele encontrou você.
— Ele latiu para mim de cima do penhasco.
— Quer que eu dê uma olhada na sua perna?
— Posso sentir onde quebrou. Logo abaixo da pele.
Grant ergueu as sobrancelhas.
— Nossa! Sinto muito. Bem, lá se vai a minha ideia de levar você na garupa do meu cavalo. Vou ligar para a equipe de resgate vir.
— Obrigada. Eu estava segurando meu telefone quando caí e não faço a mínima ideia de onde tenha ido parar.
Grant virou o rosto para olhar para Sorte e ficou falando ao telefone. Fiquei acariciando Ava com meu nariz. Ela estava muito mais feliz agora que Grant tinha chegado, e eu também.
— Certo, eles já estão vindo. — Grant se ajoelhou de frente para a fogueira novamente. — Teve sorte de ser só a perna. A queda deve ter sido de uns nove metros.
— A sorte foi Riley ter aparecido.
Abanei o rabo de novo ao ouvir meu nome, mas não entendi por que eles estariam falando da Sorte, que estava parada ali sem fazer nada.
— Eu realmente achei... — Ava respirou com dificuldade. Quando ela continuou, sua voz era cansada. — Realmente achei que eu

ia morrer de hipotermia. E aí me aparece esse cachorro-anjo, e pedi para ele buscar minha mochila. Ele buscou, então pedi para ele buscar uns gravetos para a fogueira e pedi para me trazer para cá, longe do vento. Ele fez tudo isso como se estivesse praticando a vida toda. Eu estaria morta se não fosse por ele.

Grant esfregou meu peito. Que sensação maravilhosa.

— Hum. Eu certamente nunca o treinei para fazer nada disso, mas ele é bem inteligente. Entende tudo em segundos. Ele deitou na primeira vez que mandei. Então, está hospedada na pousada?

— Bom, eu *estava*. Imagino que eu vá passar esta noite na emergência.

Grant fez uma careta.

— Claro. Desculpa. Tem algum amigo que eu possa avisar? Seu namorado?

Ava balançou a cabeça.

— Estou aqui sozinha *por causa* do meu namorado. *Ex*-namorado. Ele me deixou depois de eu já ter pagado pela viagem, então pensei, por que desperdiçar?

— Bom, ele deve ser um idiota.

Ava sorriu.

— Obrigada. Mas posso usar seu telefone para avisar meu pai?

Depois de pouco tempo chegaram pessoas em umas máquinas barulhentas. Elas amarraram Ava em uma cama e a levaram embora. Foi tão parecido com a última vez em que vi Vó que estremeci, me aninhando junto ao Grant.

Passamos mais uns dias perambulando sem objetivo com Sorte, mas sem Ava. Quando voltamos para a fazenda (Sorte nos seguiu de perto no carro dela, então ela também estava de volta), o sol já tinha se posto. Trotei pela portinha de cachorro e Grant ficou com Sorte.

Assim que entrei na sala, percebi que tinha alguma coisa errada. Chase Pai estava deitado no sofá com um pano molhado sobre os olhos e não disse uma palavra para mim. Li Min e ZZ estavam lá também, sentados desconfortavelmente em cadeiras que haviam puxado para perto do sofá, como se planejassem comer do sofá, e eles também não reagiram; era como se não entendessem o significado do meu retorno — havia um cachorro na casa agora! Era para todo mundo ficar feliz!

Chase Pai estava balançando a mão perto do chão. Quando a funguei, ele se mexeu com um gemido.

— Oi, Riley! — sussurrou ele. Ele levou os joelhos para junto do peito.

Chase Pai estava com cheiro de doença e suor, e quando ele me tocou com os dedos, pude sentir que ele estava com dor. Sentei e o observei ansiosamente, sem entender absolutamente nada.

Grant demorou um bocado, mas ele finalmente abriu a porta, pisoteando a varanda com suas botas e trazendo junto o cheiro de Sorte para dentro de casa. Ele parou ao nos ver.

— O que aconteceu?

Li Min se levantou.

— Seu pai está doente e não quer ir ao hospital.

Grant foi até seu pai para o olhar de perto.

— O que você tem?

— Dor na barriga.

Grant olhou para Li Min e ZZ e balançou a cabeça.

— Não, com certeza é mais sério que isso.

— Ele não conseguiu nem levantar — contou ZZ.

— Ele está morrendo de dor! — completou Li Min.

— Pelo amor de Deus, eu consigo levantar — esbravejou Chase Pai. — Só não quero.

Li Min agitou as mãos.

— Começou após o café da manhã. Ele não conseguiu comer os ovos, e sabe como isso é raro. Depois ele vomitou. Ele foi fazer umas tarefas, voltou, deitou no sofá e ficou aí o dia todo.

— Estou bem aqui, Li Min — resmungou Chase Pai. — Não precisa falar de mim como se eu estivesse no cômodo ao lado.

Aparentemente íamos todos ficar na sala por um tempo, então me sentei também, sentindo a preocupação nas pessoas.

— Não fez suas tarefas? — Grant balançou a cabeça. — Só pode ser sério, pai. Lembra quando perguntei a você se eu podia não fazer as tarefas caso ursos me atacassem, e você respondeu que dependia de quantos ursos?

Chase Pai deu uma única risada, que imediatamente se emendou em um grito de dor.

— *Jesus!* Parece que estou sendo esfaqueado.

— Em uma escala de um a dez, com um sendo uma pedra no seu sapato, e dez uma mordida de tubarão, que nota você daria para sua dor? — perguntou Grant.

Chase Pai ficou em silêncio por um tempo.

— Oito — respondeu ele finalmente.

Grant ficou boquiaberto e respondeu:

— *Oito?* Meu Deus, pai, precisamos levar você ao hospital.

Chase Pai balançou a cabeça.

— Não precisa.

— *Por favor!* — implorou Li Min. — Por favor, vai, Chase!

— Pai. Se não deixar a gente levar você, vou chamar uma ambulância.

Chase Pai olhou feio para Grant. Li Min pôs uma das mãos no ombro de Chase Pai e apertou.

— Você tem que ir.

ZZ e Grant levaram Chase Pai para fora e saíram de carro. Fiquei pertinho de Li Min porque ela me deu jantar e porque ela realmente estava precisando de um cachorro. Ela ficou andando para lá e para cá, olhando seu telefone, encarando a escuridão pela janela. Ela chorou três vezes. Fui diligentemente atrás dela e fiz "Junto" sempre que ela precisava de um abraço, satisfeito em ter um propósito no meio dessas circunstâncias desconcertantes.

Quando o carro de Grant começou a se aproximar, atravessei a portinha para cumprimentá-lo. Ele mal havia saído do carro quando Li Min veio correndo.

— Grant! O que está acontecendo com seu pai?

Grant a abraçou.

— Vai ficar tudo bem. O apêndice não estourou. Ele já saiu da cirurgia e está descansando.

Li Min pôs uma das mãos sobre a boca e assentiu. Ela estava chorando.

— ZZ vai passar a noite lá com ele. E os médicos avisaram que ele não vai poder trabalhar por pelo menos duas semanas. *Isso* sim vai acabar com ele. — Grant inclinou a cabeça de lado, observando Li Min. — Você está bem?

Ela assentiu, secando os olhos.

— Só fiquei muito preocupada. Quando você me mandou aquela mensagem, fui pesquisar sobre apendicite e li que pode ser bem feio. Você pode até morrer disso. E depois não tive mais notícias.

— ZZ não te ligou? Achei que ele tinha ligado.

Ela balançou a cabeça violentamente.

— Foi uma agonia ficar esperando sem notícias a noite toda.

— Desculpe, Li Min. Eu tinha certeza de que ele estava mantendo você informada.

Ela respirou fundo, sacudindo o corpo como um cachorro faz depois de se molhar.

— Quer alguma coisa? Um café?

— Na verdade, nem jantei.

Olhei para ele cheio de esperança. Jantar era uma ideia excelente!

— Ah! Vou tirar umas coisas da geladeira.

Li Min logo estava na cozinha batendo panelas, mas não de um jeito zangado.

— O que acha *disso*, Riley? — sussurrou Grant para mim. Ao escutar meu nome de repente tive certeza de que um segundo jantar era uma possibilidade real.

Não era, mas Grant me deu um bocadinho por baixo da mesa.

Chase Pai voltou para casa depois de um ou dois dias, mas ele estava cansado e foi deitar no quarto de Burke. Grant ficou olhando para ele da porta.

— Quer alguma coisa?

— Só preciso descansar.

Me perguntei se seria uma boa ideia pular naquela cama na qual eu havia passado tantas noites de minha vida. Era a cama do meu menino, mas Chase Pai nunca me deixava dormir com ele — será que isso fazia diferença?

— Preciso ir embora em breve, pai.

— Tudo bem. Tenho o ZZ.

— E a Li Min — acrescentou Grant.

— Certo.

— Ela vem todo dia agora?

Eu ainda não tinha resolvido onde deitar, então bocejei.

— Sim. Assim como o ZZ.

— Que legal. Ela estar aqui, quer dizer.

— Onde está querendo chegar, filho?
— Nada. Então, preciso voltar. Preciso devolver o cavalo.
— Quer me fazer um favor?
— Claro.
— Leva Riley com você? Ele é tanto seu quanto meu. Não devo fazer nada além de dormir e comer. Como um adolescente. Não acho que consigo fazer justiça como pai de cachorro nas atuais circunstâncias.

Passeio de carro com Grant! E foi dos grandes, manchado só pelo fato de Sorte nos ter seguido o caminho todo até chegarmos a um lugar infestado de cheiro de cavalos no qual muitos e muitos deles ficavam mastigando grama, em busca de alguma coisa para comer. Então partimos e Sorte ficou tão ocupada olhando para os outros cavalos que esqueceu de entrar de volta no carro dela.

Terminamos a viagem em um lugar de piso lustroso, no qual o quarto de Grant ficava no final de um corredor comprido cheio de portas. Grant, concluí, gostava de prédios grandes cheios de gente. Amei aquela casa, pois a cama ficava no mesmo quarto que a cozinha, mas não entendi por que tínhamos ido embora da fazenda. Estávamos tão longe que eu não sentia nenhum cheiro dela quando o vento soprava.

Grant trouxe um brinquedo barulhento! Eu adorei — quando o ataquei, o som me lembrou de Lacey. Ele também apareceu com um osso de nylon novo. Aquilo eu já não amei tanto.

Depois de alguns dias, fizemos mais uma viagem de carro, dessa vez até uma casa com um cheiro inconfundível. Ava! Grant bateu na porta e eu abanei meu rabo animadamente.

— É você, Grant? — perguntou ela.
— Sou eu!
— Entra, está destrancada.

Entrei de primeira assim que Grant empurrou a porta. Ava estava na sala e fiquei maravilhado em ver que ela estava em uma cadeira de rodas igualzinha à de Burke. A perna dela, entretanto, estava esticada para cima. Ela me afagou mas não me deu nenhum petisco. A perna esticada estava vestida com uma calça pesada e dura.

Havia um tapete legal e macio no chão e afundei nele, deixando o sol me aquecer, enquanto Ava e Grant conversavam. Finalmente, os raios deslizaram do tapete para o chão de madeira, então precisei decidir o que fazer: me levantava para conseguir mais calor do sol ou ficava naquele tapete macio? Escolhi o tapete.

— Como está com a cadeira de rodas? — perguntou Grant.

— Tudo bem. Chato. E tinha torcido meu pulso direito no outono, o que não percebi até dar entrada no hospital. Então está difícil me locomover nela.

— Meu irmão passou a juventude em uma cadeira de rodas.

— Ah, eu não sabia que você tinha irmão. Não falou nele.

Grant deu de ombros.

— Não somos próximos. Longa história. Enfim, ele tinha um cachorro que o puxava, o ajudava a sair e voltar para a cadeira, coisas assim. A gente podia ver se conseguia treinar o Riley.

Olhei com preguiça para ele.

— Não é uma coisa fácil de fazer — observou Ava.

Grant se levantou.

— Você tem uma corda?

— Tem uma caixa cheia de guias de cachorro no armário da entrada.

Grant abriu uma porta.

— Você tem um *bocado* de guias.

— Resgato animais, lembra?

Quando Grant pôs a guia na minha coleira, abanei o rabo alegremente por estarmos indo passear. Ele passou a outra ponta para Ava.

— Certo, quando você o mandar puxar, vou chamá-lo até mim.

Eu conhecia aquela palavra. "Puxar". Fazia sentido; ela estava na cadeira. Fiz o "Sentar", pronto para colocar a mão na massa.

— Ele vai me arrancar para fora da cadeira.

— Apenas segure firme.

— Não sei nem esquiar na água.

— Foi assim que meu irmão e meu pai treinaram Cooper.

Fiquei tão feliz em ouvir o nome Cooper. Grant atravessou a sala. Ignorei. Eu sabia o que estava fazendo.

— Manda ele puxar!

Mesmo sendo Ava quem deveria estar dando o comando, estava claro o que eles queriam. Fiz o que eu havia aprendido, avançando lentamente, inclinando-me contra a guia e sentindo a cadeira deslizar atrás de mim.

— Oh, meu Deus! — exclamou Ava.

Grant estava com um sorriso largo. Fiz o "Puxar" até o outro lado da sala. Ninguém mandou "Parar", mas eu não tinha mais para onde ir.

— Riley, você é incrível — disse ele.

— Espera aí: ele não pode ter acabado de aprender a fazer isso. Você o treinou como cão de serviço?

— Não. Talvez tenha a ver com seu peso na cadeira. Ele sente a resistência e puxa.

— Então está dizendo que sou gorda.

Senti o suor saindo dos poros de Grant.

— *Não*. Ah, não, não, nada disso.

Ava riu.

— Estou brincando, Grant. Devia ter visto sua cara. Bom, ele certamente tem um pouco de Terra-nova, e esses cães são muito usados para puxar carrinhos. Acho que pode ser instinto. Ele foi resgatado? Também vejo pastor australiano na pelagem dele, isso é óbvio.

— Acho que foi. Lembra que naquele dia no penhasco contei que ele gostava de fugir? Ele era de um cara chamado Ward, mas Riley ficava fugindo, e na maior parte das vezes, ia parar na fazenda do meu pai.

— Ward *Pembrake*?

— É, esse mesmo. Você o conhece?

— Não, mas conheço esse cachorro! O resgatei antes de ele desmamar. A mãe dele é em maior parte pastor australiano, e, da ninhada toda, esse aqui era meu preferido. — Ava encaixou minha cabeça entre suas mãos e olhou bem fundo nos meus olhos. — É o Bailey! Lembra de mim, Bailey? — Ela afagou minha cabeça. — O irmão do sr. Pembrake é amigo do meu pai, então deixamos ele ficar com o Bailey, e ele deve ter dado a ele o nome de Riley. Que coincidência incrível!

Eu não me importava nem um pouco de ser chamado de Bailey por Ava. Me lembrava da época em que era um filhote.

— Bailey é um nome legal — observou Grant. — Dizem que tivemos um ou dois deles na nossa família.

Repetimos o "Puxar" várias vezes. Eu estava pronto para fazer "Ajudar" e "Junto", mas Ava aparentemente não estava interessada.

— Ava, você quer ficar com o Riley por alguns dias?

Ela olhou para Grant, surpresa.

— Como assim?

— Acabei de começar em um emprego novo, então ele ia ficar sozinho no meu apartamento em Lansing o dia todo mesmo. Ele pode ajudar você a se locomover. Eu trago as tigelas e os brinquedos dele.

— Ele não vai ficar confuso em ser deixado aqui?

— Ele é bem tranquilo. E farejou você na mata, lembra? Acho que ele se lembra de você do passado. E eu viria visitar.

A voz de Grant parecia hesitante. Observei-o atentamente.

— Ah. Sim, eu gostaria sim, Grant — concordou ela gentilmente.

Grant sorriu para ela.

— Talvez não tenha sido coincidência eu estar com Riley e ele encontrar você naquele penhasco. De repente era para ser.

Eles ficaram se olhando. Eu bocejei.

Mais tarde, um homem bateu na porta e entregou comida aos dois em uma caixa plana. Sentei-me ao lado de Grant devido à habitual generosidade dele na hora do jantar, mas ele estava mais interessado em conversar do que dar qualquer coisa a um cachorro tão merecedor.

— Minha mãe se mudou para Kansas City depois de se divorciar do meu pai — contou Ava. — Ela é CEO da Trident Mechanical Harvesting.

— *Sério?*

— Por que perguntou assim?

— É só que meu pai basicamente acredita que a empresa dela está arruinando a América. Forçando fazendeiros a abandonarem suas terras. Ele é bem intenso quanto ao assunto; vou avisá-lo para não falar sobre isso perto de você.

— Eles não forçam ninguém. É um bom acordo. Eles compram a fazenda, dão o dinheiro, mas o dono pode alugá-la por um dólar por ano se quiser continuar morando e trabalhando nela e ficar com a colheita para vender. Geralmente, depois de alguns anos, os ex-donos resolvem que preferem pegar o dinheiro e ir morar na Flórida ou coisa assim, mas poderiam ficar em suas casas até morrerem se quiserem.

— Eu não tinha a mínima ideia. Um dólar por ano e eles podem ficar com a fazenda?

— É o acordo. Minha mãe é bem sensível quanto ao que você falou, que a empresa dela está destruindo a fazenda familiar.

Grant tamborilou com os dedos.

— Uau, eu nunca tinha ouvido falar nisso. Então, acha que sua mãe conseguiria um bom acordo para o meu pai?

Capítulo 30

Agora eu morava com Ava. Ela não me pedia para fazer nada além do "Puxar". Eu ficava frustrado por ela lutar tanto com sua perna de calça pesada ao tentar ir de sua cadeira para a cama e para o sofá — eu estava bem ali, pronto para fazer "Ajudar", o que ela sabia que eu podia fazer desde aquela noite na neve, mas ela nunca pedia minha ajuda.

Sam Pai e uma mulher chamada Marla vinham sempre me ver, e possivelmente ver Ava também. Marla tinha um cheiro predominante de flores e da química em seus cabelos pretos. Sam Pai a abraçava um bocado.

— Quer que eu fique aqui com você, Ava? Posso tirar uns dias de folga do banco — ofereceu Marla.

— Não, está tudo bem — respondeu Ava. — Eu tenho o Riley.

Às vezes eu me deitava com o nariz voltado para a fresta embaixo da porta, farejando o redemoinho dançante de árvores e animais e cachorros e gente. Eu não sentia o cheiro da Lacey. Convenci a mim mesmo de que podia detectar a fazenda, e o rancho das cabras, mas eram traços tão fracos que eu podia muito bem estar sentindo uma coisa que não estava realmente lá. Isso era, refleti, um dos aspectos mais estranhos em ser um cachorro — humanos decidindo onde e com quem vivíamos de acordo com as vontades deles. No íntimo eu sentia que meu lugar era na fazenda, e me perguntei se eu voltaria para lá um dia. Será que Lacey estava *lá*?

Precisei aceitar meu destino, é claro, da mesma forma com que havia aceitado o veterinário diminuir minha dor com uma única agulhada para eu mais tarde me dar conta de que tinha uma nova mãe e que estava no meio de uma nova ninhada de filhotinhos.

Também entendi que meus sentimentos tinham mudado. Eu ainda amava Burke, mas agora me sentia fortemente apegado à Ava e ao Grant. Essa era mais uma coisa quando se era cachorro, concluí: a capacidade de amar muitas pessoas.

Grant vinha me ver com frequência, e não importa o quão fundo eu enterrasse na minha caixa de brinquedos, ele sempre encontrava o tal osso de nylon.

Uma vez ele chegou com plantas floridas nos braços, imediatamente enchendo a casa com o perfume delas. Me lembrei de Marla. Ele entregou as flores à Ava em um movimento quase violento.

— Trouxe flores.

— Estou vendo — disse ela, rindo. — São lindas, obrigada. Mas se está tentando me deixar nas nuvens, não consigo subir tão alto até tirar esse gesso.

Grant assentiu.

— Estou brincando, Grant. Se importa em levá-las para a cozinha? Eu mostro onde guardo o vaso.

— Eu sabia que era brincadeira. Estava tentando pensar em uma resposta à altura. Meu irmão que é o piadista da família. Sou apenas o velho e confiável Grant.

Ele a beijou e levou as flores até a pia. Então ele abriu a torneira e, de costas para nós, as enfiou em um vidro alto.

— Só sei que quando vi você pela primeira vez, você estava saindo do meio da névoa sentado em seu cavalo, vindo salvar minha vida. Como um cavaleiro de armadura e tudo — disse Ava gentilmente. — Se isso faz de você confiável, eu aceito.

Grant fez o jantar e atirou pedacinhos de carne apimentada para mim enquanto preparava tudo. Fiquei tão feliz por ele estar em casa!

— É meio assustador ir sozinha, mas simplesmente não fui feita para legislação corporativa — disse Ava mais tarde, à mesa.

— E agora?

— Já tenho meu primeiro cliente, o Hope's Rescue, do meu pai. Achei que eu podia me concentrar nisso, trabalhar com abrigos, talvez consultórios veterinários. Mas, como falei, é meio assustador.

Um pedacinho de carne caiu no chão e logo pulei em cima.

— Você vai fazer dar certo. É inteligente.

— Você me traz flores, diz que sou inteligente... Sua mãe criou você bem.

Grant se calou.

— Espera, o que foi? Eu disse alguma coisa errada?

— Foi meu pai quem criou a gente. Minha mãe se divorciou dele, mudou para fora do país e começou uma nova família com um cara aí. Não me lembro muito dela. Não tenho notícias dela há muito tempo.

— Desculpe, eu não sabia.

Grant suspirou.

— Eu costumava me perguntar o que eu tinha de errado por ela nunca ter tentado visitar nem nada, mas minha avó alegava que o marido dela era supercontrolador e não a deixava. É essa a história, pelo menos.

Ele se calou novamente.

Cutuquei a perna de Grant com meu focinho por ainda haver cheiro de carne de sobra na mesa.

— Dá para perceber que isso ainda deixa você triste — murmurou Ava.

— Ah. Eu só estava lembrando de quando ela foi embora. Meu irmão Burke nasceu paralisado da cintura para baixo e ela não conseguiu lidar com esse fato, então ela se mandou.

Ava ficou boquiaberta.

— Ela *disse* isso? Que foi por ele ser deficiente?

— Não precisou. Todos nós sabíamos. Sentamos na sala de estar e nossos pais perguntaram se queríamos ficar com nosso pai ou ir embora com ela. E eu ia escolhê-la, mas não queria que o Burke fosse também. Eu queria minha mãe só para mim, e ela estava indo *por causa* do Burke. Então eu disse que ficaria com meu pai, porque eu sabia que meu irmão me imitaria e eu poderia mudar de ideia depois. Mas então Burke diz: "Vou ficar com Grant." Não Pai, mas *Grant*. E aí o que eu poderia fazer? Fiquei preso.

— Nossa, Grant.

— Pois é. Por que ele disse aquilo?

Pus a pata na perna de Grant e ele abriu um sorrisinho para mim.

Ava assentiu com a cabeça.

— Parece que ele realmente amava você.

Grant virou o rosto.

— Não foi assim que encarei na época. Achei que era uma espécie de armação. Para me prender na fazenda.

— Acho que consigo entender como isso chateou você.

— Fiquei ressentido com ele durante praticamente a vida toda.

— Não tenho irmão nem irmã. Acho que sempre imaginei que, se eu tivesse, ela seria minha melhor amiga.

— Claro. Não é como se Burke e eu não tivéssemos tentado. Quando ficamos adultos, pelo menos. De vez em quando conversamos. Mas parece que estamos fingindo a conversa toda. Tem história demais entre nós dois.

— Temos algo em comum. Minha mãe deixou minha criação a cargo do meu pai enquanto ela tentava subir na carreira corporativa. Quando eu era pequena fiquei bem, isto é, com o acordo deles, mas ela nunca considerou o trabalho do meu pai importante. Sabe, por não ter fins lucrativos. Quando eles se divorciaram, fiquei com meu pai. Ela muda de namorado mais ou menos a cada década, e papai namora Marla há séculos.

— Sempre achei que meu pai me via como mão de obra barata — continuou Grant. — Com meu irmão em uma cadeira de rodas, cabia a mim fazer tudo. Eu me ressentia muito, mas agora fico meio que grato por como fui criado. Sempre que arranjo um emprego novo, todo mundo me diz que trabalho mais que todos os outros. Algumas empresas me ligam de vez em quando querendo saber se eu estaria disposto a voltar.

Fui até a janela para inspecionar possíveis esquilos, cachorros e outros intrusos. Mas não havia nada lá fora.

— E como está sendo? O emprego novo?

— Ok, eu acho. Minha empresa ajuda a tirar equipamentos de energia verde defasados. As empresas podem ter ganhos altos quando se atualizam. Meu território é a América do Norte, então vou viajar bastante. Além disso, a sede da empresa fica na Alemanha, então terei que ir à Europa de vez em quando. Mas assim posso ficar baseado onde eu quiser. Aqui, se eu quiser. Quero dizer, se *você* quiser.

— Em Grand Rapids?
— A gente se veria mais vezes. Isto é...
— Eu gostaria disso, Grant. Gostaria muito.

Mais tarde eles foram para o quarto de Ava se deitar. Ela não precisou que eu fizesse "Junto" porque Grant a ajudou. Estavam brincando de lutinha, mas quando subi para entrar na brincadeira os dois gritaram "Sai!", então me enrosquei em uma almofada no chão. Finalmente, eles se acalmaram.

— O bom e confiável Grant — disse Ava, e os dois riram.

Na manhã seguinte Grant fez café da manhã e me deu um pouquinho de presunto.

— Quando seu pai vai precisar de Riley de volta? — perguntou Ava. — Vou ficar triste com a partida dele.

— Falei com ele ontem. Ele finalmente está de pé e andando por aí, mas ainda não pode trabalhar. E contei a ele sobre você e sobre como Riley é o fantasma do velho Cooper.

Olhei para cima ao ouvir meus dois nomes falados tão perto um do outro.

— Ele comentou que Riley é tão meu quanto de qualquer pessoa. Então ele pode ficar quanto tempo você quiser.

— Bom cachorro, Riley — elogiou Ava.

Ela também me deu um pedacinho de presunto. Ela estava mesmo entendendo como as coisas deviam ser!

— Pode mudar o nome dele de volta para Bailey, se quiser — ofereceu Grant.

Olhei para ele. Agora *esse* nome. O que exatamente estávamos fazendo aqui?

— Ah, não. Riley é perfeito para ele.

Grant encheu um armário e uma cômoda em um quarto nos fundos com as roupas dele, mas quando ele estava em casa, dormia no quarto de Ava. Eu geralmente dormia com Ava quando ele não estava, mas quando ele estava lá eu preferia minha almofada de cachorro mesmo. A cama deles era agitada demais.

Como um dia fizera Burke, Ava finalmente guardou sua cadeira e começou a andar novamente. E, igualzinho a Burke, a princípio foi difícil para ela. Por experiência própria, eu sabia que ela precisava que eu fizesse "Ajudar", mas ela não ia querer. Quando as pessoas aposentam suas cadeiras rolantes em um closet, é como se guardassem junto o "Puxar" de um cachorro também.

Agora que estava andando, Ava passava a maior parte dos dias em um lugar no qual eu já estivera antes, uma casa que tinha cachorros em gaiolas e Sam Pai e outras pessoas legais.

E gatos.

Eu não acreditei que *essa* era a criatura misteriosa que eu quis conhecer por toda a minha vida; o animal de celeiro sempre esquivo com aquele cheiro que grudava em tanta gente! Todos os chamavam de "gatos" e eram tão menos interessantes do que eu imaginara. Cachorros ficavam em gaiolas grandes e latiam. Já gatos ficavam em gaiolas menores e simplesmente *encaravam*, não comunicando nada a não ser talvez um desprezo mal disfarçado.

Eram quase do tamanho de esquilos aquáticos, esses tais de gatos, mas eles não fugiam quando eu ia até suas gaiolas inspecioná-los — na verdade, uma vez encostei meu focinho nas grades, e o felino lá dentro avançou com suas garrinhas afiadas.

Passei tanto tempo tentando conhecer uma dessas criaturas mal-humoradas, como a que vivia no celeiro e fugia ao me ver, só para agora descobrir que tinham tanta inveja por não serem cachorros que não conseguiam ser amigáveis.

Quase todo dia chegavam pessoas para visitar os cachorros e brincar com eles. Às vezes os cachorros iam embora com os humanos, e os cachorros ficavam sempre felizes. Também vinham pessoas para falar com os gatos e os levarem em caixinhas, mas os gatos, por sua vez, não pareciam nada felizes.

Me lembrei de quando era um filhotinho nesse lugar e pulava entusiasmado até o jardim para brincar com os outros cães, esperando que Lacey um dia estivesse entre eles. Mas ela não estava. Eu farejava cada cantinho atrás dela, mas nunca captava seu cheiro. Fiquei imaginando se Lacey morava com Wenling agora.

Quando eu dormia, às vezes sonhava que estava na fazenda, correndo ao lado de Lacey. Geralmente ela era a minha primeira Lacey, a de peito branco e pelos curtos, mas às vezes ela era a cadela de pelo claro e bagunçado que eu conhecia agora. E às vezes eu sonhava com um homem me dizendo: "Bom cachorro, Bailey." Eu não reconhecia a voz, apesar de soar muito familiar, como se eu devesse reconhecer.

Eu era feliz morando com Ava e ocasionalmente Ava e Grant. Mas eu sabia que seria mais feliz se estivéssemos todos na fazenda ao lado de Burke e de Chase Pai.

— Vamos para o Norte amanhã, para o velho campo de batalha — revelou Ava no jantar. — Sabe aquela operação contra rinhas que contei? Death Dealin' Dawgs? A polícia estadual vai fechá-la, e nós somos um dos resgates que vai cuidar dos animais.

— Nossa, isso parece meio... Não está com medo de eles serem agressivos?

— Alguns deles podem ser, mas com recondicionamento, amor e gentileza, quase todo cachorro pode ser socializado novamente.

Fiquei os observando, em alerta por causa da palavra "cachorro".

— Posso ir com você se quiser — ofereceu Grant.

— Sério? Seria bom ter mais ajuda.

— Claro.

— O bom e confiável Grant.

— Ah, tá.

— Não, é muito gentil. Amo isso em você. — Eles ficaram mudos um tempão. — Eu disse que amo isso *em* você, Grant. Eu não disse que amo você. Não faça essa cara de tão assustado.

Grant pigarreou.

— Vamos levar o Riley?

Olhei para ele quando escutei a pergunta. Será que estavam perguntando a mim?

— Claro!

Ainda estava escuro no dia seguinte quando Ava e Grant me colocaram na van cheia de canis e fomos dar um passeio. Grant estava sentado ao lado de Ava. As gaiolas vazias se sacudiam a cada solavanco. Eu estava na minha própria cama e me enrosquei para dormir pela maior parte da viagem, mas acordei sobressaltado quando odores familiares começaram a invadir o interior do automóvel. Senti cheiro de água, árvores e o inconfundível cheiro das cabras. Me levantei, animado. Estávamos indo para a fazenda!

Mas não estávamos. Primeiro fomos até um estacionamento com vários carros enfileirados.

Homens e mulheres usavam roupas grossas e objetos pesados em seus cintos que tiniam quando eles se moviam. Eles pareciam ansiosos, então levantei de nervoso a pata traseira para diversos pneus, sem entender por que todos estavam tão tensos.

— Certo — disse alto uma mulher. — Vamos nessa.

Senti o cheiro da poeira de estrada do lado de fora da van.

— Estou meio apreensiva — confessou Ava.

— Vai dar tudo certo — assegurou Grant. — Não disseram que só vamos entrar depois que a SWAT disser que a barra está limpa?

— Tem razão.

Grant deu um sopro. O som era tão familiar — ele era basicamente a única pessoa que eu conhecia que fazia aquilo.

— Nunca fui mordido por um cachorro.

— Nem pense nisso.

Captei a ansiedade neles. Seja lá o que estava acontecendo, era uma coisa que dava medo nos dois.

Viramos em uma estradinha bem estreita. Farejei o cheiro de vários cachorros, e, quando paramos o carro, ouvi os latidos. Ava deslizou pelo banco da frente e me soltou da minha gaiola para eu poder colocar o rosto para fora da janela dela, mas continuamos dentro da van.

Vi nossos novos amigos correndo de um jeito rígido, como um caminhar zangado e rápido. Pessoas correram até a porta da frente e quando a abriram, tiraram de dentro um homem descalço, lutaram com ele e o empurraram para o chão. Mais um homem veio correndo de dentro da casa, e ele foi derrubado após mais lutas. Fiquei me perguntando por que não me deixavam sair, considerando que é sempre mais divertido brincar quando há um cachorro por perto.

Finalmente um homem usando um chapéu duro veio até nós. Ele pôs a mão na janela onde eu estava para que eu pudesse lambê-la.

— Liberado, vão pelos fundos. Há mais deles do que nos disseram.

Saímos da van. O cheiro dos cachorros estava muito forte agora, e os latidos eram ensurdecedores. Assim que passamos por um portão aberto, hesitei. Cães, em gaiolas empilhadas umas sobre as outras, latiam estridentemente. Eu sentia o medo, a solidão e até certa raiva neles, eu ouvia na voz deles. A terra dura estava coberta de fezes e urina, o cheiro tão forte que me fazia babar.

Ava estava chorando. Uma mulher de chapéu de plástico se aproximou e disse de um jeito sério:

— Certo, um de cada vez. Lembre-se. Avaliar. Estabilizar. Controlar. Retirar.

Ava olhou para Grant.

— Pode ficar segurando na coleira de Riley?

Grant assentiu.

— Senta!

Fiz "Sentar", sentindo-me decepcionado. Os odores eram quase gritos para mim, implorando para que eu deixasse minha marca em cima das tantas outras que encharcavam a terra daquele quintal.

Ava pôs luvas grossas nas mãos. Ela observou os cães latindo por um instante, e então parou na frente de uma gaiola no chão. O cachorro dentro dela abanou o rabo e pôs o rosto junto às grades. Ava abriu a portinha.

— Esse está bem — disse ela à mulher de chapéu de plástico.

A mulher saiu pelo portão levando o cachorro embora em uma coleira estranhamente rígida. O cachorro me olhou de orelhas arriadas, mas não tentou se aproximar para se apresentar.

Esse lugar era um lugar ruim. Não entendi o que estávamos fazendo ali.

Ava se ajoelhou em frente a outro cachorro. Ele a fitou com olhos frios. Ava começou a falar gentilmente com ele, e vi o medo nele começar a sumir pela maneira com que os músculos de todo seu corpo relaxaram.

Uma fêmea em uma gaiola ali perto chamou minha atenção. Ela não estava latindo. Estava me encarando fixamente, seu rabo rígido balançando. Sentindo-me seduzido, arranquei até esticar minha guia, ignorando os outros cães latindo para mim.

— Não, Riley! Senta! Fica! — comandou firmemente Grant.

Mas eu não queria fazer o "Ficar". Com a corda retesada amarrada à minha coleira, fiquei frente a frente com a fêmea atrás de suas barras, nós dois abanando o rabo furiosamente. Ela era uma cachorra marrom e branca encorpada, de cabeça compacta e orelhas em pé caídas na ponta. Seu corpo e rosto estavam cheios de cicatrizes pequenas e fundas. Ela não tinha a aparência nem o cheiro de nenhum outro cachorro que eu conhecera na vida, mas aquilo não importava.

Eu havia encontrado Lacey.

Capítulo 31

OS CACHORROS ESTAVAM SENDO LEVADOS PARA FORA POR GUIAS RÍGIDAS E sendo dispostos em diversas vans. Quando Ava soltou Lacey, fiquei em êxtase, mas Ava falou austeramente comigo:
— Desce, Riley!

Lacey se retorceu, tentando me alcançar, mas Ava se colocou entre nós dois e me mandou fazer o "Sentar" e o "Ficar", o que não fiz até ver Lacey sendo colocada dentro da van de Ava, e foi aí que forcei minha guia, arrastando Grant para eu poder entrar na van também e na gaiola de Lacey bem na hora em que Ava fechava a porta. Imediatamente começamos a brincar.

Ava olhou feio para Grant.
— O que está fazendo?

Grant estava rindo.
— Riley quer muito ficar perto dessa cadela!
— Essa não é a questão, Grant. Essa cadela pode não ser segura. Ela foi maltratada. Dá para ver as cicatrizes.
— Tem razão, Ava. Desculpe.

Ava abriu a gaiola de Lacey, me chamou e ambos pulamos obedientemente. Ava pegou minha guia e disse "vá" para Lacey, que subiu de volta para dentro enquanto eu brigava para ir também. Ava fechou a porta.
— Arranjou uma namorada, foi, Riley?

Fiquei dentro da van após Ava partir. Ela voltou com um macho sem um dos olhos. Ele não me cumprimentou e ficou encolhido no fundo da gaiola dele, arfando. Estava com medo.

Depois que todas as gaiolas foram ocupadas, Ava me chamou para sair da van e obedeci, relutante. Ela fechou a porta lateral e sentou no banco da frente.

— Vejo você daqui a pouco, Grant!

Fiquei chocado quando a van partiu. Como podia ser verdade eu finalmente ter encontrado Lacey, só para ela agora estar indo embora? Sem pensar muito, corri velozmente atrás dela.

— Ri-ley! — chamou Grant.

Não. Lacey estava lá! Eu não podia deixá-la ir!

— Riley! Vem!

Minha dedicação foi abalada. Diminuí o passo, ofegante.

— Riley!

Dei meia-volta, desalentado, e voltei para Grant de cabeça baixa. Passamos mais um tempo ali sem a Ava. Outros veículos também levaram cachorros embora, até restar só eu. Será que iam me levar para algum lugar também?

Gani de alívio assim que a van de Ava voltou, mas quando a porta foi aberta, Lacey não estava mais lá. Abanei o rabo quando Ava me pegou no colo e beijou meu nariz, mas me sentia sozinho e perdido.

Estávamos na van fazendo um passeio de carro para mais algum lugar, Grant ao volante, quando Ava encostou o telefone no ouvido e começou a falar. Ela desligou e olhou com urgência para Grant.

— Precisamos voltar!

— Por quê? O que houve?

— O consultório veterinário no qual deixamos alguns cachorros para avaliação fez alguma besteira e uns cachorros escaparam. A imprensa está fazendo parecer que há um bando de feras assassinas à solta e estão reunindo um grupo de pessoas e *rifles*. Vão atirar naqueles pobres animais!

Me sentei, bocejando de ansiedade. Ava estava aflita. O que será que estava acontecendo?

— Vamos encontrá-los. Ninguém é melhor em encontrar cachorros perdidos do que você, Ava. Vai dar tudo certo.

Dirigimos mais um pouco e sol começou a se por. Quando paramos, fiquei espantado: era fazer Escola. Eu fizera "Ajudar" nesses degraus de pedra para o Burke tantas vezes!

Um homem com cheiro de manteiga de amendoim se aproximou da janela de Ava e ela abaixou o vidro. Fiquei imaginando por que ele não estava sentado nos degraus com seus amigos.

— Acabaram de sair. É uma loucura, Ava. Eles vieram em seus carros com armas nas traseiras, aí o xerife os mandou sair da escola, mas eles queriam brigar por causa *disso*. Finalmente eles foram para o ginásio e disseram que os cães vão matar as galinhas e os filhos deles. O xerife disse que se eles virem um pitbull perdido devem ligar para a delegacia e deixar a lei cuidar do assunto, mas eles *riram* dele. Estão com sede de sangue.

— Isso é horrível.

Demos mais um passeio de carro, dessa vez bem lento, entrando e saindo por pequenas ruas, os cheiros mudando gradualmente.

— Olha só aquilo, estão carregando seus rifles como se estivessem no exército! — exclamou Ava quando passou uma caminhonete barulhenta deixando para trás um rastro de gargalhadas de homens.

— Isso não pode ser legal. Liga para o xerife — aconselhou Grant.

— Esses cachorros merecem a chance de uma vida melhor — desabafou Ava, pegando o telefone.

O medo, a raiva e a tensão eram tão fortes que comecei a ofegar junto com eles.

Ava falou um pouco e guardou o telefone de volta no bolso.

— Boas notícias. Já pegaram a maioria.

Paramos em um estacionamento bem iluminado. Balancei o rabo quando Grant abriu sua porta e me deixou sair, segurando minha guia com uma das mãos.

— Quer alguma coisa? — perguntou Ava.

— Café preto, Ava. Obrigado. — Ele virou o rosto para olhar para outra caminhonete grande entrando no estacionamento. — Conheço aqueles caras. Do ensino médio.

— Estão armados até os dentes.

Grant começou a caminhar na direção da caminhonete.

— Grant — chamou Ava.

Ele apenas acenou para os homens da caminhonete.

— Ei, Lewis. Jed.

— Trevino? — perguntou um dos homens.

O homem saiu da caminhonete segurando um bastão grosso e pesado com um cheiro acre familiar que pude sentir de leve.

— Achei que estava na Flórida ou algo assim.

Ele passou seu bastão para a outra mão e apertou a mão de Grant.

— Fiquei lá por um tempo. O que vocês estão fazendo?

Olhei para trás e vi Ava vindo na nossa direção.

— Não ficou sabendo? — O homem olhou para mim. — Um bando de cachorros de rinha escapou. Estamos caçando eles.

— Estão caçando *cachorros*? — Grant bufou, incrédulo. — Isso nem legal é.

— Quando eles são perigosos, é sim — afirmou o homem.

Ava se aproximou mais um passo.

— Não é, não. Michigan capítulo 750.50b. Dá até quatro anos de prisão. Sou advogada do Hope's Rescue. Tecnicamente os animais são nossos: a delegacia do condado pediu que nós cuidássemos deles. Se os ferirem de alguma maneira serão processados, e eu prestarei queixa contra cada um de vocês.

O homem conversando com Grant ficou duro. Grant inclinou a cabeça de lado.

— Você não tem uma esposa e um filho, Lewis?

— Sim. Uma bebezinha.

— Bom, se está tão preocupado com matilhas de cachorros violentos, por que não está em casa protegendo sua filha em vez de dirigindo por aí e bebendo cerveja com seus amiguinhos como se fosse o primeiro dia da temporada de caça?

Grant se inclinou e olhou para os outros dois homens dentro da caminhonete.

— Sabe como o xerife ficará furioso se realmente derem um jeito de matar um cachorro?

Depois disso, nossos novos amigos foram embora. Farejei a mão de Grant. Estávamos perto da fazenda — mais do que reconhecer o cheiro, eu podia *sentir*. Choraminguei.

— O que foi, Riley? — perguntou Ava gentilmente.

— Talvez tudo isso que aconteceu esteja deixando ele estressado. Sabe o quê? A gente devia parar e deixar Riley com meu pai. Estamos perto — sugeriu Grant.

— Boa ideia. Quer ser um animal de fazenda por um tempinho, Riley?

Abanei o rabo.

Quando o cheiro do rancho das cabras passou por minha janela, descobri para onde estávamos indo!

Chase Pai e ZZ estavam sentados à mesa. Eles levantaram em um pulo quando Grant abriu a porta, e depois todos se abraçaram. Esperei pacientemente por meus próprios abraços, que imaginei que estivessem chegando. Chase Pai estava sorrindo.

— Então esta é a Ava.

— Olá — disse ZZ.

Estavam todos, é claro, abraçando a mim agora, e eu estava beijando todo mundo de volta.

— Olá, Riley — disse Chase Pai, virando o rosto para me deixar lamber sua orelha.

— Só paramos aqui rapidinho para ver se pode olhar o Riley por um tempinho — explicou Grant. — Estamos procurando uns cachorros perdidos.

— Como assim? — perguntou Chase Pai.

Enquanto eles conversavam mais, saí pela portinha de cachorro e levantei meu focinho bem alto. Farejei os patos e, mais além, alguns cavalos. Eu gostava de morar naquela casinha com Ava e Grant, mas amava estar aqui na fazenda.

Depois de alguns instantes todo mundo foi para a varanda ficar comigo. Chase Pai deu um tapinha na minha cabeça.

— Como andou, Riley? Senti muito a sua falta.

Me apoiei nas patas traseiras para alcançar o rosto dele com minha língua. Eu amava Chase Pai.

— Precisamos ir — alertou Ava.

— Eles são perigosos mesmo? — indagou Chase Pai.

— Provavelmente não, mas talvez. Certamente estão desorientados e com medo.

Senti um leve rastro de alguma coisa no ar e levantei a cabeça subitamente. Era o que eu achava que era?

Grant prendeu a guia na minha coleira.

— Certo. Você vai ficar aqui um tempinho, Riley.

Eu lati. Todos levaram um susto. Ava se agachou e pôs a cabeça junto da minha, tentando enxergar em meio à escuridão.

— O que foi? O que está vendo, Riley?

Chase Pai apontou.

— Olha!

Lacey parou embaixo do feixe de luz do poste da entrada da casa. Ava arfou.

— É uma das pits que resgatamos hoje.

Lacey! Eu estava balançando o rabo furiosamente, fazendo força para ir até ela. Lacey também estava abanando o rabo, mas, quando ela se aproximou, começou a diminuir a velocidade, baixando a cabeça.

Grant puxou minha guia.

— Riley, não.

Não? O que aquela palavra poderia significar em um contexto desse?

— Foi por essa que Riley teve uma quedinha — comentou Ava.

Chase Pai inclinou a cabeça de lado.

— O quê?

— No local do resgate. Riley ignorou todos os cachorros, menos essa aí. Grant, sei que parece estranho, mas solta o Riley.

Com um clique, minha contenção se fora, e assim disparei pelo jardim atrás da minha Lacey. Nos cumprimentamos como se estivéssemos separados há séculos. Corri atrás dela e ela correu atrás de mim e rolamos e brincamos e brincamos. É claro que ela estava aqui!

Nem reparei que Grant e Ava tinham voltado para a van até Grant me chamar. Trotei diligentemente até ele, assim como Lacey. Ava estava segurando uma vara comprida com um laço na ponta.

— Bons cachorros! — exclamou ela. — Pode sentar, Riley?

Fiz "Sentar" e olhei orgulhoso para Lacey quando ela fez o mesmo. Estávamos sendo cachorros bonzinhos juntos! Ava deu um passo para a frente, baixou sua vareta e passou o laço em volta do pescoço de Lacey.

— Boa cachorra, amorzinho, você é tão boazinha. — Ela suspirou de alívio. — Só mais alguns e esse pesadelo chegará ao fim.

Grant prendeu a guia de volta na minha coleira.

— Vou esperar aqui enquanto você leva a pitbull de volta — sugeriu ele.

Lacey foi colocada na van, mas eu não. Fiquei estupefato e magoado quando Ava levou Lacey embora. De novo não!

Rastreei Lacey pelo cheiro até Grant me levar para dentro de casa.

— Acho que Ava tem razão, Riley está apaixonado — disse Grant a Chase Pai. — Precisei segurá-lo com força para ele não sair correndo atrás delas.

Depois de ZZ ir embora, Chase Pai e Grant ficaram na sala e eu me esparramei aos pés deles. Suspirei, sem entender para onde Ava estava levando Lacey e esperando que elas voltassem logo.

— Leu aqueles documentos que mandei? — perguntou Grant.

Chase Pai se acomodou de volta em sua poltrona.

— Dei uma olhada.

— É um bom acordo, pai. Pode trabalhar na fazenda pelo tempo que quiser. Vender suas colheitas para quem quiser. A empresa só fica com tudo depois que você falecer.

— E quanto a vocês dois?

Grant bufou levemente.

— Burke não está interessado, pai. E você sabe a minha opinião. Se eu trabalhasse aqui estaria duro como uma pedra.

— Não vou vender a fazenda para aquela gente, Grant. Não entendo como você pode sequer pensar em uma coisa dessas. Talvez não veja o valor dela agora, mas pode mudar de ideia um dia. Você já teve, o que, umas trinta carreiras? Parece que mudar de ideia é especialidade sua.

— Pai...

— Quer falar sobre mais alguma coisa? Porque esse assunto está encerrado.

Levantei em um salto ao ouvir o som familiar da van-gaiola de Ava virar na entrada. Grant foi encontrá-la na porta. Senti cheiro da nova Lacey na calça dela, mas Ava estava sozinha.

— O que houve? — perguntou Grant.

Ela passou os dedos pelos cabelos.

— Mataram um dos cachorros.

Grant arfou.

— Que horror. Como?

— Garotos e armas, Grant. Garotos e armas. Mas pegamos todos os outros. Estão seguros.

Ela suspirou, deitando a cabeça no ombro dele.

— Estou exausta.

— Vamos dormir aqui essa noite então. Podemos ficar até o final de semana.

Grant e Ava dormiram no quarto dele mas não havia espaço na cama para mim, então trotei até o quarto do Burke e rodei algumas vezes até me aninhar no travesseiro dele. O cheiro dele me tranquilizava, e imaginei quando ele voltaria para a fazenda.

Havia tanta coisa que eu não entendia.

Lacey correu comigo nos meus sonhos aquela noite. Era a primeira Lacey, a que foi embora depois de encontrarmos aquela cobra. Quando acordei, levei um susto ao me dar conta de que ela não estava na cama de Burke do meu lado.

No dia seguinte, segui ZZ e Chase Pai até a plantação e os assisti brincando com as plantas, lado a lado.

— Grant parece ter coisa melhor para fazer essa manhã — comentou Chase Pai com um sorriso torto.

ZZ concordou com a cabeça.

Chase Pai levantou, pondo as mãos na cintura. Ele ficou olhando ZZ trabalhando por um tempo.

— ZZ, Grant quer que eu venda a fazenda para a Trident Mechanical Harvesting. Vi a oferta deles. É muito dinheiro, ZZ. Não sei se é porque a mãe de Ava dirige a empresa, ou se sou mais valioso por estar bem no meio dos interesses deles. Toda vez que eles querem ir a algum lugar, precisam desviar da minha propriedade. Então... eu poderia alugar a casa de volta a um dólar por ano até morrer, e depois disso eles ficariam com ela. Continuar morando aqui, trabalhando aqui. Só que eu não teria mais que me preocupar com as contas.

ZZ estava observando Chase Pai atentamente. Chase Pai virou o rosto lentamente, finalmente girando em um círculo, como se absorvendo tudo ao redor.

ZZ levantou com uma expressão preocupada no rosto.
— Eu ainda ia trabalhar aqui?
Chase Pai assentiu.
ZZ deu de ombros.
— Tá bom — disse ele.

Capítulo **32**

— Lá vem o Grant — observou ZZ.
Ao ouvir o nome de Grant, virei a cabeça e pude farejar e ver Grant vindo na nossa direção.

Chase Pai resmungou.

— Ótimo. Vou dizer a ele a mesma coisa que estou prestes a dizer a você agora. Não vou vender. Entendeu, ZZ? Se meus filhos não quiserem a fazenda, tudo bem.

Chase Pai avançou um passo e pôs a mão no ombro de ZZ, que pareceu surpreso. Chase Pai o estava olhando ferozmente.

— Quando eu morrer, vou deixar esta fazenda para você e Li Min, ZZ. Você é um fazendeiro de verdade.

Os dois se levantaram e ficaram se olhando, e então ZZ abraçou Chase Pai. ZZ estava chorando, mas não parecia triste. Ele não falou nada, mas enxugou os olhos e assentiu.

Grant os alcançou, parecendo intrigado.

— Acabei de ver vocês dois se abraçando?

Chase Pai riu.

— Nosso segredo vazou; é isso que a gente faz o dia todo aqui.

Grant sorriu.

— Não vou contar para ninguém. Então, Ava teve que sair. Uma grande organização nacional entrou com um processo. Querem que sacrifiquem todos os cães da Death Dealin' Dawgs. Estão alegando que eles não podem ser reabilitados. Disseram que os cachorros são "escravos" e que "seria melhor estarem mortos". Os resgates que estão abrigando os animais se uniram e contrataram Ava para representá-los.

— Rinhas de cachorro. — Chase Pai sacudiu a cabeça. — É difícil acreditar que esse tipo de coisa poderia estar acontecendo aqui. Nunca ouvi ninguém dizer nada.

Grant olhou em volta.

— Achei que seria bom passar o fim de semana aqui, mostrar a vocês dois como se planta pepinos de verdade.

Os três passaram o dia sem brincar com um cachorro. Já era noite quando eles finalmente resolveram voltar para a casa. ZZ foi no caminhão lento e Grant e Chase Pai caminharam juntos enquanto eu corria na frente deles — e que bom que foi assim! Vi uma criatura que eu encontrara uma vez antes, com as costas encurvadas e passos apressados. Ela estava na base da grande árvore ao lado do celeiro, mas quando me viu indo disparado na direção dela, sabiamente subiu pelo tronco. Ela pulou dentro de um buraco grande no alto, mas não me enganou, eu ainda sentia o cheiro dela ali dentro.

Lati para avisá-la que ela não tinha opção. Grant e Chase Pai gritaram para mim, mas mantive-me fiel à minha missão — seja lá o que era aquela coisa, eu não a deixaria descer de volta.

— O que foi, Riley? — perguntou Grant ao se aproximar. — O que tem aí em cima?

Vi a criatura espiar para fora do buraco — seu nariz pontudo e pintado de um pelo claro, círculos pretos ao redor dos olhos.

— O que ele pegou? — perguntou Chase Pai.

— Ele encurralou um guaxinim lá em cima. Está vendo?

Chase Pai ficou olhando com as mãos na cintura.

— Sim. Quando foi que esse buraco ficou tão grande? Me admira essa árvore ainda estar de pé.

— Guaxinim — repetiu ZZ lentamente. — Guaxinim.

Grant afagou minha cabeça.

— É bom não se meter com um desses, Riley. Podem ser ferozes se quiserem. Anda.

Fiquei decepcionado quando Grant me fez segui-los para dentro de casa, e chocado quando ele bloqueou a portinha de cachorro. Eu estava esperando passar o resto da noite saindo e correndo periodicamente para dar àquele animal os maiores sustos da vida dele.

Ele não estava mais lá na manhã seguinte, apesar de seu cheiro forte ainda estar impregnado na árvore. Tendo tido negada a oportunidade de puni-lo por aquela invasão, farejei cuidadosamente, e então fiz a única coisa que era apropriada, que foi levantar minha pata traseira e tentar apagar o cheiro dele com o meu.

    Grant e eu finalmente fomos embora para encontrar Ava. Ela já tinha voltado para a casa dela. Grant fez uma mala e partiu como sempre fazia, e eu voltei para aquele lugar agitado com Sam Pai e os amigos de Ava e cachorros e os gatos arrogantes. Ava estava lá na maior parte do tempo, mas em algumas ocasiões ela saía e Sam Pai me levava para a casa dele no final do dia. Quando Ava chegava, ela às vezes estava precisando de um cachorro, porque parecia muito tensa.

    — Eu adoraria uma taça de vinho — disse ela a Sam Pai ao desabar em uma cadeira. Ele entregou a ela algo de cheiro forte para beber e eu me enrosquei nos pés dela.

    — Então? Como foi? — perguntou Sam Pai.

    — Hoje foi de partir o coração. Ouvimos os testemunhos sobre como eles viviam. Alguns ficavam acorrentados a eixos de carro enterrados. Também vimos um vídeo de um dos cães atacando uma pessoa. Disseram que é a Lady Dog. Dá para ver um cara entrando com o que chamam de *break stick* para separar esses dois cachorros, porque o mix de boxer está sendo assassinado pelo mix de pit. O idiota devia estar bêbado, porque ele cai e o pit o ataca imediatamente. É bem brutal.

    — Qual é a Lady Dog?

    — A que tem o focinho quase todo branco. A que Riley ama tanto. Ela é a cadela mais boazinha, pai.

    — Tem certeza de que é ela?

    — Esse é o problema: a imagem é tão tremida que não dá para ter certeza. Talvez da mesma ninhada. Clássica mistura de pit, corpo forte e rosto sorridente. Alguém vazou o vídeo e ele já foi visto algumas milhões de vezes, então estão pedindo para Lady ser sacrificada.

    — Qualquer cachorro no meio de uma briga pode se voltar contra uma pessoa.

    — Claro, pai, você sabe disso e eu também, mas foi bem violento.

    — Isso não faz sentido. Esse tipo de gente jamais deixaria um animal de briga vivo depois de matar um de seus funcionários.

— Eu concordo.

Eles suspiraram e Sam Pai serviu mais daquele líquido. Pude sentir um pouco daquela tristeza tensa neles se esvaindo e fiquei feliz em estar lá para "Ajudar".

— Agora estamos recebendo ameaças de morte à Lady Dog. Um cara alegou que estava indo até minha casa com um rifle. A deixei com o xerife.

— Eu me sentiria melhor se Grant estivesse lá com você, Ava.

— Ele precisou ir direto para Tucson. Mais uma semana.

Eles ficaram mais um tempo em silêncio. Virei a cabeça para atacar uma coceira na base do meu rabo. Sam Pai se ajeitou na cadeira.

— Ele viaja um bocado.

— Ele é um homem bom, pai.

— Não estou dizendo que não seja. Mas dá para perceber que você não está feliz.

— *Ele* não está feliz, esse é o problema. Mudou de emprego de novo. Nada o satisfaz. Mas acho que nós somos felizes. Não me olha assim, pai. É o primeiro relacionamento sério de verdade que já tive. Geralmente a essa altura eles já me traíram.

— Ah, querida.

Ava balançou sua taça.

— Talvez seja o vinho falando. Mas tem um pouco de verdade. Sinto que sempre sou fiel, mas os homens que escolho…

Ela deu de ombros.

— Nenhum deles era bom o bastante para você.

Ela sorriu para ele e respondeu:

— Eu sei. Talvez eu só esteja esperando alguém tão decente quanto meu pai.

Marla entrou, cheirando a gatos e flores e, mesmo que eu estivesse confortável, levantei para cumprimentá-la. Este é um dos trabalhos de um cachorro, fazer as pessoas sentirem-se bem-vindas quando elas entram em um lugar. Ela apontou para uma garrafa.

— Por favor, me digam que tem mais *disso aí*.

Sam Pai se levantou e serviu o líquido de cheiro forte para ela também.

— Dia difícil, amor?

Marla deu de ombros e sorriu.

— Provavelmente nem perto dos que Ava tem tido. — Ela pegou a taça. — Quando meu departamento erra um empréstimo, nenhum animal é prejudicado.

Ava me levou para casa, jantou e me deu macarrão, que estava apenas mais ou menos. Eu amava Ava, apesar de ela não comer muita carne.

Quando Grant voltou, Ava tinha acabado de passar um tempão cutucando o telefone. Ele largou a mala dele com uma pancada.

— E então?

Ava o abraçou, mas continuou tensa.

— A juíza está deliberando e dará o veredito amanhã. Basicamente estou trocando mensagens com meu pai e os outros resgates, insegura com minha atuação.

— Tenho certeza de que você se saiu bem.

— Só sei que, se perdermos, todos os cães vão morrer.

Cheirei a calça de Grant, mas não tinha nenhum petisco nos bolsos.

— Não pode recorrer?

— Recorrer seria muito caro e levaria muito tempo. Enquanto isso, os cachorros ficariam presos em suas jaulas, sem reabilitação, aguardando a engrenagem do sistema rodar. Não sei se teríamos estômago para isso. — Ela apertou os lábios. — Teria significado muito para mim você estar lá, Grant.

Ele ficou um tempo calado.

— Precisei trabalhar, Ava. Qual é.

No dia seguinte Grant comeu bacon e Ava não, mas ela estava sentada perto dele, então os observei atentamente. Quando ouvi um barulhinho familiar, os dois ficaram imóveis.

— É agora — sussurrou Ava. — Ou os cachorros vão se salvar, ou não.

Ela pegou o telefone, respirou fundo, e falou:

— Alô?

Fui até Grant porque ele estava tão tenso que estava balançando a perna por baixo da mesa.

— Sim. Sim, obrigada. Tchau.

Grant se levantou.

— Ganhamos! — gritou Ava.

Eles correram juntos e riram. Estavam tão felizes que até me deram o bacon. Eles saíram juntos e quando voltaram estavam com a Lacey!

Grant soltou-a da guia.

— É a cadela assassina de Michigan, Riley! Tome cuidado!

Fiquei tão feliz em ver minha Lacey. Normalmente eu não devia correr pela casa, mas achei que tais circunstâncias pediam tal comportamento. Pulei no sofá e depois nas costas dela. Derrubamos um abajur.

— Lady! Riley! Sentem! — comandou Ava firmemente.

Bati meu traseiro no chão. Me senti um cachorro malvado. Lacey fez "Sentar" ao meu lado.

— Ela é comportada — observou Grant.

— O que é bom, porque agora ela é nossa.

— Como assim?

— Não vou nem tentar arranjar adoção para um cachorro que estava sendo retratado nas redes sociais como a criatura mais feroz do universo. Não sei se Lacey estaria segura com outra pessoa. Ela tem muitos fanáticos antipitbulls que a querem morta por ser o símbolo dos Death Dealin' Dawgs.

— Nossa — repetiu Grant.

Lacey e eu ainda estávamos no "Sentar". Nos entreolhamos, sem saber bem quanto mais tempo aquilo ia durar.

— Minha, então, Grant. Lady é minha e Riley é seu, ok? Melhor assim?

Ava nos deixou no quintal e Lacey e eu brincamos até escurecer. Quando nos deixaram entrar de volta na casa, desabamos em um tapete. Eu estava tão feliz e exausto que mal conseguia levantar a cabeça.

Grant e Ava estavam comendo, mas nem mesmo o cheiro sedutor de hambúrguer me tirava daquele tapete. Grant serviu alguma coisa no copo de Ava.

— Ava, me desculpa. Você tem razão; eu devia ter estado lá para apoiar você e não estava.

— Fico feliz com o fato de estar pedindo desculpas.

— Eu estava pensando que devíamos fazer uma viagem juntos. Para o Havaí.

— Nossa. Deve estar se sentindo mal *mesmo*.

— Tenho milhas aéreas, pontos de hotel... podemos ir de primeira classe e tudo.

— E os cachorros?

— A gente leva eles para a fazenda e meu pai cuida deles por uns dias. Acho que seria bom tirar a Lady daqui por um tempo, caso um desses malucos realmente apareça para fazer alguma coisa com ela.

Não demorou muito para voltarmos para a fazenda! Lacey voou para fora do carro e correu direto até ZZ, que por algum motivo pareceu surpreso com os cumprimentos entusiasmados de reconhecimento dela. Lacey também ficou contente em ver Li Min e correu pela casa depois, farejando tudo. Eu sabia o que ela estava procurando: Wenling, claro. Eu não tinha como contar a ela que Wenling e Burke não estavam aqui, mas cachorros descobrem rápido esse tipo de coisa.

Lacey agora se chamava "Lady", assim como eu fora Cooper e agora era Riley. Esse é mais um tipo de coisa que cachorros nunca conseguem entender. Na minha opinião, ela não precisava de um nome diferente só porque sua aparência era outra. Ela ainda era a minha Lacey.

Grant e Ava nos deixaram no dia seguinte. Lacey e eu mal notamos; estávamos correndo e lutando e brincando pela fazenda toda. Quando corríamos até o lago, eu me certificava de ficar junto de Lacey para o caso de ela ir atrás de mais uma cobra, fazendo "Junto" para impedi-la de entrar na área pantanosa, mas ela estava mais interessada em atormentar os patos.

Depois de um tempo, trotamos até a plantação para ver se ZZ e Chase Pai estavam interessados em nos dar biscoitos. Eles não estavam, mas ficamos com eles assim mesmo. Na maior parte do tempo um cachorro se sente melhor com humanos por perto para serem vistos ou farejados.

Todo dia era a mesma coisa: brincar, brincar, brincar e ir cochilar na plantação perto de Chase Pai e ZZ.

— Bom, ZZ, acho que por hoje é só — disse Chase Pai, o que era um sinal para nos levantarmos e os homens caminharem conosco até a casa para jantar.

— ZZ?

Nesse dia, Chase Pai estava franzindo a testa, e senti Lacey ficando rígida. Ela foi direto até ZZ, que estava de pé de um jeito esquisito, um pouco corcunda, sem se mexer.

— Você está bem, ZZ?

ZZ caiu de joelhos. Lacey latiu de nervoso.

— ZZ! — gritou Chase Pai.

Então ZZ caiu de cara no chão.

Capítulo 33

Chase Pai tirou o telefone do bolso e falou bruscamente nele. Ele virou ZZ de costas e começou a apertar seu peito. Lacey ficou rodando em volta dos homens, agitada, choramingando, tão aflita que latiu para mim quando fui tentar tranquilizá-la.

Eu tinha certeza de que sabia o que estava acontecendo, e fiquei com pena da Lacey e de Chase Pai, cujas lágrimas caíam em gotas escuras na camisa de ZZ.

— Anda, ZZ! Você consegue! — gritava ele, seu medo deixando sua voz rouca. — ZZ! Por favor, por favor, não, ZZ!

Lacey e eu olhamos para cima quando uma sirene demorada e aguda entrecortou o ar quente, ficando mais alta até parar e um estrondo pesado acompanhado por uma caminhonete subir a entrada da casa e seguir até a plantação. Ela veio diretamente até nós e dois homens e uma mulher pularam do interior, carregando caixas e se ajoelhando ao lado de ZZ, colocando uma coisa no rosto dele. Um deles pressionou o peito de ZZ e Chase Pai ficou para trás, cobrindo os olhos.

Caminhei lentamente até ele. Ele estava arfando e tremendo, ainda chorando. Ele me tocou quando dei uma fungada em sua mão, mas percebi que não estava realmente ciente da minha presença.

— ZZ!

Levantei a cabeça. Li Min estava correndo na nossa direção, sua boca escancarada, seu rosto retorcido de medo. Lacey saltitou para cumprimentá-la, mas Li Min passou direto por ela. Chase Pai se levantou, recompondo-se, e abriu os braços para ela.

— *Li Min* — disse ele, rouco.

Eles se abraçaram, soluçando. Lacey e eu ficamos por perto, aflitos por não podermos ajudar. As pessoas novas colocaram ZZ em uma cama e a levantaram até a traseira da van. Li Min e Chase Pai entraram com elas e a van partiu. Lacey correu atrás por um tempo, mas no final da entrada para a casa ela parou, inspirando em vão a poeira da caminhonete e ouvindo a sirene alta perturbar mais uma vez o silêncio.

Lacey finalmente voltou para junto de mim, suas orelhas arriadas, o rabo entre as pernas, insegura e assustada. Dei um beijo no focinho dela e a levei de volta para casa, atravessando a portinha de cachorro e subindo na cama de Burke. Eu sabia, por causa de Vó, que esse tipo de coisa acontecia às vezes, e que, quando acontecia, significava que a pessoa era levada embora. Aquela pessoa não voltava mais, mas o resto das pessoas sim. Cachorros bonzinhos ficavam esperando, porque quando as pessoas voltavam de sabe-se lá onde foram, estariam precisando muito de seus melhores amigos.

E elas voltaram. Primeiro foi Chase Pai, cambaleando pela porta da frente sozinho, caindo sentado em uma cadeira para encarar o nada e finalmente colocar a cabeça entre as mãos e chorar com urros altos e assustadores. Choraminguei de tanto que ele estava sofrendo. Depois de um tempo ele levantou e andou hesitante até seu quarto e fechou a porta.

Então, em apenas um dia, lá estava Burke! Fiquei tão feliz em ver meu menino que corri pelo quintal em círculos como um doido, Lacey me perseguindo admirada. Quando ele se abaixou pulei para lamber seu rosto.

— Nossa, você é tipo o cachorro mais amigável do mundo, Riley.

Meu menino estava contido. Percebi que ele não entendia que eu era o Cooper e que obviamente tinha esquecido do dia em que nadamos no lago congelado.

Burke levantou a cabeça quando Chase Pai abriu a porta da frente.

— Oi, pai.

Entendi então que ele estava sentindo-se como Chase Pai por causa de ZZ.

Os dois se abraçaram.

— Há quanto tempo, filho.

— Eu sei, pai. Sinto muito pelo ZZ.

— É.

— Desculpa por precisar acontecer uma coisa dessas para eu voltar...

— Está aqui agora, filho. É o que importa.

— Como está Li Min?

— Wenling está com ela. Não muito bem, imagino. Grant e a namorada dele vão encurtar a viagem ao Havaí e voltar a tempo para o velório.

— Que gentil da parte deles.

— ZZ era da família.

Chase Pai virou a cabeça e olhou para sua fazenda, balançando a cabeça em seguida.

— Vamos entrar.

Naquela noite, dormi na cama do meu menino por um tempo, mas Lacey estava inquieta e confusa, então finalmente desci e fui deitar ao lado dela em um tapete. Cachorros precisam de cachorros tanto quanto humanos.

Na manhã seguinte, durante o café da manhã, me esparramei todo esperançoso aos pés de Burke, achando que ele me daria uma guloseima pelos velhos tempos. Lacey ficou embaixo da cadeira de Chase Pai porque ela não sabia como era raro, logo ele, entre todas as pessoas, nos dar comida por baixo da mesa.

— Como está o negócio? — perguntou Chase Pai assim que se sentou.

Ouvi Burke servir algo em uma xícara e o cheiro forte de café tomou conta da cozinha.

— Melhor negócio de represas da história.

— Alguém já riu dessa piada?

— Só eu mesmo. Ainda é o emprego mais gratificante que eu poderia ter. Toda vez que a gente desativa uma represa, a natureza imediatamente resolve compensar por nossos pecados. Pântanos voltam, ecossistemas inteiros se reconstroem, peixes aparecem como se gerados espontaneamente.

— Subiu na colina para ver a represa que a TMH pôs lá? Dizem que é para ajudar com todas essas enchentes.

— As enchentes acontecem porque eles transformaram os córregos em valas cheias de cimento, e depois pavimentaram três acres para construírem a fábrica de processamento de frutas deles — respondeu Burke.

Chase Pai resmungou.

— Eles precisaram instalar a fábrica para me tirar do negócio de pomares. Há dois anos tenho prejuízo na venda das minhas maçãs e peras. Lembra de Gary McCallister? Desistiu completamente das cerejas dele.

Levantei a cabeça com um tinido de talheres em um prato, o que fez Lacey levantar a dela também. A reação dela me fez sentar e ela me imitou. Ficamos encarando os talheres ansiosamente, sendo cachorros muito bonzinhos.

— Já conheceu a namorada nova do Grant?

— Não. Eu não... Eu não vejo o Grant, pai. É simplesmente melhor a gente não se encontrar.

— O que eu fiz de errado para meus dois filhos não quererem ter nada comigo nem um com o outro?

— Deus, não, você não fez nada, pai. É só que... é só... não sei. É só tão esquisito entre mim e ele. A gente diz que não tem nenhum problema, mas certamente não é o que parece. E você... sempre senti essa... eu não sei, reprovação. Por eu não ter conseguido ser um irmão melhor para o Grant. Por eu ter decidido ser engenheiro em vez de trabalhar com você na fazenda.

Chase Pai estava encarando, incrédulo.

— *Reprovação?* Meu Deus, Burke, tenho tanto orgulho de você que parece que meu coração vai explodir. Por favor, seja lá o que fiz para você se sentir assim, me perdoe. Eu te amo, filho. Você é tudo para mim.

Eles se abraçaram forte, batendo e agarrando as costas um do outro. Balancei o rabo, inseguro. Finalmente eles sentaram de volta. Chase Pai pigarreou.

— Então, eu estava pensando. Pelo que estou vendo, seu emprego te põe na estrada praticamente todo dia. Você podia voltar a morar no Michigan. Podia vir morar *aqui*. Pellston tem voos comerciais.

— Pai.

Chase Pai tamborilou com os dedos na mesa. Finalmente ele se recostou, suspirando.

— Só tenho saudade de todo mundo.

Depois de mais um longo silêncio, Lacey olhou para mim, incrédula. Eles iam mesmo nos ignorar completamente?

— Então deixa eu perguntar uma coisa, Burke. Como vai ser quando você reencontrar Wenling?

— Sinceramente não faço ideia. A verdadeira pergunta é como vai ser para o *Grant*.

— Você fala muito com ela?

— Eu não diria que falo *muito*. Mensagens. Uma vez ela foi ao Kansas para uma conferência, então fui de Kansas City, onde eu estava fazendo uma consultoria. Às vezes nos falamos por telefone.

— Mas nada de...

— Romance? Acho que nenhum de nós dois estaria interessado.

— Mas existe chance?

— Então agora você é conselheiro amoroso?

— Só estou em uma idade em que um homem gostaria de ter uns netinhos para mimar.

— Bom, se for para ter pezinhos de minifazendeiros correndo por aqui, terão que ser de Grant. Eu não estou com ninguém.

Quando Wenling e sua mãe chegaram, Lacey as cumprimentou como eu cumprimentara Burke pela primeira vez, correndo em círculos pelo quintal, ganindo e chorando, beijando as mãos de Wenling. Notei que Wenling não reconheceu Lacey mais do que Burke havia me reconhecido.

— Que cachorra maluca!

Wenling levantou a cabeça e viu Chase Pai e Burke descendo os degraus. Ela tirou os cabelos dos olhos.

— Burke.

— Meus pêsames por seu pai, Wenling.

Eles se abraçaram. Chase Pai foi direto até Li Min e eles se abraçaram e choraram um pouquinho.

— Esta é a Lady — informou Burke à Wenling. — É a cachorra da Ava. Ava é a namorada do Grant.

Wenling assentiu com a cabeça.

— Mamãe me disse. Acho que a conheci, a do resgate? O nome dela era Ava, eu acho. É a mesma pessoa?

— Ah. — Burke deu de ombros. — Na verdade não sei nada sobre ela.

Fomos cachorros atenciosos e seguimos todos para dentro de casa. Lacey queria brincar de luta e gastar sua alegria com brincadeiras sem fim, mas eu fiz "Junto", e ela ficou intrigada o suficiente a ponto de parar de pular e me fungar, perplexa. Eu já sabia que, quando humanos estavam tristes, eles gostavam de ficar sentados e falar baixinho, e não queriam cachorros tentando alegrá-los. Acontecem coisas que nem um cachorro é capaz de consertar, e ZZ ter ido embora na traseira daquela caminhonete grandona para nunca mais voltar era uma dessas coisas.

Foi por isso que, quando Ava e Grant chegaram, eu não pulei em cima deles como Lacey. Fiquei sentado, abanando o rabo, olhando-os sair do carro.

— Oi, Riley, bom cachorro — cumprimentou Grant. — Desce, Lady Dog. Desce!

— Olha como ele está sendo calmo. É quase como se Riley entendesse que é uma ocasião triste. — Ava pegou meu rostinho. — Você é um cachorro tão bonzinho, Riley. Um cachorro-anjo.

— Bom, vamos fazer isso logo. Vem comigo conhecer meu irmão.

Ava esfregou o braço dele.

— Vai dar tudo certo.

Lacey entrou correndo na frente deles, mas eu esperei e segui Ava pela porta dos humanos. Estavam todos em volta da mesa bebendo café, mas todos se levantaram, sorrindo.

— Oi, Burke — disse Grant suavemente.

— Há quanto tempo, Grant.

Wenling se aproximou.

— Grant.

Eles se abraçaram.

— Sinto muito pelo seu pai, Wenling. Esta é a Ava. Ava, Wenling e a mãe dela, Li Min. Já conhece meu pai, e esse aqui com cara de idiota é meu irmão, Burke. Pessoal, essa é a Ava.

— Oh, meu Deus! — exclamou Ava.

— É *você*!

Burke estava sorrindo, satisfeito.

Todo mundo se entreolhou, confuso. Lacey olhou para mim da mesma forma.

— Vocês dois se conhecem? — indagou Grant.

Burke e Ava se abraçaram meio desconfortáveis, então Lacey pôs o focinho entre os dois para uma dose de afeto.

— Eu não tinha ligado uma coisa à outra — disse Burke.

— Nem eu. Quero dizer, achei que seu nome era "Burt". Mas honestamente, faz tanto tempo, que esqueci.

Chase Pai pigarreou.

— Não sei quanto ao resto das pessoas, mas eu gostaria de saber do que vocês estão falando.

Ouvi um carro se aproximando da entrada e corri pela portinha de cachorro para cumprimentá-lo, Lacey no meu encalço. Eram duas mulheres com pratos quentes de comida que me fizeram salivar. E elas não foram as últimas pessoas a chegarem com refeições. Quando uma casa está cheia de tristeza, as pessoas trazem comida, mas só os cachorros ficam felizes com aquilo.

Naquela noite, dormi na cama de Burke, me esquivando dos pés inquietos de meu menino. Na época em que eu fazia "Junto" e "Ajudar" para ele, ele não ficava chutando enquanto dormia, mas agora eu choramingava e saía do caminho a cada movimento. Mesmo assim eu estava contente. Eu tinha agora o que sempre quis: todo mundo junto na fazenda. Lacey ficou andando inquieta na sala de estar, esperando Wenling voltar, antes de finalmente subir para dormir com Grant e Ava. Torci para Wenling e Li Min voltarem logo e Lacey poder parar de se preocupar.

E elas voltaram, mas só depois de um demorado dia, que começou com todo mundo se arrumando e calçando sapatos barulhentos de manhã e deixando seus cães sozinhos o dia todo. Lacey parecia impaciente com minha tentativa de brincar com ela — reencontrar Wenling só para logo a ver partir novamente deixara Lacey frustrada de um jeito que eu entendia totalmente.

Todos pareciam tristes naquele dia dos sapatos barulhentos. Até o sol se por, os humanos ficaram de pé murmurando tristemente e comendo, mas nem Lacey nem eu tentamos obter guloseimas — não parecia a hora certa para tal coisa.

Algumas pessoas nos deram petiscos mesmo assim. É difícil resistir a cachorros bonzinhos.

Quando a casa se esvaziou, Lacey deitou aos pés de Wenling. Depois de um demorado silêncio alguém dizia alguma coisa baixinho, e depois vinha mais um silêncio demorado. Li Min preparou um pouco daquela coisa vil que descobri se chamar "chá". Wenling encostava um papel no rosto e secava os olhos ou buzinava com o nariz.

Chase Pai deu um tapa no joelho, um barulho repentino que sobressaltou a todos.

— Tomei uma decisão.

Ele olhou pela sala.

— Vou vender a fazenda.

Lacey e eu levantamos a cabeça por causa de como todo mundo ficou imóvel de repente. A isso se seguiu mais um demorado e apreensivo silêncio.

— Por que você diria uma coisa dessas, pai? — perguntou Burke.

— Porque sem o ZZ não vejo como continuar. Há quatro anos seguidos só temos prejuízo. Grant tinha razão, Grant *sempre teve* razão. Estou nadando contra a corrente aqui.

Ninguém falou nada por um tempo.

— Vai vender para a Trident Mechanical Harvesting? — perguntou Grant. — E trabalhar nela por um aluguel de um dólar?

— Não, droga, vou desistir e dar fim a isso tudo — respondeu Chase Pai cheio de amargura.

Lacey se sentou e bocejou de nervoso com a inquietação cada vez mais forte na sala.

— Eu ajudo — ofereceu Li Min baixinho. Todos os olhares se voltaram para ela. Ela encolheu os ombros. — ZZ era... ele não queria nem pensar em mim trabalhando na plantação. Para ele, uma esposa americana não pode trabalhar nisso, porque seria ruim para a imagem dele. Mas minhas horas na loja foram reduzidas a quase nada, então eu podia trabalhar nas plantações com você, Chase. Todo dia, se for preciso. Não sou o ZZ, mas posso aprender.

— Vou voltar para casa também — declarou Wenling.

Agora todos os olhares estavam nela. Lacey deitou a cabeça no colo de Wenling.

— Para honrar o meu pai. Para ajudar minha mãe. Estou trabalhando em um laboratório porque é isso que você faz com um diploma em horticultura, mas acho que eu preferia estar ao ar livre, ver se alguma coisa que aprendi pode ser usada em uma fazenda familiar e não só em uma... — Ela olhou para Burke e sorriu. — Fazenda-robô.

Mais tarde, Burke bateu de leve na porta de Grant. Ainda era estranho ver Burke no andar de cima sem eu precisar fazer "Ajudar" para levá-lo até lá. Eu ficava pensando se um dia Burke decidiria voltar a usar sua cadeira.

— Podemos conversar um minutinho, mano? — perguntou Burke.

— Claro.

Precisei correr para não ficar de fora, pois Burke logo fechou a porta. Ele se recostou contra ela.

— Eu estava pensando que talvez você devesse ficar por aqui um tempo.

Grant inclinou a cabeça de lado.

— Ficar por aqui — repetiu ele.

— Tipo, voltar a morar na fazenda por um tempo.

Grant bufou.

— Meu pai mandou você subir e me dizer isso?

— Não, ele não tem nada a ver com isso.

— Claro que não.

— Grant. Sim, seria bom para ele ter sua ajuda. Mas não é esse o motivo. Acho que você devia vir morar aqui por você próprio.

Grant soltou uma risada irônica.

— Claro.

— Por você e talvez por outra pessoa também.

Capítulo 34

Enquanto eu ficava sentado ali olhando para os dois irmãos, escutei Lacey do outro lado da porta fechada. Fiquei esperando alguém abri-la, mas Grant estava encarando Burke, fazendo o andar zangado só com os olhos. Ele apontou o dedo.

— Acho que de repente era bom você se calar a respeito de seja lá o que veio dizer.

Burke balançou a cabeça e respondeu:

— Nossa, você parece o papai. Mas não vê que passou sua vida adulta inteira fugindo dos únicos dois compromissos que já importaram para você?

— Compromissos.

— A fazenda. E Wenling.

Grant resmungou cheio de desdém.

— Não quero ser fazendeiro. Passei a vida toda indo embora da fazenda.

— Você não quer ser nada *além* de fazendeiro, e talvez esteja indo embora do único lugar ao qual pertence.

Grant se sentou com força na cama, e Burke se acomodou em uma cadeira. Grant cruzou os braços.

— Wenling e eu terminamos.

— É, há um milhão de anos. E vocês não "terminaram", você simplesmente a abandonou. Ela não queria casar tão jovem, mas isso não significava que era o fim. Qual é, Grant. Eu estive na mesma sala que você o dia todo. Vi para quem você olha quando acha que ninguém está vendo. E com certeza não é para a Ava.

— Ah, é? — desafiou Grant. — Já eu vi *você* olhando para a Ava.

— É verdade, ela é muito bonita. Odeio dizer isso a você, irmão, mas com a Ava você atingiu seu ápice.

Os dois riram baixinho. Do outro lado da porta, Lacey inspirou fundo, examinando o quarto — ela entendia que estávamos ali e ela não.

— Ela... Wenling disse alguma coisa para você? — perguntou Grant hesitante.

Burke sorriu.

— Ora, ora, então existe um interesse.

— Apenas responda à pergunta.

— Não, Grant. Ela não precisa.

Burke se levantou e abriu a porta, e Lacey voou para dentro do quarto e caí no chão para ela subir em mim e morder meu rosto.

Depois do café da manhã, no dia seguinte, Ava e Grant foram até o deque no lago, e Lacey e eu os seguimos. Fiquei surpreso por Lacey não pular na água para ir atrás dos patos, mas pelo menos ela latiu para eles. Nós dois latimos freneticamente, até Grant gritar "Parem!". Eu não sabia o que ele estava dizendo, mas a intenção era bem clara.

Deitei aos pés de Grant e Lacey deitou ao meu lado, apoiando a cabeça nas minhas costas.

— Esses dois realmente se amam — observou Grant.

— Sobre o que queria conversar comigo? — perguntou Ava.

— Como sabe que eu queria conversar sobre alguma coisa?

— Sério? Você está estranho a manhã toda. Sei que tem alguma coisa rolando.

— Bom. — Grant soprou. — Sem o ZZ, estou bem preocupado com meu pai. Com como ele vai conseguir fazer a colheita de outono. Então pensei em passar alguns meses aqui e ajudá-lo.

— Assim do nada? E seu emprego?

— Mandei uma mensagem para eles dizendo que eu precisava tirar uns meses por causa de uma emergência de família.

— Você *já* mandou uma mensagem? Sem falar comigo?

— Não é assim, Ava. Eu queria ver se eles me dariam esse tempo.

— E deram?

— Claro. Bom. — Grant pigarreou. — Eles disseram que eu poderia tentar a vaga novamente depois que voltasse.

— Entendi.

Ava alongou o pé e o passou pelas costas de Lacey. Lacey gemeu de prazer e deitou de lado para Ava ter acesso à sua barriguinha.

— Meu pai disse que provavelmente sou melhor fazendeiro que ele.

— E ele precisa da ajuda.

— Sim, é um trabalho pesado.

— E a Wenling?

— Claro, ela é ok. Quer dizer, ela pode ajudar, mas não sei se consegue substituir ZZ. Ou quanto tempo ela vai querer ficar. Ela é cientista, não agricultora.

— Não, estou perguntando: e a Wenling? Ela tem alguma coisa a ver com essa decisão?

— Ela acabou de perder o pai.

— Então o homem errante de repente quer parar e morar na fazenda. Com Wenling. Sua ex-noiva.

Ava estava soando amarga e zangada, e Lacey e eu levantamos a cabeça para olhar para ela.

— Qual é, Ava, não foi isso que eu disse.

No dia seguinte, Grant e Ava nos levaram de volta para a casa de Ava em um passeio de carro demorado. Queríamos deixar a cabeça para fora da janela, mas por causa dos vidros fechados resolvemos brincar de luta no banco de trás até Grant olhar para trás e sibilar "Parem!". De novo uma palavra desconhecida, mas eu não tive dificuldade nenhuma em interpretar aquele tom.

— Talvez você devesse contratar um serviço de segurança, Ava. Estou falando sério. Sei que essas ameaças de morte parecem malucas, mas nunca se sabe quando um desses loucos resolve cumprir o que prometeu. Lady é o símbolo da causa deles, uma pitbull de rinha que leva uma vida de animal de estimação.

— Você não tinha se preocupado com isso até agora.

— Certo, bom, comigo por perto, era...

— Exceto que você nunca está por perto — interrompeu ela. — Você viaja o tempo todo, Grant. Se alguém resolver tentar atirar na Lady, vai fazer isso quando você estiver em Denver, ou Toronto, ou na fazenda com Wenling.

Grant fez um som estranho de insatisfação. Depois disso, o passeio de carro foi basicamente todo em silêncio.

Lacey e eu entramos na casa de Ava antes deles, cheirando tudo animadamente, nos aninhando em um tapete e dormindo. No entanto, saltitamos até a cozinha quando Grant foi preparar o jantar, porque seja lá o que ele estava preparando, o cheiro de queijo e carne era delicioso. Ele serviu a comida em pratos para ele e para Ava, mas não para cachorros.

— Grant.

— Sim?

— Quero que durma no sofá hoje.

— O quê? Ava...

— Para. Eu considero você um homem bom, Grant, de verdade. E acho que você está tentando ao máximo dizer a verdade, mas alguma coisa mudou em você ontem, e talvez ainda não tenha admitido para si mesmo, mas dizer que você e Wenling não se gostam mais é tão ridículo quanto dizer que Li Min não é apaixonada por seu pai.

— O quê? Li Min? Isso é um absurdo, Ava.

— É *isso* que você acha absurdo no que acabei de dizer? Li Min? — desafiou ela.

Depois do jantar, e de não ganharmos nenhum pedaço de comida, Ava nos levou ao quintal para andarmos e farejarmos. Estávamos perto da cerca quando farejei um homem — Lacey também sentiu o cheiro. Ela rosnou baixo.

— Lady! Quer um petisco? Lady? — sussurrou o homem.

Com a palavra "petisco" veio o odor suculento de bife no ar, e Lacey parou de rosnar. Enfiamos o focinho entre os espaços da cerca, inspirando fundo. Ele estava agachado e usando roupas escuras. Não gostei dele na hora e não abanei o rabo. Me senti ficando pronto para dar meu próprio rosnado. O homem levantou o braço e atirou alguma coisa.

— Aí vai, Lady!

Com uma batida, um pedaço de carne vermelha caiu no chão, praticamente aos meus pés. Havia alguma coisa errada na carne: em volta dela havia um cheiro diferente do de qualquer petisco que eu já ganhara na vida. Baixei o focinho, desconfiado. Os pelos das minhas costas se levantaram com a sensação forte de perigo.

Lacey avançou para pegar a carne, então a segurei entre os dentes e corri, com Lacey vindo logo atrás. O cheiro imediatamente se transformou em um gosto forte e azedo na minha boca. Alguma coisa me disse que eu não devia comer essa refeição estranhamente entregue, uma coisa que me trazia uma lembrança, só que uma lembrança baseada em nada que eu já tivesse vivenciado. Era ruim. Devíamos deixar a Ava e o Grant resolverem o que fazer com aquilo. Precisávamos de humanos para nos ajudar; isso estava além das capacidades de um cachorro.

Mas Lacey não desistia. Quando larguei o naco de carne para examiná-lo mais atentamente, ela avançou e fui forçado a pegá-lo novamente. Finalmente, exausto, rosnei para ela, batendo meus dentes. Ela mostrou os dentes de volta. Por que Lacey não conseguia entender? Ela avançou mais uma vez e fiquei chocado com como ela parecia feroz. Ela não sentia a mesma ameaça que eu. Estava pronta para brigar por aquilo, mesmo que pudesse fazer mal a ela.

Então comi o petisco, dando meia-volta e correndo. Eu não podia deixar Lacey comer aquilo. Precisava protegê-la daquela ameaça, porque tinha vindo de um homem sinistro, agachado do outro lado da cerca com intenções maléficas.

Depois de terminar de comer, fiquei com um gosto forte e desagradável na boca. Lacey cheirou a grama onde aquilo havia caído, e em seguida minha boca. Balancei o rabo, mas ela não queria brincar. Ela voltou para a cerca, provavelmente esperando um repeteco, mas o cheiro do homem já tinha desaparecido.

Naquela noite, Grant estava esticado no sofá da sala e Lacey estava esparramada na cama de Ava. Eu estava confuso. Queria subir para ficar com Grant, mas não tinha espaço. No entanto, dormir com Ava e Lacey parecia errado de alguma forma. Fiquei preocupado se Grant se sentiria confortável sem um cachorro nas pernas dele.

— Deita, Riley — disse Grant.

Fiz o que ele mandou, fechando os olhos, mas abrindo-os de volta de repente. O chão não parecia certo; eu tinha a sensação de que ele estava inclinado. Lembrei da minha primeira mãe e do nosso abrigo com as paredes de metal. Aquelas forças estranhas de torsão que sacudiam a meus irmãos e a mim, eram as sensações de um passeio de carro, conforme eu descobrira mais tarde. Eu já tinha me acostumado a tais coisas, mas não estando deitado no chão.

Levantei a cabeça, arfando, olhando para Grant. Lembrei de estar em um campo depois de brincar com Lacey, meu estômago parecendo me morder por dentro. Estava acontecendo algo bem parecido agora, e eu tinha quase certeza de como aquilo terminaria.

Cambaleei até minha caixinha de brinquedos e enfiei o focinho dentro dela atrás do osso de nylon. Babando, o carreguei cuidadosamente e o coloquei no sofá ao lado de Grant, dormindo. Quando ele acordasse o veria e saberia que eu o amava. Vacilei de volta para minha caminha e desabei pesadamente nela.

Naquele longínquo dia no campo, meu último como o cachorro bonzinho Cooper, Lacey estivera lá, me amando, preocupada e carinhosa. Agora, como se ela tivesse sentido que eu estava pensando nela, ela descera da cama de Ava, empurrara a porta com o focinho, e viera até mim. Lambi meus lábios. O gosto azedo da carne proibida ainda estava forte na minha língua, e Lacey a cheirou.

Lacey era, percebi então, uma velha cadela em um corpo de jovem. Ela tivera uma vida difícil, e aquilo a envelhecera. Pensar naquilo me deixou triste.

Fiquei de pé com urgência, enjoado de repente. Fui até a porta e a arranhei, mas quando Grant ouviu e levantou para me deixar sair, eu já estava vomitando o jantar.

— Riley, o que foi? Não, Lady! Sai!

Grant acendeu a luz e começou a limpar a sujeira. Me senti um cachorro malvado. Lacey sabia que eu estava em apuros e me cutucava com o focinho, impotente.

Ava entrou na sala, amarrando um roupão.

— O que aconteceu?

— Riley vomitou. Estou limpando.

— Riley?

Olhei para ela, mas não conseguia enxergar direito.

— Ele está muito mal, Grant, olha só para ele.

— Riley! — gritou Grant.

O focinho de Lacey estava bem ali. Senti o amor e a preocupação dela, mesmo com minha visão cada vez mais borrada.

Ava estava soluçando de chorar.

— Acho que ele foi envenenado, Grant.

Eles se ajoelharam ao meu lado. Lacey deitou de barriga no chão e se arrastou até nossos focinhos estarem se tocando. Senti mãos acariciando meu pelo, a aflição de todos na sala, a sensação de água corrente.

A dor na minha barriga aumentou. Eu estava com Lacey e Grant e Ava. Amava todos eles, assim como amava Burke. Eu era um cachorro bonzinho, mas tinha alguma coisa acontecendo comigo agora, uma coisa pela qual eu já havia passado.

— Vamos levá-lo ao veterinário — disse Grant.

— Rápido!

Lacey me lambeu carinhosamente e Grant me levantou. Ela ficaria com Ava e Grant agora. Fiquei feliz por isso. As pessoas precisam de um bom cachorro, especialmente depois que outro morre. Grant me levou para a escuridão, e me senti subindo cada vez mais, até eu estar longe, bem longe, flutuando em águas escuras.

— Bailey — disse uma voz familiar. — Você é um cachorro tão bonzinho, Bailey.

Agora eu estava vendo uma luz dourada. Eu já tinha estado aqui. Gostava de ser chamado de cachorro bonzinho por essa voz. Sentia seu amor por mim em cada palavra, mesmo sem entender o que ele estava falando.

— Seu trabalho está quase feito, Bailey. Só faltam algumas coisas para você consertar. Mais uma vez, Bailey. Preciso que você volte mais uma vez.

Pensei em Ava, em Grant, Wenling e Burke, e em Chase Pai e Li Min. Imaginei todos eles na fazenda, correndo com a Lacey.

Pensar naquilo me deixou muito feliz.

Capítulo 35

A CONSCIÊNCIA DO QUE ESTAVA ACONTECENDO VEIO AOS POUCOS, MAS ERA TUDO muito familiar: o leite quente e nutritivo de minha mãe, a presença barulhenta e inquieta dos meus irmãos. Quando meu faro começou a reportar a respeito de meus arredores, eu até já sabia onde estava: um prédio com cachorros em gaiolas e gatos nos encarando hostilmente.

E a primeira pessoa que farejei foi, naturalmente, Ava. Quando fiquei ciente o bastante para enxergá-la, corria até ela sempre que ela se aproximava do meu cantinho, e meus irmãos pintados de marrom, preto e branco me irritavam fazendo a mesma coisa, como se pertencessem a ela também. Ela era a *minha* Ava. Alguns de meus irmãos de ninhada mordiscavam os dedos dela, mas quando ela me pegava no colo, eu sempre tentava apenas beijar seu nariz.

Sam Pai também brincava conosco, levando-nos ao jardim onde vi Lacey pela primeira vez. Mas Lacey não estava lá. A grama estava seca e havia montinhos de neve em alguns pontos, mas eu sentia os dias ficando mais quentes.

Ava amava me pegar no colo e olhar nos meus olhos.

— Este é meu favorito — dizia ela a Sam Pai.

— Então deixe-me adivinhar. Vai batizá-lo de Bailey.

Olhei para ele. Por que ele estaria dizendo aquele nome?

Ava riu pesarosamente.

— Não, acho que já tirei todos os Baileys do meu organismo. Todo cachorro que batizei de Bailey ganhou um nome diferente dos donos novos. Não, esse aqui vai ser o Oscar. Ele é só um filhotinho, mas já viu como ele olha para você? Tem o olhar de um cachorro velho e sábio.

— Uma velha alma — sugeriu Marla.

Ela tirou a franja escura de cima dos olhos, e quando ela me afagou, os óleos e fragrâncias de seus cabelos estavam presentes em seus dedos.

Ava assentiu.

— Exatamente.

— Que tipo de cãozinho é você, Oscar? — perguntou Marla.

Senti pelo tom de voz dela que era uma pergunta, mas não reconheci nenhuma das palavras.

Sam Pai deu uma risadinha.

— A aposentada que trouxe os filhotes disse que a cadela de caça, uma pastor-alemão fêmea com pedigree, "engravidou não sei como". Então não sabemos exatamente.

— Eu diria que talvez cocker — sugeriu Ava.

Marla beijou meu focinho. Eu gostava de Marla.

Estávamos no jardim quando Ava abriu o portão e uma cadela mais velha entrou, seu focinho branco grudado no chão. Ela era malhada e tinha manchas marrons pelo corpo todo. Não precisei nem cheirá-la de perto, a reconheci só de olhar.

Lacey.

A chegada dela desencadeou uma debandada, meus irmãos e irmãs tropeçando uns em cima dos outros para chegar perto dela. Eu queria cumprimentá-la sem a interferência deles, mas eles a cercaram, escalaram, uivaram para ela, guinchando. Lacey foi educada e tolerante com aquilo tudo, abanando o rabo, farejando os filhotinhos, deixando que tentassem mordiscar sua boca.

— Muito bem, minha doce Lady Dog — murmurou Ava.

Finalmente subi em cima de uma de minhas irmãs e fiquei focinho a focinho com minha Lacey. Ela imediatamente fez uma reverência e começou a pular e a se contorcer, tão empolgada em me ver quanto eu em vê-la. *É claro* que ela me reconheceria!

— Lady ficou totalmente empolgada em conhecer esses filhotes! — observou Ava para Sam Pai.

— Adoro quando um cachorro mais velho fica cheio de energia por causa dos mais novos — concordou Sam Pai.

Eu queria correr atrás de Lacey pelo quintal, brincar de lutinha e rolar na grama com ela, e vi que ela queria fazer o mesmo, mas fomos frustrados por meu tamanho.

Quando eu crescesse, voltaríamos a atormentar os patos da fazenda.

O portão abriu e fiquei maravilhado, apesar de não muito surpreso, por ver Burke parado lá. Corri até ele e é claro que meus irmãos idiotas imitaram. Ele sorriu.

— Oi!

— Burke? Uau!

Sorrindo de volta, Ava correu até ele e ele a beijou no rosto, tomando cuidado para não pisar em nenhum dos filhotinhos embolados nos seus pés.

— Quanto tempo faz? Uns três anos? — perguntou ela.

— Sim, mas prometo que pensei em você durante uma hora por dia.

Ava riu.

— O que o traz aqui?

— Andei pensando em adotar um cachorro — respondeu Burke. — E estava passando de carro quando vi sua placa na estrada, aquela que tem o vídeo dos filhotinhos. E daí pensei: é lá que eu devia ir.

— Pai, esse é Burke, irmão de Grant.

— Prazer em conhecê-lo — disse Sam Pai, oferecendo a mão para que Burke pudesse puxá-la brevemente. — Preciso ir limpar as gaiolas dos gatos.

— O glamour nunca tem fim — brincou Ava.

Pus as patas na calça do meu menino, me esticando para alcançá-lo. Ele me recompensou se agachando e me levantando alto, de modo que ficamos olhando um nos olhos do outro.

— Este é o Oscar — disse Ava. — É o mais doce da ninhada. Ama pessoas de paixão. Especialmente você, pelo visto.

— Olá, Lady Dog, há quanto tempo — cumprimentou Burke, assim que Lacey se aproximou para ganhar um afago também. Ele olhou de volta para Ava. — Achei que não podíamos juntar cachorros adultos e filhotes até eles tomarem todas as vacinas.

— Existem duas correntes de pensamento quanto a isso. Eu pessoalmente acho melhor arriscar e deixar os filhotes socializarem com outros cães o máximo possível. São sacrificados mais cachorros por não se socializarem do que por vírus. Cães vacinados têm imunidade como os humanos. Mas espera aí, você vai adotar um cão? Achei que os Trevino não gostavam de parar em um lugar só.

Olhei para o rosto do meu menino com adoração. Ele me aninhou e eu lambi o rosto dele.

— O engraçado é que acabei de aceitar um emprego para fazer inspeção mecânica em todas as represas do estado. Então vou ser um residente de Michigan pelo futuro próximo. Imaginei fazer isso dirigindo com um cachorro ao meu lado. Fazendo companhia enquanto eu me meto por aí olhando canos enferrujados e cimento quebrado. Posso ficar com o Oscar?

— Sério?

— Olha só para ele. Quem resiste a esses olhinhos castanhos?

— Bom, ele ainda não está grande o bastante para ser adotado. E você sabe que vai ter que castrá-lo, certo? Nós pagamos, mas é um requisito.

Burke me pôs no chão. Ignorei os outros filhotes e tentei subir de volta nele.

— Imagino que no contrato essa regra seja inflexível.

— Você não faz ideia.

Fiquei decepcionado ao ver Burke partir alguns minutos depois. Mais uma vez, humanos se comportavam de maneiras que um cachorro não conseguia nem chegar perto de entender.

Pouco depois da visita de Burke, meus irmãos começaram a partir, um a um, com Ava vindo até nossa gaiola para gentilmente levar embora cada filhotinho inquieto e ansioso. Eu sabia que eles estavam indo para seus novos lares, com novas famílias, e aquilo me deixava feliz.

Eu estava dormindo em cima de Lacey, minha cabecinha de filhote subindo e descendo com a respiração dela, quando o portão foi aberto e lá estava Burke novamente! Esse era o novo truque dele, concluí.

Ava olhou para o próprio pulso e se levantou.

— Oi!

Burke encolheu os ombros como se pedindo desculpas.

— Perdão pelo atraso. Encontrei uma mulher que por engano pensei ser dona de uma represa só porque o lago dá no terreno dela. Quando expliquei que meu trabalho era avaliar se o local estava seguro e que achava que aquele não estava, ela quis discutir extensivamente sobre o assunto. O que foi?
— O quê? Nada.
— Você está me olhando de um jeito meio estranho.
— Ah, eu só estava pensando que você está...bem. — Ava baixou os olhos.
— Obrigado. Lavei o cabelo hoje, apesar de já ter lavado mês passado.

Ava riu.

Fui levado até uma salinha e Burke se sentou diante de uma mesa e começou a rabiscar em uns papéis. Ava estava sentada de frente para ele. Lacey se acomodou em uma caminha de cachorro e eu me juntei a ela. Eu estava pronto para mais uma soneca quando me ocorreu uma coisa e sentei de volta imediatamente, olhando os dois humanos conversando.

Burke não simplesmente sempre encontrava a mim — ele sempre encontrava Ava também! E eles eram as únicas pessoas do mundo para quem eu havia feito o "Puxar". Eu até fizera "Ajudar" para Ava na neve! Então, apesar de eu nunca ter achado que Ava e Burke estivessem ligados, na verdade eles estavam.

Burke se debruçou sobre a papelada.
— Estou feliz em ver Lady. Depois do que aconteceu com o Riley, achei que continuariam tentando fazer mal a ela.
— Eles precisaram parar depois do alarde que a imprensa fez. O cara que a polícia prendeu era voluntário daquela, vamos chamar de "organização cujo nome não deve ser mencionado". Tentaram negar, mas ele estava na lista de doadores deles.
— Qual foi a pena que ele pegou?
— Pena? Ele pagou uma multa e fez serviço comunitário. Entrei com um recurso quando ele pediu que seu trabalho como voluntário para aquela mesma organização horrorosa contasse como horas, como se ir a reuniões para conversar sobre como matar pitbulls fosse de alguma forma pela *comunidade*.

Ava pegou os papéis e os guardou.

— Então, tem falado com seu irmão?
Burke balançou a cabeça.
— Não. Ficamos tanto tempo sem nos falar que é difícil transformar isso em hábito. Mas às vezes falo com a Wenling.
— Ah, Wenling. Então, também está sob os encantos dela?
Me aninhei para mais perto de Lacey, minha companheira, amando estar na mesma sala com ela, Ava e meu menino.
— Você não sabia? Ela foi minha namorada antes de ser do Grant.
Ava ficou boquiaberta.
— Não, eu *não* sabia. Quando foi isso?
— Há muito, muito tempo. É engraçado como na época pareceu grande coisa. Agora é tudo meio que coisa de garoto. Ela me largou para ficar com o Grant.
— Sério? Ele nunca falou nada sobre isso. O próprio irmão?
— Ok, espera, não sei por que falei desse jeito. Eu terminei com ela, para falar a verdade. É uma longa história, mas eu tinha essa imagem minha de ser superpopular entre as meninas de repente, e queria estar solteiro para aproveitar isso. Quando as coisas não aconteceram exatamente da forma como eu imaginava, fiquei morto de ciúme, o que foi idiota. Ela ia acabar namorando *alguém*, né? Mas eu estava em um momento ruim e disse umas coisas ao meu irmão na época, coisas duras. Grant é muito parecido com nosso pai; é difícil para ele perdoar as pessoas.
— Então quando você fala com ela...
— É, somos só amigos.
— Não, o que eu ia perguntar é a respeito de Wenling e Grant.
— Ah. — Ele a olhou, sério. — Eles estão juntos, sim.
Ava riu secamente.
— Às vezes preciso que alguém me explique por que todo homem que já namorei me deixou por outra pessoa.
— Você provavelmente escolheu os caras errados.
— É o que meu pai diz. Seja lá o que a Wenling tem, eu bem que precisava de um pouco também.
— A meu ver, você tem mais que o suficiente.
Ava riu, encantada.
— *Essa* eu nunca ouvi antes.

Burke ficou olhando para ela com um leve sorriso no rosto, e Ava finalmente desviou o olhar.

— Quer jantar comigo hoje? — perguntou ele.

— Oh — respondeu Ava.

Lacey e eu olhamos para ela, sentindo a tensão aumentando na sala.

— Oh sim ou oh não?

— É só que está meio em cima da hora.

— Estou tentando ser espontâneo. Todo mundo acha que engenheiros são controlados e previsíveis. Ontem à noite eu arranquei minhas roupas e fiquei uivando para a lua.

Ava riu.

— Está planejando fazer isso de novo?

— Deixe-me levar você para jantar e aí veremos.

Naquele verão, Burke e eu fizemos demorados passeios de carro para lugares maravilhosos. Nadei em lagos e riachos, farejei odores de outros animais pela mata, dormi com ele em um quartinho de paredes de pano que ele dobrava e guardava de volta na caminhonete de manhã. Sentíamos cheiros *maravilhosos* misturando-se a nossos próprios cheiros. E, de vez em quando, íamos de carro visitar Ava e Lacey.

Lacey sempre ficava na porta para nos receber assim que Ava a abria, até um dia não estar.

— Oi — disse Ava. Burke a beijou e eu passei pelo meio das pernas dos dois e fui ansioso atrás de Lacey, que estava deitada na sua caminha. Ela levantou a cabeça e balançou o rabo, mas não se levantou quando a cutuquei com o nariz.

— Vim visitar seu chuveiro — anunciou Burke.

— Nosso relacionamento começou com um chuveiro.

— Tem razão. Mas naquela época eu não dormia em uma barraca com um cachorro por quatros noites seguidas. Oi, Lady, como é que você está, minha velhinha?

Lacey balançou o rabo, mas eu sentia que uma sensação de doença estava deixando-a cansada e esgotada. Ela estava, percebi, chegando ao fim dessa vida, uma boa vida na qual passamos a maior parte juntos e na qual ela foi amada por pessoas como Ava.

— Contei a você sobre aquela primeira vez? A primeira chuveirada? — perguntou Ava.

Burke tirou a camisa.

— Só me lembro de ter mergulhado em um lago congelado, e que a água quente depois foi a melhor coisa que já aconteceu na minha vida. Recomendo fortemente. Devíamos abrir um spa. Enfiaríamos as pessoas em um buraco no meio do gelo e depois as deixaríamos tomar banho enquanto as roupas delas secavam na secadora.

— Eu te olhei pelo espelho. Não muito bem, o vidro estava embaçado, mas me levantei na ponta dos pés e olhei você.

— Por que não se juntou a mim?

Ava riu.

Burke abriu a água do chuveiro.

— Por que não se junta a mim *agora*?

Voltei para junto de Lacey. Cheiramos cuidadosamente um ao outro, notando as diferenças. Eu não era mais filhote, era um cachorro de caminhonete cujo trabalho era passear com meu menino, visitar lugares legais e perseguir esquilos. E Lacey estava sofrendo por dentro. Em breve, aquela dor se tornaria externa, para que os humanos notassem.

— Preciso ir para o norte na semana que vem — revelou Burke no jantar. — Pensei em você talvez vir comigo. Você e Lady Dog.

Ava o observou com uma expressão intrigada.

— Como assim?

— Passar na fazenda. Visitar meu pai. Wenling me disse que Grant não vai estar lá.

— Seu irmão sabe sobre você e eu? — perguntou Ava depois de um tempo.

— Não mencionei nada para Wenling, então não. Achei que podíamos começar com ela e papai, e deixar que eles contem ao Grant.

— Quer dizer que você não adoraria ver a reação dele ao contar que sou sua... — Ava interrompeu a frase abruptamente.

— Ele ainda está mesmo me devendo pela vez em que empurrou minha cadeira de rodas de cima de uma colina.

— Não exagere nessa história, Burke.

— Foi uma queda de trinta metros para um poço cheio de lava. Não, acho que já superei a vontade de atormentar meu irmão, não que ele fosse acreditar em mim. — Ele se calou por um instante. — Sei o que você ia dizer agora há pouco.

— O quê?

— Ia dizer "namorada".

Ava desviou o olhar.

— Desculpe.

— Então você é? Minha namorada?

Ava o encarou. Burke deu de ombros.

— Eu digo para todo mundo que você é. Que não estamos saindo com mais ninguém. Acho que eu devia ter esclarecido isso com você antes.

Ela não respondeu nada por um tempo.

— Está esclarecido — disse ela suavemente.

Eles se beijaram tanto depois daquilo que me entediei e dormi. Mas acordei quando Lacey se remexeu e gemeu. Lambi seu focinho e ela balançou o rabo fracamente. Pensei em todos os momentos maravilhosos que passamos juntos, correndo e brincando e lutando. Lacey e eu pertencíamos um ao outro — isso era algo que eu sabia mais que tudo.

A manhã seguinte foi a última de Lacey. Começou como sempre, com Ava colocando tigelas de ração para nós dois. Mas Lacey nem se mexeu da cama.

— Lady? O que foi, amor? — perguntou Ava, acariciando o rostinho de Lacey. Lacey levantou a cabeça por um breve instante. — Ah, não, Lacey — sussurrou ela.

Sam Pai e Marla chegaram para nos ver alguns minutos mais tarde. Lacey tinha começado a ofegar, mas ainda não tinha levantado da cama. Fiquei ao lado dela o tempo todo, fornecendo todo o conforto que eu podia. Sam Pai a apalpou, examinou os olhos dela e balançou a cabeça.

— Ela está sofrendo. Será que ela comeu algo que fez mal?

— Ela está deitada aí desde que cheguei ontem à noite — explicou Burke.

Sam Pai levantou.

— A decisão é sua, filha, mas se dependesse de mim, eu daria fim à dor dela agora mesmo. Não sei o que está havendo, mas a está fazendo sofrer bastante. Quem vai saber que tipo de dano interno ela já sofreu quando estava no Death Dealin' Dawgs. Operar provavelmente não é nem opção mesmo se conseguirmos um diagnóstico, mas ela viveu muito.

Ava se ajoelhou e abraçou Lacey.

— Ah, Lady, você foi uma menina tão boazinha. Sinto muito por não ter percebido que estava sofrendo tanto.

— Ela escondeu de você — disse Sam Pai. — Não quis que você ficasse preocupada.

Marla acariciou a cabeça de Lacey.

— Você deu um final de vida tão maravilhoso para ela depois de um começo tão cruel, Ava. Deu a ela amor e um lar.

Me afastei respeitosamente, deixando os humanos amarem o cachorro deles. Lacey olhou nos meus olhos e vi como ela estava se sentindo reconfortada com aquela atenção toda, como aquilo estava aliviando o que a fazia sofrer por dentro.

Quando todos se levantaram, Ava abraçou Lacey por um bom tempo, suas lágrimas silenciosas derramando-se sobre o pelo. Lacey levantou e beijou Ava, e em seguida baixou a cabeça de volta, exausta.

Foi o último beijo da minha companheira. Sam Pai preparou alguma coisa para Lacey e eu fui ficar ao lado dela. Fiquei feliz em poder estar ali ao lado dela, ser um cachorro que a amava, e poder ajudá-la a passar para sua fase seguinte.

Nós dois sabíamos o que estava acontecendo e estávamos gratos por aquilo. De todas as coisas maravilhosas que os humanos fazem por cachorros, essa era uma das melhores — ajudar quando estamos sofrendo com uma dor que só pode ser encerrada com a morte.

Lacey estava deixando esta vida para trás, mas eu sabia que ainda a veria um dia.

Capítulo 36

O CHEIRO DE LACEY AINDA ESTAVA FORTE NA CASA DE AVA NA MANHÃ EM QUE nos amontoamos juntos na caminhonete de Burke. Não foi difícil ajudá-los a se animarem, porque não só eu estava empolgado para um passeio de carro, como também estava maravilhado em imaginar como Ava ia se divertir dormindo naquele quartinho de pano com Burke e eu.

— Oscar! Se acalme! — comandou Burke, rindo.

Fazer pessoas rirem depois de algo triste acontecer é um dos trabalhos mais importantes de um cachorro.

Fiquei em êxtase quando captei os odores típicos que me alertaram a respeito de onde estávamos indo. A fazenda! Melhor ainda!

Chase Pai estava sentado na varanda, mas se levantou assim que nos viu. Corri até ele, balançando o rabo.

— Olá, Oscar, que bom finalmente conhecer você — cumprimentou ele.

Lambi as mãos dele. Mas ele estava olhando para Burke e Ava com uma expressão engraçada no rosto.

— Burke, oi.

— Oi, pai.

— E... Ava.

— Olá, sr. Trevino.

— Não, por favor, pode me chamar de Chase. — Eles se abraçaram. — Devo admitir que não sei bem o que está acontecendo.

Burke sorriu.

— É exatamente o que parece.

— O que parece é que você e seu irmão confundem algumas normas sociais.

Ava encolheu os ombros.

— Eu sabia que ia me resolver por um dos dois.

Eles riram, mas senti uma inquietação nos três.

— Li Min está no celeiro trabalhando com o trator. — Chase Pai pôs as mãos em volta da boca e gritou: — Ei, Li Min! Vem cá!

Burke pareceu intrigado.

— Trabalhando com o trator?

— É. Eu disse que podíamos comprar um novo, mas acho que ela gosta do desafio de manter o antigo na ativa.

— Não, quero dizer, acho que eu só não sabia que ela entendia disso — explicou Burke.

— Ah — disse Chase Pai, assentindo. — Li Min sabe fazer de *tudo*.

Quando Li Min saiu do celeiro corri para ela, saltando para cumprimentá-la e cheirando os dedos sujos de óleo dela. Ela abraçou Burke com as mãos viradas para trás, para que não encostassem nele.

— Que bom ver você, Ava — disse ela. — Eu ofereceria um aperto de mãos, mas as minhas estão meio sujas de graxa.

— Você parece ter passado a manhã tendo suas impressões digitais recolhidas pelo FBI — brincou Burke.

— Vou me limpar — disse Li Min. Ela subiu os degraus e entrou na casa.

Chase Pai voltou sua atenção para Burke.

— Grant e Wenling foram à cidade, mas devem estar de volta logo.

Ava e Burke se entreolharam, alarmados.

— Então Grant está aqui? — perguntou finalmente Burke.

— A viagem dele foi adiada. — Ele arregalou os olhos. — *Ah.*

— Hum — comentou Burke, dando de ombros em seguida. — Tá bom então. Vamos lidar com isso.

Como Lacey não estava na fazenda, fui latir para os patos em memória dela, levantando a pata traseira em um dos postes do deque para reforçar. Enquanto corria de volta para casa, desviei bruscamente ao sentir um cheiro ao mesmo tempo novo e familiar. Uma cabra! Uma cabrita! Enfiei o rosto entre a cerca e ela veio na hora me saudar, baixando sua cabeça para esfregá-la na minha. Então ela disparou pelo seu cercado, saltando alto enquanto eu assistia, ligeiramente perplexo. O que ela estava fazendo?

Parado ali observando o comportamento daquela cabrita, me lembrei de Vó conversando com Judy tanto tempo atrás em um dia exatamente como este. Apesar do cheiro das duas já ter sido levado pelo tempo, pela neve e pelo vento, por um instante foi como se eu os sentisse, frescos e presentes, e pudesse ouvir a voz gentil de Vó. Eu já conhecera muita gente maravilhosa nas minhas vidas maravilhosas, mas jamais me esqueceria de Vó.

Quando um carro veio se aproximando da entrada, larguei a cabrita para lá e corri até ele, pulando em cima de Wenling e Grant assim que eles saíram do automóvel. Fiquei tão feliz com aquele acontecimento que até deitei no chão, me contorcendo de alegria, e Wenling fez carinho em mim.

— Quem é você? — perguntou ela.

— Este é Oscar — disse Burke da varanda.

Ele desceu os degraus e abraçou Wenling, e em seguida virou e olhou para Grant. Depois de alguns segundos, os irmãos também se abraçam de um jeito meio duro.

— A que devemos a honra? — perguntou Grant.

— Vim verificar o quanto você está estragando a operação inteira do papai aqui. Olha, preciso contar algo a você. A vocês dois, na verdade.

Eles pararam, olhando-o atentamente. Fiz "Sentar", sendo um cachorro bonzinho.

— Ava está aqui.

Grant e Wenling pareceram levar um susto.

— Ava Marks? — perguntou Grant. — Aquela Ava?

— Aquela Ava mesmo.

Grant olhou para Wenling.

— Juro que não sei o que ela veio fazer aqui, Wenling. — Ele olhou para Burke. — O que ela quer?

— De você? Nada. Ela veio comigo. Ava e eu estamos juntos.

Eles ficaram em silêncio.

— Que bom — ofereceu Wenling.

Grant estava zangado.

— Que *diabo* você está fazendo, Burke?

Burke abriu as mãos.

— Encontrei Ava quando fui adotar o Oscar. A levei para jantar e a gente simplesmente...

Olhei para cima ao ouvir meu nome, apesar de ter esperado ouvir Cooper ou até mesmo Riley aqui na fazenda.

— Você "a encontrou"? Tipo, é para a gente acreditar nisso? — sibilou Grant.

Wenling olhou para ele.

— Por que isso é um problema para você, Grant? O que tem a ver com você?

Ele a encarou, incrédulo.

— Você não entende? Tem tudo a ver comigo. Por que mais ele faria uma coisa dessa?

— Você está sendo ridículo — estourou Burke.

— E você está dizendo que ainda tem interesse em Ava? — exigiu Wenling.

Abanei o rabo hesitantemente com a aflição dela.

— O quê? — Grant balançou a cabeça. — *Não*.

— Então qual é o problema? — insistiu Wenling.

— O problema é a motivação dele. O problema é que isso é algum tipo de *vingança*.

— Sabe do que estou de saco cheio? — retrucou Burke, zangado. — Estou de saco cheio de você transformar toda ferida e dor em algum tipo de trauma de vida para o qual todos nós precisamos ficar pedindo desculpas. Depois que Vó morreu, você *desapareceu*. Durante anos! E agora está dizendo o que, que tem algum tipo de posse quando se trata de Ava Marks só porque vocês saíram juntos por um tempo? Quando é que você vai resolver crescer?

Grant estava cerrando os punhos.

— Agora é *você* que está sendo injusto, Burke — disse Wenling firmemente. — Nenhum de nós pode desfazer o que já foi feito. Grant me diz o tempo todo como o maior arrependimento da vida dele foi ter dado as costas para você.

Burke pareceu se acalmar um pouco, seus ombros relaxando.

— Você sempre diz o quê?

Grant virou o rosto, mas assentiu.

— E eu digo a mesma coisa, Grant — admitiu Burke baixinho. — Como eu queria que meu irmão e eu achássemos uma maneira de conversar.

Wenling ficava olhando de um para o outro.

— Acho que vou entrar e falar com a ex-namorada do meu namorado.

— Ou pode entrar e falar com a namorada atual do seu ex-namorado — sugeriu Burke.

Com uma risadinha, Wenling virou na direção da casa. Burke e Grant caminharam até o lago, o que foi bom, porque eu estava pronto para dar mais um susto nos patos.

— Então você e a Ava? Está sério? — perguntou Grant.

Burke assentiu.

— Parece que sim.

— Talvez você pudesse ter avisado antes em vez de chegar de surpresa assim — observou Grant.

Chegamos ao deque e logo corri até a ponta, olhando feio para os patos. Eles me olharam feio de volta. Patos às vezes balançam seus rabos, mas isso está longe de ser um verdadeiro abano.

Burke chutou um graveto do deque para a água e fiquei rígido, sem saber se eu devia entrar para buscá-lo para ele.

— Eu não queria contar a você. Sabia que sua reação seria exagerada.

— Como é que estou exagerando? Você aparece sem avisar com minha ex-namorada. Você devia sim ter me contado. Ou mandado uma mensagem para Wenling, como vocês fazem quase todo maldito dia, meu irmão e minha namorada conversando. Porque você precisa dar a última palavra em tudo.

— Bom, essa sim foi a reclamação mais... complexa que já ouvi. Não mando mensagem para a Wenling todo dia, nem todo mês. E não liguei para você porque você e eu não nos *falamos*. E daí, também? Você largou Ava para ficar com Wenling, esqueceu? Queria que Ava virasse freira? E a gente não tem uma bela tradição de roubar as namoradas um do outro mesmo?

— Deus, você precisa fazer graça com tudo?
— E você não pode achar graça em *nada*?
O graveto continuava flutuando na água. Fiquei olhando, hipnotizado. Eu estava dividido entre pegá-lo e não pegá-lo. Por que atirar um graveto na água se não for para um cachorro ir buscá-lo? Só que não tinha ninguém me incentivando a pular. As pessoas geralmente ficam bem animadas quando atiram gravetos, mas Burke não estava, não dessa vez.

Eles ficaram tanto tempo mudos que comecei a ficar entediado e deitei no deque, assistindo pesarosamente o graveto indo para cada vez mais longe.

Burke riu levemente.

— Lembra de quando você me amarrou com fita isolante na cadeira e me largou no celeiro? Fiz Cooper me puxar até as ferramentas e consegui enfiar uma faca de podar por baixo da fita. Demorei o dia todo, mas me soltei e voltei para casa como se nada tivesse acontecido e você foi até o celeiro ver como eu estava.

— Cooper era um bom cachorro.

Levantei a cabeça.

— É meio que uma metáfora para nossas vidas, não? Estamos sempre sacaneando um ao outro. Mas dessa vez não, Grant. Eu juro, assim como você e Wenling não tiveram nada a ver comigo, Ava e eu não temos nada a ver com você.

Ouvi a porta da frente batendo e me sentei. Wenling e Ava estavam descendo os degraus da entrada juntas, conversando animadamente.

Grant soltou o ar.

— Bom, *isso* pode não ser nada bom.

— É, elas podem comparar anotações. Se uma convencer a outra de que merecem coisa melhor, estamos perdidos.

Wenling gritou:

— Vamos dar um passeio. Vou mostrar o pomar à Ava.

Passeio! Fiquei grato por ter ido atrás daquele graveto. Corri a colina apressado e me juntei às duas a caminho da plantação. Logo chegamos ao local em que as pereiras cresciam em fileiras grossas.

Wenling esticou o braço e puxou um galho baixo. Uma garrafa pendurada do galho fez um tinido.

— Viu? A pera cresce dentro da garrafa. Depois de madura, vendemos o produto acabado a uma destilaria que faz licor de pera. Estamos fazendo o mesmo com maçãs e damascos também. Em vez de fazer centavos por quilo, vendendo para a empresa de papinha de bebê, estamos lucrando uns dez dólares. *Lucro*. Chase disse que é a primeira vez na vida dele em que o pessoal do banco fica feliz quando ele chega.

Cheirei o tronco da árvore e não vi nada demais nele.

— Cultivar frutas em garrafas — admirou-se Ava. — Eu não fazia ideia de que isso era possível.

— Não dá certo na metade das vezes, mas estamos melhorando com a prática. — Wenling soltou o galho. — Quando foi que você e Burke começaram a sair?

— Então, lembra da história de como Burke apareceu quando aquele cachorro caiu no lago congelado?

— Lembro. Você me contou no velório do meu pai. Acho que eu tinha esquecido. Vocês já se conhecem desde aquele dia.

— Exatamente. Mesmo a gente mal tendo conversado naquele dia, eu nunca esqueci como aquele estranho arriscou a vida tão casualmente para salvar uma pobre cadelinha. E um dia Burke apareceu do nada no resgate do meu pai para adotar Oscar e acabou me convidando para jantar. Foi tudo bem espontâneo. E também não exatamente espontâneo. Mais como se fosse destino. Acredita nisso?

A menção de meu nome perto da palavra "jantar" certamente chamou minha atenção. Fiz o "Sentar", demonstrando meu melhor comportamento.

— Em destino? Acho que sim. Ou algo parecido — respondeu Wenling, sem mencionar meu nome.

— Apesar de que — acrescentou Ava —, conhecendo-o como conheço agora, sei que ele provavelmente estava planejando alguma coisa. Nessa segunda vez ele apareceu usando uma calça bem elegante. Burke nunca usa calças boas.

Wenling riu.

— Sei do que está falando.

Ava e Wenling se olharam.

— Isso é meio estranho. Nós duas já namoramos os dois irmãos — observou Ava. — Quer dizer, para *mim* é meio estranho.

Wenling concordou com a cabeça.

— Burke e eu fomos namoradinhos na escola. Mas Grant foi meu primeiro amor.

— Ele anda falando de ir embora? De arranjar um emprego novo? De voltar para a Europa? África? — perguntou Ava.

— Grant? Não, nunca.

— Quando Grant e eu estávamos juntos, ele sempre queria estar em algum outro lugar. Depois de um tempo descobri que ele também queria estar com outra *pessoa*. Quando vi vocês dois juntos, descobri quem era a pessoa.

Elas retomaram aquela caminhada lenta e sem sentido, como as pessoas gostam de fazer. Normalmente eu teria corrido na frente delas para farejar criaturas que eu pudesse perseguir, mas como ouvi a palavra "jantar", resolvi que a melhor estratégia era continuar bem perto das duas.

— Ava, eu sinto muito por como aconteceu. Eu juro que não planejei.

— Também não acho que Grant tenha planejado, Wenling. Ele disse que ia ficar para ajudar o pai, e acho que era verdade. Na maior parte, pelo menos. Parcialmente verdade.

Wenling sorriu.

— Além disso, se eu tivesse ficado com o Grant, Burke jamais teria me convidado para jantar. Não importa o que Grant pense, Burke não o odeia.

— Então você e Burke estão felizes?

— Deus, espero que *ele* esteja. Ele é basicamente a melhor coisa que já me aconteceu. É gentil. Me liga da estrada. Ele perguntou a *mim* se podíamos parar de ver outras pessoas, quando era sempre eu que fazia essa pergunta. Até eu conhecer Burke, eu só fazia escolhas erradas. Não o Grant, é claro. Mas todos os outros homens que eu conhecia acabavam me largando um dia. Acho que por isso resgato animais; um cachorro fica, dá todo o amor que você quer, e nunca foge com outra.

As palavras "cachorro" e "fica" me confundiram, porque as duas continuaram caminhando.

— Mas Burke não é desses — concordou Wenling. — Ele é, como se diz? Constante. Até depois que comecei a namorar o próprio irmão dele, ele continuou sempre querendo o melhor para mim.

— Mas ele nunca disse que me ama — confessou Ava.
— Ah. Os homens da família Trevino não são muito bons em se expressar mesmo.
— Já percebi.

As duas pararam de novo, sorrindo uma para a outra, e se abraçaram. Concluí que elas já deviam ter esquecido completamente do jantar e me afastei para ver se encontrava um coelho.

Quando Burke voltou a viajar e passar noites no quarto de dobrar, ainda era só eu e ele. Fiquei triste por Ava ter que ficar em casa e não vir dormir com a gente no chão e rolar em cima de peixes mortos, apesar de Burke ter me dado um banho depois que fiz aquilo, por algum motivo. "Meu Deus, você ainda está fedendo", disse ele aquela noite quando fui deitar junto dele. Eu não sabia o que ele estava dizendo, mas lambi seu rosto para deixá-lo ciente de que eu estava feliz.

Ficamos felizes em ver Ava logo após aquele banho. Eles se abraçaram na entrada da casa e caminharam assim pelo corredor até o quarto, então me esparramei no sofá e esperei a hora do jantar.

— Ganhei aquele caso que contei a você — revelou Ava mais tarde à mesa. — O tribunal nos deu a custódia dos pobres cães abusados que aquele traficante havia acorrentado no quintal. Um deles tem uma vértebra quebrada e não consegue mexer as patas traseiras. Ai, Burke, é tão triste. Ela é tão doce a carinhosa, mas o veterinário disse que não podemos fazer nada por ela. Ela vai estar no abrigo amanhã.

— Vão sacrificá-la?

— Eu não quero. Ela é cheia de vida, mas parte meu coração ver como ela arrasta os quadris. Não sei que tipo de vida ela poderia ter.

Burke ficou quieto.

Na manhã seguinte eu e ele resolvemos ir visitar aquele lugar de cachorros e gatos da Ava. Abanei o rabo alegremente ao ver Sam Pai, que me afagou.

— Oi, Oscar. Oi, Burke.

Marla também estava lá.

— Ava contou a você que estou como voluntária em tempo integral aqui agora que me aposentei? E no abrigo mais ao norte também.

Burke riu.

— Ela comentou que ela e seu pai venceram você.

Ava passou o braço pelo de Burke.

— Vamos lá atrás; você precisa conhecer a Janji, a cadela com paralisia sobre a qual comentei. Ela está muito bem-disposta.

— Janji?

— É malaio. A esposa do traficante era de Singapura, eu acho.

Só havia alguns cachorros nas gaiolas dos fundos. Burke e eu esperamos Ava abrir a portinha da gaiola de uma cachorrinha preta com orelhas pontudas e olhos amarelos claros. Ela não andava como um cachorro normal — suas patas traseiras se arrastavam no chão conforme ela avançava, e seu rabo era mole. Curioso, aproximei-me dela, farejando.

Ava esticou o braço e acariciou a cabeça da cadela.

— Janji, este é Oscar.

Gani de choque, pois era a Lacey! Subi em cima dela imediatamente, alegremente virando-a de barriga para cima, e em seguida saltando energicamente pelo lugar, voltando a ela para mais um encontrão. Ela arfava e se arrastava atrás de mim.

— Oscar! Para com isso! — repreendeu Ava.

— Oscar! — reiterou Burke firmemente.

Aparentemente havíamos feito algo de cachorro malvado, então fiz o Desce e tentei conter minha ânsia de brincar sem parar com minha Lacey. Ela estava ofegante, empolgada por me ver também, mas não estava pulando como eu.

Burke se agachou e afagou as orelhinhas de Lacey.

— Que doce de cachorro. Quanto tempo ela ainda tem?

— Ah, não sei, amor, é difícil olhar para essa carinha feliz e tomar essa decisão. Não é como se ela estivesse sentindo dor.

Burke se levantou.

— Pode me dar uma semana?

— Dar uma semana a você? Como assim?

Capítulo 37

Voltamos em alguns dias para visitar Lacey naquele lugar cheio de cães e gatos. Burke me levou para uma jaula sem teto dentro de um grande e vazio cômodo nos fundos e logo em seguida trouxe Lacey no colo como se ela fosse um filhotinho. Choraminguei e Lacey me encarou com aqueles olhos claros: nós dois queríamos brincar juntos, mas em vez disso Burke a colocou em uma cadeira como a que ele tinha quando era um menino, com uma roda grande de cada lado. Ava ajudou a segurar Lacey enquanto Burke fechava umas coleiras em volta da cintura da minha companheira.

Aparentemente meu menino sentia tanta saudade da cadeira dele que resolvera dar uma igual para Lacey, e não para mim.

Ava pegou a coleira de Lacey e elas deram várias voltas pela sala, como se uma pessoa pudesse fazer "Puxar" para um cachorro. Lacey ficava olhando freneticamente para mim o tempo todo. Sentei, totalmente perplexo e me sentindo ignorado. Agitado, enfiei-me dentro da casinha de cachorro no fundo da jaula e então, não tendo encontrado nada digno de minha atenção, saí de volta.

— Boa menina, Janji, isso mesmo — elogiou Ava.

— Ela parece estar indo bem. Por que não a solta e eu a chamo? — sugeriu Burke.

— Certo.

Ava soltou Lacey.

— Vem, Janji! — chamou Burke.

Lacey se sacudiu, percebeu que estava livre, e correu na minha direção. A cadeira virou e tombou, a levando junto, apesar de em segundos ela estar de pé novamente arrastando o aparato caído atrás de si.

— Janji! — Ava avançou e pegou na coleira de Janji.

Fiquei me perguntando se "Janji" significava "Ficar".

— Poxa, que droga, ela entortou o arreio. Vou consertar — balbuciou Burke, brincando com a cadeira.

— Isso não está dando certo — disse Ava tristemente.

— Dê tempo a ela.

— Burke, não podemos deixá-la se machucar com essa coisa.

— Vai dar tudo certo. Ok, Janji, não seja tão afoita, está bem? Junto, garota.

Me alarmei ao reconhecer aquilo. *"Junto"*. Claro! Lacey estava caindo da cadeira dela. Ela precisava de outro cachorro fazendo "Junto".

Ava andou mais um pouco em círculos com Lacey, mas toda vez que ela soltava a coleira, Lacey avançava e a cadeira caía de lado.

— Janji! — gritou Ava.

Ela olhou para Burke com uma expressão triste no rosto.

— Ela é simplesmente jovem e agitada demais.

Bom, já chega *disso*. Lacey me mostrara como escapar de canis parecidos: eu pulei no alto da casinha de cachorro e saltei agilmente pela lateral do cercado. Fui direto para junto de Lacey e fiz "Junto" bem ali ao seu lado.

— Oscar! O que está fazendo? — perguntou Burke.

Lacey se soltou da mão de Ava e tentou subir em mim e eu a mordisquei, mostrando meus dentes. Ela afastou a cabeça, chocada. Então ela tentou fugir para brincar de Persegue o Cachorro, mas eu fiquei bem ali, no caminho dela.

— Você está vendo o que eu estou vendo? — perguntou Ava, chocada.

Fiz "Ajudar", empurrando Lacey até a parede, imprensando-a, e então a forcei a dar lentos e calculados passos para a frente. Ela arfou sem entender nada, mas me deixou guiá-la pela sala. Lacey ficou impaciente várias vezes, mas eu continuava bloqueando sua passagem quando ela tentava escapulir.

Foi desse jeito que brincamos aquele dia, naquela grande sala vazia. Lacey queria brincar de luta, mas entendi que, quando ela estava na cadeira, estávamos trabalhando, e ela precisava focar em fazer sua parte. Burke e Ava ficaram sentados assistindo. Toda vez que Lacey resolvia fugir, eu a corrigia firmemente. A princípio, ela ficava totalmente estupefata, mas depois de um tempo parece ter começado a entender que se ela andasse em linha reta era fácil, e se ela tentasse ir para os lados, a cadeira virava e eu fazia um "Junto" até ela se acalmar.

Mais tarde fui dar um passeio de carro com Ava e Burke, me sentindo um cachorro bonzinho.

— É como se o Oscar tivesse sido treinado para ser cão de serviço... para outro cão — admirava Ava.

— Você acredita que cães voltam? Tipo, em uma reencarnação? — perguntou Burke.

— Não sei. Já conheci muita gente que acredita; eles juram que seu novo cachorro é a velha alma de um animal que tiveram muito tempo atrás. Por que está perguntando?

— Porque é como se Oscar estivesse agindo como o Cooper. Oscar? Você é o Cooper?

Lati ao ouvir o nome Cooper e eles riram disso.

Com o tempo, Lacey pareceu entender que sua cadeira exigia que ela fosse com calma, que andasse em linha reta, e que não pulasse irresponsavelmente.

— Ela está ficando boa nisso — constatou Burke.

— Mas vai ser difícil arranjar adotante para um cão que precisa de carrinho.

Burke pôs a mão sobre o peito.

— Arranjar adotante para Janji? Nossa menina? Nossa filha? Como pode sequer pensar em uma coisa dessas? Que tipo de mãe é você?

Ava riu e eles se beijaram. Balancei o rabo — eles andavam fazendo aquilo com frequência ultimamente.

Quando caiu a neve, Lacey teve mais dificuldade em andar nos nossos passeios, mas Burke sabia o que fazer. Ele amarrou uma guia do peitoral de Lacey ao meu.

— Certo, vamos tentar uma coisa. Vou andar na frente de vocês e você puxa, ok, Oscar? Como um cão de trenó.

Eu entendi quando a guia foi presa do peitoral de Lacey ao meu. Burke andou de costas na minha frente, dando tapinhas nas próprias pernas. Fiz o "Puxar", lenta e calculadamente conforme havia aprendido, e Lacey se moveu com muito mais facilidade. Fiquei feliz em estar fazendo meu trabalho novamente.

— Nossa — disse Burke. — Isso é inacreditável. Eu simplesmente...

Ele ficou me encarando em silêncio por um tempo, e Lacey e eu esperamos pacientemente. Finalmente, ele olhou ao redor como se para ter certeza de que estávamos a sós.

— Oscar? Puxe à direita.

Imediatamente fiz "Puxar à direita". Burke arfou.

— Puxe à esquerda!

Mudei de direção.

— Parar, Oscar!

Parei imediatamente.

Burke estava respirando com dificuldade, tentando pegar mais ar. Os dedos dele tremiam ao soltar a guia de Lacey da cadeira e amarrá-la ao corrimão de uma escada. Aquelas escadas levavam a um prédio escuro e frio. Fiquei observando curioso ele deitar na neve. Ele pegou minha guia e virou meu rosto para o prédio.

— Oscar? Ajuda!

Finalmente! De forma triunfante, fiz Ajuda para Burke subir aqueles degraus, desejando que tivessem crianças sentadas neles para assistir.

Quando chegamos no topo, Burke estava chorando. Ele segurou minha cabeça entre as mãos. Lá embaixo, Lacey se remexia, inquieta.

— Cooper? — sussurrou ele irregularmente. — É você, Cooper?

Eu era seu cachorro Cooper. Balancei o rabo alegremente. Quer meu nome fosse Cooper, Riley ou Oscar, eu adorava estar nos braços de Burke. Ele enxugou os olhos.

— Meu Deus, Cooper, é você mesmo? — Ele me esmagou contra o peito. — Não sei no que acredito, mas se for você, Cooper, se for mesmo você, eu nunca deixei de te amar. Nunca esqueci de você por um dia sequer. Você é meu melhor amigo. Ok, Cooper?

Fechei meus olhos, amando meu menino.

Fomos de carro até a fazenda quando a neve estava funda e todos já tinham colocado luzinhas nas árvores e nas moitas. Como sempre acontecia quando o ar ficava gelado, tinha uma árvore crescendo dentro da fazenda, que farejei desconfiado. Eu sempre estivera bem certo de que, se levantasse a pata traseira naquelas árvores de casa, estaria desobedecendo a uma regra.

A cabrita havia crescido um bocado. Ela dormia na casa que um dia pertencera à Judy. Seu nome era Ethel, a cabra.

Todos pareciam relaxados e felizes, e eu tinha quase certeza de saber por quê: estávamos finalmente todos juntos na fazenda. Bom, exceto Lacey, que ficara com Sam Pai e Marla, por algum motivo. Imaginei que uma hora Lacey acabaria chegando.

— Então, meu pai tem uma coisa para contar, e Wenling e eu também — anunciou Grant. Ele parecia satisfeito.

Chase Pai se remexeu desconfortavelmente.

— Bom.

— Sim? — pressionou Burke.

Chase Pai tomou um gole demorado de seu copo. As pessoas estavam com muita sede aquela noite.

— Li Min vendeu a casa dela.

Burke assentiu com a cabeça.

— Claro. Ok. — Ele inclinou a cabeça de lado. — E?

Ava pareceu compreender alguma coisa.

— Oh!

Wenling sorriu.

— Exatamente.

Burke franziu a testa.

— Exatamente o que, exatamente?

Chase Pai pigarreou.

— Li Min e Wenling moram aqui agora.

Burke ficava olhando de um para o outro na sala. Ava deu uma cotovelada nele.

— Isso é maravilhoso — disse ela.

Burke a olhou com uma expressão de perplexidade.

— Maravilhoso?

— Sim, Burke — disse Ava pacientemente. — Li Min ter vindo *morar com seu pai* é algo *maravilhoso*.

— Ah! — exclamou Burke. Ele arregalou os olhos. — Ah! — Ele ficou boquiaberto.

Chase Pai sorriu timidamente.

— É.

Burke olhou para Li Min.

— Isso é ótimo, Li Min.

Li Min sorriu, radiante.

— Ele demorou a pedir. E mesmo assim ele só falou "Talvez devesse colocar sua casa à venda".

Todos riram daquilo.

— Os homens Trevino, sempre tão românticos — suspirou Wenling, e todo mundo riu mais ainda.

Balancei o rabo com toda aquela alegria, pensando que eles poderiam querer me trazer uma bola ou um brinquedo barulhento, tudo menos um osso de nylon.

— E o que você quer contar, Grant? — indagou Ava.

Wenling e Li Min se olharam, sorrindo. Grant se levantou.

— Estou feliz em anunciar que, em junho do ano que vem, bem aqui nesta propriedade, Wenling vai casar comigo.

Ava se levantou em um pulo dando um gritinho.

— Oh, meu Deus!

Ela correu para Wenling e elas se abraçaram, e aí todo mundo se levantou também e eu lati.

— Espera, Wenling, você está... enormemente gorda? — perguntou Burke, e ela riu com ele.

Li Min trouxe aquela caixa de metal e cordas de formato estranho. Ela entregou o objeto a Chase Pai, que o apoiou no colo como se fosse um filhotinho.

— Meu pai vai tocar? — perguntou Burke, incrédulo.

Grant assentiu.

— Ah, Li Min trouxe *muitas* mudanças a essa casa. Ela canta com a banda agora.

Burke fez um som de espanto, então olhei para ele.

— Mudamos de nome — disse Chase Pai, assentindo. — Agora nos chamamos Quatro Músicos Ruins e Uma Mina que Sabe Cantar.

Todo mundo riu mais uma vez.

Eles ficaram sentados em círculo e Chase Pai deslizou os dedos pelas cordas, fazendo um zumbido.

— Essa fui eu que escrevi. Chama-se "Um Verão que Começa Seco".

Mais risadas. Me enfiei no meio da roda levando um brinquedo barulhento, sabendo muito bem que era aquilo que eles realmente queriam.

Por algum motivo Lacey não apareceu, então voltamos para casa para ficarmos com ela. Burke e Ava conversaram a viagem toda, e eu dormi no banco de trás.

Quando voltamos à fazenda, os dias estavam mais compridos e a grama fresca e fofa. Lacey ficou em casa com Marla e Sam Pai *de novo*, o que não fazia sentido nenhum para mim.

Disparei para fora do carro e Wenling e Grant estavam lá para me receber.

— Aí está a futura noiva — disse Burke. — Com estão as coisas?

— Caóticas, mas bem — respondeu Wenling. — Então resolveu não trazer Lacey?

Olhei para ela ao ouvir o nome Lacey em uma pergunta. Me questionei se ela queria saber onde a Lacey estava, uma coisa que eu mesmo estava me perguntando.

— Lacey? — respondeu Burke. — Wenling, você não quis dizer Janji?

— Eu falei Lacey? — Wenling riu.

Ava estava tirando uma bolsa do porta-malas.

— O carrinho da Janji é ótimo no asfalto, mas achamos que ela não conseguiria manobrá-lo no solo daqui. Então meu pai e Marla ficaram cuidando dela.

Grant pegou uma bolsa também.

— Ei, Burke, quer me ajudar a prender umas luzinhas nas árvores mais tarde?

— Acho que prefiro ouvir mais especulações sobre o vestido de Wenling. Não consigo me cansar desse assunto — brincou Burke.

Era uma tarde bem quente e me vi tirando vantagem da tigela de água frequentemente. Burke e Grant subiram na grande árvore ao lado do celeiro com subsolo e enrolaram cordas em volta dela. Imaginei que fossem puxar algumas portas de novo. Não havia mais cheiro da criatura que um dia se escondia no buraco — eu a apavorara, obviamente, e ela jamais ousou voltar.

— Lembra de como subi mais alto que você e joguei ovos na sua cabeça? — Burke riu.

— Foi um ovo. E eu pulei da árvore e tirei a escada e você ficou preso até Vó perguntar durante o jantar onde você estava e papai me obrigar a contar porque minha gargalhada me denunciou.

— Escalar árvores era moleza para mim, pular no chão sem pernas que obedecessem, não tanto. Ei, Grant.

— Sim?

— Estou muito feliz por vocês. Você e Wenling.

— Obrigado, Burke.

Eles sorriram um para o outro, e foi naquele instante que o vento soprou forte como um tapa. Virei meu focinho contra ele, absorvendo aquele jato de ar úmido e frio. As cordas brilhantes que Burke e Grant estavam pendurando começaram a balançar com a brisa forte.

— Epa — disse Grant —, de onde veio isso? Parece que ficou dez graus mais frio.

Depois de poucos instantes, ouvi um estrondo profundo e abafado, tão baixo que pude senti-lo no peito como um rosnado. Olhei para a copa da árvore, onde Grant e meu menino ainda estavam conversando e brincando com as cordas.

Chase Pai saiu, batendo a porta.

— Parece que o tempo está ficando feio.

Ele olhou para seus filhos.

— Já terminaram? Não acho uma boa ideia estar em uma árvore durante uma tempestade elétrica.

Grant sorriu do alto para ele.

— Se as luzinhas não estiverem perfeitas o casamento estará arruinado.

— O vestido ainda pode salvar. Ava já viu as fotos. Não tive permissão para ver por ser o padrinho, mas tive permissão para ouvir sobre o assunto durante sete horas seguidas — revelou Burke. — Aparentemente é o vestido mais lindo do mundo e vai combinar perfeitamente com o tom de pele de Wenling, mas Ava é branca demais e se fosse para ela, seria um branco ligeiramente menos azulado. Mais para branco creme ou cru, mas jamais um branco rosado, porque nela esse tom ficaria brega.

Chase Pai sorriu.

— Desçam logo, vocês dois.

Um trovão atravessou o céu e eles levaram um susto.

— Cara, olha só esse céu — disse Burke. — Já o viu ficar tão escuro? E lá do outro lado ainda está sol.

Grant desceu pela escada.

— Que loucura.

O vento estava trazendo consigo o cheiro de chuva. Ergui meu focinho para ele.

— Então pai, Grant contou que você perguntou a Li Min se ela queria fazer uma cerimônia dupla e ela respondeu que, se você contasse para Wenling sobre vocês dois se casarem, *aquilo sim* arruinaria o casamento — observou Burke maliciosamente.

Chase Pai pôs as mãos na cintura.

— E Grant também contou que pedi a ele para não contar isso a ninguém?

— Só estou achando uma situação bastante tensa — continuou Burke.

Chase Pai balançou a cabeça.

— Eu com certeza tentei. Achei que fosse uma pergunta razoável, mas Li Min agiu como se eu tivesse sugerido que cometêssemos um assassinato juntos.

— Então você está comprometido a ficar noivo? Da última vez em que eu soube de alguém da família tentando fazer isso, não deu muito certo — respondeu Burke.

— Para a sorte do meu pai, ele não tem um *irmão* metendo o nariz onde não foi convidado — disse Grant ironicamente.

Ao longe, o rugido só aumentava. Era fraco, mas de alguma forma para mim parecia *enorme*. Olhei para meus humanos, mas eles estavam rindo e conversando. Se eles não estavam preocupados, eu devia estar?

— Ei, pai — continuou Burke —, falando sério, como é que o cara que dispensava todas as mulheres elegíveis do condado acabou querendo se casar novamente?

Chase Pai sorriu.

— Todas as mulheres do condado.

Ele abaixou e me afagou daquele jeito que as pessoas fazem quando não prestam atenção direito no que estão fazendo.

— Sério — insistiu Burke.

Chase Pai inspirou e bufou, no estilo Grant.

— Acho que nunca me senti amado por uma mulher antes. Pelo menos uma mulher que não quisesse que eu largasse a fazenda, ou fosse alguém que eu não era. Quando estou com Li Min, estou em paz. Ela estava bem ali na minha frente o tempo todo, e quando finalmente a vi, soube que era ela.

Grant assentiu.

— Sei bem como é.

Chase Pai pigarreou.

— Quero que vocês dois saibam que nunca aconteceu nada entre Li Min e eu enquanto ZZ estava vivo.

— Eu jamais pensaria isso, pai — afirmou Burke.

— ZZ era meu melhor amigo.

— A gente sabe, pai — tranquilizou Grant.

Os pelos das minhas costas se levantaram. Olhei ao longe, sem ver a ameaça, sem entender nada, mas sentindo o perigo.

— O que foi, Oscar?

Burke se agachou e me deu um tapinha tranquilizador na cabeça.

Então o vento parou completamente, como se alguém tivesse fechado uma janela. Os homens franziram a testa ao mesmo tempo.

— A calmaria antes da tempestade — observou Grant.

— Vamos entrar antes de ficarmos encharcados — sugeriu Chase Pai.

Fiquei sentado observando-os guardar a escada no celeiro, pegarem alguns papéis e finalmente voltarem para a casa. O rugido estava mais alto agora, e então, com um som agudo e mais alto que o estrondo, ouvi um uivo, desesperado e inquietante. Os homens também escutaram: eles viraram o rosto para olhar imediatamente, na direção da cidade.

— Sirene de furacão — comentou Chase Pai.

Ava foi até a varanda.

— É o que estou achando que é?

— É melhor irmos para o abrigo antitempestade — disse Chase Pai com firmeza.

Ava olhou de volta para a casa.

— Wenling! Li Min! Venham logo, precisamos ir para o abrigo contra tornados!

Burke deu meia-volta e exclamou:

— Vou buscar a cabra!

Eu não só ouvia aquele rugido furioso agora; eu o *sentia*. Alguma coisa estava a caminho.

Capítulo 38

Corri atrás de Burke até o cercado da cabra e escancarei o portão. Ethel ficou me olhando, chocada, e meu menino correu até ela e a pegou nos braços. Mancando um pouco, ele deu meia volta e correu rumo aos degraus que levavam para o subsolo do celeiro. As portas estavam abertas e Grant e Chase Pai estavam no topo ajudando Li Min a descer, logo atrás de Ava e Wenling. Eu fui o último, depois de Burke e da cabra. Chase Pai fechou as grandes portas de metal com um estrondo e uma luz se acendeu.

Farejei cuidadosamente, mas não encontrei nenhum traço de Lacey e dos filhotes. Porém todas as pessoas estavam lá, sentadas em um dos três bancos presos à parede.

— Certo — disse Chase Pai, esfregando as palmas das mãos. — As baterias das luzes duram cinco dias e eu tenho duas de sobra. Água e comida para trinta dias. O banheiro fica ali, a bomba é manual e é apertado, mas vai servir. Ao levantá-la dá para tomar banho. Tem o fogão a lenha se ficar frio.

— Por que não moramos aqui logo? Como um resort de férias? — brincou Burke.

Wenling riu.

Fui até os degraus de pedra e olhei para o alto. Aquelas portas pesadas isolavam grande parte do barulho do vento, mas eu ainda podia ouvir e perceber como estava piorando. Choraminguei baixinho.

Burke estalou os dedos.

— Aqui, Oscar. Está tudo bem. Vem cá.

Atendi ao chamado dele, balançando o rabo. Ava estava olhando seu celular.

— Mandei uma mensagem para o papai avisando que estamos bem.

— Pelo menos por trinta dias — observou Burke.

Olhei para Ethel, a cabra, e ela piscou para mim. Eu sabia que minha versão de "Junto" para ela seria fingir que eu sabia o que estava acontecendo. Esperava que aquilo a tranquilizasse.

Um uivo alto e agudo fez todos olharem para cima.

— Caramba — disse Grant, aflito.

Então um som alto de chocalho sacudiu as portas de metal.

— É granizo! — gritou Chase Pai. Li Min se aproximou dele no banco e Chase Pai pôs o braço em volta dela.

Ava se remexia no banco e senti a ansiedade cada vez maior dela, então atravessei o espacinho e me encostei em seu corpo, fazendo "Junto", oferecendo apoio. Ela acariciou meu pelo.

O tambor nas portas de metal só aumentava. Senti cheiro de água — um fio estava escorrendo pelas fretas entre as portas e pingando nos degraus. Chase Pai sacudiu a cabeça.

— Devia ter selado a junção da porta.

— Estou com medo, Chase — disse Li Min.

Um rugido uivante crescia do lado de fora. Burke e Grant se entreolharam.

Agora *todos* estavam com medo. Bocejei, arfando em seguida.

— Está vindo bem para cá! — gritou Grant. Ele abraçou Wenling.

Choraminguei e meu menino me pegou do chão para ficar ao lado de Ava, e nos abraçou apertado também.

Ethel, a cabra, lamuriou e trotou hesitante até nós também, seu corpo rígido de medo. Chase Pai a abraçou da mesma maneira que Burke fizera comigo. Pelo visto agora todo mundo ia pegar a cabra no colo.

Apesar de parecer impossível, o rugido ganhou ainda mais força, pontuada por jatos bem acima de nós. Pancadas sacudiam as paredes, um som alto como algo sendo rasgado sobressaindo-se a todos os outros.

— Estamos perdendo o celeiro! — gritou Burke.

Por um longo, longo tempo, todos permaneceram completamente imóveis, como se estivéssemos todos fazendo "Junto". Então algo enorme bateu nas portas duplas com uma pancada tão ensurdecedora que todos pularam de susto. Eu lati.

— Tudo bem, Oscar! — disse Burke. — Segura firme.

Eu mal conseguia ouvi-lo.

— Que diabo foi isso? — perguntou Grant, aos berros. Ninguém soube responder.

Quando o barulho começou a parecer uma dor física, houve uma mudança brusca. O rugido diminuiu até virar um ronco, e o barulho uivante se aquietou. Ouvi todos soltarem a respiração. Em pouco tempo, o único som eram as batidas constantes da chuva caindo nas portas de metal — e eu sentia o cheiro, frio e molhado.

— Puxa — comentou Grant em meio ao silêncio total. — Isso foi uma coisa e tanto.

Chase Pai assentiu.

— Estou quase com medo de subir. Parecia uma bomba explodindo na porta.

Grant pôs a mão no ombro dele.

— Acho que fomos diretamente afetados, pai.

Pai sorriu para Grant, resignado.

— Eu sei.

Wenling deu uma risadinha.

— Lembra, Burke, quando você me contou sobre aquele furacão enorme que arrasou com a cidade toda e afirmou que estaríamos seguros aqui embaixo? Eu achei que você estava maluco. A gente não tem *tornados*.

Li Min esticou o braço para Wenling e elas se abraçaram.

— Foi o momento mais assustador da minha vida — murmurou Li Min.

Chase Pai se levantou. Pulei do banco, abanando o rabo, pronto para o que viesse agora.

— Acho que vou lá olhar.

Grant também se levantou.

— Tem certeza? Ainda está chovendo muito lá fora.

Chase Pai foi até os degraus de pedra.

— Só quero ver o que ainda me resta. Se é que ainda resta alguma coisa. — Ele subiu lentamente, alcançou as portas de metal, e abriu o trinco pesado. Então ele continuou parado onde estava. — Meninos, podem me ajudar? A porta emperrou.

Burke e Grant se juntaram a ele. Fui logo atrás, sem saber bem o que estava acontecendo, mas pronto para participar. Eles apoiaram as mãos na porta e grunhiram.

Grant soltou o ar.

— Nossa.

Os homens desceram de novo os degraus, sentando de volta nos bancos. Burke suspirou.

— Agora sabemos o que foi aquele estrondo enorme. A árvore com as luzinhas voando até a porta. Ou arrancada pelas raízes ou decepada onde ficava aquele buraco. Ela está caída exatamente em cima das portas. — Ele olhou para Wenling. — Acho que isso arruinou o casamento.

— Então vamos ficar presos aqui embaixo por um tempo. E agora? — perguntou Grant.

— Estou sem sinal — anunciou Ava.

Todos pegaram seus celulares.

— Eu também — afirmou Li Min.

— O tornado deve ter danificado algumas torres. Eu também não tenho nada — disse Burke. — Alguém?

Todos sacudiram a cabeça. Voltei para baixo do banco do meu menino, que tinha uma almofada em cima, imaginando se eu teria permissão de subir de volta mesmo depois do barulhão alto ter passado.

— E a gente faz o quê? — perguntou Ava.

— Bom, depois dos trinta dias, recorremos ao canibalismo — sugeriu Burke.

— Não sabemos o quão feia a coisa foi lá em cima, e não sabemos o que o tornado fez com a cidade. Não sei nem se alguém virá atrás de nós tão cedo — declarou Chase Pai.

— Primeira a tomar banho — reivindicou Wenling.

Todos riram baixinho.

— Eu não me planejei para tanta gente assim, mas vamos ficar bem. Três beliches dobráveis. Três casais — anunciou Chase Pai, tranquilizadoramente. — Podemos passar um bom tempo aqui se for necessário.

— Por acaso tem um baralho de cartas aqui embaixo?

— Baralho — repetiu Chase Pai. — Teria sido uma boa ideia.

Ethel se encolheu em um canto e dobrou as pernas para deitar. Caminhei até ela e, depois de alguns instantes, me aninhei junto dela como se ela fosse um cachorro. Ela tinha um cheiro maravilhoso. Dormi por um tempo, mas acordei ao sentir um medo tomar conta de todos ali. Levantei a cabeça. Burke e Grant estavam diante do fogão a lenha. Tinha uma água preta vazando dele. Burke se levantou e olhou o cano que ia até o teto, examinando-o com as mãos.

— Pai, tem um machado aqui embaixo?
— Um machado?
— Precisamos quebrar esse duto e fechá-lo. *Agora.*
— Não pode estar exagerando? É só um pouco de água de chuva — discordou Grant.
— Está vindo do fogão a lenha porque a saída de ar da chaminé foi arrancada. Seja lá o que tenha restado do celeiro, está enchendo d'água — respondeu Burke. — E isso está acontecendo por causa da Trident Mechanical Harvesting. O sistema de gestão de águas deles não foi projetado para esse tipo de escoamento. A plataforma deles lá em cima está jogando água no canal de cimento, que transbordou, então aquela água toda está descendo a colina para os pontos baixos da nossa propriedade, como o lago, até a fundação do celeiro, que é tipo uma piscina por estar abaixo do nível de congelamento. E isso — disse ele, dando uma batidinha no cano —, é o ralo do fundo da piscina.

O fluxo mudara de um gotejar para uma constante névoa de água sendo borrifada. Confuso, fiquei assistindo a todo mundo se mexer.

— As almofadas das beliches? O enchimento? — perguntou Wenling.
— Perfeito — respondeu Burke.

Ava e Wenling rasgaram uma almofada, arrancando dela punhados de um enchimento branco. Ethel levantou em um salto e abocanhou um pedaço.

— Não, Ethel! — repreendeu Li Min, abraçando a cabra.

Eu sabia que Ethel tentar comer aquilo era só a maneira de tentar entender o que estava acontecendo, como quando um cachorro corre para buscar um brinquedo assim que humanos começam a ficar confusos demais. Ela não era uma cabra malvada.

Chase Pai ficou perto do cano com um martelo. Burke analisou o fogão a lenha. Abanei o rabo, captando a tensão deles, sem entender também.

Grant juntou os enchimentos de Ava e Wenling.

— Ok, estou pronto — disse ele, agachando ao lado do pai.

— O que posso fazer? — perguntou Li Min.

Chase Pai apontou para algo e disse:

— Olha dentro daquela caixa verde; deve ter um pouco de fita isolante lá.

Burke empurrou o fogão, grunhindo, até o objeto se mover. Chase Pai levou seu martelo para trás e o bateu contra o cano.

— A junção está partindo! — gritou Grant.

Chase Pai atingiu o cano novamente e a água começou a jorrar de onde ele acertara. Me afastei, levantando as patas cuidadosamente da poça se formando no chão.

— Bate! — berrou Burke.

Chase Pai cerrou os dentes e bateu repetidas vezes com o martelo até quebrar o cano. A água veio em um jato forte. Grant enfiou os enchimentos no cano, tendo que fechar os olhos contra os espirros.

— Não está dando certo! — gritou ele.

Burke pegou um saco plástico e o rasgou, jogando cobertores em um beliche. A poça estava aumentando. Burke fez uma bola com o plástico e se agachou ao lado de Grant, enfiando a mão dentro do cano. A água diminuiu até virar apenas um gotejar.

— Isso não vai bastar! — avisou Burke, seu braço coberto até o cotovelo pelo cano. Ele virou o rosto molhado.

— Não tem fita isolante! — anunciou Li Min. — Chase, o cabo de vassoura!

— Ela tem razão, pai! — disse Burke.

Chase pegou uma vassoura e a pôs contra a parede, pisando forte nela, quebrando a madeira. Ele foi até o cano, se ajoelhou e assentiu para Burke.

— No três!

— Um... dois... três!

Burke puxou a mão de volta e Chase Pai enfiou o pedaço de madeira no cano. Ele fez uma careta, fazendo força para mantê-lo ali, seus braços trêmulos.

— Não está funcionando!

— Wenling! A caixa de ferramentas! — disse Li Min com urgência.

Wenling pegou uma caixa de plástico e a encaixou debaixo do pedaço de pau. Quando Chase Pai soltou a madeira, ele desceu um pouco e fechou a tampa da caixa.

Por um instante, o único som era Chase Pai ofegando e o repetitivo respingo de água vazando do cano.

— Acha que vai aguentar? — perguntou Grant.

Burke parecia pessimista.

— Por enquanto. Depende do quanto vai encher lá em cima.

Ninguém disse mais nada por um tempo.

— Certo. Saiam todos da água. Precisamos ficar secos e em cima das camas — orientou Burke.

— O que foi, amor? Por que está assim? — perguntou Ava.

Grant subiu em um dos bancos.

— Você realmente acha que vamos nos afogar aqui dentro?

Burke se agachou e me pegou.

— Não tenho medo de me afogar. Tenho mais medo de hipotermia. Precisamos nos secar e nos manter aquecidos até alguém vir nos buscar.

Chase Pai pegou Ethel, a cabra, e a colocou no banco ao lado de Li Min. A cabra e eu nos olhamos, sem acreditar no que estava acontecendo. Chase Pai abriu um caixote plástico e tirou de dentro toalhas, e todos começaram a secar os pés, atirando as meias encharcadas na piscina cada vez mais alta abaixo de nós. Os homens tiraram as camisas e vestiram outras, secas.

Chase Pai olhou para a água saindo do cano.

— Está mais rápida. O que a gente faz quando ultrapassar o nível dos bancos?

Burke respirou fundo enquanto todos os olhares se voltavam para ele, ansiosos, então fiz o mesmo.

— Não sei.

Ficamos sentados juntos naquelas prateleiras acolchoadas. Observei as correntes de água com interesse, pensando nos meus nados no lago.

A chuva continuou seu ataque violento nas portas. Todos estavam mudos, olhando para o nada, pelo menos era o que me parecia. Eu sentia o medo e a tristeza em cada um.

Então eles se esticaram nas caminhas. Estavam todos tão próximos uns dos outros que eu podia pular de uma cama para a outra. Eu me sentava com quem estivesse parecendo estar com mais medo, fazendo "Junto" por precisarem de um cachorro bonzinho. Ethel se deitou ao lado de Li Min, que devia estar precisando de uma cabra boazinha.

A manhã chegou. Escutei pássaros. Uma luz cinza entrou pelas frestas na porta, que continuava pingando da chuva, ainda caindo. Olhei para o chão: a água estava quase alcançando o nível dos bancos. Me perguntei quanto tempo ainda ficaríamos lá.

Eu estava pronto para ir embora.

Capítulo 39

Ava estava sentada ao lado de Burke, e Wenling de Grant. Chase Pai e Li Min dormiam. O barulho gotejante e alto continuava, muito mais audível do que os pingos constantes contra as portas de metal no alto dos degraus.

— Alguém virá em breve — murmurou Grant.
— A água não tem como sair pelos ralos? — perguntou Wenling.
— Não, ela precisa ser bombeada — explicou Burke.
Grant olhou para o chão e balbuciou:
— Bombeada.
— Estou com medo — disse Ava.
Burke pôs o braço em volta dela.
Chase Pai se mexeu e sentou, esfregando o rosto. Quando ele percebeu a altura da água, arregalou os olhos de susto.
— Meu Deus.
— Ei, tenho uma surpresa para você — disse Grant. Ele enfiou a mão no bolso e entregou alguma coisa à Wenling.
— O anel original! Disse que o havia perdido em uma partida de pôquer.
Funguei, mas não farejei nada de interessante.
Grant estava sorrindo.
— É, bom, eu menti.
Eles se calaram novamente.
— Eu te amo, Ava — soltou Burke. — Sinto muito por nunca ter dito isso antes.
— Ah, meu Deus, agora estou apavorada. Você realmente acha que vamos morrer — respondeu ela.

— Não. Eu não acho. Acho que o que vai acontecer é que vamos sair daqui, Grant e Wenling vão se casar, e serão tão felizes que vamos querer nos casar também.

Ele continuou, apesar de estarem todos o encarando:

— Tem alguma coisa acontecendo; o nível da água fica subindo e descendo lá fora. Caso contrário, a essa altura, já estaríamos afogados. Eles têm bombas motorizadas no alto da colina; as ligaram para ajudar com a enchente. Toda vez que eles as ligam, a água sobe e entra mais aqui. Mas eles não estão com as bombas ligadas o tempo todo. Elas extravasam por um cano de sessenta centímetros até o rio, e o cano deve estar entupido de entulhos, então eles precisam limpá-lo e aí sim ligar as bombas novamente. Precisam fazer isso; a fábrica milionária deles vai ficar alagada se não o fizerem. Mas estão vendo o que as bombas estão fazendo à nossa colina, nosso terreno, e provavelmente à estrada; toda vez que ligam os motores, fazem mais estragos. Quando eles param de bombear, a água no celeiro começa a baixar e a pressão no cano diminui e os níveis aqui param de subir tão rapidamente. Estive tentando entender por que ainda estamos vivos e essa é a única explicação.

— Então está dizendo que ficou sentado aí em cima tentando entender por que ainda estamos *vivos*? — indagou Grant.

— Não posso evitar, sou engenheiro. A fundação do celeiro não é perfeita — continuou ele. — Há rachaduras e o próprio solo é de terra. Quando eles param de bombear, o celeiro fica drenando lentamente. Não vamos morrer.

— Eu também te amo, Burke — sussurrou Ava.

Ele apertou a mão dela. Abanei o rabo com aquele afeto entre eles.

— A água subiu bastante nas últimas duas horas — observou Chase Pai, pessimista. — E continua chovendo. Então a não ser que eles consigam manter a canalização limpa lá em cima, vão continuar bombeando e vamos continuar recebendo mais água.

Burke assentiu.

— Meio que um começo de verão bem chuvoso.

Wenling estava olhando fixamente a água.

— Dizem que hipotermia é um jeito fácil de partir. Afogamento também.

Ava estremeceu.

— Por Deus, Wenling.

— Caso aconteça, estou feliz por estar com vocês — continuou ela. — Todos vocês.

A expressão de Chase Pai era amarga.

— Acho que eu nunca tinha percebido que esse beliche é um pouco mais baixo que os outros. — Ele levantou a almofada na qual estava deitado, inspecionando pesarosamente a mancha de água embaixo. — Li Min, querida, preciso que você acorde. A água continua subindo.

Li Min se sentou. Burke jogou alguns cobertores para o pai, que os dobrou diversas vezes. Li Min e Chase Pai sentaram nos cobertores dobrados, seus pés ainda bem perto da água.

— O que foi que perdi? — perguntou ela.

— Burke disse que não vamos morrer — respondeu Wenling finalmente.

Ethel reagiu à água tocando sua pele e se levantou, sua postura rígida e assustada. Grant a puxou para perto dele.

— E tem mais. Acho que Burke meio que acabou de pedir Ava em casamento, não? — perguntou Grant.

Li Min tapou a boca com a mão. Todos os olhares se voltaram para Burke.

— Acho que pedi — admitiu ele com um sorriso tímido.

— Bom, filho, se não se importa, foi uma das propostas de casamento mais deprimentes que já testemunhei — opinou Chase Pai.

— Eu mesmo fiquei até de joelho — ofereceu Grant. — Só estou dizendo.

Burke olhou para a água.

— De joelho... — repetiu ele duvidoso.

Wenling enfiou a mão nos bolsos.

— Toma — disse ela, entregando um objeto pequeno e sem graça para Burke. — Pode pegar emprestado até comprar o seu.

Burke o aceitou. Ele virou para Ava e ajoelhou na prateleira, sua cabeça quase batendo no teto.

— Ava, você é o amor da minha vida. Quer casar comigo?

Ava enxugou os olhos.

— Claro, Burke.

Levei um susto quando todos começaram a aplaudir. Olhei para Ethel, mas ela parecia não estar entendendo nada também.

— Parece que está subindo mais lentamente — comentou Chase Pai depois de um tempo.

— Talvez — concordou Burke. — Olha para a porta. Está fazendo sol. A chuva parou.

— Eu vi a minha mãe — soltou Grant. — Patty.

Todos olharam chocados para ele.

Grant suspirou.

— Ela não mora mais em Paris há anos. Encontrei Patty em Neuilly-sur-Seine. Muita gente rica.

— Por que em nome de Deus você faria algo assim? — perguntou Chase Pai, zangado.

Li Min pôs uma das mãos no ombro dele.

— Deixa ele contar, querido.

Grant mordeu os lábios.

— Nos encontramos em um café. Ela trouxe dinheiro. Foi a primeira coisa que ela fez, deslizar um envelope sobre a mesa para mim, como se eu estivesse lá para chantageá-la. Eu o deslizei de volta. Então ela falou como o marido dela ficaria furioso se descobrisse que ela estava se encontrando comigo. Um dos *filhos* dela.

Todo mundo estava calado, se aproximando para ouvir Grant através do barulho da água.

— Ela tem duas filhas, mas sequer mostrou uma foto delas. E ela também não gosta de cachorro.

Então todo mundo olhou para mim. Abanei o rabo, inseguro.

— Ah, e quando contei a ela que você não precisava mais de cadeira de rodas, Burke, ela *não teve reação*. — Grant deu de ombros resignadamente, soltando o ar. — Não foi por isso que ela foi embora, por causa dos... desafios de você ser paraplégico. Eu estava errado, Burke.

— Então estávamos ambos errados — murmurou Burke.

Chase Pai se remexeu, mas Li Min pôs a mão em seu braço e ele não disse nada.

— Então por que ela foi embora? — perguntou Ava após alguns instantes. — Ela contou?

— É, depois de eu perguntar algumas vezes foi como se ela transbordasse. Ela me disse que odiava a fazenda. Odiava a cidade. Odiava Michigan, odiava estar sempre sem dinheiro. Ela descreveu a vida dela aqui como se fosse miserável. Ela estava fazendo aulas de francês de graça na biblioteca porque planejava ir embora para a Europa. E aí apareceu o irmão do professor de francês e ela o viu como sua chance de dar o fora. Sinto muito, pai.

— Você não falou nada que eu já não soubesse — resmungou Chase Pai. — Nada que eu não tenha contado a vocês.

— Éramos crianças, pai — protestou Burke suavemente. — A gente não entendia.

— Depois de um tempo, percebi que ela se ressente — continuou Grant —, mas de tudo. Da fazenda, você, eu, vó. Então, sentado lá a escutando, acho que vi a mim mesmo. Eu carrego ressentimentos. Contra você, Burke. E você, pai. Sinto muito por como me comportei.

Houve uma longa pausa pontuada apenas pelo ainda constante gotejar.

Wenling cobriu a mão de Grant com a dela.

— Ava me disse que você parecia estar sempre procurando alguma coisa que nunca encontrava. Era sua mãe? Quando você a encontrou, de repente achou que seria bom morar aqui?

Grant balançou a cabeça, olhando para ela.

— Não, *você* fez com que fosse bom.

A névoa de pingos cobria meu pelo ao ponto de eu ter que sacudi-las. Todos se inclinaram para mais longe de mim quando o fiz, e Ethel piscou. Então ficamos mais um tempo sentados.

Burke pigarreou.

— Estou meio que com medo de contar isso a vocês, mas eu acho que Oscar é o Cooper. Isto é, estou *convencido* disso.

Abanei o rabo para meu menino.

— O vô Ethan dizia que o cachorro Bailey dele sempre voltava — respondeu Chase Pai.

Abanei o rabo para Chase Pai também.

— É mais do que isso. Oscar sabe fazer o Ajuda.

— Ajuda? — repetiu Ava.

Eu não sabia por que eles estavam falando do Ajuda, e esperava que não fossem me pedir algo que envolvesse pular naquela água.

— Era como Cooper me ajudava a me locomover. E a subir escadas — explicou Burke.

— O que não é tão fácil quanto parece — interveio Grant.

— Então você chegou a treinar Oscar? — perguntou Li Min.

Burke negou com a cabeça.

— É disso que estou falando. Ele *já sabia*. E sabia o "Puxar", o "Puxar à direita", o "Puxar à esquerda". Sem treinar, Li Min. Nem uma única vez na vida.

— Riley soube o "Puxar" desde a primeira vez em que ouviu, lembra, Ava? — comentou Grant.

Ava sorriu.

— E Riley me encontrou quando caí e quebrei minha perna. Se não fosse por ele, eu não estaria aqui hoje. Eu sempre dizia que ele era meu cachorro-anjo. — Ava se inclinou para mim. — Você é o Riley, Oscar? É meu cachorro-anjo?

Abanei o rabo e lambi a mão dela quando ela foi me fazer um carinho. Ela estava chorando.

— Posso só dizer que ouvir isso agora, bem aqui e agora, está me dando certo conforto? — comentou Wenling em uma voz gentil. — Se Burke acredita, então eu também acredito. O que significa... — Wenling não completou a frase.

— O que significa que, se ninguém nos encontrar, existe alguma coisa depois disso — completou Ava.

Notei que todos estavam de mãos dadas e abanei o rabo. Li Min estava de olhos fechados mexendo os lábios como se falando.

Olhei para o borrifo do cano, que de repente ficou mais pronunciado e mais alto.

— Religaram a bomba — constatou Chase Pai secamente.

Eles se mexeram e eu levantei, achando logo que íamos embora desse lugar esquisito e molhado, mas depois de mais arrumação de almofadas e cobertores, todos se sentaram novamente.

— Tente manter os pés secos, Li Min — pediu Chase Pai. Ele olhou para os filhos e continuou: — Se vamos morrer hoje, quero que saibam o quanto sinto por nunca ter descoberto como fazer meus dois filhos falarem um com o outro. E como fico feliz em ver vocês dois se falando agora.

Grant assentiu.

— Se a gente sair daqui, nunca mais vou deixar que viremos estranhos. E se a gente morrer...

Sua voz falhou.

Burke pigarreou.

— Se a gente morrer, não vamos descobrir se a comida realmente duraria trinta dias.

Ava balançou a cabeça. Ela ainda tinha lágrimas nos olhos.

— Se morrermos, então vou morrer no dia mais feliz da minha vida.

Burke e Ava se beijaram. Estavam todos se abraçando e, quando me aproximei, Burke me abraçou também.

— *Droga*, está subindo rápido — sibilou Chase Pai.

Todos levantaram mais uma vez em suas prateleiras. Me sacudi, sentindo-me ensopado mesmo que só minhas patas estivessem dentro d'água.

— Está tão frio — sussurrou Li Min.

Eles ficaram de mãos dadas, as cabeças baixas perto do teto, seus pés gradualmente submergindo na água. Li Min estava tremendo.

— Se estivéssemos de pé no chão agora, nossas cabeças já estariam debaixo d'água — observou Chase Pai sombriamente.

Levantei meu focinho bem alto. Ouvi alguma coisa: um som de água respingando. Mas ninguém mais reagiu, então não fiz nenhum barulho também até sentir o cheiro dela. Lacey! Ela estava bem ali fora! Lati.

Burke piscou para mim.

— O que foi, Oscar?

Lati novamente e Lacey respondeu.

— Tem um cachorro! — exclamou Wenling.

Todos olharam para a porta no alto dos degraus.

— Olá? — chamou uma voz distante do lado de fora.

— Pai! — gritou Ava.

— Aqui! — berrou Burke.

— No porão antitempestade! — acrescentou Grant.

Houve um barulho alto de água e uma sombra passou pelas frestas da porta.

— Ava?

Era Sam Pai. Lati novamente.

— Estamos aqui embaixo, pai!

— Ok, espera aí, precisamos passar uma corrente em volta dessa árvore — respondeu Sam Pai.

— Rápido, pai! A água não para de subir!

Ficamos esperando, tensos. Agora todos tremiam. Então ouvimos pancadas e estampidos e um chacoalhar alto, e as portas de metal se abriram e a luz do sol entrou no pequeno subsolo do celeiro. Lacey, Sam Pai, Marla e alguns homens que não reconheci nos olhavam de cima.

Então fomos nadar! Grant segurou Ethel com os braços esticados para o alto e nadou com a cabeça debaixo d'água, mas eu mergulhei e pedalei na direção do sol. Cumprimentei Lacey alegremente no topo dos degraus, com cuidado para não derrubar sua cadeira de lado.

— Meu Deus, vocês poderiam ter se afogado — disse Sam Pai.

A cabra saiu correndo e Lacey me encarou em busca de uma explicação, mas então sentimos o choque em nossos humanos conforme saíam do subsolo.

— Oh... — murmurou Chase Pai. Fui até ele.

Estava tudo diferente! Havia grandes poças de água lamacenta por toda parte. Eu queria correr nelas e fazer "Pegar" com todos aqueles gravetos que estava vendo, mas o humor sombrio dos humanos conteve minha alegria. O celeiro não estava mais lá, assim como a maior parte da casa — dava para ver a cozinha e a pia, fora isso não restara nada. Fiquei completamente espantado. Foi Sam Pai que fez aquilo?

— Perdemos tudo — sussurrou Chase Pai.

Li Min o abraçou.

Marla distribuiu cobertores, que foram aceitos com gratidão. Eu só estava tão feliz em sentir o sol no meu pelo e Lacey ao meu lado.

— Sinto muito, pai. Sei que a fazenda significava tudo para você — disse Burke.

Chase Pai olhou para ele com os olhos cheios de lágrimas.

— É isso que você acha? Não, Burke, *vocês* significam tudo para mim. Você, seu irmão, Li Min, Wenling e Ava. A fazenda nunca foi só uma casa, foi um modo de vida. Da vida com a minha família.

Chase Pai e Burke se abraçaram, e então Grant se juntou a eles, assim como Ava e Wenling. Fui até eles, me apoiei nas patas de trás e me enfiei nas pernas deles para que tivessem um cachorro.

— Bom — declarou Ava —, quando for hora de reconstruir, prometo que a empresa da minha mãe vai pagar por tudo.

— Tem certeza? Não é considerado um desastre natural ou coisa assim? — objetou Chase Pai. — Acha mesmo que vão pagar?

— Eles vão quando a filha advogada dela ligar para explicar as coisas — prometeu Ava.

— Estávamos quase indo embora — contou Sam Pai. — Quando paramos aqui, não encontramos ninguém. Achamos que vocês deviam ter conseguido ir para um dos abrigos na cidade. Tem centenas de desaparecidos. Mas Janji ficou latindo, e quando a deixamos sair do carro ela veio correndo, farejando, e achamos que podia ser o cheiro de alguma coisa. De *alguém*.

— Acho que não devíamos ter duvidado da capacidade dela de manobrar o carrinho na fazenda — observou Burke.

— Boa garota, Janji — elogiou Ava.

Abanei o rabo porque eu era um bom garoto também.

Epílogo

Alguns dias depois de todos termos nadado no subsolo do celeiro, nos reunimos em um prédio grande e Grant, Wenling e eu ficamos na frente de um monte de gente e eu mordisquei uma coceira no meu rabo e as pessoas comemoraram. Quando as folhas começaram a cair, voltamos todos ao mesmo prédio, dessa vez com Li Min e Chase Pai na frente das pessoas, e eu não senti coceira.

O inverno e o verão vieram e foram embora, e minha vida com Lacey — que as pessoas ainda insistiam em chamar de Janji —, Ava e Burke, que ainda tinham os mesmos nomes, era muito feliz. Ava e Burke eram felizes porque tinham dois cachorros.

Eu ficava maravilhado com a quantidade de tempo que passávamos na fazenda. Havia uma casa nova e um celeiro novo, mas os mesmos patos. Eu fazia Ajuda com Lacey sempre que ela queria perambular da entrada da casa até as plantações, e ela entendia que eu estava lá para guiá-la.

Burke levou Lacey ao lago, a tirou da cadeira e a segurou dentro d'água. Ela patinou na superfície do lago com suas patinhas dianteiras, mas quando Burke a soltou, ela estava nadando! Pedalei alegremente na direção deles para estar com ela e irmos juntos investir contra os patos até eles saírem voando, e depois ficamos simplesmente nadando em círculos. Então compreendi uma coisa: por mais que Lacey gostasse da cadeira, essa liberdade de nadar a fazia se sentir como a cadela que ela costumava ser, uma cadelinha que podia ir aonde bem entendesse.

Aparentemente todos gostavam de construir casas, porque, assim que terminaram uma, eles começaram outra, mais perto do lago. Ava e Burke foram morar lá, e depois daquilo Lacey e eu nunca mais fomos embora da fazenda! Eu pensava em nosso novo lar como a nova casa, e na casa maior como a nova casa velha.

Tivemos uma grande reunião na fazenda para todos poderem se sentar em cadeiras e assistirem a Lacey e eu ao lado de Burke e Ava enquanto eles diziam algumas coisas. Depois os humanos se deliciaram com um maravilhoso jantar de frango, e Lacey e eu fomos abundantemente recompensados debaixo das mesas.

— Agora estamos casados, então você e Janji são legítimos, Oscar — revelou Burke a mim. As mãos dele estavam com cheiro de frango.

Alguns invernos depois, Burke pintou o quarto dos fundos e instalou uma gaiola de madeira lá. Ava e ele passavam muito tempo parados em volta da gaiola nova, conversando. Lacey e eu ficávamos entediados com aquilo tudo.

— Agora que já sabemos que é menino, quero chamá-lo de Chase. Chase Samuel Trevino — declarou Ava durante um jantar.

— Isso seria maravilhoso. Nossos pais vão ficar emocionados — respondeu Burke.

Naquele verão, Ava começou a andar de um jeito estranho, não um andar zangado, apenas um cambalear de lado. Ela passava um bom tempo segurando a própria barriga, que tinha inchado e ficado redonda, fazendo com que ela se parecesse ligeiramente com Ward, o Arrotador.

Estávamos no andar de cima da velha casa em uma tarde tranquila. Burke e Lacey estavam no novo celeiro velho, mas eu estava com Ava. Tive a sensação de que ela me queria ali, ou talvez *fosse* querer. Era uma sensação diferente, mas não a questionei. Saber quando precisam de você é simplesmente uma das funções de um bom cachorro.

Ava estava brincando com as roupas em cima da cama.

— Oh — disse ela de repente. — Ah, não. — Ela se ajoelhou. — *Ai*.

Uma dor estranha emanava dela. Gemi de ansiedade.

— Onde deixei meu telefone? — sussurrou ela. — Isso foi de repente demais.

Lati. Ava estava sentada no chão com um odor novo e estranho vindo dela, misturado ao cheiro familiar do medo humano. Lati novamente.

Lá embaixo, no novo celeiro velho, Lacey respondeu. Fui até a janela. Ela havia saído do celeiro em seu carrinho e ficara parada do lado de fora, olhando para mim. Lati mais uma vez e a resposta dela me lembrou daquela vez no campo em que ela latiu para Burke vir me buscar.

Meu menino saiu do celeiro, olhando curioso para Lacey. Eu estava latindo e ela também. Ele olhou para mim e lati mais um pouco.

Burke atravessou o quintal correndo e entrou em casa.

Fiquei ansioso quando eles partiram de carro e Ava não voltou logo, assim como todos a princípio, a tensão notável na pele deles. De repente, todo mundo relaxou de novo. Pessoas fazem isso, mudam de humor muito rápido, e não faz nem sentido tentar entender por quê. Estavam sentados na sala de estar após o jantar dando petiscos de queijo a Lacey e a mim, o que os deixava tão felizes que estavam todos rindo e conversando animadamente. Quando Burke entrou, eles se levantaram e o abraçaram.

— Bem-vindo, papai! — exclamou Chase Pai.

— Parabéns, paizão! — disse Grant.

Pai? Fiquei muito confuso com aquilo, mas Lacey não parecia abalada.

Alguns dias mais tarde, Ava finalmente voltou, trazendo um bebê humano bem pequeno de cheiro meio azedo. Não fiquei interessado, apesar de Lacey estar bem ali no meio de todo mundo. Eles passaram a criança um para o outro, e eu saí para ir ver a cabra.

Burke gostava de colocar a criança em uma cestinha de compras e levá-la por todo lado. Depois de um dia, as pessoas se cansaram do bebê, menos Ava, que estava sempre com ele no colo. Às vezes o bebê guinchava e às vezes dormia quietinho. Todos chamavam o bebê de "Chase", o que parecia simplesmente errado. Já tínhamos o Chase Pai, agora teríamos o Chase Bebê? E Burke era Burke Pai?

Quando meu menino pôs a cesta de compras para bebês em uma mesa mais baixa, concluí que chegara a hora de dar uma olhada mais de perto naquela coisa. A criança estava acordada e me olhou feio quando me aproximei, me fazendo achar que ele não estava entendendo o quão importante eu era na família.

Ava se aproximou e se ajoelhou ao meu lado, me afagando.

— Viu o bebê, Oscar?

Encostei meu nariz bem na barriga do bebê e inspirei aqueles cheiros dele.

— Cachorro bonzinho. Cachorro delicado — disse Burke suavemente. — Bom garoto, Oscar.

De repente tive uma lembrança forte de uma voz dizendo "Bom cachorro. Bom cachorro, *Bailey*". Uma voz masculina, vindo na minha direção conforme eu avançava para uma luz dourada.

Dei mais uma fungada no bebê. Não, não era a voz de um homem, era a voz de *Ethan*. Com um sobressalto, me lembrei de Ethan — e lembrei de mais ainda. Estava recordando de muitas vidas agora, vidas há muito esquecidas. Não só de correr e brincar com meu menino Ethan, mas de ajudar a salvar pessoas. E me lembrei da minha menina CJ, e de outras pessoas que eu amara: Hannah e Maya, Trent, Jakob, Al… Eu era, percebi, um cachorro que já nascera e renascera muitas e muitas vezes, tendo um propósito vital, cumprindo uma promessa importante. Eu não sabia por que havia esquecido, ou por que estava lembrando de tudo agora, mas eu lembrava — eu lembrava de tudo. Eu havia sido Toby, e Molly, e Ellie, e Max, e Amigão, e Bailey.

E eu sabia quem era esse, esse bebezinho sentado na sua cesta de frente para mim e de olhos fechados. Com a mesma facilidade que eu tinha em reconhecer Lacey não importa se ela fosse Janji, ou Lady, ou qualquer outra cachorra, eu reconhecia essa pessoazinha.

Era o Ethan.

Agradecimentos

Lembro de anos e anos atrás aprender na aula de economia que uma única pessoa não pode fazer um lápis.

Existe sentido nisso, prometo.

O grafite precisa ser desenterrado do chão por alguém, enviado por outro alguém, e fabricado até ser um lápis por mais uma entidade — só aí são centenas de pessoas envolvidas. Então alguém precisa desenhar o lápis: por que não colocar a borracha no meio? De que cor deveria ser? Será que as crianças vão se recusar a apontar o lápis se houver um bebê unicórnio no topo? A borracha é extraída de, ah, eu não sei, uma mina de borrachas, por sete homenzinhos cantando "Eu vou, eu vou, pra casa agora eu vou". Há uma faixa de metal em volta do topo do lápis — diferente da faixa do *metal* de um álbum — pois com ela ninguém fica surdo, mas que também envolve muita gente. Então há o transporte, a caixa na qual o lápis fica, o marketing e por aí vai. Assim, no final, todos no planeta precisam participar para que seja possível fabricar um lápis.

Foi por isso que aprendi a digitar o mais cedo possível — eu não poderia escrever com todas aquelas pessoas ao redor.

E assim é escrever um livro. Quando me sento diante de uma página em branco, trago comigo o auge de todas as experiências da minha vida, e todas as pessoas que ajudaram a contribuir para aquelas experiências. Por esse motivo, preciso primeiro agradecer a cada ser humano e animal vivo hoje, ou que já tenha vivido, durante meu tempo aqui neste planeta. Ah, quer saber, eu devia agradecer a todas as plantas também. E, bem, ao oxigênio, à gravidade, à água...

Tirando isso do caminho, preciso assinalar que existe uma série de indivíduos que devo mencionar, er, individualmente.

Primeiro quero agradecer a meu time editorial: Kristin Sevick, Susan Chang, Linda Quinton e Kathleen Doherty. Há outros na Tom Doherty Associates/Forge também, incluindo, por exemplo, Tom Doherty. Sarah, Lucille, Eileen e todos das vendas e marketing — obrigado por ajudarem a tornar meus livros tão populares. E, é claro, uma menção especial a Karen Lovell, que é minha assessora de imprensa desde o comecinho. Boa sorte a você em suas futuras empreitadas, Karen. Sem cada um de vocês eu estaria tendo que imprimir meus livros e levá-los em um carrinho até a livraria mais próxima para que pessoas os comprassem. Provavelmente se eu tivesse tentado tal método, ainda estaria trabalhando na fabricação do meu primeiro lápis.

O tecido conjuntivo entre um autor e o mundo editorial é o agente. No meu caso, essa pessoa é Scott Miller. Sim, Scott, você representa meus ligamentos. Sem você, meus ossos não se sustentariam e seria bem difícil, para mim, arremessar uma bola de baseball. (Eu estava indo bem com a coisa do lápis, mas meio que me perdi com essa metáfora do tecido conjuntivo.)

Também tenho gente me ajudando no mundo do show business. Sylvie Rabineau e Paul Haas da William Morris Endeavor, obrigado por cuidarem da minha carreira em Hollywood. Eu diria que vocês são meu tecido conjuntivo, mas já usei esse exemplo.

Sheri Kelton costumava gerenciar boxeadores profissionais e agora é minha empresária. Ela fica me prometendo uma luta — estou começando a ter medo de eu nunca ter uma chance de ganhar esse título. Enquanto isso, entretanto, ela ajudou a desviar minha carreira da minha trajetória preferida de preguiça e indiferença. (Gostaria de salientar que nenhum boxeador campeão jamais levou sua preguiça a uma luta — vai ser tão inesperado que tenho certeza de que vou vencer! Ou pelo menos ficar em segundo lugar.)

Sempre que alguém me oferece um acordo, Steve Younger é o advogado para quem posso ligar e resolver os assuntos jurídicos. Steve, minha esposa disse que se eu cozinhar hoje, ela vai limpar a cozinha depois. O que você acha? Que tipo de penalidades podemos aplicar se ela furar porque eu simplesmente esquentei a comida que ela tinha feito ontem? (Posso me referir a ela como testemunha difícil?)

Também tenho um advogado criminal. Obrigado, Hayes Michel, por me manter fora da cadeia por mais um ano! Enquanto eu viver, jamais me pegarão. Acho que na verdade ele é mais como um "litigante", mas isso parece demais com "ligamento" e as pessoas já estão de saco cheio desse termo.

Gavin Polone, para quem dedico este livro, foi a primeira pessoa a acreditar que essa série deveria virar filme. Bom, para dizer a verdade, ele foi a segunda — minha esposa, mencionada em outro momento desses agradecimentos, foi na verdade a primeira pessoa a dizer isso. Em todo caso, sem Gavin, não existiria nenhum filme de Cameron a não ser os daquele tal de James Cameron — como se *ele* fosse um dia conquistar alguma coisa. Então obrigado, Gavin, por tudo que você fez por mim e pelos cachorros.

Minha equipe aprendeu comigo a habilidade especial de culpar os outros por nossos problemas, mas Emily Bowden, minha chefe de pessoal, adotou a estranha política de aceitar a responsabilidade por tudo que acontece com todos os cães de trabalho aqui do meu escritório. Emily, obrigado por gerenciar essa situação extensa e caótica para eu não precisar fazê-lo. Porque, como nós dois bem sabemos, eu, na verdade, não o faria mesmo. Andrew, que gentil da sua parte se juntar a nós.

Mindy Hoffbauer e Jill Enders são apenas duas das muitas pessoas que ajudaram a mim e meus fãs a mantermos contato. Obrigado a todos do grupo secreto por ajudar a divulgar que escrevo esses livros de cachorro nos quais o cachorro não morre no final. Eu revelaria mais sobre o grupo, só que é segredo.

Obrigado, Connecticut House Inc., a enorme corporação multinacional que projetou meus sites novos e que me ajudou diversas vezes com certos projetos de marketing. Seu presidente é como um filho para mim.

Obrigado Carolina e Annie por me permitirem ser o Padrinho.

Obrigado Andy e Jody Sherwood por suas aparições especiais nos meus romances. Aprecio muito tudo que já fizeram pela minha família, especialmente minha mãe. O mesmo para vocês, Diane e Tom Runstrom: vocês são raios de sol desesperadamente necessários na vida invernal de minha mãe. Ok, isso parece meio deprimente, mas vocês moram no norte de Michigan e eu em Los Angeles. Eu acabei de visitar vocês aí e, sim, estava invernal.

Obrigado a meu instrutor de voo TJ Jordi por me apresentar a Shelby e por tudo que fez pelos animais. Obrigado Megan Buhler por persuadir Shelby a subir como um foguete. Vocês duas fizeram uma grande diferença em muitas vidas. Obrigado Debbie Pearl por sua visão, e Teresa Miller por compartilhar os sanduíches frios e bem ruins para ajudar Shelby a se tornar uma atriz digna de um Oscar.

Obrigado à diretora Gail Mancuso por amar cachorros e infundir o filme *Juntos para sempre* com esse amor. Obrigado a Bonnie Judd e sua equipe por persuadir e enaltecer desempenhos maravilhosos de nossos atores caninos.

Durante a jornada dessa série de três livros, fiz amizade com e fui apoiado por tantas pessoas boas na Amblin' Entertainment e Universal Pictures. Há simplesmente gente demais para listar aqui — é preciso muita gente para fazer filmes e marketing. E obrigado Wei Zhang, Jason Lin e Shujin Lan do Alibaba por me ajudarem a levar meu trabalho para a China — a mensagem de que cães são seres que pensam, sentem e amam agora é global!

As pessoas da família em que cresci são, é claro, todas mentalmente loucas. Isso é pré-requisito para se tornar um autor de sucesso. Mas, apesar disso, preciso agradecê-las por tudo que fazem para apoiar minha carreira. Minhas irmãs Amy e Julie Cameron forçam as pessoas a comprarem meus livros e arrastam centenas de indivíduos para assistirem aos meus filmes. Se eles não choram, minhas irmãs gritam com eles. Minha mãe, Monsie, é uma livreira independente, o que significa que ela independe de qualquer livraria — ela apenas vende meus livros para toda santa pessoa que encontra. Se a pessoa não quiser comprar o livro, ela o dá. Significa tudo para mim o fato de minha família me apoiar tanto.

Minha família cresceu além daquele núcleo inicial e agora tenho pessoas mais novas que eu me dando sólido apoio também. Um agradecimento especial a Chelsea, James, Gordon, Sadie; Georgia, Ewan, Garrett, Eloise; Chase, Alyssa. Jamais senti nada além de apoio sincero de vocês, exceto quando eram adolescentes.

Minha família também se estendeu para incluir Evie Michin, que, além de dar à luz indivíduos muito importantes, também está lá para mim como uma espécie de departamento de pesquisa ultrassecreto, providenciando coisas como revistas da época em que meu romance *Emory's Gift* se passa. Obrigado, Evie, e Ted Michon e Maria Hjelm também, não apenas família, mas também bons amigos. Por causa de Ted e Maria temos três pessoas muito importantes para mim: Jakob, Maya e Ethan. Qualquer um que tenha lido *Quatro vidas de um cachorro* vai reconhecer esses nomes.

Aproveitando que estou falando nisso, gostaria de recomendar aquele livro a vocês — *Quatro vidas de um cachorro* é o primeiro volume dessa série, e explica quem é Ethan, e como Bailey se dá conta de que ele está renascendo para cumprir um propósito. *Juntos para sempre* é o segundo, continuando as vidas de Bailey conforme ele volta vezes e mais vezes para CJ, uma menina e depois mulher que precisa de um cão para ajudá-la em sua jornada de vida. (Não precisamos todos?)

Finalmente, como o *grand finale* de qualquer espetáculo de fogos de artifício de respeito, apresento a vocês minha esposa, Cathryn Michon. Ela é minha coroteirista, parceira de vida e a pessoa à qual entrego cada rascunho de romance meu para que ela o leia com seu afiado olho editorial. Ela projetou e tem conduzido nossas apostas de marketing há anos. E ela é a pessoa para quem posso recorrer quando estou me sentindo perdido, cheio de dúvidas e bloqueios, ou até mesmo quando estou efusivamente feliz e criativamente enérgico. Ela também é uma diretora em Hollywood, algo que a maioria dos executivos considera bastante inconveniente para a narrativa deles, que alega que as pessoas só querem assistir a filmes dirigidos por homens. (Enquanto escrevo isso, *Juntos para sempre*, dirigido por Gail Mancuso, ainda não está nas salas de cinema, então não sabemos se o público vai querer ver o filme ou se vai dizer "Dirigido por uma mulher? De jeito nenhum vou querer ver isso!")

Obrigado, Cathryn. Você é um presente de Deus para mim.

W. BRUCE CAMERON
Frisco, Colorado
Fevereiro de 2019

Este livro foi impresso pela Vozes, em 2022, para a HarperCollins Brasil. O papel do miolo é pólen soft 70g/m², e o da capa é cartão 250g/m².